KB269641

북한희곡선집 1

북한희곡선집 1

남전극작포럼 편

푸른사상

발간사

　『북한희곡선집』(1-2권) 시리즈는 남북 연극계를 통일시키기 위한 일환으로 기획되었다. 우선 2003년 초부터 「남전극작포럼」팀과 「무천극예술학회」가 머리를 맞대고 북한 희곡을 남한의 연극계와 희곡 연구자들에게 소개하는 방안을 모색했다. 우선 무엇보다도 북한 희곡을 찾는 것이 급선무였다. 따라서 작년부터 북한 희곡을 찾기 위해서 중국 연변대학이나 북경대학, 그리고 블라디보스톡 극동대학의 자료를 찾아 나서기로 했다. 그렇게 일 년여 동안 자료를 수집하여, 대략 15편 내외가 되었다.

　수집한 자료를 출판하려 하였으나 출판계의 불황으로 출판을 선뜻 해주는 데가 없어서 망설이고 있는 차에 한국문예진흥원의 지원을 힘입어 이번에 북한희곡선집을 먼저 간행하게 되었다.

　우리의 희곡 혹은 연극계가 침체의 일로에서 벗어나지 못하고 있는 현실에서 북한 희곡까지 받아들이려고 한 데에는 그만큼의 이유가 있다. 우리의 연극이 침체에 빠져 있다 하더라도 우리 연극사나 희곡사를 올바르게 연구하기 위해서는 먼저 전체적인 틀을 세우지 않으면 안 된다. 그러려면 북한 희곡을 연극계와 학계에 소개하여 북한 희곡을 우리 문학사에 편입시키고 우리의 희곡과 북한 희곡이나 연극계를 하나의 문학사로 끌어들이는 일이 시급하다. 이번에 발간한 『북한희곡선집』 또한 이런 일환을 이루어진 것이다.

앞으로 이 사업을 연차적으로 시행하여 우리 독자들이나 연극계, 학계에 북한 희곡을 꾸준히 소개하려고 한다. 이 사업을 보다 내실 있게 하기 위하여 『북한희곡창작방법』이라는 세미나도 겸하게 되었다. 앞으로 관계자들의 낳은 지원을 부탁드리는 바이다.

2004년 6월 15일

남전극작포럼　책임편집 김일영·이강렬·전기철

김삿갓

三막 六장

송 영

등 장 인 물

김삿갓　　　(金炳淵)
김안근　　　(安根 - 그의 아버지)
김익균　　　(翼均 - 그의 아들)
김성수　　　(聖秀 - 그를 길러준 늙은 하인)
김삿갓의 안해
곡산 부사 (谷山附使)
초시　　　　(初試)
현령　　　　(舷令)
리방　　　　(吏防)
사령　　　　(使令)
윤성순　　　(尹誠淳 - 부사의 아들)
오서방　　　(늙은 농민)
오서방의 안해
음전　　　　(오서방의 딸)
계향　　　　(뜻 높은 기생)
계향모
오월　　　　(계향 집 녀종)
김판서　　　(判署)
원생원　　　(生員)
문첨지　　　(僉知)
서진사　　　(進士)
단순　　　　(음전의 수양딸)
분옥　　　　(단순의 동무)
삼바우　　　(젊은 농민)
성삼　　　　(젊은 농민 단순의 약혼자)
기생 一, 二, 농민들, 유생(儒生)들 -

제 一 막

제 一 장

때 一八二〇 ～ 一八六〇년대(리조왕조 순조시대)

무 대—백일장(白日場)

　　　왼편은 펀펀한 바위, 오른편은 큰 소나무, 가운데에 큰 정자, 정자 우에는 곡산 부사를 비롯하여 임고을의 방백부 현령. 그리고 초시들이 늘어앉았고, 정자 아래에는 시험 보러 온 유생들과 그를 구경 온 남녀로소들이 가득 찼다.

　　　한편 기둥에는 과제(科題) 「섬성(閃城)」이라 쓴 것이 붙어 있다.

　　　풍악소리 들린다.

　　△부사 량연에는 기생들이 모시고 섰다.

　　△김삿갓, 한편에 웅크리고 앉아 있다.

　　△정자 우에서는 응시(鷹視) 작품들을 고시(考試) 하고들 있다.

　　△정자 아래의 유생들은 초조와 불안에 싸여서 수군거린다.

　　－ 막이 열린다 －

초 시 (그 중의 시 한편을 읽다가 무릎을 친다. 모두 쳐다본다. 부사에게 주며) 부사 령감, 이것을 좀 봅쇼. 그야말로 뭇닭 가운데에 섞인 봉이요. 조각들 가운데 묻힌 옥 같은 문장이옵니다.

부 사 (속으로 읽어보고) 음 - 정말이지 문장이로군! 우리 고을에도 이

　　　같은 수재가 있을 줄은 참으로 꿈 밖의 일이요.

현　령　다 부사 령감이 잘 다스리신 공이시죠.
　　　△모든 사람들 긴장들 한다.

부　사　허 천만에요. 그럼 이것으로 장원(壯元)을 삼으시죠.
초　시　이만한 문재만 가지면 한양에 올라가서도 알성장원은 틀림없습니다.
부　사　허허허… 또 하나의 인재가 생기는군 그래. 그런데 다른 것들은 어떻소?
초　시　(또 한 장의 시문 집으면서) 그 다음에는 이것이 조금 면무식은 됐습니다. 억지로라도 부장원(副壯元)으로 정하는 수밖에 없습니다.
부　사　(손에 든 것과 비기면서) 이것과 비교하면 얼마만큼 차이가 납니까?
초　시　뭣 비교할 거리가 못됩니다. 그야말로 하늘과 땅입니다.
부　사　그러면 초시 도(都)장원 한사람만 뽑도록 하시지요. 이건 지워버리고요. 자 그렇게 선포해 보시죠.
초　시　(일어선다) 여보아라- 지금부터 장원을 알리운다. 이번 이 글의 주인인 새 장원으로 말하면 천하의 기재요, 미래의 큰 일꾼이다. 그 뜻은 바다 같이 넓고, 깊고, 문장은 태산같이 웅장하다. 해마다 우리 고을에서 적지 않은 새로운 인재를 얻어냈으나 이번 이 새장원된 사람 같은 탁월한 문장은 없었다. 자 먼저 성명을 선포하기 전에 글부터 읊어 들리겠다. 애들아!
기생 一, 二　네- (앞으로 나와서 받는다)
　　　△시를 읊는다.

　　　비래편편 삼촌접이요

담거성성은 류월와라
한장불길 다언설하라
취혹이류 갱진배들

부　사　(무릎을 치며) 그렇지 - 그렇지, 헛날리는 눈은 봄날의 흰 나비가
　　　　나는 것 같고, 눈 밟는 소리야말로 여름철 개고리 울음소리 같다.
　　　　암 그렇지.

초　시　참 절묘하고 기묘합니다. 자 성명을 떼여 보시도록 하시죠.
　　　　△기생들, 시를 초시에게 주고 물러선다.

부　사　그럽시다. 대관절 뉘집 자손일고…? 애야 -

리　방　네, (시를 받아서 뒤를 뜯어본다)

리　방　곡산(谷山) 김병연, 김병연!

부　사　(입 속으로) 곡산 김병연…? (자기 아들이 락선된 데에 불쾌해서
　　　　기색이 변한다)
　　　　△김삿갓 일어선다.
　　　　△모두들 쳐다본다.

부　사　올라오라고 그래라.

리　방　도장원 김병연, (취타를 볼라고 손을 든다)

　　　　△사령 손을 든다
　　　　△취타(吹打) 울린다
　　　　△김삿갓 정자로 올라간다.
　　　　△기생들 영접들을 한다.
　　　　△윤성순(부사의 아들) 머리를 숙인다.
　　　　△김삿갓 부사 앞에 읍하고 선다.
　　　　△취타 소리 그친다.

부 사 누구라고?

김삿갓 김병연이올시다.

부 사 우리들의 눈이 어두워서 그대 같은 문장을 늦게 들춰냈네.

김삿갓 너무나 황공하옵나이다. 아죽 년소하옵고 게다가 아모 것도 모르
       는 소생의 당돌하옴을 머리 소아서 청죄하옵나이다.

부 사 너무 겸사 말게.

초 시 그런데 글은 무엇무엇 읽었지?

김삿갓 약간의 글을 읽은 척 하였자오나 실로 부끄럽삽나이다.

초 시 어허 글뿐이 아니라 말까지 잘 하는군 그래.

현 령 얼굴도 잘 생겼는걸.

부 사 그런데 아버님은 누구시지?

김삿갓 안(安)자 근(根)자 올시다.

부 사 안근, 김안근… 뭣하시는 어른이신가?

김삿갓 집에 그냥 계십니다.

부 사 김안근, 혹시들 아시오.

초 시 가만이 곕쇼. 김안근이라, 김안근… 그럼 여봐!

김삿갓 네!

초 시 조부께서는!

김삿갓 (태연하게) 익(益)자 순(淳)자올시다.

초 시 김익순, 김익순… 무슨 벼슬을 하셨지?

김삿갓 선천 방어사로 계시옵셨다고 합니다.

초 시 (놀래며) 아니 뭐야? 선천 방어사(宣川防禦使)의 손자라고?

부 사 아니 역적 홍경래(洪景來)에게 항복했던 김익순이 말이지?

현 령 아니 이런 변이 있습니까, 역적에게 항복을 했으면 역시 역적인
       데, 역적의 자식이 감히 고개를 쳐들고 다니다니 웅,… 역적이면
       은 삼족을 멸했을 텐데 어떻게 그 자식이 살어 있단 말씀입니까.

김삿갓 (억지로) 확실히 소생은 선천 방어사의 손자이올시다. 그러나 나

라에서는 할아버님의 허물을 할아버님 당대(當代)에 그치게 하시고 저의 아버님부터는 아무 상관이 없게 되었다고 합니다.

부 사 그래도 너는 폐족(廢族)의 자식이 아니냐? 괘씸한 놈 같으니라고, 조그마한 재조를 믿고서 감히 이러한 좌석에다 고개를 내민단 말이냐?

초 시 그렇구 말구요. 이거 봐라, 병연아! 너는 폐족의 자식이다. 하늘과 땅에 가득 찬 죄를 짓고서 무슨 렴치로써 세상 사람들과 어깨를 겨누랴 드느냐? 제 신분을 생각해야지.

현 령 부사 령감, 어떻게 얼른 조처를 하시지요. 죄인의 자식과 한 첨하 밑에 있다니 그야말로 송구해서 못 견디겠습니다.

부 사 썩 내려가라!

김삿갓 내려 가라시면 내려 가겠습니다마는 너무나 원통하오이다.

부 사 뭐야? 이 맹랑한 놈!

초 시 역시 역적의 피를 받은지라 방자하기가 짝이 없습니다그려.

부 사 이놈을 내려 쫓아라!

리 방 내려 쫓아랍신다—

사 령 네에— (김삿갓을 끌어내린다)
　　△김삿갓, 엎드러진다.

부 사 이놈 말 들어라, 상하의 눈을 속이고서 외람된 행동을 한 네 죄는 가볍지 아니하되 오늘 이 같은 경사스런 좌석을 생각하고, 또는 네 조그마한 재조를 가상히 생각해서 특별히 용서하는 것이니 종차 이후로는 산간 벽지에 파묻혀서 다수굿하게 지내여라.
　　△너무나 억울하여 외분을 느끼는 군중들은 서로 수군거린다.

부 사 모두들 말 들어 봐라. 오늘 장원한 김병연이는 지금부터 一五년 전 죽 신미년(辛未年)에 룡강(龍岡)에서 반란을 일으킨 역적 홍경래의 도당인 김익순의 자식이다. 비록 나라의 은혜를 입어서 멸족(滅族)은 면했지만 역시 역적의 자식이 아니냐. 이런 까닭에 오늘 이 장원은 막살하는 바이다.

초　시　지당하신 말씀입니다. (시를 내던지고) 엇다 가지고 가라.

김삿갓　(시지(時紙)를 들이쥔 채 엎드러져서 느낀다)

부　사　이놈 여기가 어디며, 오늘이 무슨 날이라고 목청을 돋구어 청승을 떠느냐?

김삿갓　정말 원통합니다.

부　사　이놈 여기가 어디며, 오늘이 무슨 날이라고 목청을 돋구어 청승을 떠느냐?

김삿갓　정말 원통합니다.

부　사　아 저놈이 관전 발악을 한다. 애들아―

사령들　네에― (끌어 일으켜 등을 쳐 내몰면서) 이놈아 가―(끌고서 퇴장)
　　　△잠간 동안 김삿갓의 우는 소리와 사령들의 우는 소리와 사령들의 울부락대는 소리 들린다. 점점 멀어진다.

초　시　맹랑한 놈도 다 있습니다.

현　령　그런 놈을 그냥 놓아보내십니까?

부　사　그까진 억에 오른 놈은 미친 강아지와 다를 게 없소이다.

초　시　그러면 오늘 장원은 어떻게 할까요?

부　사　글쎄요.

현　령　제 생각에는 이런 날에 장원을 안낼 수가 없사오니 아까 부장원으로 점을 찍어 놓았던 것을 장원으로 올리시는 게 어떻겠습니까?

부　사　아까 그 졸렬하다는 시 말씀이죠?

초　시　그야 김병연의 글에다 대면 졸렬하겠지만 다른 글에다 대면 약간 월등하니까요.

현　령　허허 꿩 대신에 닭을 쓰잔 말씀이십니다그려.

부 사 자 그럼 늦어가고 하니 아까 그 글을 찾아내시죠.
초 시 (찾아낸다)
부 사 (리방에게) 장원을 다시 내겠다는 선포를 해라!
리 방 네- 여보슈들, 아까 장원은 폐족의 자식의 글이므로 그만 두기로
        하고 지금 다시 장원을 선포하겠소.
초 시 얘들아! (시를 준다)
기생 ㅡ, 二 네- (받는다. 속으로 읽어보고 못마땅해서 상들을 찌푸린다)
초 시 어서 읽어라.
기생들 네-
        설   경(雪景)
        눈이 사흘 내림에 산이 하얗게 돼서
        작은 새들이 송림 사이로 헤매 날도다
        두서너 동무와 종일토록 놀다가
        해질 무렵 술 취해서 노래 부르며 돌아오다.
        △모두 못마땅하여 입들을 내민다.

초 시 자 어서 이름을 떼여 보도록 해라!
리 방 (들어보고) 윤성순-
사 령 (더 크게) 윤성순, 윤성순-
        △윤성순 일어선다.

초 시 아 인제 알고 보니 부사 령감의 자제입니다그려! (간사스럽게 웃
        으며) 어쩐지 문장이 졸렬한 듯 하면서도 웅장하드군요.
부 사 원 천만에 허허허…
현 령 저도 그렇게 생각했습니다. (역시 아첨하는 말씨로) 듣고 생각을
        할수록 이 글은 과시 리 태백의 시풍이 있습니다그려.
부 사 (좋아서) 너무들 그러지들 마슈.

현 령   아까는 너무나 죄송했습니다.

초 시   정말이지 저도 졸렬한 듯 하면서도 웅장하다는 말을 한다는 것이
         졸렬 소리만 하고 말았습니다그려. 헤헤헤… 그저 령감 자제가
         범연할 수 있습니까.

오서방   (울분이 터져서 크게 웃는다)

         △모두들 쳐다본다.

부 사   저―기 저게 뭐길래 저렇게 요란하게 웃느냐?

리 방   누구냐?

오서방   (더 크게) 허허허…

리 방   웨 웃느냐?

오서방   우스워서 웃었습니다. (일어선다)

리 방   우습다니?

오서방   예부터 일르길 입은 삐뚤어져도 주라는 바로 불라고 했는데, 그
         런데 오늘 보니 똑바른 입들을 가지고서 삐뚤은 말들만을 하시
         니 듣기에 너무 기가 막혀 도로여 웃음이 터졌습니다.

부 사   (노해서) 아니 뭐야?

오서방   뭐는 뭡니까? 장원은 젖혀놓고 「졸렬한 것」을 다시 장원을 삼는
         법도 있습니까?

초 시   너는 누구냐?

오서방   내가 누구라는 것은 아시려고 하시기들 전에 량반 학자님들이 실
         상은 분 바른 술집 계집 모양으로 요리조리 붙어서 왜 이랬다 저
         랬다 하시는지, 너무 더럽다 못해서 웃음이 터졌습니다.

현 령   애들아, 저 미친 늙은 놈을 잡아 엎어라!

리 방   애들아―

사 령   네― (달려들어 오서방을 잡는다)

오서방   허허허…

부　사　너는 누구냐?

오서방　이름은 높지를 못하나 마음만은 똑바른 늙은이올시다.

부　사　아니 저런 죽일 놈 봤나, 그놈을 대번에 때려 죽여라!

오서방　허허허…

초　시　령감, 저것의 죄는 당장 타살을 해도 오히려 남겠사오나 지금 같
　　　　이 새로운 인재를 탁발하는 경사스러운 마당에서는 불길하오니
　　　　일단 옥에 가두시였다가…

현　령　그러시는 게 좋으실 것 같습니다.

부　사　아이구 분해, 애들아 - 저 미친 늙은 것을 단단히 가두어라.

사　령　네 -

오서방　(흥분이 되어 격렬한 어조로) 옥 아니라 지옥이라도 가라면 가겠
　　　　습니다. 나는 무서운 게 하나도 없소이다. 그러나 당신들은 대관
　　　　절 홍 경래가 웨 역적이 된 줄이나 아느냐 말입니다. 그것은 북
　　　　쪽과 서쪽 사람들은 아무리 재조가 있더래도 벼슬을 시키지 않
　　　　었기 때문에, 또는 반상(班常)과 적서(嫡庶)를 너무 차별만 해 왔
　　　　기 때문에 그 불평이 쌓이고 쌓여서 터진 그것이란 말입니다. 그
　　　　리고 오늘 정말 장원했던 김병연의 조부되는 선천 방어사로 말
　　　　하더래도 말듣건대 밤중에 술 취해 자다가 잡혔다고 합니다. 잡
　　　　혔다고 곧 역적이 아닐 것이며, 또는 그것이 허물이라 하더래도
　　　　그 손자에게 무슨 상관이 있느냐 말씀입니다.

부　사　얼른 잡아 내려라.

사　령　(오서방을 잡는다)

오서방　아! 언제나 이 세상이…

부　사　그놈이 보통 놈은 아닌데,

현　령　확실히 홍 경래의 여당(餘黨)입니다.

초　시　뭐 그까진 미친 늙은 것의 말을 탄해서는 뭘합니까. 자 어서…

부 사 (골이 나서) 오늘 장원은 다 걷어치우시오.

초 시 아닙니다. 장원 없는 백일장이 어디 있습니까. 그야 말로 우리 고
        을에 수치가 됩니다.

현 령 초시의 말씀이 옳습니다. 그런데 령감, 나의 생각 같애서는 날도
        늦고 했으니 아주 행렬로 들어서는 게 어떻습니까?

초 시 참, 그게 좋겠습니다.

부 사 맘대로들 하십시다.

초 시 (리방에게 손짓을 한다)

리 방 모두들 말 들어 보소. 오늘 장원 - 사또 자제 윤 도령의 행렬이
        지금부터 시작되신다오.

        △취타 소리 날 때 무대 어두워진다.

제 二 장

무 대- 一장과 같은 곳

    그날 밤. 달밤이다.

    정자 넘어 산머리에서 둥근 달이 떠오르면서 차차 무대 밝아진다.

    △김삿갓, 삿갓 쓰고 정자 우에 돌아앉아 있다.

    △뻐꾹새소리, 멀리서는 윤 부사 집에서 아들의 장원을 축하하는 잔치가 벌어져
    서 풍악소리 들려온다.

    ― 밝아진다 ―

    △촌민 一-二 왼편에서 등장.

촌민一 이런 똥물에 튀길 자식 봤나. 남은 우리네 나이에 장원을 해서 밤
        새도록 잔치도 하는데 너는 눈요기 할 데만 눈이 벌개 야단야.

촌민二 그렇게 말하면 너나 나나 다 마찬가지지 뭐야. 쓰디쓴 탁배기 한

잔에 열이 나서 한잠도 못 자고 뛰여 가는 자식이다.

촌민― 하하하…

촌민二 못나게도 웃는다.

촌민― 그런데 실상은 정말 장원이 아니라지.

촌민二 그렇지만 쌍놈의 진짜 장원보다는 량반집 가짜 장원이 더 낫다나.

촌민― 그게들 틀렸단 말이야. 어째서 쌍놈은 암만 글을 잘해도 장원을 못 하느냐 말야.

촌민二 쉬 ― 이러다가 괜히 누가 들으면 야단이 난다.

　　△술 취한 촌 로인 오른편에서 나온다. 혀 꼬부라진 소리로 노래를 부르면서,

촌민― 상당히 취하셨구나.

촌민二 아저씨, 어디 갔다 옵쇼?

촌로인 남의 흥에 들떠서 한잔 먹고 오네.

촌민― 아주 장하다죠?

촌로인 밤새도록 소리를 한다니까 장할 게 아닌가.

촌민二 백일장에서 장원을 했는데도 저러는데 정말 과거에서 장원을 하면 어떻게 될까요.

촌로인 어떻게 되느냐고?『백성을 어떻게 하면 못 살게 구나』하는 궁리부터 시작하겠지.

촌민― 엥히 경칠 것, 나도 글이나 읽었으면 장원이나 해볼걸.

촌로인 앗게 아서, 행여 그런 소리는 두 번 다시 입에다 대지도 말게.

촌민二 왜요?

촌로인 량반이 돼도 량반 싸움에서 죽는다네.

촌민― 그래도 쌍놈이 돼서 량반에게 죽는 것보다는 낫죠.

촌로인 에구 나도 모르겠네. (퇴장)

촌민―, 二　살펴 가세요, (왼편으로들 퇴장)

　　△촌로인, 노래 부르며 오른편으로 퇴장

김삿갓 (일어서며 삿갓을 벗는다) 움, 망할 놈의 세상-
　　　△멀리서 풍악소리 더욱 질탕거린다.
　　　△김삿갓 침통하며 원억한 얼굴로 그편을 바라본다.
　　　△왼편에서 인기척이 난다.
　　　△김삿갓 급히 돌아앉는다.
　　　△음전이 등장. 사방을 살핀다.
　　　△김삿갓 일어선다. 음전이 깜짝 놀란다.

김삿갓 음전이, 밤이 늦었는데 웬일이요?
음　전 (주위를 조심스럽게 살피면서) 그런데 웨 이렇게 밤늦게,
김삿갓 원통하고 분해서 그러우. 더군다나 음전이 아버님은 나 때문에…
　　　　정말 미안하오.
음　전 아니예요, 저의 아버님은 원래부터 꼬장꼬장하신 분이였어요. 끌
　　　　려가시면서도 끝까지 할말만 하시고 옳은 말씀만 하셨어요. 죽음
　　　　도 무서워하지 않는 분이예요.
김삿갓 (사이) 음전이, 나는 오늘 이 고장을 떠나야겠소. 멀리 떠나야 하
　　　　겠소.
음　전 네? 어디루요?
김삿갓 정처없이 바람 부는 대로 발끝 닿는 대로-
음　전 그러면, 그러시면 다시는 만나 뵈옵지도… (말끝을 맺지 못한다)
김삿갓 그럴는지도 모르오. 나도 내 앞일을 모르오. 알고도 싶지 않소.
　　　　(한숨을 쉰다)
음　전 (느낀다)
　　　　(사이)
김삿갓 울지 마오. 마음대로 울 수도 없는 세상에 울어서는 뭣하오.
음　전 당돌하온 말씀이오나 참으시고 떠나가지 마세요.
김삿갓 참을 수도 없지만 참기도 싫소. 음전이 내 일은 념려마오. 음전이

나 좋은 랑군 만나서 한평생 잘 사시오.

음　전　(용기를 내며 그러나 애연하게) 저는 일생을 혼자 살어갈려구 결심했어요.

김삿갓　부질없는 결심은 그만 두는 게 옳겠소.

음　전　서방님, 서방님께서만은 제 마음을 알아주실 줄 믿었습니다.

김삿갓　음전이, 내가 어떻게 알겠소. (그 심정은 짐작하나 일부러 랭정하게) 뭣 때문에 숫처녀로 그냥 늙는단 말요.

음　전　(그냥 고개만 숙이고 섰다가) 그럼 오늘 밤 꼭 떠나시겠어요?

김삿갓　벌써 이렇게 떠나는 길에 서 있소.

음　전　그럼 다시는…?

김삿갓　그것은 대답도 못 하려니와 묻지도 말어 주오.

　　　△오서방의 안해, 올 듯이 되어서 등장.

음　전　어머니, 어델 가세요?

오서방의 안해　되나 안되나 가서 빌어나 보자.

음　전　이런 밤중에 가면 어떻게 합니까.

오서방의 안해　지금 사또님은 자기 자제님 때문에 흥에 겨워 계시니까 잘 말씀 드리면 될 상도 싶다. 너이 아버님도 딱한 어른이시지, 어쩌자고 량반 앞에서 될말 안 될 말을 막 퍼부어서 저런 화를…

음　전　정말, 장원을 젖혀놨으니 어찌 화가 안 나시겠어요.

오서방의 안해　에구 듣기 싫다. 제 발등에 불똥이 튀는데 남의 참견이 당했더란 말이냐. 너도 같이 가자.

음　전　……

오서방의 안해　만일 사또님이 우리 사정을 살펴주시지 않는다면 우리 모녀도 한데 아버님 갇히신 옥으로 들어 가자꾸나. (음전 모녀 오른편으로 퇴장)

　　　△김성수, 왼편에서 등장.

김성수 (정사 후에 삿갓을 발견하고) 누구요, 누구야, 무슨 술을 어떻게
       먹었길래 삿갓 쓴 채로 동그라졌나… 여봐, (올라간다) 그 삿갓쟁
       이 이상하다. 창의를 입고 삿갓을 쓰다니, 여봐, (삿갓을 벗긴다)
       앗 서방님!

김삿갓 가만 내버려 두우.

김성수 이게 무슨 망령이십니까?

김삿갓 미치기라도 하겠소.

김성수 서방님, 공연히 딴 마음은 잡숫지 맙쇼. 이왕 세상이 이런 것을
       새삼스러 원통히 생각하신들 무슨 소용이 있겠습니까.

김삿갓 원통한 것만 아니라 아니꼽고 보기 싫어졌소. (일어서면서) 할아
       범, 할아범은 나의 은인이자 부형이시오. 만일 할아범이 우리 형
       제를 구해 주고 길러 주지 않았더면 요만한 세상 꼴도 못 볼 뻔
       했소. 그렇지만 할아범 정말 잘못했소. 이런 세상에서 이런 꼴을
       당하라고 나를 이렇게 길러 줬단 말요.

김성수 서방님, 너무 상심치 마십쇼. 어둔 밤이 아무리 지루하다 한들 설
       마하니 새벽이 아주 안 오겠습니까. 서방님, 첫째 령감마님 내외
       분과 그리고 새 아씨와 어린 도련님들을 생각해서라도 다시 댁
       으로 돌아가세요.

김삿갓 (더 침통해진다)

김성수 그러시면 댁은 어떻게 되십니까. 그런 억울과 멸시를 받기는 비
       단 서방님뿐이 아닙니다. 서방님 댁이 다 그렇습니다. 뿐만 아니
       라 저이들 같은 미천지배들은 더하고 더하답니다. 지금 세상에는
       량반 아닌 모든 만백성들이 다 그렇지 안사오니까? 서방님 참으
       십시오. 더욱이 더 류벌하게 설음만 받으시는 아버님을 버리고
       떠나가신다는 것은,

김삿갓 (외면을 한다)

김성수 　서방님, 그럼 어떡하실 작정이십니까?

김삿갓 　이 삿갓한테 물어보. (삿갓을 가리킨다)

　　　△정자 옆으로 김삿갓의 부친 - 김안근 나온다.

김성수 　서방님, 그래도 댁으로 들어가셔야 합니다. 지금 왼 집안 어른께
　　　　서는 서방님 한 분 때문에 모두 울면서 찾아다니십니다.

김삿갓 　인제 더 아무 말도 말어 주오.

김성수 　서방님, 자 들어가세요. (잡는다)

김삿갓 　(뿌리친다. 소매로 눈물을 씻는다)

김안근 　(앞으로 나오며) 안 들어와도 좋다.

김성수 　령감마님!

김삿갓 　아버지!

김안근 　병연아, 네가 정 그렇다면 내 대신 집을 지키고 있으마. 까막까치
　　　　도 보금자리가 있겠거늘 폐족이라고 집까지 없을소냐.

김삿갓 　아버지!

김안근 　그러나 이왕 네가 이렇게 떠나가려고 하니 아마 이것이 영 리별
　　　　이 될지도 모른다. 나만 못지 않다. 백일장에서 네가 당한 이상의
　　　　그 몇 갑절의 천대와 경멸을 받어 온 내다. 이 주름살 한줄기 한
　　　　줄기가 모두가 한숨과 눈물이 아닌 것이 없다. (입을 다물고 허공
　　　　을 쳐다본다.)

김삿갓 　아버지!

김성수 　령감마님, 고정하십쇼.

김삿갓 　아버지, 정말 저는…

김안근 　안다. 그런데 또 청이 하나 있다. 네 처나 마지막 한 번 만나보고
　　　　헤여져라. 너도 너려니와 네 처도 네 처다.

　　　△뻐꾹새 소리.

김삿갓 만나보겠습니다.

김안근 아범, 저기 가서 새아씨 좀 모시고 오게. 아마 이편을 바라보고,
        (한숨을 쉰다)

김성수 네 - (퇴장)

김안근 네 처야말로 갸륵하고도 남는다. 모두들 우리 집안을 폐족의 집
        안이라고 혼인들을 안 하려고 했으나 그러나 네 처는 자진하다
        싶이 우리 집으로 들어오지를 않았니.

김삿갓 (몹시 고민한다)

     △어린애 업은 김삿갓의 안해 김성수와 같이 등장.

김안근 악아, 애 아범이 떠나간다. 작별이나 해라. 그냥 죽지는 않는단다.

김삿갓의 안해 (허리를 굽히며 눈물을 가만이 씻는다)

김삿갓 (고개를 숙인다)

     (사이)

김안근 (어린애를 들여다보며) 악아, 네 아범이 떠나간다. 아범 보고 인사
        나 해라. 『아버지 안녕히 가세요. 제가 크게 자라면 할아버지나
        아버님의 원한을 말짱히 씻어 드릴게요』 해라.
        (돌아선다)

김삿갓 여보, 미안하기 짝이 없소. 언제든지 또 만납시다.

김삿갓의 안해 부디 옥체나 보중하세요.

김삿갓 (안근에게 절하고) 아버지 만수무강하옵소서.

김안근 (그냥 돌아선 채로 있다)

김삿갓 할아범 평안히 계시오.

김성수 서방님, 몸조심하시고… (주먹으로 눈물을 씻는다)
     △김삿갓 삿갓을 쓰고 바쁜 걸음으로 나간다.
     △김삿갓의 안해 울음이 터진다.

                                        ―막―

제 二 막

제 一 장

一막으로부터 二〇여 년 뒤.

무 대 기생 계향의 집 후원 초당. 왼편으로 작은 울타리와 싸리문.
　　　　울타리는 밖으로 행인의 머리가 보이도록 낮다. 바른편으로는
　　　　안채로 통하는 문, 초당 마루에는 거문고 문갑들.
　　　때는 늦은 봄 석양.
　　　△계향 마루 끝에 앉아서 거문고를 뜯고 있다.
　　　△계향모 비단 한 필을 가지고 허둥지둥 들어온다.

계향모 애 계향아! 계향아!

계 향 (모르는 척한다)

계향모 귀가 먹었냐?

계 향 왜 야단이슈.

계향모 글쎄 원 생원께서 또 이런 비단을 보내셨구나.

계 향 흥, (코웃음)

계향모 아니 너는 대관절 명색이 뭐란 말이냐, 모두 흥이게?

계 향 흥,

계향모 또 흥이냐? 애, 네 오장은 어떻게 생겼길래 이 모양이냐? 이왕 기
　　　　적에 몸을 두었으면 기생답게 지내야 안 하니?

계 향 … 어떻게요?

계향모 뭘 어떻게냐, 얼른 움푹한 자리를 골라내야지. 애 너 「화무십일

홍」이란 소리도 못 들었니?

계　향　홍,

계향모　언제까지 요럴테냐… 어디 좀 보자. 어떻든 이 비단은 또 내 것이
　　　　다. (안으로 들어간다)

계　향　(한숨)

오　월　(달음박질 나오며) 아씨, 아씨, 왔어요- 또 왔어요.

계　향　누가?

오　월　원 생원님이 또 오셨어요.

계　향　오거나 말거나…

오　월　어서 몸단장이나 고쳐하세요 괜히…

계　향　너나 하렴.

오　월　에고 아씨도,

　　　△계향모에게 인도되어서 원 생원 큰 기침을 하고 들어온다.

계향모　그런데 웬걸 그렇게 자꾸 보내세요.

원생원　별말을 다 하네.

계향모　악아, 생원님 오신다.

계　향　(목례한다)

계향모　벙어리냐 고개만 끄덕거리게.

원생원　가만 내버려 두게그려.

계향모　에구 퍽도 귀여워하시지.

원생원　너무 조롱 말게, 그런데 참 조금 있으면 서 진사님하고 문 첨지께
　　　　서도 오실 텐데,

계향모　그러면 주안상을 채려야죠.

원생원　수고 좀 해주게.

계향모　에구 망령의 말씀을 하시지… 아니 너는 (오월에게) 왜 이렇게 얼
　　　　이 빠졌니 어서 들어가서 주안상이나 차리자.

　　　△계향모와 오월 안으로 들어간다.

원생원 계향아,

계 향 네,

원생원 자꾸 폐를 끼쳐서 미안하다.

계 향 괜찮아요.

원생원 오늘 좀 놀다 가련다.

계 향 처분대로 하세요.

원생원 계향아, (금패 가락지를 품 속에서 내주면서) 이것 봐라, 지난 날
　　　　에 청국 장사치가 보물이라고 가지고 들어온 것을 너 주려고 샀
　　　　다.

계 향 (받아서 끼며) 고맙습니다.

원생원 계향아, 요새도 김판서 대감께서 놀러 오시니?

계 향 불청객이 자래라고 가끔…

원생원 애 그러지 말고 아모쪼록 그 대감의 비위를 잘 맞춰 드려라.

계 향 억지로요?

원생원 억지로 아니면 어떡하니, (은근하게) 그 대감께서 요새는 네 말이
　　　　라면 뭣이든지 다 들어 주실 걸… 아주 환장을 하시다싶이 되셨
　　　　으니까,

계 향 왜 그러세요?

원생원 뭘 왜 그런다고 그러니, 뻔히 다 알면서,
　　△김삿갓 울타리 밖에서 들여다본다.

원생원 뭐는 뭐야, 정말이지 내 청 좀 들어다오. 그래도 그 대감께서 벼
　　　　슬을 내논 지도 얼마 안 되시고 하니까 뭐 아직까지도 조정에도
　　　　힘이 계실거다. 그러니 네가 어떻게 잘 말씀 사뢰서 나 벼슬 하
　　　　나 시켜다오.

계 향 호호호…

원생원 웃지 말고 명심해 들어 봐. 정말이지 이렇게 늙을 때까지 생원으
　　　　로만 있으니 아주 한이 되는구나. 네 요구대루 논밭이라도 떼여
　　　　줄테니 내 청 좀 꼭 들어다오. 아마 대감께서는 네 말이라면 꼭
　　　　들으실 거다.
계　향 말씀 다 하셨어요?
원생원 다 했다. 이만하면 내가 너한테 이렇게 자주 다니는 듯을 너도 알
　　　　테지 인제는?
계　향 (반지를 **빼놓으며**) 도로 가져가세요.
　　　　△김삿갓 울타리 밖에서 빙그레 웃는다.

원생원 뭐야? (반지를 집는다)
계　향 뭐긴 뭡니까, 자기의 재조와 힘으로써 출세할 생각 대신에 일개
　　　　아녀자 앞에 고개를 숙이시는 생원님이야말로 실로 한심한 노릇
　　　　이 아닐 수 없습니다.
원생원 애가 왜 이러나. 애, 그러지 말아. 내 너한테 이렇게… (굽실굽실
　　　　한다)
김삿갓 (크게) 벼슬에 미친 병이 들면 기생 아니라 강아지한테라도 절을
　　　　하겠군 그래 허허허…
　　　　△두 사람 깜짝 놀란다.
　　　　△원생원 분한 중에도 창피해 한다.
　　　　△계향 이상스럽게 본다.

계　향 누구예요?
김삿갓 시장해서 술 한잔을 찾아다니는 사람요. (들어온다)
계　향 왜 들어오는 거에요.
김삿갓 벼슬해달라고 청하지 않을 테니 겁내지 마오. 술이나 한잔 따뜻
　　　　하게 데워 주시구료.

안주 대신에 밥 한 그릇하고… 에구 시장해. (마루 끝에 걸터앉
는다)

원생원 웬 놈이냐?

김삿갓 별로 큰놈도 아니요.

원생원 안 나갈테냐?

김삿갓 나가라면 나가지만 웨치고 나가겠소. 동내방내 돌아다니며 지금
본 그 광경을 고대로 웨치겠소. (나가려한다)

원생원 여보, (당황한다) 여보,

김삿갓 왜 그러슈?

원생원 이왕 왔으니 한잔하고 가지…?

김삿갓 좋소이다.

원생원 계향아, 아무렇게나 해서 한상 먼저 내오도록 해라.

계 향 아니 저의 집을 걸인 대접하는 집인 줄 아세요.

김삿갓 삿갓 씌우는 집이겠지.

계 향 아니 뭐요?

김삿갓 대개 기생이란 쓸개 빠진 사내 녀석들에게 삿갓을 잘 씌울수록
이름이 높아가는 법이야. 그렇지만 여보 아씨, 나는 미리 삿갓을
쓰고 왔으니 또 뭣을 씌우시료?

계 향 아주 전 미친 놈이로군 그래.

김삿갓 허허허… 미친 눈에는 미친 것만 뵈나보지, 생원 그렇지 않소?

원생원 글쎄 그만 좀 해두슈.

계 향 아이구 참, (분해 못 견디여 한다)

원생원 그만 둬. (눈짓을 한다)

김삿갓 생원님, 눈에 먼지가 들어갔소, 왜 그렇게 자주 끔벅거리기만 하
슈?

계 향 정말 미쳤나 봐.

김삿갓 (시 읊는 조로) ≪몰라도 아는 터요 알고 나면 더 알리니 몰랐노
　　　라 후회 말아≫
계　향 (좀 이상히 생각한다)
오　월 (나오며) 아씨 누구 오셨어요?
김삿갓 손님 오셨다.
원생원 어서 이 손님이 바쁘신 모양인데,
김삿갓 손님 오셨다.
원생원 어서 이 손님이 바쁘신 모양인데,
김삿갓 과히 바쁘지 않소.
원생원 어서,
오　월 네 - (삿갓을 이상히 바라보다가 퇴장)
계　향 (삿갓에게 호기심을 느끼며) 대관절 누구세요?
김삿갓 (시를 읊는다) ≪보통 쓰는 갓은 오직 겉치장이로되, 내 이 삿갓
　　　만은 비바람을 겁내지 않는다네≫
계　향 시도 잘 읊으십니다 그려.
김삿갓 얻은 풍월이라네.
　　△오월 퍽 엉성하게 차린 상을 갖다 놓고 흘끔흘끔 쳐다보면서 나간다.

원생원 자 한 잔 잡수십시다.
김삿갓 먹읍시다.
게　향 (호기심이 나서 술을 따른다)
김삿갓 나 먼저 먹겠소.
원생원 어서 많이 잡수슈.
　　△계향모 서 진사와 문 첨지와 같이 들어온다.

계향모 (수선을 피우면서 능청을 부린다) 어서 들어들 오십시오. 생원님
　　　모두들 오십니다.

원생원 어서 들어옵쇼, 기다렸습니다.

서진사 생원님, 좋으십니다 그려.

문첨지 또 청해 주셔서 황송합니다 허허허…

원생원 자 조롱들 그만 하시고 어서들 올러 오십시오.

계 향 어서들 올러 오세요.

서진사 얼굴이 더 환-해졌구나!

문첨지 생원님만 모시고 있으란 팔잔가 보다.

계 향 괜히들 그러세요.

서진사 이 량반은 웬 량반이요?

원생원 저어- (어물거린다)

계향모 참 저이가 누구예요, 똑 어사꼴 같으니?

원생원 저 우리 먼촌 일가 되시는 분인데,

김삿갓 네 내가 비록 옷꼴은 이렇지만 항렬은 높아서 이 원 생원의 아저
         씨뻘 되는 사람이요.

     △원생원은 입맛만 다신다.

계향모 네 그러세요. 에구 그럼 이를 어쩌나 령감마님, 너무나 죄송했습
         니다. 말씀을 막해서요.

김삿갓 괜찮으이, 설마 나보고야 그랬겠나, 내 삿갓을 보고 그랬겠지, 허
         허허…

     △계향, 살그머니 웃으며 더 한층 김삿갓에게 호의를 갖게 된다.

서진사 너무 무례해서 죄송했습니다. 처음 뵙습니다.

김삿갓 피차 그렇소이다.

서진사 이 사람은 진사로 있는 서병덕이 올습니다.

김삿갓 나는 삿갓만을 쓰고 사는 삿갓이외다.

서진사 네?

문첨지　그 량반 너무 실없군 그래. 초면 인사 대답이 그런 법이 어데 있
　　　　단 말씀요.
김삿갓　그렇다면 말씀요, 옛부터 이르기를 『자기 어른 모시듯 남의 어른
　　　　에게 대하라』하였거늘 로형들의 친구의 아저씨면 로형들 아저씨
　　　　와 같이 대접을 해야 할 것이 아니요.
원생원　글쎄 그만 고정하십쇼.
김삿갓　자네마저 이러나.
원생원　아니올시다.
문첨지　죄송합니다.
서진사　그만 고정하십쇼. 저이들이 잘못했습니다.
김삿갓　허허허… 그만들 둡시다.
오　월　(들어 오며) 마님 정말 상 내올가요?
김삿갓　정말 상이라니, 발이 여나문쯤 달렸느냐?
오　월　아이구 저 어른 좀 봐.
계향모　이년아, 말 조심해.
오　월　예 –
　　　　△계향모와 오월 안으로 퇴장.

원생원　(입맛을 다신다)
김삿갓　생원, 이건 가짜 상인가?
계　향　그런게 아니랍니다. 시장하실 듯 해서 초련으로 내온 것이랍니다.
김삿갓　초련상으로는 과히 나쁜 편은 아닐세. 김치라고 건더기 대신에
　　　　말국만 많아서 『허공 중에 뜬 흰 구름이 다 비쳤네』 그려.
　　　　△계향모와 오월 큰 상을 마주 들고 나온다.

계향모　졸지가 되어서 아무 것도 없습니다.
계　향　(술을 따른다)

김삿갓 (과실을 엎지르고 그 대접을 내대며) 나는 여기 주우.

계향모 (어이없어 그냥 따른다)

김삿갓 (한숨에 마신다)

오 월 저런 어른은 처음 뵈옵겠어.

계향모 이년아, 떠들지 말고 들어가나 보자.
　　　　△계향모와 오월 퇴장.

김삿갓 (또 한잔 자기가 따라서 마시고 나서) 자 - 이것으로 하나씩들 듭
　　　　시다.

서진사 에구 그걸 어떻게 먹습니까.

김삿갓 뭐 요까짓 것쯤이야, 자 따라라.

계 향 (따른다)

김삿갓 참 권주가나 한마디 나왔으면,

계 향 하겠습니다. (아까 김삿갓이 읊던 시를 읊는다)

김삿갓 술맛이 더 좋아지는고나! (한잔 또 마신 뒤에 서 진사와 문 첨지
　　　　에게 강권한다. 억지로들 먹는다. 또 따라 원생원에게 주며) 자
　　　　인제는 조카님 들게.

원생원 어디 이렇게야 먹습니까.

김삿갓 뭐 그리 어려워 말게. 숙질지간이라 하드래도 로소 동락도 흉 될
　　　　것은 없네.

서진사 받으시구려, 어른이 주시는 잔이니.

원생원 (억지로 받는다. 또 입맛을 다신다)

계 향 모두 이렇게 모이셨으니 흥을 도웁기 위해서 시나 한편씩 지어
　　　　보실가요.

서, 문 좋지 좋아!

김삿갓 그럼 내 먼저 한 수 지어 볼가…

계 향 네, (집필을 갖다 놓는다)

김삿갓 가만 있자, 한 줄에 몇 자씩이든가?
     △원 생원들 은근히 삿갓이 글 잘 못 지어 망신하기만 바란다.

김삿갓 (그을 다 짓고 나서 붓을 내던지고 일어서면서) 자 - 그럼 나는
     먼저 가오.
계 향 좀더 노시다 가시죠?
     △일동 계향을 흘겨본다.

원생원 어디로 가십니까?
김삿갓 조카님 집에서 하룻밤 더 새볼가…
원생원 네?
김삿갓 한바퀴 돌아서 있다 들리겠네.
원생원 정말 오실테에요?
김삿갓 가는 데에도 정말 거짓말이 있나, 이 집 술상 모양으로…
원생원 안녕히 가십쇼.
김삿갓 있다 또 볼텐데 뭘, (서와 문에게) 종종 만납시다. (계향에게) 잘
     있거라.
계 향 또 오세요.
김삿갓 봐서… (삿갓을 쓴다. 글을 읊으면서 나간다)
     △서진사와 문 첨지들, 그제야 기들을 피면서 떠들어댄다.

서진사 아니 생원님, 완장께서는 웬 삿갓이슈?
원생원 우리 그분 이야기는 그만들 두십시다.
문첨지 성미가 대단히 이상하신 분입니다 그려.
계 향 글이나 어떻게 지었나 좀 읽어 보시죠.
서진사 그럴가… (읊는다)
       묘과서진사라.

야하 그거 그럴듯하군! 고양이가 지나가니 쥐는 말짱 죽는다!
암 그렇지, 모과하니 서진사라!

계　향　묘과서진사(猫過鼠盡死)라!

원, 문　(크게들 웃는다)

문첨지　서진사? 서진사!

서진사　왜들 웃소?

원생원　로형이 서진사가 아니요. 그런데 쥐가 몰살을 당하는 것도 서진
사가 아니요.

서진사　(그 글을 내던지며) 음, 참 실없는 량반이시군, (분을 참으며) 만일
생원님 낯을 안 보면 그저 한마디 하겠소만…

원생원　뭐 그럴사하게 색이니까 그렇죠.

문첨지　하긴 그렇죠, 하하하… (집어서 읽는다)
황혼 문첨지(黃昏蚊簽至)라
암 그렇지! 모기 떼가 처마 밑으로 모여든다.

서진사　(손뼉을 친다) 헤헤헤…

문첨지　왜 웃는 거요?

원생원　모기 떼가 처마 밑으로 모이는 게 문첨지나, 로형이 문첨지나 한
소리가 아뇨.

문첨지　아니 그럼 날더러 모기란 말야? 참 그 량반 망령이 톡톡히 나셨
군. (내던진다)

계　향　황혼문첨지라!

문첨지　듣기 싫다.

계　향　(미소) 마저 읽어 볼까요. (읽는다)
일출원생원(日出猿生原)이라.

원생원　뭐야?

계　향　일출이라 - 해가 뜨면 말씀입죠, 원생원이라 - 원숭이란 놈이 들
관으로 기여 나온다는 뜻이 아닙니까…?

서, 문 (손뼉을 치며 크게 웃는다)

원생원 왜들 웃으시는 거요.

문첨지 로형이 원 생원이나, 원숭이들이 살살 기여 나오는 게 원생원이
       나, 허허허…

서진사 그 글 참 점점 묘하게 됐군, 허허허…

원생원 (뺏아서 찢어버린다) 망할 자식 같으니라구…

서진사 누구한테 욕을 하시는 거요?

원생원 그 삿갓 쓴 후레자식 말요.

문첨지 아니 완장께?

원생원 완장이 무슨 완장이야. 아니 그 놈의 자식이 어디서 빌어먹다 온
       자식이길래 내 아저씨야.

문첨지 그런데 아까는 왜 아저씨라고 그러셨소?

원생원 (화를 벌컥 낸다) 아이구 그저 가슴 속에서 불덩이가 튀여 올러
       오는걸. …내 이왕 이렇게 된 바에야 부끄럼을 무릅쓰고 다 말씀
       하리다. 그 자식은 생면부지 처음 보는 거지 자식요. 내가 실상은
       빌어먹을 벼슬이나 하나 얻어 할까 하고 이 계향이를 내세워서
       김판서 대감에게 청을 좀 해달라고 했다우. 아니 그런 것을 그
       삿갓 쓴 후레자식이 울타리 밖에서 듣고 들어와서 놀리는구료.
       그래서 아니꼽기는 하지만 그 자식이 떠들고 다니면 좀 창피할
       듯 해서 내 아저씨라고 그랬다우. 아이구 분해 죽겠네, 입때까지
       그 자식에게 하대만 받다가 나중에는 원숭이 소리까지 듣고,

문첨지 아니 뭐요? 아니 그런 줄 알았더라면 나도 그냥 안 둘걸 그랬소.
       그렇게 욕설을 듣다가 나중엔 겨우 모기가 됐어.

서진사 그리고 나는 쥐새끼고, 그 참 생각할수록 분한걸…

계 향   왜 그 량반이 나는 욕을 안 했을까…?

원생원 너는 아녀자지.

계　향　호호호… 아마 그 분이 나를 두고 시를 쓰셨다면,

원생원　어떻게?

계　향　『분명히 월궁에서 내려온 선녀인가 하노라』 호호호…

원생원　듣기 싫다!

문첨지　원 생원, 생각할수록 분하고 괘씸하구료.

서진사　도대체 공명에 눈이 어두워서 아무한테나 청을 한 생원님의 실수
　　　요.

문첨지　그렇구 말구요. 나도 기껏해야 첨지밖에 못됐지만 더 올라가려고
　　　남에게 청은 안 해봤소.

원생원　그만들 두시오. 나만 어리석은 놈요. (얼굴이 빨개진다)
　　　△울타리 밖에서 관을 쓴 김판서 큰 기침을 한다.
　　　△모두 놀라서 조용들 해진다.

김판서　왜들 왁자하나? (들어선다)

원생원　아니올시다, 하도 울적들 해서 한잔씩 나누고 있었습니다.

문첨지　황송합니다.

서진사　(손을 마주 잡고 입 속으로 우물우물한다)

계　향　어서 이리 올러오세요. (아양을 떤다)

김판서　(엄연하게) 요사 피우지 말아. (원 생원들에게) 이 꼴들이 다 뭐야,
　　　매일 질탕거리기들만 하고.

계　향　(돌아서면서 뱅긋이 웃는다)

원생원　죄송합니다.

김판서　자네들도 한두 살 먹은 어린애들이 아니고 그래도 이 동네 안에
　　　서는 글짜나 한다 하고, 례의나 안다는 사람들이 아닌가? 그러면
　　　스스로 모든 사람들의 모범들이 되어야지, 정말 한심한 노릇들
　　　야.

서진사　오늘은 퍽 오래간만에 이 원 생원이 청했기 때문에 저이들은 마

지 못해 왔을 뿐입니다.

김판서   누가 청했거나 마찬가지야. 뭐 사내로 태여나서 놀지 말라는 것
은 아니야. 그러나 우리들은 무엇으로 보든지 남들이 우러러 볼
만한 행동들을 해야 하지 않나? 그러니까 다음부터는 조심들 하
게. 그리구 너무 번화한 것과 방탕한 것은 피해들 보게.

원생원   네 -

문첨지   네 -

서진사   그럼 대감 저이들은 물러가겠습니다.

김판서   이왕 놀든 김이니 더 - 놀다들 가지. 대체로 말하면 그렇단 말이
지.

원생원   아니올시다. 마침 파하려고 하든 차 올시다.

김판서   나도 가겠네. (어물어물한다)

원생원   가겠습니다. (계향에게 눈짓하고 퇴장)

　　△서와 문도 따라 나간다.

김판서   나도 갈텐데 (따라 나가는척한다)

계　향   가신다고 말씀만 하시지 마시고 가시려거든 어서 가세요. 년소한
랑자 모양으로 황혼에 기생 집이 아랑곳이세요.

김판서   매친 것 같으니라고, 허허허… (마루 끝에 걸터앉는다)

계　향   호호호, 남을 나무러실 때에만 위엄이 도도하시고…

김판서   버릇없이 굴지 말아. 어른이 귀여워할사록 처신을 잘 해야지.

계　향   호호호…

김판서   웃지 말아.

계　향   웃지도 말까요…?

김판서   애 계향아, 너 정말 내 아들 하나만 낳어주렴.

계　향   손자까지 두시고서 또 무슨 아드님이세요?

김판서   그건 그거고, 또 그건 그거지.

계　향   로망 좀 그만 피우세요.

김판서 내 있다 밤늦게 오마. 저 밖에서 기침 소리가 나거든 문을 열어다
　　　오.
계　향 맘대로 하세요.
김판서 또 전처럼 잠이 든척하고 남 헛걸음 치게 만들지 말아.
계　향 잠이 들면 천지개벽을 해도 모르겠어요.
김판서 (일어서며) 늙은 량반에게 너무 애 태우면 죄 된다- 죄 돼.
계　향 그럼 대감,
김판서 응?
계　향 오실 때 어부 모양으로 삿갓을 쓰고 오세요. 그러면 혹시 길에서
　　　누구를 만나시드래도 누가 누군질 모르지 않아요…?
김판서 딴은 그래… (다시 생각을 하고) 에끼 요년!
계　향 왜 그러세요.
김판서 아무리 너도 중하지만 어떻게 량반 체모에 삿갓을 쓴단 말이냐.
계　향 밤중인데 어때요?
김판서 그래도 싫여. 그것만은 못 하겠다.
계　향 그럼 그만 두세요.
김판서 (생각다 못해서) 그래 정 내가 삿갓을 쓰고 와야 되겠니…?
계　향 그래야 문을 열어 드리죠.
김판서 난 모르겠다. 그럼 있다 오마.
계　향 네-
김판서 (나가며) 자지 말고 기다려라.
계　향 네!
　　△김판서 팔자걸음으로 큰 기침을 하면서 퇴장한다.
- 어두워진다 -

제 二 장

무　대　一장과 같은 곳.

　　　　그날 밤, 달이 밝아서 뜰에 가득하다.

　　　　밝아지면 -

계　향　(김삿갓이 남겨 놓고 간 시를 읊고 앉았다)

오　월　(나오며) 아씨, 안 주무셨습니까?

계　향　잠이 와야지…

오　월　너무 늦었어요.

계　향　안다.

오　월　누구를 기다리세요?

계　향　글쎄 어쩌면… (무슨 일이 예상되는 듯이, 또는 그리운 사람을 기

　　　　다리는 듯이)

계향모　(허둥지둥 나오며) 너 왜 입대 안자고 있니?

계　향　졸리지가 않구료.

계향모　(빙그레 웃으며) 요런 앙큼한 것 같으니라고 호호호.

계　향　왜 그러세요?

계향모　왜 그래? 요것아, 속으로는 웅을 까면서도 겉으로는 깔끔한척하

　　　　고, 에고 고것 호호호…

계　향　아니 왜 이러세요?

계향모　너 지금 누구를 기다리지?

계　향　아뇨.

계향모　다 안다 - 다 알어. 어떻든지 잘 됐다. 그러는 것이 네게는 제일

　　　　이야.

계　향　(어이없는 듯이) 그- 참,

계향모　글쎄, 판서 령감께서 어떻게 좋아하시는지 아니, 아까 나를 살그
　　　　머니 불러다 놓시고는 논까지 떼여 주신다고 하시더라.

계　향　참 잘 됐구료.

계향모　새침이 좀 그만 떼여라. 오월아 화로에, 불 꺼지지 않았니?

오　월　네.

계향모　주안상을 잘 봐 놓라고 그러시더라.

오　월　어떻게 된 셈이십니까?

계향모　너는 참견할게 아냐. (들어간다)

오　월　(크게) 네- (따라 들어간다)

　　　△울 밖에서 서진사, 기웃거리다가 등장.

서진사　어험.

계　향　들어오세요.

서진사　입때 안 잤구나.

계　향　난 또 누구시라고, 그런데 왜 오셨어요.

서진사　이런 말도 있느냐.

계　향　어서 할 말씀이나 하세요.

서진사　(주위를 조심스럽게 살피며) 애 계향아, 내 너한테 꼭 청할게 하
　　　　나 있다.

계　향　네-

서진사　애, 너도 김판서 대감에게 말씀 좀 잘 해서 우리 아들놈 출신 좀
　　　　시켜다우.

계　향　호호호…

서진사　너 그렇게만 해주면 네 소원대로 뭣이든지 다- 주마.

계　향　원생원 같으신 분이 또 한 분 생기셨군.

서진사 글쎄 너무 고집어 뜯지 말아.
    △울 밖에서 문첨지 큰 기침을 한다.

서진사 에구, (허둥댄다)
문첨지 계향아, 계향아,
서진사 이거 어떡하나?
계 향 들어오시라고 그래야죠.
서진사 나는 어떡하고… 이거 나갈 수도 없고…
계 향 그럼 저기 가서서 잠간 숨어 계셔요.
서진사 이거 원 엥히… (마루 밑으로 들어가 숨는다)
문첨지 자니?
계 향 들어오세요.
문첨지 (들어오며) 너 혼자 있었냐?
계 향 네, 그런데 웬일이세요.
문첨지 (나직하게) 너 좀 잠간 보러 왔다.
계 향 왜요?
문첨지 꼭 청할게 좀 있어서… 들어주련?
계 향 뭡니까?
문첨지 네 말이라면 판서 대감께서 다 들으신다지?
계 향 이러시다가는 지나가는 사람의 조카 노릇을 하시게 되지 않으실
      가…
문첨지 애, 남은 진정으로 말하는데 너는 실없이만 구니.
계 향 말씀하세요.
문첨지 너, 내가 공연한 일에 대감께 산을 동으로 뺏기지 않았니, 그건
      너도 알겠지? 그걸 어떻게 도로 찾게 해주렴.
계 향 그 참, 별 청이 다 있네.

△삿갓 쓴 김판서, 울타리 밖에서 큰 기침 소리를 낸다.

계　향　(눈치 채고 뱅그레 웃으며) 누구세요?
김판서　어험,
문첨지　어떡하나 나는?
계　향　저리 가서 숨으세요. (서 진사가 숨은 곳을 가리킨다)
문첨지　에그 참, 하필 이런 때 누가 온담. (들어간다. 서 진사를 보고 놀
　　　　란다) 에구머니나…
서진사　에구머니, (툭 뛰어 나온다) 문 첨지 웬 일이요?
문첨지　서진사는 웬일이슈?
계　향　어서 숨으세요.
문첨지　에구 참!
서진사　이왕지사 서로 이렇게 됐으니 같이 숨읍시다그려.
문첨지　이게 무슨 꼴이람…
　　　　△두 사람 어쩔 수 없이 다시들 숨는다.

계　향　들어오세요.
김판서　이게 무슨 꼴이냐. (들어온다. 삿갓을 벗으려고 하는 판에)
문첨지　(툭 뛰어 나오며) 아니 누군가 했드니, 아까 그 걸개놈이로구나.
서진사　(주먹을 쥐고 나오며) 이런 뻔들뻔들한 망할 놈의 자식 같으니,
　　　　△계향모와 오월이 나온다.

계향모　아니 왜 이렇게들 야단이야. (문첨지를 보고) 에구 웬 일들이세요.
문첨지　아니 그런데 왜 이따위 놈을 집안에도 또 부치는 건가?
　　　　△김삿갓, 울타리 밖에서 들여다본다.

계향모　누구요 응, 저 거지 삿갓쟁이 놈이 또 왔군 그래. 이놈아, 불한당

녀석처럼 왜 오밤중에 남의 집엘 들어서는 거야.

서진사　이놈아, 그렇지 않아도 잡히기만 하면 대매에 쳐죽일려구 했다.
　　　　이놈아, 뭐 어쩌고 어째? 날더러 쥐새끼라고?

문첨지　이 고약한 놈 같으니, 실컷 놀려주다 못해 나중엔 날 모기새끼라
　　　　고?

오　월　이거 보아, 얻어먹으러 다니거든 그냥 다녀.

계　향　저년이 어떤 어른 앞이라고 입을 막 놀릴까.

계향모　무슨 어떤 어른야, 거지 비렁뱅이 녀석이지. 아니 저따위 녀석은
　　　　느른- 하도록 룽지를 안겨 놔야 정신이 나는 법이야.

서진서, 문첨지 이놈을 어떡할까?

문첨지　주리를 틉시다.

김판서　(참다못해 삿갓을 벗는다)

　　　△일동 놀란다.

김판서　(계향을 보고) 너는 나를 이렇게… 움- (입을 악문다)

계　향　아이구 저는 정말, 그 걸객인 줄 알았어요.

김삿갓　그러게 삿갓이라고 아무나 쓰는 게 아니랍니다.

김판서　저놈은 누구야?

문첨지　바로 저놈이 그놈이올시다. 그저 저이들이 미거하와 대감을 저놈
　　　　으로 알고…

김판서　듣기 싫다.

김삿갓　미거하지 않으면 삿갓 속에 든 것이 대감인지, 구중팬지 알 수가
　　　　있답니까.

서진사　그래도 아가리질이냐?

계향모　저런 것은 그저 크게 혼을 내 놔야 해.

김삿갓　(태연하게) 허허허 어디 혼 좀 내보세그려. (들어선다)

김판서　네 이놈, 대체 무엇 하는 놈이냐?

김삿갓　삿갓 쓰고, 도적 고양이 모양으로 기생 집에 출입하는 대감 구경
　　　　하러 다니는 사람이외다.

서진사　아니 이놈아, 대감 저놈을 그저…

김삿갓　나를 건드리는 놈은 모두 원 생원 같은 내 조카놈들이다.

　　　△모두들 기가 막혀들 한다.

김판서　(계향에게) 요 앙큼한 년 같으니, 인제 아니까 저 비렁뱅이 녀석
　　　　과 부동이 되어서 나를 욕을 뵈었구나. 어디 보자. (삿갓을 던지
　　　　고 퇴장)

문첨지　계향아, 인제는 너한테 청할 것도 없다. 대감을 저렇게 덧드려 놨
　　　　으니 어떡한단 말이냐.

서진사　어서 갑시다. 그저 뭐니뭐니 해도 우리들이 주책들이 없어.

문첨지　갑시다. 어서 가서 사령 불러 저놈 혼을 냅시다.

서진사　그럽시다.

　　　△문첨지, 서진사 분연히 퇴장.
　　　(사이)

계향모　아니 이 노릇을 어떡한단 말이냐. 이놈아 너는 (삿갓에게) 우리
　　　　집의 원쑤다. 가거라 — 가!

김삿갓　이왕 온 길이니 술이나 한잔 내구료.

계향모　아이구 이런 렴치 불한당 같은 녀석 봤나.

김삿갓　정말 렴치 불한당들은 다 가버렸소.

계　향　오월아, 안에 들어가서 술상이나 내오너라.

오　월　네.

계향모　(화를 내며) 네는 무슨 네야…? (계향을 보고) 아니 너 환장을 했

고나.

계　향　환장이 될 뻔했다가 이 어른 때문에 바로잡았다우.

계향모　아니 이년이… (기가 차서 말을 못한다)

계　향　오월아 어서,

오　월　네.

김삿갓　(돌연히) 허허허… (들쳐나가며) 우리 또 만납시다. (시를 읊으면
　　　　서 퇴장)

　　△계향 대문까지 따라나가 멍－하니 바라본다.

－막－

제 三 막

무 대 석양이다.

　　오른편 구석으로 단칸 초가집의 한 모퉁이가 보이고, 그 앞으로 맑은 시내가 흐른다. 수목이 울창하다. 늦은 가을 붉은 단풍이 먼 산에 어려 있다. 가끔 누런 락엽이 떨어진다.

제 一 장

　　二막에서 一三～四년 뒤.
　　△음전의 수양딸 단순은 빨래를 하고 로파가 된 음전이는 빨래를 줄에 널고 있다.
　　△방망이 소리와 가끔 들리는 새소리.
　　막이 열린다-
　　△삼바우의 노랫소리 멀리서 들린다.

음　전　누가 저렇게 노래를 잘 하누.

단　순　삼바우가 나무하면서 부르나 봐요.

음　전　정말 억척스러운 사람야. 오늘도 벌써 몇 짐이나 지여 내렸담.

단　순　홀어머님 모시고 가난한 살림을 하려니까 그렇죠.

음　전　그렇지, 그리고 그 애는 벌써 스물 두 살이나 됐으니까 장가들 밑천이라도 만들어야겠지…

단　순　어머니는 삼바우 나이를 어떻게 그리 잘 아세요.

음　전　그 애가 나서 세이래 되던 날 이 집 짓는 게 끝이 났으니까 그렇지.

단　순　그래요. 그럼 우리 집 진지두 벌서 스물두 해나 되는군요.

음　전　세월이란 그렇게 빠른 것이란다. 어느덧 벌써 내 나이 五〇이 넘
　　　었구나.

단　순　어머니, 동네에서 어머니를 뭐라고 부르는지 아세요.

음　전　모르지 -

단　순　생보살님.

음　전　(미소한다. 그러나 애연한 빛이 돈다)

단　순　한 평생 숫처녀로 늙으시고, 마음씨 고우시고, 산 속에서 혼자 사
　　　신다고…

음　전　당치 않은 소리를… 너 같은 딸이 있는데 왜 내가 혼자 사는 생보
　　　살이람.

단　순　친딸이 아니라는 것은 동네방네가 다 아는 걸요. 그러나 어머니,
　　　누가 뭐라든 나는 어머님만 없으면 - (약간 쓸쓸해진다)

음　전　우리 인제부터는 쓸데없는 소리는 하지 말기로 하자. (말끝을 돌
　　　리며) 너도 인제는 출가를 해야 할텐데.

단　순　에히 어머닌 별말씀을 다 하시지.

음　전　너는 벌써 네 신랑감이 정해 있는 몸이 아니냐. 성삼이, 성삼이,
　　　참 좋은 애다. 내 마음에 여간 기쁜 것이 아니다.

단　순　그런 말씀 마세요.

음　전　그럼 나 같이 살 테냐? 안 될 말이지 - 안될 말이다.

단　순　그럼 왜 어머니는 한평생 이렇게만…?

음　전　나도 모르겠다. (쓸쓸하게 웃는다)

단　순　(한쪽을 보고) 그건 왜 거기 내려놓우?

소　리　(삼바우) 옹 나무 한 짐 해왔어.

음　전　삼바우야, 그건 또 왜…

삼바우 (등장) 할머니, 오늘 나무 많이 했기에 한 짐 가져 왔어요. 가락잎
        이 좋지는 않지만 뒀다 때세요.

음 전 너 신세를 져서 미안하구나.

삼바우 원 별말씀 다 하세요.

음 전 쉬었다 가렴. 그래 어머님도 안녕하시지?

삼바우 네 참, 할머니, 저 아래 동네에 며칠 전부터 이상스런 사람이 돌
        아다녀요.

단 순 아 삿갓 쓴 로인 말예요?

삼바우 단순이도 봤군! 허-연 수염이 흩날리는 늙은 삿갓쟁이,

음 전 삿갓쟁이?

삼바우 꼴은 허술한데 글은 문장인가 봐요. 뭐 동네 안에서 꺼떡대는 샛
        님들 쳐놓고 그이한테 망신 안 당한 사람이 없어요.

음 전 그래 지금 그 분은 어디 계실가?

삼바우 모르죠, 물에 뜬 부평초 모양으로 떠다니니까요. 할머니, 내려갑
        니다.

음 전 응 잘 가거라.

삼바우 네- (노래 부르며 퇴장)

음 전 단순아, 너도 그 분을 봤다지?

단 순 네, 어제 분옥이네 집에 놀러 갔다가 길가에서요.

음 전 봤어? 그래 어떤 분이더냐?

단 순 잘 모르겠어요. 삿갓을 푹 눌러써서 얼굴을 잘 볼 수가 있어야죠.
        그런데 옷은 퍽 람루해요.

음 전 그래…? (깊은 생각에 빠진다)

단 순 어머니 왜 그러세요?

음 전 아니다.
        △분옥 등장.

분 옥 할머니,

음 전 분옥이냐, 다 늦게 웬일이냐?

분 옥 할머니, 오늘 소식을 못 들으셨어요.

음 전 무슨 일인데?

분 옥 정말 야단 났어요. 저어 성삼이네 아저씨께서 옥에 갇히셨어요.

단 순 (놀란다)

음 전 아니 무슨 일로?

분 옥 이번에 새로 온 사또께서 또 새령을 내려서 우리 동네만 해도 쌀
       과 필육을 무척 바치게 되었어요. 그러나 뭐로 냅니까, 아니 내면
       덮어놓고 잡아가고요. 그래서 성삼네 아저씨께서… (단순을 보
       고) 너의 시아버님 되실 어른 말이다. (다시 음전에게) 글쎄, 그
       어른께서 화가 치미셔서 약주를 잡수시고 이런 말씀을 하셨대요.
       『량반 사또 때문에 우리가 못살게 되었다』고, 이래서 금방 잡혀
       가셨어요.

음 전 살아 나오시기는 어렵다. (통분한 한숨을 쉰다)
       (사이)

분 옥 참, 내 깜박 잊었네, 할머니 이것 좀 잡숴보세요. 새로 뜬 고추장
       이예요.

음 전 그건 또 왜…

분 옥 맛은 없지만 나물이나 묻쳐 잡수시라구 가져왔죠. (부엌으로 들어
       간다)
       △단순 빨래를 거둔다.
       △김삿갓, 시를 읊으면서 수림 속에서 나온다.

김삿갓 설한풍,
       찬 겨울이
       아모리 길―다한들

봄바람 불어오면 얼음 풀려 꽃 피우리
△분옥이 나와서 단순과 같이 그를 쳐다본다.

김삿갓 애들아, 왜들 쳐다만 보니.
분 옥 (대담하게) 할아버지께서는 뭣 하시는 어른이세요?
김삿갓 삿갓 쓰고 떠돌아다니는 늙은이다.
분 옥 왜요?
김삿갓 그건 물어보지 말아. 대답할 말도 없거니와 한 대도 너이들은 모
        른다.
분 옥 할아버지께서는 집도 없으신가요?
김삿갓 내 집은 퍽 크단다.
분 옥 네?
김삿갓 (사방을 가리키며) 여기란다.
분 옥 (어리둥절해서) 여기가 어디세요?
김삿갓 저 하늘은 우리 집 지붕, 저 산과 저 들은 우리 집 앞과 뒤 뜰악,
        (시를 읊으며 퇴장)
        높은 하늘이로되 고개 들기 어렵고
        넓은 벌판이지만 발도 못 뻗겠고

음 전 (한참 바라보다가) 애들아,
단순, 분옥 네?
음 전 얼른 뛰여가서 그 로인 좀 여쭤오너라.
분 옥 네, (뛰어나가며) 할아버지, 할아버지, (퇴장)
소 리 (김삿갓) 왜 그러냐?
소 리 (분옥) 잠간만 오시래요.
음 전 단순아, 너는 아랫마을에 좀 가보아라. 어찌된 사연이나 자세히
        알자.

단 순 네.

분 옥 (등장) 오세요.

음 전 그럼 분옥아 너는 단순이와 같이 좀 내려가 봐라.

　　　△단순과 분옥 퇴장.

　　　△김삿갓, 송림 속에서 나온다.

김삿갓 애들아, 왜 불렀느냐?

음 전 제가 여쭸습니다.

김삿갓 로인께서?

음 전 네, 황송합니다만 그 삿갓 좀 벗어주실 수 없겠습니까?

김삿갓 그럽시다. (삿갓을 벗는다)

　　　(사이)

음 전 서방님!

김삿갓 네에? (도리어 당황해진다)

음 전 서방님, 저를 모르십니까?

김삿갓 누구시오?

음 전 음전이올시다.

김삿갓 음전이?

음 전 서방님, 천하 사람은 다 속이시여도 제 앞에서는 본색이 감추워지
　　　지 않을 것입니다.
　　　서방님, 너무 당돌한 소녀의 행동을 꾸지람 마세요.

김삿갓 누구신데 이런 말씀을 자꾸 하시나요.

음 전 지금부터 三〇여년 전, 서방님께서는 백일장에서 장원을 하시지
　　　않으셨습니까. 지금도 선전관의 호령 소리에 따라 엄연히 일어나
　　　시던 그때 서방님의 모습이 눈앞에 선 - 합니다.
　　　△은은히 들려오는 그 때의 풍악소리.

김삿갓 음전이!

음 전 서방님!

김삿갓 그래 그 뒤 아버님께서는 옥중에서 돌아가시었단 말씀은 나도 얻
        어들었소.

음 전 저의 어머니께서도 그때 관가에 발악을 했다고 하옥이 되셨다가
        며칠 동안 아무 것도 안 잡숫고, 굶어서 돌아가시고,

김삿갓 어머니마저…?

음 전 (더 비장한 추억에 잠기며) 그리고 저도 잡아다가 관비(官婢)를 삼
        으려는 기세가 보이길래 그냥 곧 도망질을 쳤었답니다. 그래서
        이곳 저곳 흘러 다니다가 그만 이곳에서 이렇게 늙어버렸습니다.

김삿갓 공연히 나 때문에…

음 전 아닙니다. 그럴 리가… (애연해진다)

음 전 그때 그 정자 밑에서 서방님이 홀홀히 떠나가신 뒤에 일생 동안
        다시 못 뵈올줄 알았더니만… (사이) 그랬더니만 또다시 이렇게
        존안을 뵈옵게 되니 실로 무어라고 사뢰일 말씀이 없습니다. 너
        무 꾸짖지나 마세요.

김삿갓 고맙소, 고맙소.

음 전 서방님, 생각나시옵니까? 그때 떠나시옵던 날 밤 – 그날 밤, 처량
        하게 들려오던 그 풍악 소리가, 서방님을 떠나시게 한 그 원쑤스
        런 풍악소리가…

        △그 때의 풍악소리가 상징적으로 들려온다.

                                              – 어두워진다 –

제 二 장

무 대   제一장과 같다.
때   그 이튿날 새벽.
　 — 밝아진다 —
　△김삿갓 언덕 아래에다 자리를 펴고 옆에 삿갓을 놓았다.
주위는 고요하다.
　△성삼, 발자국 소리를 죽이려 나다닌다. 초조하여 누구를 기다리는 듯 인기척을
듣고 한쪽에 숨는다.
　△단순이 나와서 김삿갓의 곁에 가서 포대기를 잘 덮어준다.

단 순   (멀리 바라보고) 아이 저게 웬 불길일가?
성 삼   단순아!
단 순   에구머니나,
성 삼   나야, 성삼이야.
단 순   뭐, 성삼이! (곁에 가서) 이 어둔 새벽에 웬일야?
성 삼   이리 좀 와.
단 순   (그편으로 간다)
성 삼   저것 봐라. 단순아, 저 불길은 관가에 붙은 불이다. 아마 조금 있
　　　　으면 몽땅 재가 될 거다.
단 순   어찌 된 일이냐? 불이 왜 났어?
성 삼   내가 질렀다.
단 순   뭐?
성 삼   우리 아버지가 잡혀가시자마자 맞아서 돌아가셨다. (단순 놀란다)
　　　　단순아, 나 정말 참을 수가 없어서, 정말 분해 못 견디여서, 생각
　　　　다 못해서 그냥 확 질러버렸다.

단 순 뒷일은 어떡하니? 정말 큰일났고나.

성 삼 이 고장을 떠나버리면 그만이지.

단 순 여길 떠나다니?

성 삼 그럼 앉아서 죽으란 말이냐? (침통하게) 단순아, 너와는 이게 마지
       막이다. 나는 이제부터 땅두더지가 되겠다. …그러나 나는 그냥
       있지 않는다.

단 순 (울 듯이 된다)

성 삼 단순아, 너는 너대로 그냥 잘 있어라. 아버지의 목숨 하나 구하지
       못한 내가 어떻게 너 같은 처녀와 량주가 되겠니? 그렇지 않니,
       이 세상이 바로 잡혀서 우리 같은 것들도 고개 쳐들고 살게 되기
       전에는- 나는… (주먹으로 눈물을 씻는다) 자- 난 간다. 단순아
       잘 있거라.

단 순 (성삼의 소매를 붙잡고) 안 된다.… (느낀다)

성 삼 놔라, 가야 한다.
       (사이)

단 순 그러면 나는… (결연히) 언제까지든지 너를…

성 삼 나를? 어떻든지 잘 있거라. (뿌리치고 퇴장)

단 순 성삼아… 성삼아… (쫓아 나간다)
       (사이)
       △귀뚜라미 소리.
       △김삿갓 일어난다.

김삿갓 아-하, 이런 세상이 언제나 망하나-
       △음전 술병을 들고 등장.

음 전 춥지 않으셨어요.

김삿갓 버릇이 돼서 괜찮았소. 그런데 이렇게 일찍이 어디를 갔다 오?

음 전 아니 저…

김삿갓 응 술이구료. 잘 가져 왔소. 으스스한 김에 한잔 마십시다. (병을
       뺏는다) 언제 상 차리기를 기다리겠소. (그냥 마신다)
       △음전 부엌에 들어가서 안주 그릇과 젓가락을 내온다.

김삿갓 아 가슴 속이 그저 시원하군!
       △손가락으로 집어 먹는다.
       △음전 젓가락을 권한다.

김삿갓 손구락이 좋소. 이것 저것 가릴 게 있소.
음 전 서방님!
김삿갓 왜 그래우?
음 전 서방님, 이렇게 여쭌다구 역정 내시지 마세요.
김삿갓 뭐요?
음 전 인제 그만 댁으로 들어가세요.
김삿갓 ……
음 전 로령감이나, 아씨나, 아드님의 생각도 좀 하세야죠.
김삿갓 허허허…
음 전 인제는 마음을 돌리세요.
김삿갓 음전이, 아무 말도 말어 주. 일껏 먹어서 얼큰해진 술이 도루 깨
       고 말겠소.
음 전 서방님!
김삿갓 (외면을 한다)
       △삼바우 등장.

삼바우 할머니, 안녕히 주무셨어요.
음 전 이렇게 일찍이 웬일이냐?
삼바우 저어… (김삿갓을 보고 주춤한다)
음 전 뭐냐?

삼바우   저 어른이 입때 계시군요.

음 전   이 어른을 어떻게 아니?

삼바우   잘 알어요. 그런데 어제 저녁 나절부터 저의 동네 안으로 어떤 점
         잖은 분이 오셨어요.

음 전   그래서?

삼바우   그런데 그 분이 말씀하시는 것이 꼭 저 어른을 찾는 것 같애요.

음 전   그래…?

삼바우   그 어른이 지금 저기 서 계시니까 제가 가서 모시고 올게요. 할아
         버지 잠간만 계세요.

         (퇴장)

김삿갓   (급히 삿갓을 쓰고) 또 봅시다.

음 전   가시지 마세요. 아마 댁에서 찾아 오셨나봅니다. (붙잡는다)

         △김삿갓 뿌리치고 허둥지둥 나가다가 들어오는 익균이와 마주친다.

김삿갓   누구요?

김익균   아버지, 불효자 익균이올시다.

         △김삿갓 삿갓을 벗는다.

김익균   아버지, 소자와 같이 집으로 돌아가세요…?

김삿갓   너 혼자 가거라.

김익균   무슨 말씀이세요…?

음 전   아드님 말씀대로 댁으로 들어가세요.

김삿갓   익균아, 이 로인 뵈여라.

         △익균, 음전에게 절을 한다.

         △음전 황황히 답례한다.

김삿갓   이 어른께서도 나 때문에 나 같이 되신 분이다.

김익균   네, 바로 이 어른께서 아버님 때문에 옥살 당한 오서방 령감의…

김삿갓 외따님이란다. 이분께서는 우리보다도 더 억울하게 일생을 보내
      셨냐.
김익균 아버지, 이분도 모시고 같이 가세요.
김삿갓 너 먼저 가거라. 내 언제든지 들어가마.
김익균 아버지, 안됩니다. 다시 한 번 생각을 돌려보세요. 할아버지께서
      돌아가실 때 아버님 이름만 자꾸 부르셨습니다.
김삿갓 ……
김익균 그리고 또 지금은 할머님께서도 병석에 누워 계십니다. 가뜩이나
      로쇠하신 터에 아버님 때문에 더 한층 심하시게 되셨습니다. 별
      로 약도 안 잡수시고 아버님만 찾아오라고 우시고만 계십니다.
      …아버님, 또 나오실 때에 나오시드래도 한 번만 들어가서 마지
      막으로 할머님이나 뵈여 주세요.
김삿갓 오냐,
김익균 네, 그럼 들어가시겠단 말씀이세요?
김삿갓 그래도 너 먼저 들어가거라.
김익균 (더 간절하게) 아버지, 아버지께서는 너무하시지를 않습니까? 어
      머니께서는 할머니보다도 더 로쇠하셨습니다. 이건 모두 아버님
      때문입니다. 어린 저이 형제를 길러 내실 때에 얼마나 고생을 하
      신 줄 아세요. 저이 형제는 항상 어머니 눈물을 빰 우에다 받고
      서 자라났습니다. 아버지, 아버지의 울분도 울분이시려니와 어머
      님의 심정은 왜 생각을 못해 주십니까? 네 아버지,
      △김삿갓 돌아서 삿갓을 쓴다.
      △음전과 삼바우 눈물을 씻는다.

김익균 (느끼면서) 아버님… (끌어안아 아버지의 옷자락을 잡는다) 아버
      지, 아버지의 심정은 저이들도 잘 압니다. 이것은 비단 아버님의
      원한만이 아니고 온 세상에 헐벗은 사람들의 원한이란 것도 압

니다. 그러나 저이들은 멀지 않은 앞날에 반드시 이같은 원한이
　　　　씻어질 것을 굳게 믿습니다.
김삿갓　그러기에 나는 떠돌아다녀야겠다.
김익균　아버지, 할아버지를 보세요. 아버님 이상의 울분과 불평을 품고
　　　　계시면서, 그리고 갖인 경멸과 모욕을 받으면서도 오직 할머님이
　　　　나 저이 형제를 위하시여서 댁을 지키시고 계시지를 않았습니까
　　　　아버지.
김삿갓　(옷자락을 빼면서 돌아서려 할 때)
　　△사령 두 명이 나타난다.

사령一　(삿갓을 보고) 이건가 보다.
사령二　량반 욕하고 돌아다니는 놈, 옳다 이놈이다.
　　△사령들 김삿갓을 잡는다.

김삿갓　왜들 이러는 거냐?
사령一　요 며칠 전 네가 우리 고을 사또 령감 얼굴이 주리끼 형상 같다
　　　　느니, 뭐가 어찌하느니, 하는 시를 읊어서 욕을 한 것은 잊지 않
　　　　았겠지? 며칠째 너를 잡으러 다녔다. 어서 가자.
김삿갓　가 보자. (태연하다)
김익균　여보십시오, 잘못 보셨습니다.
음　전　정말에요, 이 어른은 그런 어른이 아니세요.
사령一　참견들 말어. 이 늙은 놈 두둔하면 모두 잡어 간다. (김삿갓을 끌
　　　　며) 어서 가자.
김익균　아버지… (엎드러진다)
음　전　서방님… (운다)
　　△사령들 김삿갓을 끌고서 퇴장.

삼바우 저 할아버지는 우리들의 분풀이를 대신하여 주신 할아버집니다.
       할머니, 념려들 마십쇼. 제가 곧 동네로 내려가서 젊은 사람들을
       모아서 저 할아버지를 못 끌고 가게 하겠습니다.
음 전 그럼 어서,
삼바우 (뛰어 나가면서) 철수, 춘삼이, 재호, 용수, 달성이… (퇴장)
       △삼바우의 소리 점점 멀어져 간다.

김익균 (고개를 들고 아버지의 간 곳을 바라보면서) 아버지, 아버님의 쌓
       이고 쌓인 원한은 어떻게든지 씻어 드리겠습니다. 하다 안되면
       자자손손 이어 가면서라도 기어코 씻어 드리겠습니다. 아버지!
       △산바람 부는 소리 차차 크게 일어날 때

                                              -막-
                                        --九三八년 봄-

리순신 장군

九장

조령출

△랑송자가 중간 막 앞에 등장한다.

랑송자
임진 왜란은 일었다
임진 조국 전쟁은 일었다

벽해를 건너, 도적의 무리
이 나라 아름다운 강산을 불의에 침범하니
날짐승 바다를 덮어 날으고
살벌한 로롱 취각의 소리.
원수의 화포는 이 나라 성책을 부시고
야수의 무리 이 나라 인민을 살육하니
아 어찌 눈으로 차마 볼 수 있으며
귀로 차마 들을 수 있으랴
고을과 마을에 피비린 바람이 일고
원한의 소리 산천 초목에 사무친다,

백두산하
삼천리 강토를 삼키고
나아가 명 나라를 치자는
일본 관백 풍신수길 —
이〇만 대군의 왜적 선봉은
마치 무인지경 달리듯
세 길로
이 나라 가슴 깊이 침노하련다

이 나라 수천 년 애국의 붉은 핏결
어찌 산마다 강물 기슭마다
인민들 가슴마다 끓어 넘치지 않으랴
보라, 여기 애국 선렬의 영웅 전기를!
단 하나 조국과 인민을 위하여
붉은 충성을 다한 사람들의 이야기
그 인민과 더불어
이 나라 바다의 명맥을 지켜
도탄과 시련의 불길로부터
조국의 영광을 지켜 이긴 그 이
아- 바다의 령장, 리순신 장군의 영웅 전기를.

제 一 장

때   一五九二년 임진 四월 하순. (선조 二五년)
곳   려수, 전라 좌수영으로 가는 어느 성문.

　　성문 측면의 성루로 오르는 언덕과 층계.
　　성 뒤에서 군중의 웅성거리는 소리. (왕래하는 사람들은 객석
에서 보이지 않는다.)
　　말발굽 소리 다급히 들려 온다.
　　말발굽 소리 멎는다.
　　한 사람의 전령이 등장한다. 그는 층계 우에 올라서서 좌우
산하를 둘러보며 묻는다.

전 령 수문장, 수문장!

파수一, 二 (문루에서 내려온다.)

전 령 전라 좌수영을 어데로 가느냐!

파수一 리순신 사도 계신 곳 말씀이요?

전 령 그렇다.

파수一 어데서 오시오!

전 령 전라 감영에서 온다.

파수一 바로 저 남쪽으로 뚫린 훤한 길로 가시오.

전 령 고맙다. (나가려 한다.)

파수二 말 좀 물읍시다. 시방 왜적의 형세가 어떠하오?

전 령 동래 울산이 무너졌다. 도적은 상주와 문경 새재로 치달아 오르고
있다.

파수一 문경 새재로!?

△전령 급히 퇴장한다.

다시금 말발굽 소리 다급히 재우치며 멀리 사라진다.

파수一 죽일 놈들 대체 왜놈들은 우리 나라와 무슨 원수가 있어 침범해
든단 말이냐.

파수二 먹자는 거지요. 우리 나라 재물을 빼앗고 백성들을 노비로 삼자
는 거지요.

파수一 누가 누가 멕힌다더냐, 천만의 말씀이다.

파수二 허지만 경상도를 벌써 먹어 든다니…, 정말 머저리들이요. 경상
도 감사니 수병사들은 왜적이 부산진을 함몰시켰다는 소문만 듣
고 삼십륙계를 불렀다니 그럴 수 있나요.

파수一 통분한 일이다. 이제 도적들은 바다를 끼고 전라도를 넘을 것이
다.

파수二 오라지요. 난 명색 없는 하졸뱅이지만 한 번 싸워 볼라오. 한

번…

파수一 말은 쉽고 하기는 어려운 법이다.

파수二 어려울 게 없지요. 목숨을 내걸고 싸우는데, 두구 보슈.

파수一 두구 보면? 그래, 왜적들이 예까지 기여 들두룩 내버려 둘 줄 아
        니 천만에… 조정에서 순변사니, 방어사니, 조방장이니 하는 장
        수들을 내려 보냈다니 아무튼 무슨 방책이 있을 게다.

파수二 저것 보슈. 오늘도 경상도 쪽에서 저렇게 사람들이 구름처럼 몰
        려 오고 있소.

파수一 왜놈들에게 값없는 죽음을 당하지 않을 양으로 오는 게다.

파수二 허지만 로인들이나 부녀자들은 몰라도 눈깔이 시퍼런 젊은 놈들
        이 제 집 제 고향을 지키지 않고 저게 뭐란 말이요.

파수一 너무 큰소리 말아. 다 사정이 있는 게다.

들리는 소리(룡길) 여보시오, 좌수영이 예서 얼마나 되오?

파수二 (큰 소리로) 야, 넌 봐허니 눈깔이 시퍼렇게 젊었구나, 그래 경상
        도를 왜놈들 아가리에 처넣고 문문히 뒤로 물러서 온단 말이냐?

들리는 소리 야 희떠운 소리 그만둬라.

파수二 뭣이? 네 눈엔 보이는 것이 없느냐?

들리는 소리 보인다, 똑똑히 보인다. 너 게 좀 있거라, 말 좀 해 보자.

파수二 아니 저 놈이, 오라, 맛을 좀 볼랴느냐?

　　△사람들의 웅성거리는 소리 들린다.

　　△건장한 젊은이(김룡길)가 급히 등장한다. 그 뒤에 봉녀와 할아버지(박로인)가
　　따르고 다른 사람들이 그야말로 구름처럼 옹기종기 모여 등장한다.

김룡길 이제는 세상이 다 안다. 짐승 같은 왜놈들에게 젊은 며느리와 딸
        들을 빼앗긴 사람들이 얼마나 되는가, 이 분통이 터지면 태산도
        무너지고, 눈물을 흘리자면 강물도 넘칠 것이다.

중년 부인 우리가 당한 일을 생각하면 왜놈들의 간을 씹어도 시원치 않
        쇠다.

김룡길 나는 도끼를 들고 싸웠다. 왜놈들을 몇 놈 쳐서 꺼구러 뜨리기도
      했다. 허나 왜적들은 화포와 조총을 쏘아 대며 벌떼처럼 달려들
      었다. 그래 어떻게 싸우란 말이냐? 무엇을 가지고… (분함을 못
      참아 주먹으로 땅을 친다.)
박로인 룡길이, 그만 진정하게. 수문장도 봐허니 너무 분해서 그렇게 한
      말이요, 자네도 그만 울화를 못 참아 수문장에게 마구잡이로 말
      한 것 아니겠나.
파수二 (자기 반성적인 심각한 태도를 갖는다.)
박로인 우리가 살기 위해서만 좌수영으로 가는 건 아닐세. 제 고향 제 집
      을 찾기 위해서 왜적을 쳐물리치기 위해서 무슨 일이든 하자고
      가는 사람일세.
한 젊은이 그렇소외다. 우리 같이 젊은 놈들은 의병을 모아 싸우구요.
      △한옆에서 젊은 사람들 수군거린다.
김룡길 경상도 합천과 의녕 땅에선 벌써 의병들이 일어 났다고 한다.
      …가만 있자, 어데서 들었던가?
봉 녀 장군바위 고개서…
김룡길 오라, 장군바위 고개서…
한 젊은이 어떤가? 우리도 의병 대장을 찾아가서 군기를 쥐고 한 번 싸움
      판에 나가는 것이 어떤가 말일세.
김룡길 좋은 말이다. 사내 자식으루… 목숨은 됐다 뭣에 쓰겠나.
파수二 (룡길에게 가까이 가서 부드럽게) 자네 이름이 룡길이라구, 내가
      자네를 몰라 봤네.
      (룡길의 손을 잡는다.)
김룡길 나 역시 수문장에게 온손치 못했네. (그들은 허심히 웃는다.)
파수一 그러기에 내가 뭐라든가. 큰소리 말라고 하지 않던가 하… (모두
      웃는다.) 의병 말이 났으니 말이지 전라도에서도 의병들이 일어
      났단 말을 들었네. 허나 내가 여러 분에게 전하고 싶은 건 이왕

좌수영에 찾아 온 바에는 리순신 장군을 찾아뵈면 좋은 방책을
가르쳐 주실 거요. 누구나 리순신 장군을 만나 보시면 알게요. 그
분이 얼마나 백성들의 심정을 잘 알아주시고 백성들과 나라를
위한 충성심이 얼마나 대단한 분인가…

박로인 우리도 잘 알고 왔쉬다. 리순신 장군은 인망이 높고 백성들을 끔
찍이 여겨 주신다니 나 같은 미천하고 늙은 사람도 만나 주실 게
고, 그 분은 우리네 생각에 맺힌 매듭들을 풀어 주실 것만 같아
서…. 룡길이 자넨 더 잘 알 게 아닌가.

김룡길 알구말구요. 그래서 할아버지를 모시구 온 게지요. 우리 삼촌은
좌수영 조선장에서 일을 하고 계시는데 거북선이랑, 아주 신기한
배를 만든다는 소식도 들었습지요.

박로인 맞았네. 바로 그 거북선 말일세, 삼도 수군 중에서도 이 곳 좌수
영의 수군 방비가 으뜸이라구 하며 그 거북선이 그렇게 신기하
다니 대체 어떻게 생긴 것인지?

파수ㄷ 인제 좌수영엘 가시면 보게 될 것이요. 그 거북선이 바다로 나가
는 날에는 왜적들을 모두 바다 속에 처넣게 될 것이요.

한 젊은이 말만 들어도 가슴이 시원하구나.

중년 부인 허지만 지금 같애서는 눈 앞이 캄캄하외다. 왜놈의 군사들은
자꾸 들어만 오구 우리 군사는 싸워서 이겼단 소식은 없고 에그
우리 집 주인은 어데 가구 시집갈 나이의 딸아이는 어데로 갔는
지. (운다.)

봉 녀 아주머니 울지 말아요, 울어서 소용 없어요.

중년 부인 글쎄 마음을 단단히 먹는다 먹는다하면서도, 샘물처럼 솟아
나는 걸 어쩌겠나, 생각하면 무섭구 치가 떨리구… 만일 내 딸아
이가 왜놈들에게 끌려갔다면… (운다.)

봉 녀 아주머니 그런 생각 말고 그만 일어 나가십시다.

중년 부인 자꾸 가기만 하면 어데로 간단 말인가, 하루 가면 그 만치 고
    향에서 멀어지구 이틀 가면 그 만치 고향에서 멀어지는 길을…
김룡길 아주머니 여기 보시오. 숫한 사람들이 한두 가지씩은 다 슬프고
    원통한 사정들을 가지고 있소. 허지만 우리 조선 백성들은 그 어
    떤 란리도 싸워서 이겼다 하오. 할아버지 안 그렇습니까?
박로인 맞았네, 우리 나라 옛날 사적이 모두 그랬네.
    △이 때 말발굽 소리들 들린다.
    △파수들 돌연히 더욱 긴장한다.
파수一 아니 지개 웬 일인가, 사도께서 전배사령도 없이 후배사령도 없
    이.
파수二 군관 한 사람이 따랐소.
    △모든 사람들이 의외의 일에 놀라며 길 쪽을 내려다본다.
    △말발굽 소리 가까이 와서 멈춘다.
파수一 (웨친다.) 전라 좌수영 수군 절도사 리순신 장군 행차 납시오.
    △모든 사람들 자기들 위치에서 허리를 굽힌다.
    △리순신 장군 등장한다. 군관 송희립이 따랐다.
리순신 (파수를 향하여) 이 분들이 모두 경상도 쪽에서 오는 이들이냐?
파수一 그렇소이다. 적지 않은 이들이 좌수영을 찾아오는 길이며, 사도
    뵈옵자고 오는 길이라 하오이다.
리순신 좌수영을 찾아? (군중을 향해) 좋소외다. 로인장, 아낙네들, 젊은
    이들, 자, 잠시라도 편히들 쉬시오. 로인장, 이리 앉으시고, 애기
    어머니도… 정말 여러 분의 겪은 고생은 짐작할 수 있소. 나는
    경상도 불길 속에서, 왜적의 환난 속에서 오는 여러분들의 정형
    을 좀 알고자 나왔소. 그런데 마침 이 곳에 당도하니 여러분들이
    한곳에 모여 있기에 잠시 머물렀소외다. 그래 로인의 식솔은…
박로인 장군님 황송하오이다, 너무나 뜻밖에도 장군님을 이런 데서 뵙게
    되니 원 어떻게 말씀을 드려야 좋을지 모르겠소이다.

리순신   어서 말씀하시오.

박로인   말을 하자면 먼저 가슴부터 떨립니다. 소인은 고성 봉화골 바닷
          가에 사옵는데 시방 남은 식솔이란 저 손주딸 하나 뿐입니다. 저
          것의 어미는 왜놈들 총에 죽었삽고, 젊은 며느리 하나는 끌려갔
          소이다. 도대체 우리 조선이 왜놈들에게 무슨 빚을 졌으며 무슨
          원쑤가 있길래 이런 환난을 당해야 하오니까?

리순신   바로 그 말이외다. (한 쪽을 돌아보며) 애기 어머니는 어데서 오
          시오?

애기어머니   김해로소이다. 남정과 시부모를 다 잃었소이다. 남정은 동래
          성으로 수자리번을 들러 갔사온데 동래성이 무너졌다오니… (목
          이 메여 말을 더 못 한다.)

리순신   (통분한 심정을 억누르며) 알겠소이다. 왜적이 침노한 곳에는 불
          이 일고, 인민이 죽고, 가산을 빼앗기고 산천이 초토가 되었소.
          우리는 일찍이 바다를 건너가 왜놈의 나라를 먹자고 친 일도 없
          고 일본 사람들을 죽이거나 강탈해 온 일도 없소. 그런데 일본
          관백 풍신수길은 조선을 먹고 나아가선 중국 천지를 먹자는 도
          적의 심산으로 불의에 우리 조선을 침범해 왔소외다. 우리 수군
          이나 륙군은 전쟁할 방비를 채 갖추지 못 한 탓으로 시방 왜적들
          은 우리 나라 깊이 들어오고 있소. 허지만 여러 분, 부산진의 군
          사와 백성들과 정 발(鄭潑)사도는 용맹스럽게 성을 지켜 싸웠으
          며, 동래성의 군사와 백성들과 송상현 사도 역시 왜적을 막아 천
          추에 빛날 이 나라 슬기를 떨쳤다 하니 이 아니 장한 일인가.

박로인   소인네들이 생각는 바도 바로 그것이오이다. 사도께 찾아 가 뵙
          고 선렬들의 본을 받아 나라를 위하는 일에 몸을 바치자구들…
          또 이 젊은 것들은 의병으로 싸우러 나가자고 예서 막 이야기하
          던 중이오이다.

김룡길 소인은 그저 군기를 들고 나아가 싸우게만 가르쳐 주시면 몸이
        가루가 되더라도 원쑤를 갚고야 말겠소이다.

리순신 훌륭한 젊은이로다.

박로인 이 사람은 아주 외로운 머슴이온데 보시다 싶이 장골이며 왜놈을
        두 놈이나 도끼로 가눕힌 젊은 호랑이 오이다. 아주 장군께 말씀
        드립니다마는, 저 봉녀와 장차 짝을 짓기로 작정했사오며 도 저
        희들끼리도 의사가 맞는 모양입니다.

봉 녀 (수줍어한다.)

김봉길 온 할아버지두 지금이 어느 때라구 그런 소릴 꺼내서요.

리순신 하…

박로인 아이구 이거 죄송하옵니다.

리순신 죄송할 게 있소. 경사스런 일인데.

박로인 그리구 이 사람의 삼촌이 좌수영 조선장에서 일을 하고 있답니
        다.

리순신 조선장에서?… 성명을 누구라 하는가?

김룡길 이름을 옥지라 하오이다.

리순신 (반기며) 옥지! 유명한 조선공이요. 충성심이 있는 사람이요, 반
        가운 일이로군.

한 젊은이 소인은 사냥꾼이오이다. 활과 창을 쏠 줄 아오이다. 물에서 사
        울 수도 있고 물에서 사울 수도 있소이다.

        다른 한 젊은이 소인은 목수 일도 할 수 있고 농사도 질 수 있삽
        는바 둔전이나 조선소에 일을 주시면 충성껏 감당해 보겠소이다.
        보습을 칼로 대패를 날로 원수를 치겠소이다.

리순신 훌륭하다. 모두들 충성이 지극한 마음들이다. 우리 나라 백성들
        의 충성이 이렇듯 크고 뜻이 견고하거니, 이 충성과 이 뜻이 하
        나로 단합한다면 무슨 일을 못 하겠는가. 이 힘을 가지면 태산도
        밀어 내며 바다도 끊을 것이며 왜군 이○만 대적쯤은 몰아 내고

도 남을 것이다. 허지만 한 가지 명심할 것은 오늘의 이 고초와 오늘의 피가 래일의 승전이 되고 래일의 안락한 세상이 된다는 것을 알 것이로다.

모　두　알겠소이다.

리순신　군관!

송희립　예.

리순신　군관은 여러 분의 뜻대로 이루게 하되, 우선 성내로 인도하여 사처를 정하게 하고 식사를 마련하며 뜻을 따라 명부를 만들라.

송희립　예이.

리순신　그럼 여러 분, 난 먼저 가겠노라.

박로인　장군님 황송하오이다.

　　△리순신 퇴장한다.

송희립　여러 분, 나를 다르시오. 로인장, 함께 가십시다.

　　△송희립 박로인을 데리고 나간다. 그 뒤로 모든 사람들이 웅성거리며 따라 나간다.

　　△리순신 장군의 말발굽 소리 멀리 사라져간다.

　　△봉녀와 룡길은 언덕 우에 서서 멀리 사라져 가는 장군을 바라본다.

김룡길　리순신 장군!

봉　녀　정말 어버이 같은 분이야…

김룡길　봉녀, 이제 우리들 앞에 어떤 고생이 있어도 참으며 이겨 나가자구.

봉　녀　내 걱정은 말어… 어서 가자구, 남들이 승봐.

　　△봉녀는 짐을 든다. 룡길 얼른 그의 짐을 들어 머리에 얹어 준다. 두 사람 급히 나간다.

— 암전 —

제 二 장

때　一五九二년 五월 초순.
곳　전라 좌수영. (려수)

거북선 건조장.
한편으로 바다가 훤히 보이고, 바닷가 공사장에 시방 준공 정리의
최종 시각을 다그치는 거북선이 장관스럽게 서 있다. 배 우엔『
』자 기가 바람에 흔들리고 각기(角旗)들이 나붓긴다. 우편으로 야
장간 목수 터와 선창으로 통하는 길과 왼편으로 객사 동헌으로
통하는 행로가 열려 있다.

막이 오르면

△동틀 무렵. 파도소리.

△비장 리완이 배 앞에 서 있고 수군과 조선장 일군(백성)들이 마지막 준공 정리
를 다그치기 위하여 민첩하게 전투적으로 작업을 하고 있다. 한편 전투 준비를
하기 위하여 군기와 식량들을 배 안에 실어 나른다. 짐 나르는 사람들 속에는 박
로인, 룡길, 그들과 함께 온 젊은이들의 얼굴로 보인다. 조선공 옥지(玉只)는 배
우에서 리완의 지시를 받고 있다.

리　완　거북선의 길이와 폭이 어떠한가?
옥　지　길이 일백열 석 자, 넓이 열 넉 자 다섯 치 도본대로 됐소이다.
리　완　신방(信防) 언방(偃肪)에 부실함이 없는가?
옥　지　없소이다.

리 완 거북이 등 철갑판에 송곳과 칼들두 모두 단단히 꽂혔는가?

옥 지 낱낱이 서슬이 푸르게 꽂혔소이다.

리 완 좋다, 좌우 량패(兩牌)에 각각 스물두 개의 총통 구멍과 열두 개
         문들은 어떠한가?

옥 지 이번 조선공들의 분투 로력으로 아주 잘 됐음을 아뢰오.

리 완 좋다! 내 생각엔 뱃머리 룡의 대가리도 잘 된 것 같다. 류황 염초
         는 다 실었는가?

옥 지 다 실었소이다.

리 완 (일하는 사람들을 향하여) 모두들 바삐 일을 끝내도록 하자.
            짐 져 나르는 사람 중에서 이번이 마지막 번이오이다.

수군— (리완에게 보고한다.) 비장, 총통 장비와 군기 운반은 다 끝났소이
         다.

리 완 좋다, 수고했다.
         △리완은 수군 —과 더불어 거북선으로 올라 가 배 안으로 들어간다.
         △우후 리몽구와 록도 만호 정운 등장.

리몽구 아니 그게 확적한 소문일는지?

정 운 바로 수일 전 충청도를 떠나 온 믿을만한 아전의 말이외다. 상주
         가 무너지고 충청도 청주가 떨어졌다 하외다.

리몽구 그럼 문경 새재는 지키지 않았단 말인가?

정 운 그러니 기가 막히오. 어서 장군께 말씀 드려야 하겠는데.

리몽구 여기도 안 계시오… 가만 있자, 어델 가셨을가?

정 운 정녕 장군의 분투력과 강의한 정신은 어디 비할 바를 모르겠소.

리몽구 정말 옆에 있는 우리들이 장군을 따라가기가 바쁘외다. 요즘은
         거의 밤을 밝히다 싶이 하시니까.

정 운 이 거북선을 보시오. 그야말로 우수영 리억기 사도의 말씀마따나
         천추에 빛날 위업이요, 만대에 떨칠 창업이요, 이 거북선이 바다
         로 나가는 날에는 결단코 승산이 있을 것이외다.

리몽구 글쎄 왜적의 기세가 너무나 강성하니까 안심할 수 없소외다… 아
         차 이 정신 보겠나, 장군께서 선창에 가신다는 말씀을 듣구서두.
정 운 어서 가십시다.
      △정운, 우후 리 몽구 퇴장.
      △이럴 때 정리 작업과 짐 나르는 일이 모두 끝난다.
      옥지와 룡길과 일꾼들이 배 우에서 내려온다. 할아버지와 봉녀도 나갔던 쪽에서
      들어 온다.
옥 지 어떻냐? 너두 이런 일은 처음일 게다.
룡 길 정말 싸움에서 이긴다는 게 창이나 칼만으로는 안된다는 걸 알았
         어요.
옥 지 너두 이왕 이리 온 바에는 다른 데 갈 생각 말구 예서 이 작은애
         비하고 일을 하자.
룡 길 저는 장군님을 따라 싸우러 나갈래요.
옥 지 (박로인을 향하여) 할아버지두 고집이 대단하십니다. 젊은이들처
         럼 일을 하시겠다니.
박로인 진짜 여기 와 보니 나이 먹은 게 원통할세.
옥 지 어떻습니가. (거북선을 바라본다.)
박로인 도무지 어떻다고 형언할 수 없어. 내게는 그저 신기하게만 생각
         되네.
옥 지 하… 신기한 것이구 말구요. 세상엔 이런 것이 없으니까요, 허지
         만 나아가 싸워봐야 알 일입니다. 아직도 부족한 데가 많다고 생
         각됩니다.
조선공一 그래두 이번 거북선이 극상일세.
조선공二 구배판의 철판이랑 이번에는 감쪽같이 들어맞았어!
조선공三 아무튼 한 번 싸워 볼 판일세. 좌충우돌, 나가고 들어 가며…
         왜놈들 이층 다락배란 게 다 뭔가. 이 거북선 한 놈이 왜놈의 전
         선 二〇 척은 념려 없이 바수어 버릴 걸세.

△리완과 수군 ― 배 안에서 나온다.

리 완 자루 긴 낫과 네 발 줄갈구리를 더 많이 싣도록 해라.

수군― 알겠소이다.

△리완은 수군 ―과 배에서 내려 와 옥지 곁으로 간다.

리 완 수고했소, 모두들 수고했소.

옥 지 비장께서 정말 밤낮을 가리지 않으시구 애를 쓰셨지요.

리 완 정말 생각하면 풍파가 많았소. 바로 임진년 전에 왜적의 침노가
         장차 있을 것을 알고 수군 방비지책을 세워 전선을 장만하며 거
         북선을 새로 만들며 모든 준비를 갖출 때 순천 호군(護軍)으로 있
         던 신립(申砬)은 순군 방비가 소용 없으며 오직 륙군 방비만 하면
         된다고 했으니…

옥 지 그래서 한때 이 거북선 공사는 중단되 죽은 사람처럼 누워 있는
         거북선을 어루만지며 울기까지 했습지요.

리 완 만일 장군께서 강직하게 상소를 하시고 주정이 또한 윤허하시지
         않았더라면 오늘 어찌 됐겠소, 정말 우리는 짧은 사일에 많은 배
         를 만들어 냈소.

△리순신, 리몽구, 정운 등장.

리순신 비장.

리 완 예.

리순신 준공 정비가 다 됐느냐?

리 완 지금 막 끝났소이다.

리순신 좋다, 수고했노라. 내 어제 나와 자세히 본 바에 의하면 우리가
         생각한 대로 거북선이 잘 됐다고 본다. 옥지.

옥 지 예.

리순신 구배판의 철갑판이나 이들의 철갑이 그만하면 훌륭하다고 나는
         생각한다.

옥 지 지금도 그 이야길 했소이다.

리순신 구배판에 무엇을 덮었느냐.

옥 지 아무 것도 안 덮었소이다.

리순신 송곳과 칼끝들이 보이지 않도록 새풀을 덮도록 하자. 왜적들이
       모르고 기여 오르게스리.

옥 지 소인네들이 채 생각지 못 했소이다.

조선공一 정말 훌륭한 계책이오이다. 왜적들이 아무 것도 없는 줄 알고
       기여 오르다가는 새풀 속에 숨어 있는 송곳과 칼 끝에 찔려 산적
       이 될 것이오이다.

조선공二 낚시에 물린 붕어새끼가 될 걸세. (모두 웃는다.)

리순신 이와 같은 훌륭한 거북선을 만들어 내게 된 것은 첫째 백성들의
       힘이로다. 야장간, 목공소의 일꾼들, 모든 군기를 만드는 일군들,
       쇠를 구하고 벌목을 해 오고, 옷을 짓고 밥을 짓는 모든 일꾼들
       에게 이르기까지 한마음 한뜻으로 성심을 다한 백성들과 그대들
       의 힘이로다. 둘째로는 조선공 옥지의 연구심과 도편수답게 일한
       열성에 있노라.

옥 지 황감하오나 이 위업은 첫째로 장군께서 궁리하시고 또 설계하신
       보람인 줄로 믿소이다.

리순신 허나 이 거북선을 몰고 나아가 남해의 왜적을 쳐 없애기 전에는
       위업도 보람도 크게 말하기 어렵노라.

옥 지 외람되게 한 말씀 묻자옵은 시방, 왜적의 형세 어떠하오며 이 거
       북선은 어느 때 왜적을 치러 나가옵니까?

리순신 적을 치러 나가고 물러섬은 다 때가 있는 법이니라. 지금 우후와
       록도 만호에게서도 들은 바이나 왜적이 충청도 충주를 뚫고 올
       라 갔다고 한다.

모 두 (놀라며 웅성거린다) 충주를…

리순신 내 이미 어제 온 감삿도 관문(關文)으로 알았노라. 아직 발포하지

않은 바이나 이제 내 그것을 말하겠노라. 부산 동래를 함몰한 왜적들은 세 길로 나누어 군사를 몰아 가운데 길로는 대구, 상주, 문경 새재를 넘어 충주로 빠지고, 동쪽 길로는 경주, 영천을 거쳐 문경 새재에서 가운데 길로 합치고 서쪽 길로는 김해, 성주, 금산, 추풍령을 넘어 청주로 빠졌다.

순변사 리 일은 상주에서 뒤로 물러섰으며 서울서 뒤미처 내려 온 도순변사 신립은, 일부당천(一夫當千)의 문경 새재를 버리고 평원 광야로 물러서, 충주 탄금대 앞에서, 배수의 진을 치고 싸우다가 드디여 무너졌다고 한다.

모　두　(놀란다.)

정　운　동서고금에 그러한 방략 전술이 있다 함은 들은 적 없소이다. 통분하오이다.

리몽구　문경 새재를 지키지 못 했으면 경기로 치달아 오르긴 무인지경, 진실로 국운이 경각에 있는 듯하오이다.

리순신　과시 륙지의 정황은, 강성한 왜적의 세력이 충청 경기로 뻗치고 있으며 우리의 군사는 뒤로 물러서며 그 힘을 모으고 있는 중이다. 허나 기호의 넓은 땅이 튼튼히 여기 있으며 남해 바다에서 왜적의 수군은 아직 세력을 뻗치지 못 하고 있노라. 내 그대들에게 각별히 부탁하는 바는, 형세가 오늘 달라지고 래일 도 달라진다 하여 결코 흔들리지 말며 설사 도적이 코앞에 닥쳐온다 할지라도 겁을 먹지 말며 산과 같은 의지와 바다와 같은 지혜로서 적을 쳐 물리칠 방책을 생각하며 용맹지심을 가질 것이로다.

모　두　알겠소이다.

　　△송희립 급히 등장.

송희립　아뢰오. 군관 송희립 경상도 남해를 돌아보고 오는 길이오이다.

리순신　경상 우수영 수군은 어떻게 싸우고 있느냐?

송희립　경상 우수사 원균 사도는 왜적이 거제로 쳐 온다는 소식을 듣고,

싸워 보기도 전에 백여 척이나 되는 함선에, 자기로 불을 질러 없애고, 륙지로 피했으며, 이제는 우수영마저 왜적의 손에 들었다 하오이다.

모 두 (놀란다.)

리순신 (극히 놀라며) 우수영이… 백여 척이나 되는 함선을 없애다니… 백성들의 피땀으로 이룩한 배들을… 아깝도다, 애석하도다.

리 완 원균 사도의 처사는 바로 군법으로써 허용 못 할 일인 줄 아오이다.

모 두 옳소이다, 옳소이다.

리순신 그런 말은 소홀히 할 게 아니다. 그래 왜적 수군의 형세는?

송희립 시방 거제에 머물러 있습니다. 왜적 수군 장수들의 이름은 마다시(馬多時)니, 등당 고호(藤堂高虎)니 합니다. 이제 당포와 로량으로 달려들 것이오니 실로 남해 바다가 위급한 지경이오이다. 앉아서 오는 적을 막을 것인가 나아가 원쑤를 칠 것인가?

리순신 (심각히 생각하며) …앉아서 오는 적을 막을 것인가? 나아가 원쑤를 칠 것인가…
　　　　(결연히) 우후.

리몽구 예.

리순신 한 시각 후에 동헌에 모두 모이도록 하라.

리몽구 분부대로 시행하오리다.

리순신 물러들 가라!

　　△모두 물러간다.
　　△리완 나가려다가 발을 멈춘다.

리순신 (심사숙고하면서 동남천을 바라본다.)
　　△바다의 물결 소리 유난히 크게 들려 오는 듯하다.
　　△리완 근심스러운 듯 조용히 장군 가까이 간다.

리순신 (바다를 향한 채) 누구냐?

리 완 완이로소이다. 너무 피로하시면 앞으로 큰 싸움에…

리순신 나는 지금 네 조모님을 생각한다. …그 높은 년세에 안녕하신지?
    나라에 도적이 들고 자손들이 전장에 있으므로 얼마를 또 뜬눈
    으로 밤을 새우시는지?… 완아, 조모님께 편지를 써라, 이렇게 써
    라.

    동남 해상에 검은 구름이 가리웠고
    아침 햇빛이 검은 것과 싸우고 있소이다.
    구름은 햇빛을 덮으려 하고
    햇빛은 구름을 부시고자 합니다.
    어찌 이 어두움 더 참을 수 있으리까
    여기 큰 바람이 일면
    구름은 무너져 창해에 묻히고
    햇빛은 드높게 온 바다를 비치오리다.

    △파도소리 세차게 들려 온다.

— 막 —

제 三 장

때 전장에서 한 시각 후.
곳 좌수영 수군 절도사 군정을 보는 동헌(東軒).

    그리 크지 않은 동헌 대청이 상수 중심에 앉고, 그 앞과 하수로

넓은 뜰. 대청 벽에는 슬기 있는 서화 몇 폭과 더불어 거북선 화폭이 걸려 있고 대청 한 옆에는 서적이 많이 쌓인 서가(書架)가 놓여 있다. 대청 전면에는 책상이 놓여 있고 그 우엔 작전 지도들이 놓여 있다.

뜰에서 하수 저 편에는 바다가 보인다.

침통한 구름이 멀리 가리웠다.

무대 밝아지면

대청에 리순신 좌정하고, 그 아래 가까이 리완, 송희립, 리몽구가 있고 록도 만호 정운, 광양 현감 어영담을 비롯한 각 읍 수령 진장들과 군관들이 모이였다. 모두 긴장되고 비분과 적개심에 찬 분위기다.

잠시 침묵이 흐른다.

리순신   (조용히 말을 계속한다) …송희립 군관의 말이 옳도다. 륙지에서나 바다에서나 왜적을 막아 내지 못 하고 있는 지금 형편, 이 어찌 위급한 국운이 아니겠느냐.

정 운   륙군에 관하여 말씀하면 문경 새재는 경상도에서 서울로 오르는 가장 큰 관문이온 바 이 험준한 골짝과 준령을, 천하에 으뜸가는 이 요새를 지키지 않고, 충주, 평원 광야로 물러가 진을 쳤으니 어찌 정비되지 못 한 우리 륙군으로써 적의 대군을 막을 수 있으오리까. 도순변사 신 립 이야말로 어리석은 죽음을 하였소이다.

리몽구   원래 우리 나라 륙군이나 수군이나 국방을 위하여 진작부터 나라의 힘을 기울이지 못 한 까닭이오이다.

송희립   뿐만 아니라 『제승방략』(制勝方略)의 방어 제도가 왜적의 불의 침공을 막아 낼 수 없게 된 고로 오늘과 같은 참패를 가져 왔다 생각하오이다. 경상도만 하더라도 적이 침습해 오자 각 고을 군

사들은 『제승방략』에 지목된 곳을 각각 찾아 가 서울서 지휘 장
수가 올 때를 기다리며 어물거리고 있사오니… 이러구야 어찌
적을 격퇴할 수 있으리까.

리순신 옳은 말이다. 첫째로 국방을 진작부터 잘 하지 못 한 것이며 특히
수군 방비를 허술히 하여 물에서 싸워 적을 막지 못하고 적을 제
멋대로 륙지에 오르게 한 것, 둘째로 군사와 백성들의 애국 충성
은 불탐에도 불구하고 수령 방백들의 지휘 장수들이 적지 않게
무능하고 전술 방략을 옳게 쓰지 못 한 것, 셋째로 진판제도(鎭管
制度)의 좋은 점을 버리고 제승방략(制勝方略)의 방어 제도를 씀
으로써 적을 제때에 반격할 수 없었으며 넷째로 적은 새로운 군
기 조총 등을 쓰고 있는데 우리의 군기는 낡은 것, 지금 적의 형
세를 걷잡을 수 없이 만든 원인을 이렇게 말할 수 있노라. 허나
지금은 이것을 론하고 탓하고만 있을 때가 아니다. 우리는 이 나
라 수군의 중책을 지고 전라 좌수영의 수군으로서 지금 륙지의
형세와 더불어 왜적 수군의 침공을 앞에 놓고 우리가 어떻게 싸
워야 할 것인가, 이것이 긴요하다.

모 두 (심각히 생각할 뿐이다.)
    △라졸 등장.
라 졸 전라 감영에서 전령이 왔소이다.
    △전령 등장.
전 령 전라 감영 감사도의 관문을 올리오.
리순신 (서한을 받아 본다.) …흉측하고 추악한 무리가 이미 충청도를 쓸
고 경기에 박도하게 되었으며 경상 우수영 수군이 곤경에 처하
여 청원을 구하여 왔으니 이 어찌 나라의 비운이 아닐손가…
리몽구 어 놀랍소이다. 경기가 무너지면 조정은 어디로 가오니까.
리 완 평양으로, 그 다음은 의주로.
리몽구 그 다음을 생각해 보시오. 압록강을 건너… 어, 팔도 강산이 왜놈

의 것으로… 어(황겁한 비성을 올린다.)

리순신 (크게 꾸짖는 소리로) 이 무슨 소린고, 이 나라 조정이 의주로 가는 한이 있달지라도 팔도 강산이 왜적의 것으로 될 줄 아는가? 이 나라 백성들과 의로운 인재들이 죽었소 하고 있을 줄 아는가… 본도만 하여도 장흥의 고 정명(高精命), 승병으로 처영(處英) 등이 창의군(倡義軍)을 일으켰다 하며 전라 군사를 거느리고 경기의 적을 쳐 경사를 지키고자 출진하신다니 이 어찌 장한 일이 아닌가. 이러한 애국 충성이 있는 이 나라 어찌 왜적을 쳐서 몰아 내지 못 할 것인가.

어영담 소관은 광양 두치(豆恥)의 의병들을 만나고 오는바 그 충성이 불같음에 놀랐소이다.

　　　△라졸 등장.

라 졸 아뢰오, 경상 우수영에서 률포(栗浦) 만호가 왔사오.

　　　△리영남 등장.

리영남 아뢰오, 원균 사도의 서한을 전하오.

리순신 오, 그대는 리 영남 만호, 수고하노라. 그래 어디서 오는 길인가?

리영남 한산도에서 오오이다. 시방 우수영 수군은 백여 척 함선을 다 없애고 우수영 마저 함몰 당하고 원균 사도는 한 척의 뱃머리에서 이 글월을 보내신 거외다.

리순신 내 이미 알고 있노라, 잠시 나가 기다리라.

리영남 예. (퇴장)

리순신 (공함을 본다.) …적은 날로 그 형세 사나와지며… 수만의 일본 수군이 대함선을 거느리고 새로이 바다를 건너온다는 급보!… 즉시 원병을… 즉시 원병을 청하는 바니 당포 앞바다로 달려 와 주기 바라노라.

리 완 한심한 일이오이다. 원균 사도 술과 계집을 너무 좋아한다더니…

리순신 어서 소견들을 말하라. 어떠한 계책으로 왜적을 칠 것인가.

리몽구 우후는 아뢰오. 우리 수군은 자기 본분을 지켜 멀리 당포나 당항
포로 나갈 것이 아니라 가까이 로량 물목을 지켰다가 왜적을 이
물목에서 함몰시킴이 상책일가 하오이다.

리순신 로량 물목에서…

리 완 패전지장 원균 사도의 처사를 생각하면 (울컥 혀끝가지 나오는 말
을 도로 삼키며) …하오나 도적이 부산에 웅거해 있으면서 거제
바다에 침입해 오고 또한 왜적 수군이 수만 명 바다를 건너온다
하거늘 어찌 앉아서 오는 적을 기다리오리까. 원균 사도의 청원
을 들어 당포로 나아감이 좋을까 하오이다.

송희립 우리가 당포로 나아가 싸운다 하여 그리 먼 곳이 아니며 또한 이
곳 본영과 다섯 관포를 허술히 하고 나아갈 바도 아닌지라 그런
념려는 없을 줄 믿사오이다. 앉아서 방어전을 할 것이 아니라 저
들이 기여 드는 곳으로 나아가 치며 드디여는 적들의 소굴을 쳐
서 소탕하도록 함이 옳은 줄 아오이다.

정 운 송희립 군관의 방책이 옳은 줄 믿소이다. 왜적은 반드시 수륙 병
진의 계책으로 수군은 이 남해를 뚫고 서해로 돌아 한강으로 치
올라 가서 경기로 올라 간 륙군과 합세하여 서울을 치고 수륙으
로 조선의 북쪽을 치자는 음흉한 심보를 가지고…

리순신 바로 그것이요, 우리가 왜적의 음흉한 계책을 알아야 하오.

리 완 그러므로 소관은 나아가 왜적 수군을 쳐서 승전할 것을 맹세하며
사우다 전사할지라도 오히려 광영으로 생각하겠소이다.

정 운 나라와 백성을 위하여 이런 때 목숨을 바치지 않고 어느 때 바치
오리까. 죽기를 한 하고 싸운다면 어찌 원수를 쳐 이기지 못 하
오리까. 즉시 출진함이 가한 줄 믿소이다.

리순신 (크게 기뻐하여 큰 소리로) 옳도다. 비장과 록도의 결의 훌륭하도
다. 일본 도적의 형세가 강성하여 나라와 백성이 도탄에 든 이

때, 어찌 자기 좁은 테두리만을 지켜 본분이라 하겠는가. 내가 여러 장수들에게 듣고자 함은 싸움에 대처할 훌륭한 방책일 뿐 오늘 일은 마땅히 나아가 싸우는 일이니 원균 사도를 도와 힘을 합쳐 원수를 칠 것이니라. 이제 싸움의 길에서 뒤로 물러서는 자는 엄한 군법으로써 목을 벨 것이니 그리 알라.

모　두　(엄숙한 태도로 허리를 굽힌다.)

리순신　(호령) 출진이다! 어서 출진 차비 하여라!

모　두　예이.

리순신　비장, 우수영 장수를 들게 하라. 그리고 경상도에서 온 젊은 장정들을 의병으로 뽑아 보낼 것이니 모두 군기를 주고 그 중에서 룡길이를 이리 들게 하라.

리　완　예이.

　　　△모두 출진 차비로 퇴장.
　　　△리순신은 급히 공함 글월을 쓴다.
　　　△밖에서 출진 차비를 다그치는 호롱 취각의 소리 울린다.
　　　△리영남 등장.

리영남　률포 만호 등대하였소이다.

리순신　률포! (편지를 주며) 원균 사도께 안부 말씀 전하고 순신이 즉시 군사와 함선을 거느리고 당포로 떠난다고 여쭙게, 그리고 전라 우수영에도 통문을 낸지라 이제 곧 리억기 사도께서 당도하시면 전라 좌우도의 수군이 힘을 합쳐 당포로 나아갈 것일세.

리영남　(너무나 감탄하여 목메인 소리로) 알겠소이다. 장군!

리순신　그리고 한산, 거제의 물길이 험하고 순한 곳을 상세히 아는 인도선을 즉시 미조항(彌助項)으로 보내도록…

리영남　분부대로 하오리다. 장군의 말씀 장군의 출진은 우리 수군의 사기를 백 배로 돋구어 주며 백성들을 기쁨의 눈물로 적시게 할 줄 믿소이다, 그럼.

△리영남 허리 굽혀 인사하고 달려나간다.
△룡길이 무장을 갖추고 들어온다.

룡 길 김룡길 대령하였소.

리순신 어 그대는 지금 곧 젊고 날랜 장정들을 데리고 당포 뒷산으로 달려 가라.

룡 길 예, 싸움이오이니까?

리순신 싸움이다. 이제 바다 싸움에서 왜적들이 패하여 배를 버리고 뭍으로 기여 오르거든 산에서 기다렸다가 일거에 무찌르도록 하라!

룡 길 알겠소이다.

리순신 즉시 차비하라.

룡 길 예이.

　　　△리순신 안으로 든다.
　　　△이럴 때 봉녀, 동헌 뜰 저 편 길에 들어와 룡길을 기다린다.

룡 길 나가다가 그를 만난다.

봉 녀 무슨 말씀을 들었어?

룡 길 난 인제 장군님의 의병이 됐단 말이야.

봉 녀 의병! 그래 차비는 다 됐어?

룡 길 차비랄 게 뭐 있나? (패검을 뽑아 보이며) 이것만 가지면 훌륭하지. 두구 보라구.
　　　난 원수를 갚고야 말 것이니까. 봉녀, 우리가 원수를 무찌르고 고향으로 돌아가서 어머님 산소에 갈 때는 이 칼을 들고 가서 『어머니, 원쑤를 갚았습니다.』 하고 인사를 드리자구.

봉 녀 그만, 그런 말 그만두라구, 난 어머니 생각을 하면 눈물이 자꾸 쏟아질려구 해서 못 견디겠어. (눈물을 씻는다.)

룡 길 (봉녀를 위로하는 심사로) 이제 고향엘 가면 집을 한 채 큼직하게 짓자구, 한 열두어 간 짜리.

봉 녀 싸우러 가는 사람이 별소릴 다 해, 난 여기서 할아버지와 함께 조선소 일을 하며 화살을 깎을 테야 부디 잘 싸우라구.

룡　길　그럼 다녀 올 동안 잘 있어.

봉　녀　몸조심해.

룡　길　몸을 애끼구야 싸움이 되나.

△두 사람 퇴장한다.

△갑옷을 입은 리순신 안에서 등장. 그 뒤에 리 면(李勉) 따라 등장. 그는 슬기로운 소년이다.

리순신　그 먼 길에 어려이 왔다, 조모님께서도 안녕하시며 너의 모친도, 집안이 다 무고하다니 다행한 일이다. 다행한 일이다.

리　면　조모님께서는 손수 지으신 전복을 저에게 주시면서 아버님 갖다 드리라고 하셨소이다. (전복을 보인다.)

리순신　아 어머님께서 (어머니의 뜨거운 애정을 못 이기는 듯 전복을 어루만져 본다.)

리　면　이것은 조모님의 편지오이다. (편지를 내놓는다.)

리순신　(매우 반기며 편지를 뜯어본다.)

△환상적으로 어머니의 음성이 들린다.

순신아… 이 일이 웬 일이냐, 우리 나라가 천고의 흉악한 왜적의 침노를 입어 나라는 큰 고통에 싸이고 사람들이 억울히 죽으며 원한과 흉흉한 마음으로 모두 잠 못 이로는 배라, 이러한 때에 나라의 신자가 되어 원쑤를 물리치는 전장에 나서지 않으며 싸우지 않으며 어찌 목숨을 아낄 것이랴, 이 늙은 어미 너에게 부탁함은 바다 싸움에 나아가 죽기를 겁내지 말지니라… 나라와 백성을 위하여 승전한 북소리가 멀리 들려 오기 바라며 네 전사하였다 할지라도 이 늙은 어미 눈물 흘리며 너의 승전을 더욱 기뻐하리라.

리순신　(어머니 앞에 다지는 맹세로) 어머님, 명심하오리다 맹세하오이다.

△들리는 소리.

―전라 우수사 리억기 사도 듭시오.

△리순신 다시금 반가운 소리에 자리에서 벌떡 일어난다.

△면은 옷을 들고 상방으로 들어간다.

△리억기 등장.

리순신　(쫓아내려 가 그를 맞이하며) 령감! 기다렸소외다.

리억기　늦었소이다. 보내신 통문도 받았고 감사도의 관문도 받았소외다. 함께 나가십시다.

리순신　나가십시다.

리억기　령감, 왜적의 세력이 이렇게까지 극성할 줄은 몰랐소외다. 경기가 위태롭다니.

리순신　허나 방책이 있소외다. 왜놈들이 서울이 아니라 평양가지 간다 해도…

리억기　나도 생각한 바가 있소외다.

리순신　자 이 지도를 보십시다. 흉악한 도적들은 조선만이 아니라 명 나라까지 치겠다는 심보인즉, 류지로는 이렇게 서울과 평양을 지나 의주에서 이 압록강을 건너 명나라로 들어 갈 계책이며 바다로는 이렇게 울돌목을 지나 서해 바다로 들어서 이렇게 올라가서 한강으로 올라 륙군과 합세하며 또 이렇게 황해도 바다를 지나 대동강으로 밀고 올라 가 평양까지 온 륙군과 합세하여 다시금 수륙 병진으로 의주로 올라 갈 것입니다.

리억기　그렇소외다. 일본 수군은 압록강으로 올라가서 조선과 명 나라의 길을 막고자 할 것이외다. 그러면 우리 조정은 명 나라에 원군을 청할 수도 없고 또 그 원군이 올 수도 없고, 뿐만 아니라 적들은 이 서해 바다를 제 맘대로 다니면서…

리순신　바로 그 점이외다.

　적은 이 바닷길을 통해서 군기와 군량을 보급하려 할 것이외다. 만일 우리 수군이 이 남쪽에서 놈들의 물길을 끊어 이 서해 바다

로 일보도 들어서지 못하게 한다면 군사와 물자 보급의 길이 끊
　　　 어질 것이외다.
리억기　그럴 때에는 놈들은 그것을 륙지로 할 것이 아니외까.
리순신　그것도 쉽지는 않을 것이외다. 륙지에선 우리 륙군과 의병이 그
　　　 것을 위협할 것이니까…
리억기　과시 명철하시외다.
리순신　뿐만 아니라 놈들이 가령 평양성을 차지한달지라도 이 물길이 끊
　　　 어지면 후방이 든든치 못한지라 감히 앞으로 더 나가기 힘들 것
　　　 이며 또 설사 의주가지 간다 할지라도 우리 수군이 남해의 이 물
　　　 목을 지키며 더 나아가 왜적의 소굴인 부산을 찔러서 부산과 일
　　　 본 사이에 놓인 놈들의 이 명맥을 위협한다면 평양에 있는 적이
　　　 든 의주에 있는 적이든 오래 배겨 내지 못 할 것이며 결국 범의
　　　 꼬리를 잡은 궁지에 빠질 것이외다.
리억기　호미난방이라, 하…
리순신　허지만 바다를 지킨다는 건 결코 쉬운 일이 아니외다. 우리 수군
　　　 은 시방 나와 억기공이 거느린 두 수군이 남아 있을 뿐 적의 군
　　　 사와 배들은 훨씬 많고 우리는 적으며 적들에겐 조총이 있는 것
　　　 이것은 우리의 불리한 점들이외다.
리억기　그런 점도 있소외다. 허나 확고히 나는 믿소외다. 용맹한 우리 군
　　　 사들과 우리 군사를 도와 주는 충성스러운 백성들의 힘과 그리
　　　 고 순신공의 탁월한 지략과 공의 지혜로 창안된 거북선의 위력
　　　 을 믿소외다.
리순신　고마운 말씀이외다. 그러나 이 사람 자신은 용렬한 사람이외다.
　　　 오직 죽기로써 싸우겠다는 생각 하나 뿐!
리억기　나 역시 공의 뒤를 따라 싸우겠소이다. 나라와 백성의 부탁을
　　　 위하여.

리순신　우리의 뼈로써 바다를 막기로 합시다.

리억기　순신공! (서로 손을 뜨겁게 잡는다.)

　　　△나팔 소리 크게 울린다.

리억기　그럼 당포에서 뵈옵시다.

리순신　기다리겠소외다.

　　　△리억기 급히 퇴장.

　　　△리몽구 등장.

리몽구　출진 차비가 다 됐소이다.

리순신　알겠노라, 우후경은 류진장(留鎭將)으로 본영을 튼튼히 지키며 그
　　　리고… 우도접경 지대인 두치강탄 그리고 구례의 도탄 등지는
　　　요충지지라, 그 곳 륙지를 지키도록 의병들을 도와 주라.

　　　△리완 등장.

리　완　경상도에서 찾아 온 젊은 장정들에게 모두 군기를 나누어주었는
　　　바 지금 그들의 사기 대단합니다.

리순신　좋다 가자!

　　　(무대 회전)

　　　△리순신 앞으로 걸어간다.

　　　그 뒤에 장수들이 따른다.

　　　출진장(出陳場)

　　　부두에 거북선이 서 있고 그 저 쪽으로 전선들이 서 있고 기치 검
　　　극(旗幟劍戟)들이 찬연하다. 거북선 우에 독전기 날리고 선상과
　　　부두 광장에 수군 장수들과 군사들이 서 있고 한옆에 의병 지원
　　　의 젊은 장정들과 그 한옆에 조선소, 농막 일꾼들이 참예하여 서
　　　있다. 룡길, 박로인, 봉녀도 보인다.

　　　△호롱 취각의 소리 산하를 울린다.

리순신 장군 장대(將坮)에 오른다.

엄숙한 순간.

리순신 (우렁찬 소리로) 선봉장, 중위장 등대 하였느냐?

— 예이.

리순신 좌우 전후 부장들 등대하였느냐?

— 예이.

리순신 좌우 척후장들 등대하였느냐?

— 예이.

리순신 한퇴장 참퇴장 등대하였느냐?

— 예이.

리순신 돌격장, 유격장, 그리고 구선장 등대하였느냐?

— 예이.

리순신 출진 차비로 전선에 관옥선 협관선 포작선 차비 다 되었느냐?

— 예이.

리순신 거북선에 대맹, 중맹 소맹선 도합 二〇척 차비 다 되었느냐?

— 예이.

리순신 거북선에 류황 염초, 자루 긴 낫과 네발 가진 줄갈구리 검찰에 소
　　　　 홀함이 없는가?

— 없는 줄 아뢰오.

리순신 모든 전함들에 천, 지, 현, 황, 승, 각 총통들 차비 다 되었으며 장
　　　　 군전 령전 화전 기편전 각종 화살 모든 군기에 소홀함이 없는가?

— 없는 줄 아뢰오.

리순신 듣거라! 우후 리 몽구는 류진장으로 본영을 지키고 날래고 담대
　　　　 한 다섯 가장(假將)들은 다섯 관포를 물샐틈없이 지키고, 선발된
　　　　 모든 장수들은 수하 수군을 거느리고 이제 싸움터로 나아 갈 것
　　　　 이니 우리 나라 삼천리 조국을 지키는 이 싸움에 결단코 허영된
　　　　 공을 다투지 말고 각기 제 맡은 직분에서 충성을 다할 것.

— 예이.

리순신　　륙지로, 의병으로 나아가 싸울 젊은 장정들도 이 말을 명심할
　　　　　것이다.

— 예이.

리순신　　결단코 적병의 머리만 애써 베여 공을 나타내려 하지 말고 모두
　　　　　힘을 합쳐 원쑤들을 모조리 섬멸하기에 힘쓸 것.

— 예이.

리순신　　(더욱 엄격한 소리로) 누구나 군령에 복종하며, 장수와 병사가 한
　　　　　몸 한덩어리로 뭉쳐 사울 것이되 만일 돌격의 명을 받고도 후퇴
　　　　　하는 자 있다면 당장에 머리를 베일 것이다.

— 예이.

리순신　　참퇴장은 일호 용서를 두지 말라.

참퇴장　　예이.

리순신　　병서에 말하길, 죽기로서 싸우면 살고 살기로서 싸우면 죽는다
　　　　　하였다. 만일 이번 싸움에 이기지 못 하면 삼천리 조선이 륙지와
　　　　　바다로 왜적의 소굴이 될 것인즉 수천년 맥맥히 흘러 온 애국 충
　　　　　성을 다하여 나라의 명맥과 백성들의 복락을 위하여 죽기로서
　　　　　싸울 것이다! 명심하라!

모　두　　예이.

리순신　　나아가자!

모　두　　(기치 창검을 높이 들고) 나아가자!

　　△호롱 취각의 소리 진동한다.

　　△화포 총통의 불이 바다를 향하여 터져 나간다. 그 소리 천지를 진동한다.

　　△군악이 계속 울린다.

— 막 —

제 四 장

때 一五九三년 一월.
곳 평양.

　　대동강이 바라보이는 청허관(淸虛館).
　　왜장 소서행장(小西行長)이 거처하는 넓은 방이다. 건물은 조선 건물이로되 내부 설비는 왜식으로 꾸미여 있다.
　　화려한 장막을 둘러치고 또한 금빛이 번쩍거리는 병풍을 치고, 방 중앙에 평상을 놓고 평상 머리엔 검대(劍坮) 우에 큰 칼을 올려놓았다.
　　또한 방(房) 여기저기 장막 곁에는 조선에서 약탈한 귀물(貴物)들을 쟁여 놓았다.

무대 밝아지면
　　소서의 아장(亞將) 등 五-六 명 부하들이 엎드려 코가 땅에 닿도록 얼굴을 굽히고 있고 평상 우에 앉은 소서는 노기등등한 태도이다. 그의 위엄은 충천할 듯하다.

소　서 어찌된 일이냐?
모　두 (대답이 없다.)
소　서 어찌된 일인지 말을 하라.
아　장 아직 탐보장이 오지 못 했사외다.
소　서 오늘까지 여섯 달 동안을 기다렸다. 삼륙 십팔 일백 팔십 일 매일 같이 기다렸다.

아　장　그 일에 대해서는 탐보장이나 이 곳 평양에 진을 친 우리 군사의
　　　　책임은 아닐 줄 아외다.

소　서　아장은 속에서 불이 일지 않는가? 일백 팔십 일 동안 초조한 일에
　　　　대해서…

아　장　분하오이다. 만약 우리 수군의 마다시가 이 자리에 있다며는 그
　　　　목이 열 번 아니 백 번은 달아났을 것이외다. 진실로 조선 경륜
　　　　과 중국 경륜을 망친 사실에 대하여 분개하지 않을 수 없소외다.

소　서　오늘은 어째 소식이 없는가?

　　△ 밖에서 소리친다.

　　― 남포항 탐보장이요

　　△ 탐보장이 등장하여 역시 코가 땅에 닿도록 엎드린다.

탐보장　탐보장은 삼가 소서 대장께 남포 바다와 서해 바다의 정형들 보
　　　　고하옵는 바 오늘도, 역시 오늘도 서해 바다엔 갈매기만 날아 다
　　　　닐 뿐, 우리 일본 수군의 배는 한 척도 보이지 않사온 바 아마도
　　　　이제는 전혀 가망이 없는 줄 아오며 실로 지칠 대로 지쳤소외다.

소　서　무슨 군소리가 그리 많으냐?

탐보장　일본 수군은 그 세력이 크고 전선과 무기들의 장비가 륙군에 비
　　　　하여 결코 떨어지지 않으므로 저는 륙군보다 더 빨리 조선의 남
　　　　쪽 바다와 서쪽 바다를 휩쓸면서 대동강으로 올라 올 천만 믿었
　　　　사외다. 허나 이제는 지쳤소외다. 어리석고 우둔한 짓을 했소외
　　　　다.

소　서　(스스로 자기 반발적 발악으로) 무엇이 어리석단 말이냐?

탐보장　소장은 아무 것도 모르는 사람이오나 여섯 달 동안 기다린 것이
　　　　어리석은 일로 된 것이라, 그렇게 밖에는…

소　서　이 놈, 그래 결국은 이 소서행장이 어리석단 말이냐?

탐보장　(당황하며) 그런 뜻으로 말씀한 건 아닙니다. 결국 기다린 보람이
　　　　어리석고 우둔한 작전으로 되었단 말씀.

소　서　이 놈 무엇이 우둔한 작전인가? 이 놈은 대장을 비방하고 작전을
　　　　시비하는 놈이다.
　　　　　애들아, 당장 이 놈의 목을 베라!
탐보장　(비명을 울리며) 아, 대장 고니시사마!
　　　△병졸들 달려들어 탐보장을 끌어 내간다.
　　　△밖에서 탐보장의 비명 들린다.
　　　△방안에도 살기가 돈다.
소　서　그래 이 소서가 어리석었단 말이냐.
아　장　우리 일본군의 수륙 병진 전술은 현명하였으며 옳았소외다. 四월
　　　　一三일 부산진 상륙 이후 불과 두 달 동안에 우리는 조선 七 도
　　　　를 점령하였으며 조선 왕은 의주로 도망쳤소외다. 일본 륙군의
　　　　위력은 특히 소서마마께서 대장으로 거느린 우리 중토 진격 군
　　　　대의 위력은 천하에 떨쳤소이다.
소　서　(저으기 만족한 표정을 보이기 시작한다.) 그러하다. 일본의 여덟
　　　　대장이 조선의 八도를 각각 담당하고 진격하였다. 나는 나의 온
　　　　지혜와 용맹을 다 쏟아 싸웠으며 내가 뜻하는 데로 왔다. 이 평
　　　　안도를 나의 천지로 만들기 위하여. 실로 평양은 훌륭한 도읍지
　　　　다. 이 산천을 나의 것으로 만들며 조선의 모든 물자와 금은보화
　　　　를 무역하며 조선의 남녀들을 노비로 부리면서 우리의 재산을
　　　　풍부히 할 수 있고 우리의 세력을 크게 할 수 있다. 나는 평안도
　　　　의 여러 고을들을 나누어 너희들에게 줄 것이다.
모　두　황감하외다.
소　서　남녀 로소 할 것 없이 사람들도 노비로 나누어 줄 것이다.
모　두　황감하오이다.
소　서　그 노비들은 너희들 마음대로 죽일 수도 있고 살릴 수도 있다. 이
　　　　곳은 왕릉이 많은 곳, 세상에 드문 보물들이 묻혀 있다고 한다.
　　　　허나 이것은 나의 명령 없인 누구도 손을 대지 못할 것이다.

아　장　허나 우리의 세력을 어찌 이 적은 땅덩이로써 만족할 수 있으리
　　　　까, 결코…
소　서　그러하다, 우리는 만족할 수 없다. 우리는 도－도다까도라, 마다
　　　　시(馬多時), 와끼사까야스하루 등 장수들로 하여금 수군 수만을
　　　　거니리고 서해를 돌아 이 대동강으로 오게 하였고 서해를 돌아
　　　　이 대동강으로 오게 하였다. 우리는 여기서 다시 작전하여 우리
　　　　수군이 먼저 바다로 압록강을 진격하여 중국으로 가는 길을 막
　　　　고 우리 류군이 의주를 포위 공격한다면 우리는 조선 왕을 잡을
　　　　수 있고 조선 조정의 대신들을 잡을 수 있고 그 길로 우리 군사
　　　　는 명 나라에로 진격할 수 있는 것이다. 이 원대한 희망이 일백
　　　　륙십 일 동안 지연되었다. 이게 어리석단 말인가?
아　장　우리 수만 수군이 대거해 온다면 이제라도 늦지 않은 줄…
부하ㄷ　일본 사무라이의 기세! 한 번 안주를 치고 북으로 진격함이 어떠
　　　　하외까?
소　서　(큰 소리로) 내가 너희들만 못해서 그걸 생각지 못 하는 줄 아느
　　　　냐… 대체 요시라(要時羅)는 죽었느냐? 살았느냐?
아　장　벌써 서울서 온다는 소식, 곧 당도할 것이외다.
　　　　△밖에서 떠드는 소리.
　　　　― 안 된다 못 한다.
　　　　― 안 될 것이 무엇이냐, 대장을 만나 보겠다는데.
　　　　△한 왜병이 뛰여 들어 온다.
아　장　웬 놈이냐?
왜　병　칠성문 방어군에서 왔소. 군량이 없소. 먹을 것이 없소.
소　서　군량이 없다니, 조선 백성들의 집을 털면 살이 있고 곡식이 있고
　　　　고을마다 쌀 창고들이 있거니 네놈들은 앉아서 갖다줄 때를 기
　　　　다리느냐?
왜　병　백성들을 죽이고 또 죽인대도 이제는 먹을 게 더 나오지 않으며

설혹 먹을 게 있는 데라 할지라도 조선 의병들 때문에 마음놓고 왕래할 수 없으며 간밤에도 우리 군사들이 서진(西鎭) 쪽으로 나 갔다가 림 중량(林中樑)이 의병들에게 한 놈도 살아오지 못하였 소.

부하―　실로 제가 거느린 군사만 하여도 중화(中和), 상원(祥原)으로 식량 을 구하러 갔다가 그 놈의 의병들로 해서 수백 명이 살아오지 못 했소외다.

소　서　그게 누구의 탓인가?

부하―　대장도노, 우리 군사 일만 오천 명의 군기 식량은 실로 걱정되는 바이외다.

　　　△소서 방장을 제낀다.

　　　창 밖에는 얼음 강산에 흰 눈이 펑펑 쏟아진다.

부하二　본국에서 실어 온 군기 군량이 부산에 있다지 않느냐?

부하―　뱃길이 끊어졌다. 바닷길이 끊어졌다. 아아!

부하三　보통문(普通門) 방어군에도 화약과 철환이 부족됩니다.

소　서　아아, 우는 소리 그만 하라…

　　　△잠시 침묵이 흐른다.

소　서　속전속결! 이것이 나의 전술이였다.… 우리의 정세는 점점 좋지 않다. 여섯 달동안, 조선의 관군과 의병이 점점 기세를 올리기 시 작했다. 우리가 점령한 륙지의 많은 성들과 요새들을 우리는 도 루 빼앗기고… 가등청정이 함경도에서 밀리기 시작하였다. 흑전 장정(黑田長政)은 황해도 연안성에서 패하였고 경상도 우리 륙군 은 전라도로 진격하는 길에 진주성에서 패하였다. 오히려 전라도 의 조선 군사가 대거하여 한성을 향하여 진격하여 왔다. 이 모든 사실이 무엇을 말하는가? 만일 우리 수군이 바닷길로 군사와 군 기 물자를 실어 온다면 남으로 우리 점령군을 도울 수 있고 북으 로 진격할 수 있고…

아　장　이제라도 오기만 한다면… 이제라도 늦지는 않았소외다.

△이 때 밖에서 사람들의 아우성 소리 들린다.

소　서　이게 무슨 소동이냐?

△왜병이 달려 들어 온다.

왜　병　소동이 일어 났소외다.

소　서　무슨 소동인가?

왜　병　대장도노, 북쪽에서 바로 안주에서 조선 군사와 명 나라 군사가
　　　　一〇만 대군으로 쳐들어 온다는 소문을 듣고…

△왜장들 모두 당황한다.

부하一　조 명 량군이!

부하二　수십만 대군으로!

아　장　대장도노 어찌하오리까?

소　서　소동을 일으키는 놈들을 향하여 화포를 쏴라!

△아장 달려 나간다.

△화포 소리와 조총 소리가 일어난다.

소　서　여봐라.

부하들　하.

소　서　남으로 함구문(含毬門)을 지키고 서북으로 보통문(普通門) 칠성문
　　　　(七星門)을 지키도록 군사들을 단단히 배치하라.

부하들　하.

△부하들 급히 퇴장.

△다시금 밖의 소음은 잠잠해진다.

△아장 등장.

소　서　어찌 됐는가?

아　장　안주에 집결한 조 명 량군이 진격을 시작했소이다. 확실하외다.

소　서　의주에서 안주로, 안주에서 평양으로! 조 명 량군은 이제 이 평양
　　　　성을 포위할 것이다.

아　장　조선 의병 대군이 모란봉을 치고자 진결해 오고 있다 하외다.

소　서　지키라! 모란봉을 사수하도록 하라.

아　장　핫, 포로들을 어찌 하리까.

소　서　(창 밖을 내다보며) 저 눈 속에 묻어 없애란 말야. 귀만 하나씩 잘
　　　　라 본국으로 보낼 것. 어서 바삐 서둘라.

아　장　핫.

　　　△아장 퇴장.

　　　△곧 요시라 등장. 그는 조선 옷을 입었다.

요시라　소서사마.

소　서　누구냐?

요시라　요시라올시다.

소　서　(다시 보고 놀라며) 아니 조선 옷을 그렇게 입으니 몰라 보겠군.

요시라　호… 이게 다 요시라의 본직이 아닙니까?

소　서　자 이리 앉으라, 어째 이리 늦었는가?

요시라　오다가 의병들로 해서 여러 번 죽을 뻔했소이다. 그래서 차라리
　　　　이 조선복을 입었습지요.

소　서　어서 말을 하라. 오늘도 우리 수군은 소식이…

요시라　일본 수군이 서해 바다로 오리라곤 아예 단념하시는 게 좋습니
　　　　다.

소　서　(입이 써서 대답을 안 한다.)

요시라　(품에서 수첩을 꺼낸다.) 자 보십시오. 경상우도의 바다는 모두 우
　　　　리 수중에 있습니다. 거제도로 우리 수중에 있습니다. 거제도로
　　　　우리 수군의 첫 진격은 경상 우수사 원균이 거느린 전선 五〇〇
　　　　척을 부시고 큰 승리를 거두었습니다. 그러나 지난해 五월 초순,
　　　　전라 좌우도의 련합 수군을 리순신이 거느리고 대거 출동해서
　　　　거제 방면으로 진공해 나왔는바 우리 수군은 그야말로 치렬 처
　　　　절한 전투를 하였습니다. 五월, 六월, 七월, 八월, 九월, 허나 우리

수군은 한 번도 이겨 보지 못 했고 서해 바다는 고사하고 남해 바다 앞으로도 들어 가 보지 못 했습니다. 옥포(玉浦) 싸움에서 도−도다까도라 자신이 겨우 생명을 건졌으며, 당포 해전(唐浦海戰)에서 시나노가미구루시마미찌유끼는 목을 잘리여 죽었으며 한산도 해전(閑山島海戰)에서 와끼사까야스하루는 산으로 도망을 쳐서 거의 굶어 죽다가 살았는바 이 싸움에서 우리 일본 수군은 전몰되다 싶이, 九천 명이나 죽었으며 안골포(安骨浦) 싸움에서 마다시사마는 거의 죽다 살고… 그 뭐 일일이 말할 수 없을 정도로 일본 수군은 거의 팔다리가 끊어진 사람 모양으로 되었습니다.

소 서 (노기를 이기지 못 하며) 왜 그리 패하기만 했단 말이냐?

요시라 그것은 첫째로 조선 사람들, 백성과 군사와 장수들이 한 덩어리가 되어 무서운 투지로 싸운다는 것, 둘째로 거북선이란 신출귀몰한 철갑선으로 돌격을 한다는 것과 셋째로 지금 삼도 수군 통제사(三道水軍統制使)로 된 리순신의 탁월한 전략 전술입니다.

소 서 리순신!?

요시라 이 암초를 없애지 않고서는 우리 수군이 서해 바다로 들어 설 수 없습니다. 그러나 여기에 한 계책이 있습지요.

소 서 우리 일본의 최후 승리를 위하여 하나의 계책일 것이다.

요시라 그렇소이다. 열 가지 방책 가운데 확실히 하나로 될 것입니다. 신출귀몰한 거북선을 만든 사람도 리순신입니다. 그런데 이 리순신을 미워하는 조선 사람이 있습니다. 사람이란 서로 세력을 다투고 지위를 다투어 시기하고 질투하고 음해하는 일들이 있지 않습니까. 실상 조선 정벌 일본군의 실권은 소서사마의 것이며 또 그렇게 되어야 할 것 아닙니까? 그러므로 대장께서 이 모든 일을 하셔야 합니다.

소　서　그래 누구냐?

요시라　원균이란 사람이요, 수군 장수로선 리순신보다 선배입지요. 그러
　　　　나 싸운 공로에 의하여 리순신은 삼도 수군 통제사가 되고, 원균
　　　　은 그의 통제를 받게 되었습니다. 그래 원균은 여기서부터…

소　서　알겠다, 가등청정이 만일 내 윗자리로 올라간다면 나 역시 가만
　　　　있지 않을 것이다.

요시라　그래 조선 조정에선 원균을 충청 병사로 돌려 놨습지요. 여기서
　　　　부터 원균은 더욱 불만을 가지게 된바, 소서도노, 바로 여기다 불
　　　　을 지른다면…

소　서　좋다. 요시라 그대의 훌륭한 계교를 믿는다, 이 소서가 모든 장수
　　　　들을 지배할 날이 올 것이다. 가등청정도 리순신도.

요시라　그를 위해선 조선과 명 나라 정벌의 대공으로서 실권을 잡으셔야
　　　　합지요, 대장도노.

소　서　그렇다, 암초를 부시며 앞으로 나갈 것이다. 수단을 가리지 말라,
　　　　리순신을 잡도록 하라.

　　　　△이 때 멀리서 화포 소리 은은히 들린다.

　　　　△소서는 미친 듯 보석함을 열고 보석 꾸러미를 한 줌 집어 든다.

　　　　△화포 소리 계속 가까이 들려 온다.

요시라　대장도노 저 소리가? (당황한다.)

　　　　△아장이 달려 들어 온다.

아　장　대장, 북쪽에서 총 공격이 시작됐소이다.

소　서　모란봉을 사수하라. 성문들을 사수하라.

아　장　핫.

　　　　△아장 허둥지둥 달려 나간다.

소　서　분하다, 분하다, 이 평양성을 도로 내주긴 분하다.

요시라　아니 대장도노 그 그처럼 정세가 뒤엎어졌소이까?

소　서　여섯 달 동안 밑천이 드러났다. 허나 결코 정벌의 칼은 버리지 않

을 것이다. 가자, 남쪽 길이 막히기 전에… 그렇다, 이제 남쪽 길이
막힐 것이다… 최후의 경우 남쪽에서 다시금 일어 날 계책을 위해
서.

요시라　바다의 길을 뚫러야 하외다.
소　서　리순신을 잡도록 하라. 리순신을…
　　　△화포 소리 진동한다.
　　　△창 밖은 어느덧 어두워졌다.
　　　△소서는 요시라와 함께 퇴장한다.
　　　△호롱 취각의 소리.
　　　화포 소리 천지를 진동한다.
　　　△무대 일각에 랑송자 등장.

　　　랑송자
　　　진격이다, 공격이다
　　　이 나라 가슴 깊이 침노해 들어 온
　　　바다 건너 원쑤를 몰아 내는
　　　저 화포 소리! 들으라!
　　　조선 인민의 슬기론 피의 싸움은
　　　관군! 의병!
　　　리순신 장군이 거느린
　　　저 남쪽 바다 조선 수군들의 위훈이
　　　한산 해전의 드높은 승전고가
　　　오늘 대동강반의 왜적을
　　　남으로 몰아 낼 줄, 그 어찌
　　　소서행장인들 알았으랴

　　　한양에 몰킨 왜적 수만은

행주산성(幸州山城)의 참패를 겪은 후
정전『화의』(和議)의 안개를 치면서
죽음의 구렁 한양을 벗어 나
경상도 바닷가로 도망쳐 내려 왔다.

허나, 간악한 왜적은
정벌의 야욕을 버리지 않고
정전 화의니 군사 철퇴니
옥신각신, 四년의 세월…
전쟁을 다시금 마련했나니
한 가지 길로는 수십만 무력을 갖추고
한 가지 길로는 흉악한 모략
리순신 장군을 없애리라
소서와 요시라 흉모를 꾸미며
드디여 一五九七년 다시금
정유재란(丁酉再亂)의 불길을 일으켰다.

— 암전 —

제 五 장

때 一五九七년(丁酉) 二월 二六일.

곳 한산도(閑山島) 삼도 수군 통제영이다. 이 한산도는 거제 서남쪽
    三〇 리 밖에 있어 산이 바다를 싸고 굽었는데 그 안에는 배를
    감추어 두기 좋고 밖에서는 안을 들여다 볼 수 없으며, 왜적이

전라도를 돌아 서해로 가려면 반드시 이곳을 지나야 할 중요한
관문이며 절호의 군항(軍港)이다. 리순신은 一五九三년(계사) 七
월 十五일에 려수에서 이 한산도로 수영(水營)을 옮겨왔고 그는
이 해 八월에 전라 좌수사를 겸임한 삼도(경상, 전라, 충청) 수군
통제사로 임명되였다. 이 때로부터 그의 한산도 시기가 시작된
다.
무대 우편에 운주당(運綢當)이 있고 그 앞과 그 좌편은 마당이며
이 마당 저 편으로 산들로 둘러싸인 푸른 바다가 보인다. 바다는
그 산들과 더불어 무한히 수려한 풍경을 이루었다.
운주당은 보통 동헌보다는 규모가 작으나 화려하지 않고 검소한
건축으로 고상한 기풍을 보여 준다. 관청의 위압적이며 폐쇄적인
인상은 전혀 없다.
이 건물에는 바로 『運綢當』이라고 쓴 현액이 붙어 있다.

막이 오르면

해포(蟹脯) 우에 초저녁 달빛이 흐른다. 리순신 운주당에 앉아 글
을 쓰고 있다. 어데선가 호가(胡笳) 소리 들린다. 그는 잠시 그 소
리 들으며 조용히 시조를 읊는다.

한산섬 달 밝은 밤에 수루에 혼자 앉아
큰 칼 옆에 차고 깊은 시름하는 차에
어데서 일성호가는 남의 애를 끊는고.

순신은 다시금 붓을 들어 글을 쓴다.
△리완 등장.
리 완 (조용히) 대감, 농목장들에서 군량미를 싣고 지금 또 선창에 닿았

소이다.

리순신 …(붓을 든 채 생각에 잠긴다.)

리 완 거제에 보낸 의병 척후 룡길에게선 아직 아무런 기별이 없삽고, 천성 가덕에선 그곳 왜적들이 우리 수군의 빈틈을 탐탐히 노리고 있을 뿐이라는 첩보가 왔소이다.

리순신 알겠다. 원균 사도 오셨다더니 시방 무엇을 하고 계시냐?

리 완 우후 령감께서 술대접을 하고 계시다하오.

리순신 ………

리 완 그리고 참 우수영 사도께서 곧 오시겠다는 전갈이 왔소이다.

리순신 억기 사도께서… (자리에서 일어 나 운주당을 내려서며) 완아.

리 완 네.

리순신 내 좀 나가 거닐다 오겠으니 군량미는 그 곡종과 수량을 밝히여 받도록 하고 농목장에서 온 사람들은 일이 끝나는 대로 나를 좀 만나게 하라. 그리고 조총 만드는 것이 다 됐거든 가져오게 하라.

리 완 네.

　　△리순신 밖으로 나간다.
　　△리완 운주당에 올라 장군이 쓰다가 놓은 진중 일기를 본다.
　　△송희립 등장.

송희립 비장은 무엇을 그리 골똘히 보시오?

리 완 장군님의 진중 일기(陳中日記)외다. 농장에 곡식 종자를 구해 보낸 일까지 쓰셨소이다. 그렇게 바쁘신 중에도 매일 일기를 쓰시고 또 때로는 이렇게 시문을 쓰시고… 이건 장군께서 쓰신 한 수의 시조외다. (시조를 읊는다.)

　　한산섬 달 밝은 밤에 수루에 혼자 앉아
　　큰 칼 옆에 차고 깊은 시름하는 차에
　　어데서 일성호가는 남의 애를 끊는고

송희립 정말 격조가 높소외다. 나라를 걱정하시는 마음 얼마나 깊으시오.
　　　　한다하는 풍류(風流) 시객(詩客)들이 꽃아침이니 달 저녁이니 값
　　　　싼 취흥으로 읊어 내는 그런 문장과는 바꿀 수 없는 글이외다.
리　완 나는 장군님의 문장, 그 글자 하나 하나에서 아주 뜨거운 것을 느
　　　　낍니다. 장군님의 장계들… 그리고 임진년에 전사한 록도 정운
　　　　만호를 위해 쓰신 추모 제문은 어떠하였소이까.
송희립 잊히지 않소외다. 『그대의 충성과 의리는 고금을 통하여 드문지
　　　　라, 나라를 위하여 그대는 몸을 바쳐 죽었노라. 허나 그대는 길이
　　　　살아 있는 거와 같도다.』
리　완 참으로 우리는 잘 싸웠고, 싸움이 멎은 후엔 먹을 게 없고 입을
　　　　게 없고 전염병으로 사람들이 턱턱 쓰러지는 형편에서 부강한
　　　　수군을 꾸리기에 얼마나 또 분투했소외까.
송희립 임진, 계사 이후 삼 년! 오늘의 이 한산 거진은 실로 보는 사람마
　　　　다 감탄을 금치 못 하게 되었소.
리　완 그런데 어떤 사람들은 불평과 불만으로써 비방하고 중상을 일삼
　　　　으니 한심한 일이외다.
송희립 도대체 원균 사도는 무슨 일로 이 곳에 와서 사흘씩이나 묵고 있
　　　　으니 모를 일이요.
리　완 무슨 렴치로 이 한산도엘 오겠소. 원균 사도는 장군의 지시를 항
　　　　치 제대로 받지 않았소. (흥분하여) 무엇 때문인가? 지위! 세도!
　　　　왜적을 앞에 두고 어찌 그럴 수 있소외까. 장군께서는 오히려 조
　　　　정에 간청하기를 원균 사도와 지위를 바꾸어 달라고까지 하시였
　　　　소.
송희립 그런데 충청 병영으로부터는 괴상한 말이 들려 오고 있지 않소외
　　　　까. 마치 장군께서 원균 사도를 깎아 좌천이나 시킨 듯이…

리 완 그만둡시다.

송희립 이러한 때에 장군께서 바다로 가등을 잡으러 나가시지 않은 일에
     대하여… 난 아무리 생각해도 근심되오.

리 완 …(불안을 느끼며 허나 자기를 설복하듯이) 장군께선 조정의 명을
     받으신 날 밤잠을 주무시지 않고 깊이 생각하시였소. 허나 장군
     께선 바다로 나가시지 않으시고 그 사유를 조정에 장계로 말씀
     해 올리셨소. 모르긴 하거니와 조정에서도 장군님의 뜻을 알아주
     실 거외다.

송희립 참 군량미가 들어 왔다는데 장군께선…

리 완 알고 계시오. 선창으로 나가십시다.

     △원균과 우후 거나하게 취해 등장.

     △리완과 송희립은 원균을 대하여 허리 굽혀 례한다.

원 균 (거만스럽게) 아, 다들 평안하오? 통제사 대감 계신가?

리 완 잠시 밖에 납시였소.

원 균 아 그래, 얼마나들 바쁘오. 응 하… 원 여기 와 보니 장수와 군졸
     들이 누구 하나 놀고 있는 것을 볼 수 없으니…

송희립 이만 나가 보겠소외다.

     △리완, 송희립 퇴장.

원 균 (선창 쪽을 바라보며) 우후 령감, 웬 군량미가, 저렇게 선창이 메
     지도록 매일 같이 들어오나?

리몽구 우리 수군이 부강한 탓이외다. 임진 계사 이후 오늘만큼 부강한
     수군을 꾸리기엔 장군 이하 어려운 고비를 여러 번 넘겼소외다.

원 균 하… 우후 령감도 그 동안 통제사 그늘에서 많이 달라졌구려.

리몽구 글쎄 온 나도 모르겠소외다. 사실 말은 바른 대로, 통제사 대감을
     모신 이후론 죽을 지경이외다. 술을 마음대로 먹을 수 있나, 계집
     을 또 마음대로 하…

원 균 과시 옹졸한 사람들이로다. 술도 계집도 남아 호걸엔 다 따를 수

있는 것이어늘, 특히 이 원균에게만은 시비가 더 많았으니.

리몽구 그야 령감께서는 싸움판에서까지 배 밑창에다 계집을 싣고 다니
        시니까…

원 균 어 싸움판이기로 계집 하나나 둘쯤 싣고 다니기로니, 어 옹졸한지
        고, 옹졸한지고… (운주당과 해포를 다시금 돌아 보며) 아 한산
        도! 강산은 예나 지금이나 변함이 없는지고… 모를 일이로다. 거
        만의 군기 군량을 마련해 놓고 어째서 왜적을 치러 나가지 않았
        을가?ㅡ… 우후, 내 그녁을 믿으니 하는 말이지만 내 본시 물에
        서 놀던 사람인데 누가 나를 충청도 두메 산골로 쫓았느냐 말요?
        이럴 법이 있소? 내게 무슨 큰 죄가 있기로.

리몽구 그야 통제사 대감의 령을 잘 받으시지 않는다고 하여 조정에서…

원 균 천만에… 그런 게 모두 날 헐뜯는 말이요. 임진년 첫싸움에 내가
        배에 불을 지르고 뒤로 물러서기는 했지만 그 때는 어떤 천하 명
        장이라도 그 밖에는 도리가 없었을 것이요. 자, 리 일 순변사는
        상주에서 나보다 더 패하였고 김 명원 도원수도 림진강에서 패
        했지만 그래 지금 그 분들의 자리가 떨어졌소? 올라 갔소? 내 자
        리를 탐내서 하는 말이 아니요. 옥포, 당포, 한산대첩, 이 모든 싸
        움에서 나두 목숨을 내걸고 싸웠소. 왜적의 목을 자른 수급의 수
        효만 하더라도 결단코 내 뉘보다 손색이 없을 것이요. 그런데 누
        가 나를 공이 없는 사람으로 만들어 두메 산골로 쫓았느냐 말요.
        그래도 우후 령감은 알게 아니요.

리몽구 알다 뿐이외까… 그런데 아까 말씀하신 그 요시라란 사람은 정녕
        믿을 만하오니까?

원 균 경상 우병사 령감의 말씀이요, 나라에서도 벌써 첨지 벼슬까지 준
        사람인데 어찌 믿을 수 없겠소.

리몽구 그래 조선 사람이란 게 적실하오니까?

원 균 적실하오, 적실한 조선 사람이요. 원래 대마도에서 살다가 일본
       말을 잘 하는 고로 소서에게 끌려 와 통변 노릇을 하고 있을망
       정, 그에겐 충성심이 있었단 말이요. 그래서 가등청정이 수십만
       대군을 끌고 바다를 건너온다는 기밀, 그 날자와 그 놈이 탄 배
       의 표식까지를 직접 경상 우병사에게 와서 밀고해 주었단 말이
       요.

리몽구 요시라는 그 기밀을 또 용케 얻어 냈소외다.

원 균 거기엔 소서의 소원이 또 있단 말이요. 원래 소서와 가등은 서로
       세력을 시기하여 으르렁거리는 터인지라 소서는 기회만 있으면
       가등을 죽이자는 것이요. 그래 소서는 그 기밀을 요시라에게 준
       것이요. 이건 요시라의 말이요. 가등을 잡아 없애는 일은 조선의
       원수를 갚는 일이며, 소서에게도 상쾌한 일이라고…

리몽구 알만 하외다.

원 균 그래서, 우병사 령감은 그 기밀을 조정에 올린 것이며 조정은 통
       제사 대감에게 교지를 나린 것이요.

리몽구 『가등청정을 나가 잡으라!』그런데 대감은 나가지 않으셨소.

원 균 그게 분하단 말이요. 천재일우의 기회를 놓쳤단 말이요. 이 일에
       대하여 나는 조정에도 장계를 올리고 의금부 윤 근수 대감께도
       글월을 보냈소.

리몽구 가등이 하나만 없앤다면, 소서는 원래 화의를 주장하는지라 싸움
       이 또 일어 날리도 없지 않소외까?

원 균 내 말이 그 말이요. 아 아지 못게라, 통제사 대감의 흉금을 모르겠
       노라. 영특한 분이 왕명을 거역하다니.

리몽구 (새삼스러이 어떤 위구를 느끼며) 그렇다면 미구에 무슨 변이 있
       을 것 아니외까?

원 균 왕명을 거역했거늘 어찌 무사하겠소.

리몽구 호… 알겠소외다. 그럼 장차 삼도 수군 통제사는?

원 균 두구 봅시다. 하…

리몽구 하… 이녁두 십 리 하방에 눈치만 남은 사람이외다. 사실 넌조로
        보나 인재로 보나 령감을 제쳐놓고 어디 통제사 제목이 있사오
        리까.

원 균 원 별소리를, 좌우간 령감이 내 심정을 알아주니 이런 밤엔 한 말
        술이라도 단숨에 마실 듯하외다.

리몽구 저기 누가 오나 보이다. 이왕 나오신 길에 대감을 만나시는 게…

원 균 그만두겠소. 겨우 가라앉은 마음을 다시금 흐릴 까닭이 없소. 자
        가서 술이나 또 듭시다.

        △원균 퇴장.

        △리순신, 리억기 등장.

리몽구 아 사도께서, 안녕하셨소니까?

리억기 얼마나 수고를 하시외까?

리순신 원균 사도께서는 혼자 계시오?

리몽구 조금 전에 대감 뵈옵자 오셨다가 안 계신지라 다시 사처로 가셨
        소이다.

리순신 아뿔싸, 내 나중에 가서 뵙도록 하겠소.

리몽구 그렇게 전갈하겠소이다. (퇴장.)

리억기 원균 사도 무슨 일로 이 한산도엘 왔소외까?

리순신 바다가 그리워서 지나던 길에 잠시 들렀다 하오이다. 령감, 오늘
        마침 잘 오셨소이다.

리억기 풍운이 또 몰려드는지라 달려 왔소이다.

리순신 허지만 한산도의 달빛은 저렇게 교교하외다. 하…

리억기 왜놈들이 화의 운운하면서 四 년 동안이나 우리 나라 남녘 바닷
        가 十六 둔에 둥지를 틀고 있으면서 마지막 화의 조목으로 내놓
        은 것 뭣이 오니까. 경상, 전라, 충청, 경기, 우리의 네 도를 분할

해 달라고 했으니 참으로 족제비 낯짝만도 렴치가 없는 놈들이
외다.

리순신　나는 애초부터 화의를 믿지 않았소. 그저 계사년에 놈들을 비로
쓸 듯이 싹 쓸어내지 못한 게 잘못이외다.

리억기　허지만 임진년에 우리가 생각했던 바는 옳았으며 또 왜적을 이겼
소이다.

리순신　소서로 하여금 평양성을 내놓고 남으로 쫓겨오게 만들었으니
하…

리억기　하…

리순신　우리 수군의 큰 승리는 우리 나라 뿐 아니라 우리와 한 이웃에
사는 명 나라 백성들을 전란의 불길로부터 미연에 구했다고 말
할 수 있소외다.

리억기　옳소이다. 그러므로 명 나라 군사가 우리를 돕고 조 명 량군이 함
께 왜적을 치는 것은, 두 나라의 화평한 세월과 두 나라 백성들
을 보위하는 위업으로 될 것이오이다.

리순신　지금 형세는 이 바닷가에 남아 있던 왜적들과 새로 바다를 건너
온 十五만 대군이 세력을 합쳐 크게 공세를 취할 양으로 탐탐히
기회를 노리고 있는 것이요. 놈들은 임진년의 참패를 되풀이 안
할 양으로 기어코 어떤 회생, 어떤 죽음을 무릅쓰고라도 이 남녘
바다를 뚫고 서해로 기여 오르려 할 것이외다.

리억기　허나 이 한산도 관문은 놈들의 어떠한 발악으로도 부시지 못 할
것이외다.

리순신　가등이 바다를 건너온 지 벌써 달포가 넘었음에도 불구하고 음짝
달싹 안 하고 엿보고만 있는 것은 바로 이 관문 때문이외다.

리억기　그렇소이다. 놈들은 또한 륙지로, 전라도를 결사코 먹어 들자 할
것이외다.

리순신 싸울 때가 또 왔소. 령감, 또 나아갑시다. 천성 가덕으로!

리억기 나아갑시다. 생사를 같이 합시다. 나는 대감의 지휘하에 대감과
        더불어 다시 싸울 마당으로 나아감을 끝없는 광영으로 생각하외
        다.

리순신 또 무슨 말씀을…

리억기 …이런 말은 대감께 하지 않을 양으로 했으나, 이런 때를 당하여
        대감 신변이 근심되기에…

리순신 …무슨 말을 들으셨소외까?

리억기 대감께서 가등을 잡으러 나가지 않으신 일에 대해서… 물의가 생
        겼다 하외다.

리순신 물의라니?

리억기 조정에서 물의가 일었다 하며, 원균 사도와 현풍의 구관(玄風 舊
        官) 박 성(朴惺)이란 자는『실기가참』(失機可斬)이라고까지 상소
        를 하였다 하니…

리순신 (선뜻 고개를 들어 놀라며) 실기 가참이라… 기회를 잃은 죄로…
        목을 벨 것이다…

리억기 (분개하여) 도원수부에서 온 소식이외다. 이럴 법이 있소이까. 수
        군에 대한 일을 대감에게 한 번 상론도 해 보지도 않고, 요시라
        의 말만을 믿고 이렇다 저렇다 물의를 일으킬 수 있소외까. 또
        그 뿐 아니라 한산도에는 왕명도 거역하는 별천지를 꾸며 놓았
        다는 등, 걸고 드는 사람도 있다니, 어 참으로 놀랍소외다, 놀랍
        소외다.

리순신 (괴로운 심정으로 심중히 생각한다. 허나 그는 곧 밝은 낯과 태연
        한 음성으로 오히려 억기를 위로하듯) 령감! 그 일로 너무 근심
        마시교. 들리는 말들에 너무 개의치 맙시다…
        요시라의 말은 믿지 않을 수 없을 만큼 교묘하외다. 소서가 가등

을 없애려 한다, 순신으로 하여금 가등을 잡게 하라. 두 가지 기밀을 보내 왔소외다. 나는 여기에 무서운 함정이 있음을 간파했소외다. 이 리순신 한 사람의 목숨은 아까울 것이 없사오. 오직 생각는 바는 나라와 백성의 운명이오이다. 만일 우리 수군이 한 번 잘못되는 날이면 나라도 백성도 구하기 힘들 것이외다. 조정의 한 장교지로 잘못 받들어 천만년 후손들에게 물리여 줄 이 나라 국운을 그르칠 수는 없사오. 결단코 없사오. 그러므로 그 즉시로, 조정에 그 사유를 말씀해 올렸사오.

리억기　정녕 옳으신 말씀이요.

리순신　너무 걱정 마시고 바다로 나갈 차비를 하십시다.

리억기　그럼 장선에 나가 기다리겠소이다.

　△리억기, 역시 근심이 풀리지 않으나 무부(武夫)답게 나간다.

　△리순신 혼자 생각에 잠기여 운주당 앞뜰을 거닌다.

리순신　…실기가참이라?… 만일 순천에 계신 어머님께서 이 일을 아신다면?… 어버이 심정으로 얼마나 또 근심하실가? 아산에 계시면 멀어서 못 간다 하지만 가가이 순천에 모셔 오구서도 자주 가 뵙지 못 하니 얼마나 또 궁금해하시고 섭섭히 여기실가?… (일기를 쓰기 시작한다.)

　△리완이 제총수 리필종(李必從)과 공인들과 함께 등장.

리　완　제총수 리필종이 총을 다 만들었소이다.

리순신　(매우 반기며) 아 어디 보자.

제총수　(총을 바치며) 이번엔 장군께서 말씀하신 대로 몸을 더 길게 하여 구멍을 더 깊게 하였소이다.

리순신　(총을 자세히 살펴보며) 몸대가 길구 방아쇠랑 아주 잘 됐다.

제총수　우리 나라 승자쌍구녕배기보다 훨씬 멀리 가고 위력이 배나 됩니다.

리순신　음, 이만하면 쇠두 좋다, 한 번 쏘아 봐라.

리 완 (총을 받아 겨냥을 겨눈다.)

　　△이럴 때 송희립이 농목장에서 온 농민들을 데리고 들어온다. 그 뒤에 옥지, 박로인, 봉녀를 비롯한 조선소 일꾼들도 따라 들어온다.

리 완 (총을 쏜다. 그 소리가 굉장하다.)

　　△공인들, 농민들 모두 감탄하여 웅성거린다.

리순신 (리완에게) 어떠냐? 왜놈들이 조총 하나 가지고 큰소리했지만 이제는 큰소리 못 하게 됐다. 하…

모 두 (웃는다.)

리 완 오히려 왜놈의 총보다 훨씬 좋은 것 같습니다.

박로인 그러니 이제는 조총 만드는 법도 우리들한테서 배워 가라고 하는 게 좋겠소외다.

공인― 누가 가르쳐 주겠다고는 합디까요?

모 두 (흥그럽게 웃는다.)

옥 지 조총은 몰라두 거북선 만드는 법만은 결단코 가르쳐 줄 수도 없으며 가르쳐 주지도 않겠쇠다.

농민― 그건 청개와 장사 심보일세.

옥 지 옳쇠다. 이런 데는 청개와 장사루 놀아야 하외다.

모 두 (흥그럽게 웃는다.)

리순신 좋소외다. 이렇게 우리 손으로 만든다는 건 장한 일이외다. 비장!

리 완 예.

리순신 각 수영 관포들에게서 이 대로 만들도록 할 것이며 극상 좋은 것으로 골라 조정에 올려서 륙군들에서도 이런 총을 많이 만들어 쓰도록 할 일이다.

리 완 알겠소이다.

송희립 농목장들에서 장군님 뵈옵자 찾아들 왔소이다.

리순신 (반기며) 아 만나 보고 싶었노라. 순천 돌산도(突山島)에서도 왔는가?

농군一 왔소이다.

농군二 멀리 남해 황원곶(荒原串)에서도 왔습니다.

송희립 도양장(道陽場)에서 화이도(花爾島)에서 모두 왔소이다.

리순신 먼길에 수고들 했노라. 그래 농장들에서 살기가 어떠한지?

농군一 이제는 아주 자리가 잡혔소이다. 임진년 전란을 만나 집을 잃고
        땅을 잃고 고향을 잃은 소인네들이 장군님 은덕으로 이젠 군색
        없이 살고 있습니다.

리순신 그렇게 말해 주니 고맙노라. 그래 금년 파종에 종자 마련은 넉넉
        하겠지?

농군二 넉넉하다 뿐입니까? 농사꾼이야 굶어 죽어두 종자 벼는 베고 죽
        는다 하옵는데.

리순신 하…그리고 농사는 첫째 거름 마련이 소중하니 아이들 기를 때
        먹을 것 마련하듯이 거름 마련을 넉넉히 할 일이다.

농군一 장군께서 말씀하신 대루 개바닥도 긁고 풀도 베여 두엄 마련을
        넉넉히 했습니다.

리순신 잘 했노라. 그래 농사의 반타작이 너무 힘에 겨웁지 않은가.

농군二 소인들이 하는 모든 일이 수군 방비의 군량과 밑천을 위하는 일
        임을 생각할 때 어찌 반타작을 과하다 하오리까.

리순신 고맙노라. 만일 전쟁과 군사 방비가 아니라면 내 그대들의 부담
        을 크게 덜어 주고 싶노라. 실로 그대들은 모든 고초를 이겨 왔
        으며 그대들의 힘이 있으므로 우리 군사들이 먹고 입고, 이런 총
        과 거북선도 만들 수 있다는 것을 생각할 때 어찌 고맙지 않겠는
        가?

농군三 정녕 고마우신 말씀입네다.

리순신 지금 왜적들이 다시금 우리의 바다를 노리여 덤비고자 하노라.
        허나 우리 군사들은 결사코 한 발작도 이 한산도에서 뒤로 물러

서지 않을 것이니 념려 말고 금년 농사도 풍작을 이루도록 해라.

농군—　하겠소이다. 한 평의 땅이라도 더 개간하여 소출을 많이 내기로
　　　작정이온바 그저 왜적들만 멀리 바다 밖으로 물리쳐 주시옵길…

리순신　맹세하노라. 나라와 그대들 앞에 맹세 안 하고 누구에게 하겠는
　　　가. 그러면 오늘은 편히들 쉬도록 하라. 송 군관, 오늘은 농목장
　　　에서 온 이들과 공인들에게 술을 좀 내도록 하라.

송희립　예.

모　두　(기뻐한다.)

　　　△송군관 퇴장.

　　　△리영남 등장.

리영남　대감, 시방 부두에 대부인께서 오십니다.

리순신　(극히 놀라며) 어머님께서… 어머님께서…

　　　△리순신 급히 퇴장.

　　　△리완, 리영남 함께 퇴장.

부인—　아니 장군님의 어머니시면 지금 년세가 얼마나 되시는가?

봉　녀　구십 로인이시래요.

모　두　(놀란다.)

박로인　그래두 아직 쇳소리가 나게 정정하시다네.

옥　지　정말 부러운 일입니다. 부모님을 오래 모신다는 건 복이니까요.

농민—　암 복이구말구, 큰 복이지.

공인—　난 어머니 없이 살아오는 게 포원이 졌쇠다.

박로인　여보게들, 자, 우리 오래간만에 이렇게돌 만났고, 달두 밝고, 장군
　　　님께서 술을 또 주시겠다고까지 하셨는데 춤 한 번 추는 게 어떻
　　　겠나?

농민—　그거 참 좋은 말씀이외다. 입장단 무릎 장단으로 한 번 춥시다.
　　　장단은 내가 칠 테니.

박로인　춤은 옥지가 추게.

공인— (옥지를 끌어 내며) 자 거북선 나갑니다ー

　△옥지가 사람들 속에 선다.

　『떵, 떵, 떵더쿵』 하면서 입장단 무릎 장단이 흥겹게 시작된다.

　옥지 춤을 춘다.

　흥겹고 사람들은 웃기는 아주 파탈한 춤이 고조된다. 흥겨운 환성을 올리기도 한다.

　△젊은 조선공 뛰여 들어 온다.

　젊은 조선공　이것 보라구요… 할아버지, 옥지 아가씨.

　△모두 춤을 멈추고 그를 주목한다.

　젊은 조선공　이것 보라구요. 글쎄, (은근한 소리로) 서울서 어사도가 내려 온답니다.

박로인　어사라니? 그래 좋은 일인가? 나쁜 일인가?

젊은 조선공　장군께서 바다로 가등을 잡으러 나가시지 않은 일에 대해서는 무슨 일이 있을 게라구요.

모　두　(서로 수군거린다.)

박로인　그래 누가 그러던가?

젊은 조선공　충청도에서 온 관속인데 장군님이 가등청정을 잡으러 바다로 나가지 않은 일은 수상한 일이다. 무슨 일이 있을 게라구요.

옥　지　수상타니? 뭐가 수상해? 그럼… 어 놀라운 말이다.

박로인　아니 이 대명천지 밝은 날에, 뭐가 어째? 야 이 사람아, 그래 그따우 헛 수작하는 놈들을 그냥 뒀단 말인가, 당장 목다실 분질러 놓지 못 하고…

옥　지　그런 놈이 왜적의 앞잡일는지도 모른다.

제총수　옳소. 그런 놈은 당장 죽여야 한다. 가자, 그 놈이 어디 있는가? (젊은 조선공을 앞세우고 달려 나간다.)

　△모두 흥분해서 웅성거리며 나간다.

　△잠시 사이. 물결 소리만 들린다.

△리순신과 리완이 순신의 모 변씨(卞氏)를 모시고 등장.

리순신 어머님께서 이렇게 졸지에 오실 줄은… 사람이라도 먼저 띄우시
지…

어머니 너무두 궁금해서 불시루 찾아 왔다.

리순신 군무가 한가치 않아 자주 가 뵈옵지 못하오니 자식된 도리가 아
니오이다.

어머니 그런 념려는 아예 말아. 내가 네 일을 돌보아 주지는 못 할망정
통제사의 중책을 진 장군으로 어찌 이 한 어미로 해서 한 시각이
라도 군사 일을 소홀히 할 수 있겠느냐. 아예 그런 말은 말아. (운
주당을 돌아본다.) 예가 운주당이로구나.

리순신 그렇소이다. 어머님, 잠시 방으로…

어머니 이 시원한 마당에 앉아 저 바다를 보는 게 좋겠다.
△리완 의자를 갖다 마당 높은 데 놓는다.
순신 어머니를 부축해서 의자에 앉힌다.

어머니 한산섬이 좋다구들 하더니 정말 이렇게 와서 보니, 훌륭하다. 섬
들이 많구 산세가 묘하구 수정 같이 맑은 바닷물이 아늑하게 들
어 앉았구.

리순신 저 산줄기가 이 바다 굽이를 에워 싸서 이 안 바다에는, 많은 배
들을 감추어 둘 수 있습니다. 그리고 저 산 밖의 큰 바다에선 이
안을 들여다 볼 수 없는 고로, 이 지형을 보고 누구나 감탄하며,
군사 진을 치기, 참으로 좋은 곳입니다.

어머니 명 나라 장수들도 와 보구 감탄을 하더라지.

리순신 천하에 이런 거진은 둘도 없다고 했습니다.

어머니 좋은 일이다. 네가 하는 일이 베면하겠느냐, 삼도 수군을 잘 거느
리고 운주당에서 정사를 잘 하고 백성들의 사정을 잘 돌보아 준
다는 그런 좋은 소리를 들을 때 어미 마음 어찌 기쁘지 않겠느
냐.

리순신 하오나 어머님의 마음을 괴롭히고 걱정과 근심을 사드린 일이 얼
        마나 많습니까. 어머님 년세가 금년에 九〇, 제 나이가 벌써 쉰
        셋입니다. 쉰 세 해 동안 어머니께 근심을 드리였고, 아니 六〇여
        년을 자손들로 해서 마음을 태우셨습니다.

어머니 어미가 자식들로 해 근심하는 것 당연한 일이다. 허지만 너는 어
        느 형제보다 내 마음을 편히 해 주었고 어미께 대한 마음도 지극
        한 줄 안다.

리순신 어머님 밤바람이 아직도 찹니다. 감기나 드시면… 완아, 어서 별
        당을 치우도록 해라.

리 완 (상수로 퇴장.)

어머니 아니다. 오늘은 어째 가슴이 답답하구나. 예서 좀 이야길 하자.
        (돌아보고) 내 너한테 물어 볼 말이 있어 실상은 이렇게 찾아 온
        게다.

리순신 (엄숙해진다.)

어머니 바다를 건너오는 가등청정을 나가 잡으라는 조정의 명령이 계셨
        다는데 그게 적실하냐?

리순신 적실합니다.

어머니 그런데 너는 왜 잡으러 나가지 않았느냐?

리순신 (매우 괴롭고 난처한 태도를 가지며) 어머님! 그 일에 대해서는
        한 마디로 말씀 드리기 힘듭니다. 나라에 충성을 다 하자는 한
        가지 마음, 왜적의 간계에 빠져 대사를 망치지 않겠다는 한 가지
        일로 저는 나가지 않았습니다.

어머니 이 늙은 어미가 네 충성을 몰라서 하는 말이 아니다. 누구보다 결
        백하고, 옳다고 생각하는 일은 누구에게도 굽히지 않는 네 성품
        을 몰라서 하는 말이 아니로다. 내가 그걸 누구보다 잘 알기 때
        문에 더욱 근심이 되는구나. 아무리 네 소견이 옳다기로니 조정

　　의 명을 거역할 수 있단 말이냐, 무서운 일이다… 무서운 일이다.

리순신　어머님… 안심하시교. 자기만 결백하고 옳은 담에야 무엇을 겁내
　　　　오리까.

어머니　네가 조산만호(造山萬戶)로 있을 때 억울한 죄를 입어 죽을 뻔하
　　　　지 않았느냐. 나는 그 때 생각이 자꾸 난다. 네 부친은 세상을 떠
　　　　나신 지 오래구 이 어미는 이렇게 늙었구… 네 만일… (눈물을
　　　　씻는다.)

리순신　어머님, 그 때도 저에게 잘못이 없었다는 게 밝혀졌습니다. 모든
　　　　게 밝혀지고 또 밝혀질 것입니다. 이번 일에 대해서도 조정에 장
　　　　계를 올렸으니까 조정에서도 저의 처사가 옳았음을 인정해 주실
　　　　겝니다.

어머니　나는 너를 믿는다, 누구의 말을 믿겠니… 어서 도적들이 물러가
　　　　고 사람들이 안심하고 살 때가 와야겠다.

리순신　어머님, 이제 화평한 세월은 올 것입니다. 반드시 오도록 해야겠
　　　　습니다. 어머님, 그만 방으로 드십시다.

어머니　(일어나며) 에구 그래도 이렇게 너를 만나 너의 말을 들으니 마음
　　　　이 놓이는 것도 같다. 요즘 아산에 있는 아이들은 잘들 있는지?

리순신　면이에게서 편지가 왔소이다. 모두 무고히 지낸다 하오이다.

　　　△순신, 어머니를 모시고 퇴장.
　　　△파도소리 더 높아지고 어느덧 하늘엔 구름이 일기 시작하여 달빛이 때때로 가
　　　리워지군 한다.
　　　△바람이 멀리서 일기 시작한다.
　　　△우후와 군관들 (송희립, 리영남) 등장.

리영남　조정에서 어사도가 내려 왔소.

송희립　필경 그 일일 것이요.

리몽구　내 이런 일이 있을 줄 알았소. 장군께서 너무…

송희립　허나 사실(査實)차라 하면…

리영남   오히려 좋은 기회가 아닐가?

송희립   좋은 기회요. 지금 막 거제에서 김룡길의 첩보가 왔소. (첩보를
        펼친다.) 확실히 리순신 장군을 잡자는 함정이였소. 자, 보시오.
        (첩보를 읽는다.) 소서 진의 왜장들은, 리순신을 잡자―한산도를
        함몰하고 전라도로 들어가자―이렇게 떠들고 있으며, 가등의 수
        하들은 해도에 머물러 있으면서 장군님이 바다로 나올 때를 기
        다렸으나 결국 허탕을 친고로 모두 분하다고들 떠들고 있습니다.

리영남   장군의 생각하심이 옳았소.

송희립   만일 바다로 전군을 몰고 나갔더라면 놈들의 함정에 빠졌을 것이
        요.

        △이 때 밖에서 웨침 소리 들린다.

소 리   산성 남 이신 어사도 듭시오.

        △남이신 등장. 그 뒤에 원균 등장.

        △우후와 군관들은 허리를 굽힌다.

남이신   잠시 이 자리를 피해 달라.

        △우후, 군관들 퇴장.

        △남 이신은 운주당을 유심히 돌아 본다.

남이신   과연 좋은 곳이요. 한산도는 천하 거진이라 말할 만하오. 허나 듣
        던 바와는 다르지 않은가? 『한산도는 별천지다!』『한산도엔 궁궐
        을 꾸며 놨다!』하더니 이 운주당은 아주 검박하오, 한산도엔 궁
        궐 같은 데가 없소.

원 균   허나… 이 운주당에서 왕명을 거역한 사실, 그리고 이 한산 진영
        에 부합지 않을 정도의 군량과 군기를 축적하고, 군사와 백성과
        의병들을 널러 모아 조련시키고 있는 것, 이런 사실들은 또 별천
        지란 말을 들을 수도 있지 않소외까.

남이신   아무튼 리순신은 교만해졌소.

원 균   옳소외다.

남이신 안하무인으로 되었단 말이요.

원 균 옳소외다.

남이신 가등을 잡을 천재일우의 그 기회를 놓쳤으니 분하단 말이요.

원 균 옳소외다. 가등을 잡으러 나가지 않은 그 점이 수상합니다. 오늘
        에 와서 누가 그의 충성을 믿겠소외까.

남이신 좌우간 만나 말을 들어 보겠소.

원 균 그럼 이번 귀결은 어찌 되오니까?

남이신 그야 뻔한 일이요. 령감이… 충청 병사로 오래 계신 것은 잘된 일
        이 아니였소.

원 균 아 하늘이 밝아지외다. 물에서 놀던 고기를 륙지에 갖다 놓니 견
        딜 수 있겠느냐 말씀이오, 그런데 이것을 말하면 불평이라 하
        고… 실로 이 몇 해 동안 괴로운 세월을 보냈소이다.

남이신 이제는 더 괴로워하실 것 없소외다. 이제 곧 선전관이 올 것이니
        잠시 객사에 나가 기다려 주시오.

원 균 (객사로 나가며) 아 오래간만일다. 한산도!

        △원균 퇴장.

남이신 여봐라 -

        △우후, 군관들, 제장들 등장.

남이신 리순신 사도 듭시래라.

        △리순신 등장.

리순신 원로에 얼마나 피로하시오니까? 상감 마마의 문후 아뢰오.

남이신 대감, 나는 어명을 받고 왔소. 시방 상감마마께서는 진노하여 계
        시오. 무슨 일로 가 청정을 잡으러 나가지 않으셨소?

리순신 (잠시 침묵을 지킨다.)

남이신 어서 그 사유를 말하시오.

리순신 그 자세한 사유는 이미 장계로 올렸사오.

남이신 대감의 장계는 오히려 상감마마의 진노를 크게 하였소. 첫째로

어찌 조정의 명을 거역하였느냔 말씀이요.

리순신　이 나라의 국록지신(國祿之臣)으로 조정의 명을 거역코자 한 바
　　　는 결코 아니외다.
　　　　오직 나라와 백성과 수군의 명맥과 아울러 싸움의 대국을 보아
　　　부득이 나가지 않은 것이외다.

남이신　그 부득이한 사유란 무엇이요?

리순신　첫째로 가등청정이 십 오만 대군을 몰고 바다를 건너옴에 있어
　　　그 함선만 하여도 천 척이 넘을 게고, 임진년과 달라 울산, 부산,
　　　거제 등에 적의 소굴이 또한 있는지라, 우리 수군이 가벼이 나갔
　　　다간 앞뒤로 적을 만나 크게 패할 념려 있는 것, 둘째로 우리 수
　　　군이 이제껏 련전련승을 한 것은 바다의 지리와 조수를 잘 리용
　　　한데 있었는바 이를 헤아리지 않고 망망한 바다로 쫓아 나아감
　　　은 싸움의 방략상 어리석은 것, 셋째로 요시라는 원래 정장소서
　　　의 반간인지라, 그가 어떠한 충성을 맹세한달지라도 반간의 말은
　　　믿을 수 없는 것, 또한 반간이 그렇게 감언리설로 유인할 때에는
　　　반드시 무슨 흉계가 있는 것, 이러한 사유로써 결단코 나갈 수
　　　없었소외다.

남이신　그렇게 요시라의 말을 믿을 수 없다면 경상 우병사나 도원수 대
　　　감은 모두 등신이란 말이요?

리순신　(단호히) 적의 술책에 속은 게 분명하오. 속았소외다, 도원수 대감
　　　까지.

남이신　(큰 소리로) 이 무슨 말씀이오? 속다니?… 소서와 가등이 서로 원
　　　쑤지간임은 세상이 다 아는 일, 어떠한 수단도 가리지 않고 가등
　　　을 없애자는 소서의 계책을 그래 우리가 리용할 수 없단 말이요?
　　　가등청정이 바다를 건너오다 해도 암초에 걸려 七일 간이나 머
　　　물러 있었다 하는데…

리순신   (구태여 더 말하려 하지 않는다.)

송희립   외람되이 한 말씀 아뢰오. 소서는 가등을 죽이고자 한 게 아니라
         실상은 리순신 장군을 없애고자 한 것이외다.

남이신   리순신 장군을?

송희립   거제 소서 진에 보낸 의병 척후 김룡길의 첩보가 왔소외다. (첩보
         를 올린다.)

남이신   (받아 읽고) 모를 소리다. 어찌 이 첩보를 정확타 믿을 수 있겠는
         가?

리 완   만일 이 첩보를 믿지 못 하신다면 긴요한 것은 왜적 소서의 흉계
         를 알메 있는지라 반간 요시라를 잡아 문초해 주시기 바라오이
         다.

남이신   모든 의견은 들어 두겠노라. (자리를 일어나며) 허나 조정의 명을
         거역한 사실, 천재일우의 기회를 놓친 이 두 가지 사실만은 무엇
         으로 감출 테요? 대감!

리순신   ·········

남이신   지금 리순신의 실기 가참(失機可斬)으로 대간(臺諫)은 물론, 박 성
         같은 선비들이 상소해 왔소. 이래도 대감의 죄를 가릴 수 있겠소.

리순신   (단호히) 리순신 한 사람의 목은 아까울 것이 없소마는 흉악한 왜
         적의 간계에 빠져 삼도 수군을 망치며 나라의 운명을 위태롭게
         할 수는 없는 때문이외다. 이것만은 가릴 수 없소외다.

남이신   어 놀랍소외다. 과시 한산도는 별천지요. (훌쩍 퇴장.)

소 리   선전관 드오.

         △선전관 등장.

         △리순신 의례로써 그를 맞이한다.

선전관   (큰 소리로) 전갈이요. 삼도 수군 통제사 리순신은 파직이며, 충청
         병사 원균 사도, 삼도 수군 통제사로 봉하랍신 전갈이요.

         △선전관 퇴장.

△모두 아연실색한다.

△무거운 침묵이 흐른다.

리순신　(태연한 음성으로) 우후는 직인과 병부를 내놓라.

　　△우후는 직인과 병부를 운주당 대청에 상에 받쳐 내놓는다.

　　△조선공, 제충수, 공인들, 농군들 한옆에 등장.

　　△우편에서 장군의 어머니 등장한다. 리완이 달려 가 부축한다.

　　밖에서 큰 소리　금부도사(禁府都事)요.

　　△금부도사와 서리(書吏), 라장, 라졸들이 우르르 등장.

도　사　어명이요. 대역 죄인 리순신 잡아 올리라는 어명이요.

어머니　(너무도 놀라와) 순신아!

리순신　(목석처럼 선 채로) 어머님!

박로인　오 이게 웬 일이 오니까, 조정의 처사가 이럴 수 있소외까. 못 하
　　　　외다. 우리 장군님 무슨 죄가 있어 잡아 올리외까, 못 하외다, 못
　　　　하외다.

라　장　(오라를 잡고 주저한다.)

도　사　(라장과 라졸들에게 소리친다.) 뭣들 하느냐?

　　△그제사 라장은 오라를 던지고 라졸들은 순신을 묶는다.

리순신　아아 어둡도다, 어둡도다, 왜적을 앞에 두고, 싸움을 앞에 두고,
　　　　아아 어둡도다.

송희립　아무리 어둡기로니 설마 이럴 수 있단 말이요.

박로인　안 되오이다. 안 될 말이외다. 우리 백성들이 모두 보증하외다.
　　　　까마귀가 갈매기 된다 해도 장군님의 충성은… 우리 장군님 잡
　　　　아 올려서 춤출 놈들은 왜적들이외다. 왜놈들뿐이외다.

백성들　옳소외다. 옳소외다. 왜적들에게 좋은 일이외다.

리　완　장군님 안 계시면 삼도 수군을 어이 하며 이 한산 거진을 어이 하
　　　　리까.

리순신　(크게 꾸짖듯) 이 무슨 소린고. 삼도 수군이 어느 한 장수의 힘으

로 있는 것이며, 이 한산 거진이 한두 사람의 힘으로 이루어진 것인가, 나를 너무 생각지 말라. 한 사람 순신을 너무 생각지 말라.

△모두 정숙해지며 적지 않은 사람들이 흐느낌을 금치 못한다.

△리억기 등장.

리억기　(놀라며) 아니 대감!… 대감의 충성이 하늘에 사무치거니… 이 일이 웬 일이요.

리순신　령감! 임진 계사 이후 더욱 철옹성으로 이룩해 놓은 삼도 수군! 보다 억세고 부유한 수군으로 지켜 주시기 바라외다. 그리고 이 한산도에서 일보도 뒤로 물러서지 않도록…

리억기　명심하겠소.

리순신　우후는 우선 진중에 있는 군량이 십만 석, 화약 四천 근, 그리고 모든 전함들과 거북선 一〇〇척 그리고 모든 총포들, 모든 군기와 기물들과 오늘 적지 않게 부강해진 삼도 수군의 모든 재산을 빠짐 없이 원 통제사에게 선장(儞掌)하도록 하라.

우　후　예.

리순신　(군중을 향하여) 삼도 수군 장병들, 의병들, 조선소 군기창의 모든 일꾼들, 농목장과 염전의 모든 일꾼들, 고기 잡고 질그릇 굽는 백성들, 임진년의 모든 승전이 그대들의 힘이요. 오늘 우리 수군의 위력한 것이 모두 그대들의 피와 땀이었노라. 이제 국난을 당하여 왜적을 몰아내는 싸움에 한층 힘을 바치며, 자기의 직책을 지켜 목숨과 로력을 아끼지 않음이 그대들의 충성이로다. 다시금 부탁하노니 그대들의 장한 충성으로 한산을 지키고 왜적을 몰아냈다는 큰 승전의 소식을 듣는다면 내 옥중 고혼이 될지라도 원한이 없겠노라. 부디 상대 선조들로부터 물려받은 승승장구의 슬기를 한층 떨치기 바라노라.

모　두　명심하오리다.

리순신 (마지막 어머니를 향해 인사를 드린다.) 어머님!

어머니 (순신의 앞으로 걸어간다. 애통한 마음을 이길 수 없다 하여 결코
       허겁지겁하지 않으며…)

리순신 어머님! 안녕히, 안녕히 계십시오… 모처럼 한산섬으로 저를 보
       러 오셨는데 이렇게 먼 데로 떠나게 되니 발길이 더 무겁소이다.
       마음이 더 무겁소이다.

어머니 …나는 이게 꿈이라고 생각한다. 꿈이 아니고야 이런 일이 있겠
       느냐. 나는 네가 장군으로 떳떳이 갔다가 떳떳이 돌아 올 줄 믿
       는다.… 한 가지 섭섭한 것은, 한 가지 애통한 것은 내 손수 전복
       을 입혀 싸움 마당으로 보내지 못 하는 게… 가슴 아프다… (강
       강한 목소리, 허나 목에 멘다.)

리순신 어머님, 바람이 붑니다. 어서 들어가십시오. 어서 들어가십시오.
       △바람과 파도소리 크게 들린다.
       △리순신은 그야말로 떳떳한 자세로 사람들 사이를 걸어 나간다.
       (무대 천천히 회전한다.)

       부두 광장에 수군들이 창검을 들고 섰고, 백성들이 횃불을 들고
       섰다. 어떤 사람들은 비분에 찬 기상이며 어떤 사람들은 눈물을
       씻기도 한다. 그 사이를 리순신 장군은 수군의 기둥과 같이, 투지
       의 상징과 같이, 천천히 천천히 걸어간다. 모든 불의(不義)를 쓸어
       엎으려는 듯 바람과 파도소리가 휩쓴다.
       횃불 속으로 리순신 장군은 나아간다.

                                                    ― 막 ―

제 六 장

때 전장에서 얼마 후 三월 초순.
곳 거제도(巨濟島) 왜적의 강점 주둔지.

무대 바닷가, 경상 우수영의 어느 한 누각이 있는 곳. 상수에 누각의 일
　　　부가 보이고, 층계
　　　아래 평평한 마당. 마당 하수에 나무들이 서 있고 그 저 편에 성
　　　곽이 보인다.
　　　누각과 마당 일부에는 왜적의 포장들이 쳐 있고 또 기치들이 서
　　　있어 건물과 어울리지 않는 기이하고 살벌한 풍경을 이루고 있다.
　　　누각의 일부는 넓은 편이나 그보다 더 큰 루 마루가 보이지 않는
　　　상수에 있다.

　막이 오르면
　　　초저녁 무렵. 으스름달빛에 바다가 훤히 내다보인다. 지금 상수
　　　누각 보이지 않는 곳에 주연을 차리기 위해 노비 둘이 술과 안주
　　　를 들고 누각으로 올라간다.
　　　일본 초병이 하수 쪽에서 들어 왔다 나갔다 하며 보초를 보고 있
　　　다. 왜병 몇이 수군거리며 지나간다. 하수 굽은 길로, 강제 부역에
　　　동원된 거제 백성들이 짐을 지고 지나간다. 왜병이 『빨리 하라』,
　　　『빨리 빨리 하라』 소리를 꽥꽥 지른다. 노비 둘이 누각에서 다시
　　　내려온다.
　　△루각 뒷길 쪽에서 왜장들의 웃음소리가 들려 온다.
　　△두 노비들 급히 퇴장.

△소서(小西), 마다시(馬多時), 등당(藤當), 협판(脇坂) 등 왜장과 요시라와, 소서의 아장(亞將)이 기고만장해서 등장한다. 소서는 다리를 절룩거린다.

소　서　소서의 술책이 어떠냐? 이 소서의 술책이 어떤가 말야.

마다시　훌륭하외다. 정녕 한신(韓信)이외다.

등　당　아니요. 제갈량(諸葛亮)에 못지 않소.

소　서　리순신을 잡았다! 하…

왜장들　하…

소　서　이번 일엔 요시라의 공이 크다. 첨지 요시라, 하…

요시라　과연 두 개의 화살 중에 한 놈이 들어맞았습니다. 나는 경상 우병
　　　　사를 가까이 할 수 있었으며 경상 병영에서 원균이도 알게 되였
　　　　으며 그들은 모두 나의 말을 믿었습니다. 나의 술책이 맞아 떨어
　　　　졌습니다.

소　서　정녕 두 개의 화살이였다. 어느 놈이든 맞도록 고심초사하였다.
　　　　평양성으로부터 四년 동안… 지금도 생각하면 분하다.

　　　　(표독한 태도로 누각 우에 올라 바다를 바라본다.) 바로 이 바닷길이다. 나는 평
　　　　양성에서 일백 팔십 일 동안을 기다렸다. 그런데 당신들 마다시, 도－도다까도
　　　　라, 와끼사까 당신들은 무엇을 했는가?

마다시　(불만이 있으나 말을 못 한다.)

소　서　수륙병진의 계책은 한 장의 휴지로 되였다. 아니 휴지가 아니라
　　　　당신들 해군의 물패는 나에게 무서운 치욕과 고통을 주었다. 아
　　　　장, 말해 보라, 요시라, 말해 보라. 우리는 그 날 밤 평양 대동강
　　　　을 어떻게 건넜는가?

아　장　대동강 얼음 구멍에 대장도노 자신이 하마터면 아주 들어 갈 뻔
　　　　했소이다.

소　서　씻을 수 없는 치명상을 입었다. 四년이 넘도록 결국 이렇다. 나의
　　　　치명상이다. (절룩거리며 오락가락한다.)

요시라　행주산성에 일본군의 참패는 어떠하였소이까. 실로 아비규환의

주검의 구렁이였소이다.

소 서 대체 이게 누구 때문인가? 만일 일본 수군이…

마다시 (참다 못해) 그것은, 리순신이 거느린 조선 수군이 만만치 않으며 거북선이란 놈이 무서운 불길을 뿜으며 달려드는 때문이었소.

등 당 실로 거북선이란 이건 총알도 먹지 않고 화살도 먹지 않고 불로 태울 수도 없고 뱃전을 잡고 기여 오를 수도 없고…

소 서 용렬한 소리. 그만 두라, 한산도 앞바다에서 당신들은 어찌되었는가? 九천 명의 붉은 피가 바다에 흐르지 않았는가?

마다시 아 울화병이 생기고 말았소외다.

협 판 허지만 한 번 실수는 병가 상사라 하였으니 지금도 늦지 않은 줄 아외다.

마다시 옳쇠다. 지금이라도 나의 울화병은 고칠 수 있다고 생각하외다.

소 서 만일 당신들이 제때에 대동강으로 올라 왔다면 우리는 지금쯤 벌써 만리장성을 넘어 연경에 앉아서 축배를 들고 있을 것이다. 그런데 우리는 아직도 이 바다 문어귀에서 어물거리고 있으니….

마다시 지금이라도 늦은 것은 아니외다.

등 당 나는 리순신이 가등을 잡으러 큰 바다 가운데로 나올 줄 믿었쇠다.

협 판 나도 믿었쇠다.

요시라 허나 리순신은 누구의 말도 믿지 않았습니다.

등 당 만일 리순신이 나왔더라면 우리는 부산서, 웅천에서, 거제에서, 대마도에서 四방으로 달려 나가 리순신을 바다 가운데서 포위하고 조선 수군을 몰패시키고 리순신을 잡았을 것이요.

요시라 리순신은 우리 일본의 전술보다 한수 더 봤습니다.

소 서 그러나 리순신은 왕명을 거역함으로써 자기 자신이 죽음의 길로 들어갔다.

요시라   리순신은 시방 한양 의금부 옥중에 갇혀 있으며 이제 리순신은
         죽는 길밖에 다른 길이 없습니다.
소 서   그러하다. 이것이 바로 나의 둘째 화살이다. 적들로 하여금 적을
         잡게 한 묘책!
요시라   전라도 의병장으로 유명한 김 덕령이 죽었습니다. 이는 아주 우
         리 일본 륙군에게 있어 유리한 것입니다.
소 서   원균이란 위인은 어찌 됐느냐?
요시라   은밀히 사람을 놓아 알아 본 바에 의하면 원균은 한산도에서 벌
         써 술과 계집에 파묻혀 리순신이 개미 금탑처럼 쌓아 놓은 거만
         의 군사 밑천을 탕진하기 시작했으며, 군사와 백성들을 마구잡이
         로 형벌하며 군기가 문란하며 사람들의 원성이 자자하다 하외다.
소 서   하… 들어 보라. 한산도의 관문은 안으로부터 열려진다. 리순신!
         암초 하나는 부서졌다. 자 술을 마시자.
         △소서 누각 상수로 들어간다. 모두 떠들며 그를 따라 들어간다.
         △주연장에서 떠들며 웃는 소리 들린다.
         △두 노비가 술과 안주를 가지고 등장하여 누각으로 올라간다.
         △하수 저 편으로 강제 부역에 끌려 나온 사람들이 지나간다.
         △한 로인이 짐을 지고 가다 하수 나무 그늘에 와 쓰러진다.
         △루각에서 웃음소리 다시 들린다.
         △초병이 로인 앞으로 달려온다.
초 병   누구냐?
로 인   아, 부역에 나온 이 곳 백성인데 기운이 지쳐 좀 쉬는 중이외다.
초 병   증패(證牌)를 보자!
로 인   (증패를 꺼내 보인다.)
초 병   (증패를 보면서) 이것은 가짜가 아니냐 가짜다.
로 인   아니요, 그 인장을 보시소.
         △이럴 때 누각에서 내려오던 두 노비 이 광경을 보고 수군거린다.

초　병　(노비에게 손짓하며) 한잔 없어?

노비二　(웃으며 오라고 손짓한다.)

초　병　(로인에게 증패를 밀어 주며) 예서 어물거리지 말고 어서 가거라.

로　인　(가려고 일어난다.)

　　　△노비 상수로 나간다. 초병은 노비의 뒤를 따라 나간다.

　　　△김룡길 나무 그늘로 등장. 로인 옆으로 와서 그를 돕는다.

룡　길　할아버지 여기는 위험합니다.

로　인　저 놈들 술 처먹고 웃는 소리를 들어보게. 이가 안 갈리나.

룡　길　원쑤를 갚아야 합니다. 우리가 지금 나르는 것이 군기와 군량입니

　　　　다. (은근한 소리로) 불을 지릅시다.

로　인　(놀라며) 불을?

룡　길　창고에 갖다 쌓은 다음 한꺼번에 불을 지르잔 말씀이요.

로　인　알겠네. 그렇다면야 꾸물거릴 게 아니라 빨리 가야겠군. 어서 가

　　　　세.

룡　길　먼저 가십시오.

　　　△왜장들의 웃음소리 들린다.

　　　△로인 먼저 나간다.

　　　△룡길은 누각 뒤 그늘로 숨는다.

　　　△잠시 사이.

　　　　누각에서 소서와 요시라 나온다.

소　서　요시라, 승산이 있는가?

요시라　리순신을 잡은 이 요시라의 지혜를 믿지 못하겠소이까?

소　서　믿는다. 그대의 훌륭한 술책을 믿는다.

요시라　소서도노, 그럼 이번엔 한양에서 주연을 베풉시다.

소　서　좋다, 명심할 것은 리순신 다시금 살아 나오지 못하도록, 그리고

　　　　조 명 량군의 전술이 무엇인가를.

요시라　넘려 마십시오.

소 서 그럼 또 천금의 소식을 기다린다. 몸조심하라.
  △소서 누각 안으로 들어간다.
  △요시라, 천천히 방갓을 쓰고 누각 뒷길로 들어선다.
      어두운 그늘에서 룡길이 나타난다. 그의 손엔 장도가 번쩍 한다.
      그는 요시라를 불의에 습격한다.
      어둠 속에서 요시라의 약간한 비명이 들린다.
  △루각 안에서 마다시 소리를 꽥꽥 지르며 나온다.

마다시 계집이다, 야들아, 계집들을 데려 오너라.
  △초병이 뛰여 나와 『핫』하고 다시 뛰여 들어 노비들을 데리고 나온다.
  △전령병(傳令兵)이 뛰여 들어 온다.

전령병 마다시도노, 부산진에서 소식이 왔소이다.

마다시 무엇이냐?

전령병 부산진 병기 창고에 불이 붙어 수많은 군기가 재가 됐다 하오.

마다시 무엇? 재가 됐어?
  △루각에서 소서 등 모두 나온다.

소 서 무슨 일인가?

마다시 부산에서 병기 창고가 다 탔다외다.

소 서 뭣이? 부산의 병기창고면 이제 무엇을 가지고 싸운단 말이야, 그
      래 어떻게 불이 났느냐? 모두 허제비들만 지켰단 말이냐?

전령병 조선 의병과 그 곳 백성들이 한 것이라 합니다.

마다시 모두 죽여야 한다. 의병과 백성들과… 군사들… 리순신은 하나가
      아니라는 걸 알아야 한다.

소 서 이제는 더 기다릴 것 없이 칠 것이로다.
  △이럴 때 두 노비 슬며시 피해 나간다.

마다시 당장 한산도를 칩시다.

소 서 우리의 작전은… 이미 가등과 합의한 것, (소서를 중심으로 모인
      다.) 나도 이번엔 바다로 해서 갈 것이다. 첫째 목표 전라도, 둘째

목표 서울, 우리는 한산도를 치고 남해 쪽에서 나는 륙지로 올라 진주와 남원을 쳐 올라갈 것이고 당신들 수군은 전라도 우수영을 부시고 서해로 진격할 것이며 가등은 대구 밀양을 치고 전라도 전주로 진격할 것인바 우리는 모두 전라도를 점령하고 한양으로 총 진군할 것이다. 어떤가? 마다시, 이번만은 어김없이 한강에서 만나야 할 것.

마다시 (곰처럼 씩씩거리며) 한강이 아니라 대동강, 압록강에 먼저 올라가 기다릴 것이요.

결단코 이번만은 이번만은…

△이 때 가까운 곳에서 화광이 일며 화약 터지는 폭음이 울린다. 사람들의 함성 들린다.

마다시 이 무슨 소리냐?

왜병― (달려 들어 온다.) 대장도노, 우리 군기고에 어떤 놈이 불을 놨소이다. 아 대단합니다, 대단합니다.

소 서 (노기가 치바쳐) 야 이 놈들, 여기도 허제비만 있느냐? 어서 불을 꺼라.

△왜병二 달려 들어 온다.

왜병二 아뢰오. 요시라사마가 어떤 놈에게 죽었습니다.

소 서 뭣이? (미친 듯 소리친다.) 어서 잡아라. 살인자를 잡아라.

△왜장들 칼을 빼들고 달려 나간다.

△폭음은 더 크게 울리고 화광은 더 충천한다.

― 암전 ―

<h1 style="text-align:center">제 七 장</h1>

때　동년 四월 초순.
곳　한양, 의금부(義禁府)의 옥중(獄中).

무대　상수 편에 옥사(獄舍)가 있고 그 왼편에 황폐한 뜰이 있고, 그 정면
　　　안 쪽에 담장이 둘려 있고, 그 담에 문이 열려 있다. 이 문을 통
　　　하여 외부로 드나들며 그 상수로 의금부 전옥서(典獄署) 등으로
　　　통한다. 옥사에서 하수 담 밑으로 언덕이 있는바 이리 올라 사형
　　　장(死刑場)으로 가게 된다. 옥 뜰에는 잡초가 스산하다.

막이 열리면
　　　옥중에 리순신 칼을 쓰고 자는 듯 앉았고 옥 뜰 한옆에 옥자정이
　　　서성거리며 옥사를 지키고 있다.
　　△잠시 고요한 시간이 흐른다.
　　△전옥(典獄) 등장.
전　옥　(옥창 안을 들여다 본 다음 조용히 옥사정 옆으로 온다.) …애석한
　　　일이다.
옥사정　아니 그럼 기어이?…
전　옥　한 시간 후에 처형하라는 분부가 내렸다. 잠이 깨시거든 목의 칼
　　　이나 벗겨 드려라.
　　　잠시나마 편히 계시다 가시게.
옥사정　…예. (흐린 목소리다.)
　　△전옥 퇴장.
　　△잠시 후 리완, 송희립 등장, 그들은 평복을 입었다.
리　완　(옥사정에게) 좀 어떠시냐?

옥사정 아직도 식사를 잘 안 하시오.

리 완 (송을 보고) 국문을 당하신 후에 수척하신 듯하오.

송희립 눕지도 못 하시고 누워서 주무시지도 못 하시니… 한산서 한양까
        지 람거(攬車)에 끌려오시고 또 혹독한 문초를 당하신지라 벌써
        다른 이 같으면 기진하셨을 것이요.

     △두 사람 옥창 앞으로 소리 없이 다가서서 안을 본다.

        순신은 여전히 부동의 자세로 머리를 약간 숙인 채 눈을 감고 앉
        아 있다. 자는 듯 무엇을 깊이 생각는 듯. 두 사람은 다시 옥창으
        로부터 소리 없이 물러선다.

송희립 아아 정녕 장군님의 저 모습 차마 볼 수 없소. 한산도에 계실 때
        얼마나 바쁘셨소.

        운주당에 계신가 하면 조선소에 계시고 조선소에 계신가 하면 선
        창에 나가시고… 지금 저렇게 앉아 계시니 얼마나 속에서 불이
        나시겠소.

리 완 결국 왜놈들에게 좋은 일이외다. 장군님이 잡히였다는 소식을 듣
        고 왜놈들은 잔치를 베풀고 술을 마시며 춤을 추었다니… 기가
        막히외다.

송희립 …장군께서 잡히여 올라오실 때 삼남 백성들은 길목마다 몰려 들
        어 수레채를 거머잡고…『사도님, 어델 가시오… 왜적은 어찌하
        고 삼도 수군은 어찌하고 장군님 어델 가시오.』하면서 우는 사람
        들이 많았다오.

리 완 헌데 조정에서는 남이신 어사의 사실장계만 믿는 모양이니…

송희립 정녕 이러구만 있을 수 없소. 류성룡(柳成龍)대감을 좀 만나 뵙는
        게 어떻겠소?

리 완 류대감은 우리 장군님을 탁발 천거한 분이라 이번 일에 들어서
        간참하시기 거북하실 것이요.

송희립 그러면?

리 완 지중추부사(知中樞府使) 정탁(鄭琢) 대감이 가장 원로이며 강직한
        분인지라 그분이 나서 주신다면 모르되 뿐만 아니라 우정 찾아
        가 뵙는 것이 장군의 뜻과 다른 지라…

송희립 무슨 말씀이요. 장군의 생사가 달린 이 마당에….

리순신 (잠꼬대로 웨친다.) …서풍이 분다. 물때가 좋다. 적선이다. 대장
        군 살을 쏴라. 천자총통(天字銃筒)을 쏴라!

    △옥사정, 옥문을 열고 들어 가 순신의 목에서 칼을 떼여 놓는다.

리순신 옥사정!

옥사정 예.

리순신 쇠보다 더 무거운 것이 무엇인지 아느냐?

옥사정 글쎄올시다.

리순신 나무로 만든 그 칼일세, 허… 날이 갈수록 더 무거워만 지는군.
        (어깨를 두드린다.)

옥사정 (조용히 옥사 밖으로 나간다.)

    △송희립, 리완 옥창 앞으로 달려간다.
     참을 수 없는 감정이다.

송희립 장군님!

리순신 (고개를 들어 눈을 떠 살핀다.) 누구냐?

송희립 비장과 군관 송희립이올시다.

리순신 오 왜 또 왔는고?

송희립 비변사(備邊使)에 공무가 끝난지라 곧 우수영으로 떠나고자 하
        와…

리순신 한 시가 바쁘노라. 어서 진중으로 달려가 바다를 지키라. 내 념려
        는 말고 나아가 싸우라, 완이도 함께 떠나겠지.

리 완 예.

송희립 …원 통제사 저희들 군관 장수들을 파직시킨 탓으로 한때는 어찌
        할 바를 몰랐사오나, 장군님의 말씀 지키여, 장병들이나 백성들

이 모두 자기 직책을 찾아 충성을 다하고 있사오이다.

리순신 고맙노라. 고마운 일이노라, 시방 왜적의 형세 어떠하냐.

리 완 시방 왜적은 수륙 병진의 큰 기세로 한산 거진을 함몰코자 덤비고 있으며 놈들의 륙군은 경주, 밀양, 대구를 향하여 침공을 시작했소이다. 놈들의 공세에 대처하여 우리 조 명 량군은 서울서 남진하고 있으며 온 나라 사람들이 적개심에 들끓고 있습니다.

송희립 하오나 한산도의 원균 사도는 왜적 방비의 전술 방략이 서지 못하고 모든 처사가 옳지 못하므로 수군들의 마음이 불안한 중에 있습니다.

리순신 리억기 사도께 내 말을 꼭 전하게. 내 떠나 올 때 한 말을 다시 한 번 부탁하노라고, 들었는가?

송희립 들었소이다. 마지막 떠나는 길에 류성룡 대감과 정탁 대감을 뵈옵자 합니다.

리순신 무슨 일로.

송희립 (얼른 대답을 못 한다.)

리순신 옥중에 있는 나를 위해서 우정 대감들에게 청을 넣잔 말인가?

송희립 ·········

리순신 (거칠은 소리로) 내 성질을 알면서 어찌 그런 생각을 하는가? 그렇게까지 비루하게 건져야 할 이 순신의 목숨이란 말인가?

리 완 저희들의 용렬한 소견임을 뉘우치오이다.

리순신 (잠시 조용히 앉았다가 매우 부드럽게) 젊은 그대들에게 말하노니 내 이 옥중에 들어 와 많은 것을 생각하고 또 많은 것을 깨달았노라. 이 험한 방바닥이며 퇴락한 벽이며 음산한 옥창이며 창밖으로 보이는 황폐한 뜰의 잡초이며 이런 것들을 보면서 사람이 산다는 것과 죽는다는 것을 생각했노라. 어떻게 사는 것이 부끄러운 일이며 어떻게 죽는 것이 보람있는 일인가… 바로 이 방

에서 부끄럽게 살기를 원한 사람도 있었을 것이며 보람있게 죽
기를 생각한 사람도 많았을 것이다. 담양(潭陽)에서 일어 난 의병
대장 김 덕령(金德齡)은 얼마나 용맹스럽고 애국심이 열렬한 장
군이였던가?

송희립　삼남 사람들이 그를 신장(神將)이라 하였고 왜적들이 겁을 먹은
장수오이다.

리순신　바로 그 훌륭한 의병장이 바로 이 옥에서 죽었노라. 사람들의 모
함을 받아 불과 몇 달 전에 죽었노라. 그는 왜적을 쳐 나라를 평
정치 못 하고 죽음을 한탄하였다 한다. 익호(翼虎)! 날개 돋친 범
이란 두 글자가 이 벽 우에 씌여져 있다. 이 두 글자의 깃발을 날
리며 그는 싸웠으나 진정 날개를 펴 보지 못 하고 그는 세상을
떠나고 말았노라. 애석한 일이다.… 나라와 백성들에게 해와 독
을 끼치는 자들, 애국지사를 모함하는 자들, 그런 자들을 이 옥중
에 가둬야 할 것이며, 남의 나라를 침범해 들어 온 가등, 소서, 마
다시와 같은 놈들을 잡아 만국 사람들 앞에서 처벌할 것이어
늘…

리　완　반드시 그러할 때가 올 줄 믿소이다.

리순신　싸워야 한다. 이겨야 한다. 만일 률곡께서 말씀하신 바와 같이 진
작 一〇만 양병(養兵)이라도 하여 우리 나라를 부강케 하고 국방
을 튼튼히 하였다면 왜적들이 감히 덤비지도 않았을 것이다.…
이것 봐라, 이리들 가까이… (창살을 내다본다.) 아… 거기서라두
자세히 듣게, 나는 여기 들어 와 수군 방비지책을 생각하고 거북
선에 대하여 궁리해 보았네.

리완, 송희립　(장군의 말에 더욱 귀를 기울인다.)

리순신　지금도 철갑을 많이 쓰고는 있지만, 거북선의 몸뚱아리를 왼통
철갑으로 싼다면 얼마나 더 든든하겠는가?

리 완   철갑선!?

리순신   명실공히 철갑 구선을 만들 수 있다고 생각했다.

송희립   그러면 그 중량을 어찌 하옵니까?

리순신   중량! 그건 걱정 없네. 몸집이 크고 중량이 무거운 놈일지라도 바
         다 속을 화살처럼 달리는 큰 고기들이 있음을 생각해 보게.

리 완   바다에는 큰 고래가 있고 하늘에는 크고 빠른 새로 솔개가 있습
         니다.

리순신   그렇다. 요는 중량이 무거운 무쇠라 할지라도 철을 붓고 다룸에
         있어 새 방법을 찾아낸다면 지금 쓰는 철보다 더 강하며 질기고
         깨지지 않으며 나무에 못지 않게 가벼운 철갑을 만들 수 있지 않
         겠는가?

리 완   새로운 야철술(冶鐵術)입니다.

리순신   그렇다. 옥지와 조선소 공인들과 더불어 궁리해 보라… 그대들이
         이 창업을 계승하여 완공하기 부탁하노라.

리 완   완공하오리다.…

리순신   나도 이 옥중에서 목숨이 지탱하는 날까지 생각하겠노라.

송희립   장군님! 몸을 돌보시와 진지를 드셔야 하오이다.… 진작 백척간
         두에 진일보(百尺竿頭에 進一步)라 하시지 않으셨소이까.

리순신   백 자이 되는 대 끝에서 한 발짝을 더 나아간다! 옳다, 어찌 한
         발짝뿐이겠는가?

    △이 때 밖에서 떠드는 소리 -
    — 조선 수군이 무너졌다.
    — 삼도 수군이 무너졌다.
    △옥사정이 뛰여 들어 온다.

옥사정   조선 수군이 무너졌다 하오.

모 두   (놀란다.)

리순신   이 무슨 소린고?

△리완, 송희립 달려 나간다.

리순신　꿈이라 하여지라…

　　　△박로인 옥사정에게 인도되어 급히 들어 온다. 옥창 앞으로 간다.

박로인　장군님!

리순신　누군고?

박로인　문안 드립니다.

리순신　(아주 반기며) 오, 박로인!

박로인　(눈물을 머금으며) 옥중 기체 어떠하시오니까?… 장군님…

리순신　그래 무슨 일로 왔소? 그 먼길에.

박로인　거북선에 쓸 석류황(石硫黄)을 한 二〇〇 근 구하러 온 참이올시
　　　다. 그 뿐만 아니라 장군님 뵈옵자… 시방 옥문 밖에서는 사람들
　　　이 모여 야단들입니다. 우리 장군님 처형하지 못 한다…

리순신　그래 조선소, 군기창, 그리고 농목장에서 일하는 사람들 다 잘 있
　　　는가?

박로인　네, 모두 잘 있습니다.

리순신　봉녀와 룡길이도 잘 있고?

박로인　네, 그리고 참 여기 리억기 사도의 글월을 가져 왔소이다.

리순신　(반기며) 억기공의 글월을? 어디…?

박로인　그런데 억기 사도께서는… (목이 멘다.)

리순신　(박로인을 본다.)

박로인　바다로 나가신 후 칠천도(柒川島) 싸움에서 그만 전사하셨소이다.

리순신　뭣이? 그 소리가 참인고?

박로인　소인에게 그 글월을 주신 지 며칠 후입니다.

리순신　(편지를 펼쳐 읽는다.) 윤산천리요 창해만리라 진중에 매인 몸 뜻
　　　대로 뛰여 가 뵈옵지 못 하고 억울히 갇힌 여해의 정상 눈 앞에
　　　그리매 오호롱재라, 월명하 기러기 소리조차 애를 끊고 피눈물
　　　구곡 간장을 적시여라 광음이 덧없어 여해 가신 지도 어언간 수

순! 그 동안 원 통제사 공사를 젖혀 놓고 우후 리 몽구와 더불어 주색잡기와 후렴 질로 일삼으니 수하 장졸이 흩어지고 발령이 서지 않고 군률이 해이할 새 이는 즘듯 적의 노리는 배라 천하철판 거북선과 수백 전선이 적에게 부서지고 삽시에 삼도 수군이 그 형해만 남으니 망극하여라. 이제 창생은 어이 왜적의 어육을 면할 것인가. 뜻 있는 장병과 의병들이 고군부투하며 부르느니 리 통제사! 어서 오시라 반드시 돌아오시도록 이 억기 거듭 장계를 올렸사오매 한산에 다시 뵈올 날 바라오며, 왜적 또 해로에 오만한지라 각필 해전으로 나가노라.

박로인 …그 글월을 주신 후 칠천량 싸움에선 수많은 장병들이 전사하였고 억기 사도께선 마지막까지 고군분전하시다가 왜적들에게 포위되여 그냥 배 우에서 마지막 자결하셨소이다.

리순신 어어 이 무슨 청천벽력인고. 우리 수군이… 억기 사도가… 이제 어떤 장수 있어 우리 수군을 수습하고 로량을 지키며 울돌목을 지킬 것인가? 나라와 백성들의 복락을 위해 생사를 같이 하자 맹세한 공이 나를 앞서 전사하시고 잠도 수군이 무너지다니… 어 망극하도다. 애석하도다.

박로인 장군님 그만 기체 돌보시와 고정하소서.

　△송희립 등장.

송희립 장군님, 적실하오이다. 원균 통제사 칠천량에서 무너졌다 하오이다.

리순신 알았노라. 그대들 급히 내려 가 바다를 지키도록 하라!

송희립 예.

　△리완이 리 면을 데리고 등장.

리 완 이 일을 또 어쩌면 좋단 말이냐? (조용히) 말씀 드리지 않는 게 좋겠다.

송희립 아 도령님,

리순신 게 누가 왔느냐?

리 완 면이 왔소이다.

리순신 면이!?

리 면 (옥창으로 가까이 가서) 아버님! 옥중기체 안녕하시오니까… 아버
       님! (그만 운다.)

리순신 네 어데서 오느냐?

리 면 아산 집에서 오는 길이오이다.

리순신 할머님 기체 안녕하시고 네 어머님도 평안하시냐.

리 면 네 안녕하시오이다. (운다.)

리순신 네 무슨 일로 그렇게 슬퍼하느냐?

리 면 …아버님 정상 뵈오니 너무도 분하고 억울하와…

리순신 (예리한 직감으로) 네 어찌 아비를 속이려 하느냐?… 아비도 속이
       는 법이 있느냐?

리 면 (그만 숨길 수 없는 감정을 터뜨려) 아버님 망극하오이다…

리순신 어서 말을 해라.

리 면 아버님 올라오신 후로 조모님께선 식음을 전폐하시고 몸져누우시
       고 마셨소이다. 제가 순천에서 아산으로 배로 모시는데 아버님
       고향 땅이 보이는 바닷가에 이르러 해돋이 무렵 잔잔한 물 우에
       서 그만 세상을 떠나셨소이다. 조모님은 마지막 시각까지 옥중에
       계신 아버님 생각으로 통분해 하셨으며 아버님 나오시기 전엔
       결코 전하지 말라고까지 유언하셨소이다.

리순신 고만 두라. 내 불효한 자식이 되고 말았도다. 나라에 충성을 다하
       고자 하였으나 옥중의 몸이 되고 늙은 어버이를 편안히 모시려
       하였으나 어버이 또한 세상을 떠나시니 애통한 일이로다. 애통한
       일이로다. (발을 구른다.)

       △잠시 리완도, 리면도 말을 못 한다.

       크게 들리는 소리, 리순신 처참이다 즉시 형장으로 끌어내라. (다시 복창된다.)

△서슬이 시퍼런 부월(斧鉞)을 치켜 든 형리(刑吏)들과 라졸들이 등장.

△옥사정이 옥문을 연다.

△순신 태연히 옥문 밖으로 나온다.

△송희립, 리완, 리면, 박로인, 너무 기막히여 『장군님』, 『아버님』 하며 땅에 엎드린다.

리순신 그대들 잘 있으라. 그대들 내 뜻을 이어 비겁하게 살지 말며 비루하게 살지 말며 언제나 떳떳이 살라. 나라의 부강과 백성의 복락을 위하여 믿음직한 방패들이 되라. 백절불굴의 뜻을 가지고 화살이 되여 철환이 되여 나라와 백성의 원쑤들을 치라. 내 죽은 넋이라도 그대들과 함께 나아가리라.

△리순신 형장으로 나간다.

△모두 순신을 따른다.

△모두 장군을 부르며 쫓아 나간다.

△잠시 사이.

△전옥(典獄)이 달려 들어 온다.

전 옥 (소리친다.) 어명이다. 리순신 버이지 말고 백방하랍신다. (저 편에서 복창된다.)

△전옥 형장 쪽으로 달려 나간다.

△정탁(鄭琢)과 리원익 급히 등장한다. 그들은 형장 쪽을 바라보고 안도의 표정을 갖는다.

리원익 다행한 일이오이다. 정녕 나라의 큰 기둥 하나를 잃을 뻔했소이다.

정 탁 내 목숨과 바꾸면 바꿨지, 그래 리순신 같은 령장을 죽일 수 있단 말씀이요?

리원익 나는 처음부터 도원수에게 말했던 것이외다. 물에서 싸우는 일은 리순신 장군과 의논을 하라구, 그런데 일들을 이렇게 만들어 놨소외다.

정 탁   그래 순신 장군의 말은 믿지 않고 사성남 이신 어사나, 원균의 말
        만을 믿어야 한단 말이요? 도무지 어둡단 말씀이요. 의금부의 윤
        근수 대감도…

리원익   삼도 수군 통제사로 원균을 끝내 고집을 한 이가 또 누구오니까?

정 탁   그러니 어둡단 말씀이요.

리원익   그 강대하고 부유한 삼도 수군을 원균이 들어 하루 아침에 망쳐
        놨으니… 참으로 남녘 바다가 위급하오이다.

정 탁   이제 무너진 수군을 수습할 장수는 오직 순신공이요.

리원익   그러나 옥중 고초에 시달린 몸이니 부탁하기도 어려운 처지오이
        다.

정 탁   더구나 복직을 하는 것도 아니고 백의종군으로 나가는 것이니…

리원익   난처한 일이오이다.

정 탁   허나 순신공은 충성이 지극한 분인지라 말씀해 봅시다.

리원익   참 이번 일에 들어선 정 탁 대감의 공이 크신 줄 아오이다.

정 탁   아니요. 그런 누구의 공도 아니요. 오직 순신공은 죽이지 못 한다
        는 백성들의 목소리가 큰 탓이외다.

        △리순신 다시 들어온다. 그 뒤에 그 쪽으로 나갔던 사람들 따라 등장.

        △정탁과 리원익은 매우 반갑게 순신을 맞이하고 순신은 그들을 정중히 대한다.

정 탁   순신 장군!

리원익   대감!

리순신   아 대감께서들 이렇게… (정중히 인사한다.)

정 탁   일들이 모두 잘못됐소외다. 순신공, 백의 종군 하랍신 분부시외
        다.

리순신   백의 종군!

리원익   너무 괴롭게 생각지 마시교.

리순신   그렇게까지 말씀해 주시니 황감하오이다.… 이만 가겠소이다. (천
        천히 걸어간다.)

정　탁　순신공! 그럼 어데로?

리순신　싸우러 가겠소이다. 나라이 위급한 이때 어찌 직위를 가리오리
　　　　까. 방자한 왜적들을 쳐부수러 나가오리다. (리완과 송희립에게)
　　　　어서들 가자.
　　　　△리순신 먼저 퇴장. 리완, 송희립 그를 따라 퇴장.

리원익　훌륭한 말씀이요.

정　탁　장하시외다.

－ 암전 －

백의 종군의 길

　　　　△랑송자가 등장한다.

랑송자

　　　　백의 종군(白衣從軍)! 이는
　　　　죄인의 이름으로, 한 개 병사로
　　　　군사의 대오 따라 나아감을 말한다.
　　　　오늘, 삼도 수군의 탁월한 장군은
　　　　한 개 병사로 나아간다.
　　　　남녘 땅으로!
　　　　국난의 흑운이 휘몰아 날리는
　　　　남녘 바다로!
　　　　△무대 우엔 흑운이 날리고 빗발이 설렌다. 그 속을 힘있게 때로는
　　　　생각에 잠겨 앞으로 앞으로 리순신은 걸어간다. (무대 천천히 회전.)

랑송자

　　　　보라! 五월의 빗발은 융의(戎衣)를 적시고,

六월의 우뢰는 심금을 흔든다.
화포의 소리를 바다에 들으며
불우한 세월에 가신 어머니
빈소(殯所)를 찾아 슬픔을 남기고
원쑤를 갚고자 남녘 땅으로
백의 병사는 앞으로 간다

임실(任實), 남원(南原)의 산천은 반기는 듯
운봉(雲峰), 구례(求禮)를 지나
순천(順天) 두치(豆恥)의 낯익은 땅이여
초계(草溪) 진중에 화살을 깎고
군마를 어루만지며 나라 일 근심할 제
듣느니 바다의 비분한 소식!
아아 어찌 참을 수 있는가?
단성(丹城) 진주(晋州)로 말을 달리고
전라 바다에 발을 멈추니
노한 파도는 몸부림치며
무너진 수군의 흔적을 말한다.
거북선 관옥선 그 많던 배들은
어느 관포에 남아 있는가?

△무대 우엔 몇 명의 군관과 더불어 로랑(露梁) 바다를 바라보는 리순신.
△세찬 물소리와 바람 소리 들린다.

랑송자

　　남해 륙지에 왜적이 오르고
　　로랑 바다의 바람은 사납고

해안 성들은 황량해졌으나
이 나라 병사와 백성들 굴함이 없었노라
조국 강토를 지키며 싸우고 있었노라
회령포(會寧浦), 어란포(於蘭浦),
벽파진(碧波津), 울돌목이여
너 말하라
얼마나 이 수군 령장을 기다려 물결쳤던가.

- 암전 -

제 八 장

때　一五九七년 八월 하순.
곳　전라우도 (지금 전라남도) 남쪽 해안 회령포(會寧浦) 거북선 수리장.
　　무대　선창가. 상수에 파손된 거북선의 뱃머리가 보이고 하수 좀
　　언덕진 곳에 바다 정자(湞字)가 있다. 이 정자에서 나지막한 언덕
　　길이 하수로 뻗었으며, 이 길을 계선으로 하여 무대 전면 쪽은 평
　　평하고도 아늑한 지면을 이루었고 이 길의 계선을 넘어서 저 편
　　선창으로 내려 가게 되였다. 무대 속 쪽으로 바다가 보이고 그 상
　　수에 점점한 섬들이 보인다. 무대 전면 낮고 평평하고 아늑한 지
　　면에는 두어 군데 우등불이 있고 그 옆에 기직자리랑 깔아 사람
　　들이 쉬게 되여 있다. 우등불 옆에는 목공 철공들의 제구들이 놓
　　여 있다.
　　막이 열리면 어둠 속에서
　　화포, 총통 터져 나가는 소리.

조총 소리, 고각 소리 요란스럽고 사람들의 함성이 들린다.

─왜적선이 달려들었다!
─화포 총통을 쏴라!
─화살을 쏴라!
─물러서지 말고 앞으로 나아가자!
─각지기(角指旗)다. 각지기를 따라 앞으로! 왜적을 쫓아라!

△무대는 점점 새벽 빛으로 훤히 밝기 시작한다.
병사와 백성들이 하수로 달려 나간다.
△화포 총통 소리, 총 소리 계속 들린다.
그 소리는 드디어 점점 멀어진다, 남녘 바다의 날이 샌다.
△사람들이 옥지를 데리고 들어온다. 옥지는 한 팔에 부상을 입었다.
△봉녀 달려 들어 온다.

봉　녀　아 작은아버지!

옥　지　일없다, 일없어.

수　군　너무 걱정할 건 없소. (옥지의 팔에 천을 감으며) 상처는 그리 크
　　　　지 않으니까, 자 이걸 좀 잘 매도록 하오.

봉　녀　(달려들어 옥지 팔에 천을 감아 맨다.)
　　　　△수군은 다시 달려 나간다.

옥　지　봉녀야 바다가 조용하구나.

봉　녀　왜적들은 물러갔어요. 안심하세요.

옥　지　아니다. 왜적들은 또 올 게다.

봉　녀　정말 어려운 싸움이에요.

옥　지　어서 장군님이 오셔야겠다. 한산도가 무너지고 삼도 수군이 외로
　　　　워졌으니 장차 무얼 가지고 싸운단 말이냐. 시방 흩어진 군사를
　　　　모으고 전술 방략을 세워 왜놈들을 크게 쳐부실 만한 지휘 장수

가 없구나… 룡길이 배는 어찌 됐느냐?

봉　녀　이제 곧 들어 올 거예요.

옥　지　사람의 목숨이란 어느 때는 물방울 같기도 하고 어느 때는 무쇠
　　　　덩어리 같기도 하고…

봉　녀　정말 꿈 같이 살아 왔어요. 무쇠덩어리 같이.

　　　　△룡길, 젊은 장정들과 떠들썩하니 등장.

룡　길　작은아버지, 반가운 소식이 왔습니다.

옥　지　반가운 소식?

룡　길　장군님이 오신답니다.

공인一　강진(康津) 구미(仇未)에 오셨다는 소식이 왔답니다.

옥　지　강진, 구미라 하면 오늘이라도 이 곳에 오실 수 있지 않은가?

공인一　그러니 말이지요. 도무지 믿을 수 없단 말입니다.

옥　지　나 역시 믿어지지 않네. 장군님 소식은 하도 이러니 저러니 구구
　　　　하니까 이제 난 내 눈으로 보구서야 믿을란다.

수군一　옳소외다. 나 역시 믿을 수 없소. 허나 어쨌든 난 믿소. 장군께서
　　　　꼭 오실 줄 믿소.

수군二　자네 말이 콩인지 팥인지 모르겠네. 믿으면 믿고 아니면 아니지
　　　　자네처럼 동네 처녈 믿다간 장가는 고사하고 남의 색시 시집두
　　　　못 가겠네.

모　두　(웃는다.)

수군一　자네가 그렇게 내 심정을 알아주니 고맙네, 고마워… 아 한산도
　　　　가 그립다!

장정一　정말 그립소. 한산도 시절이 그립소.

농군一　그런 소리 해야 울화만 터질 뿐이요.

공인一　그런데 전라우수사 배설 사도는 어데로 갔소?

수군一　우리도 모르오.

룡　길　시방 우리 수군에는 거제 성주 안위(安衛) 령감, 소비포 만호 리

영남, 그리고 미조항(彌助項) 첨사, 이런 이들이 자기 전선 한 척씩을 가지고 고군분투할 뿐이요.

공인二 우후 리몽구 령감도 보이지 않으니 모두 겁을 먹고 도망을 친 모양이요.

수군二 그러니 걱정이란 말요.

수군三 생각하면 눈 앞이 어둡네.

수군一 뭐가 그리 어두운가? 인제 장군께서 오시면 다 일들이 제대로 풀릴 텐데.

수군三 원 장군님이 오신다고…, 그래 시방 당장 무얼 가지고 싸우며 왜적의 큰 군사를 막는단 말인가?

수군一 그러니 장군께서 오시나마나 별수가 없단 말이지?

수군三 자네, 말이문 다 하는 줄 아는가? 그래 한산도 부강한 시절이 하루 아침에 이루어졌단 말인가? 생각해 보라구. 지금 우리에게 무엇이 있는가? 이 회령포에 전선이란 게 모두 몇 척이나 되는가. 바다의 날씨는 벌써 으스스 차지는데 입을게 있나 먹을 게 있나. 보라구, 거북선이란 저렇게 깨진 것 하나 뿐일세…

모 두 (심각해진다.)

룡 길 모두 옳은 말이요, 이게 모두 누구 때문인가요… 난 제주도에서 내 눈으로 보았습니다. 리순신 장군을 잡았노라 술을 마시며 너털웃음을 치는 왜장들, 난 소서와 마다시를 한칼에 모두 죽이지 못한 게 한이외다. 시방 거제도 백성들은 무서운 고역에 시달리고 있습니다. 우리는 이 원쑤를 갚아야 합니다.

옥 지 옳은 말이다. 자, 우리가 이러구 있을 게 아니라, 거북선도 마자 고쳐 놓고 군기도 자꾸 만들어 냅시다.

공인一 자, 일들을 시작합시다.

공인二 화포 철환을 만들자니 쇠가 없소.

옥　지　그건 만호께 말씀했으니 조치가 있을 것이오. 잠시… 내 한 마디
　　　　하겠소. 우리에게 지금 아무 것도 없다는 것은 다 아는 일이오.
　　　　그러니 이제라도 구하고 만들고 장만합시다. 농장에서 온 이들과
　　　　선인들이 우선 모두 발벗고 나서서 구하잔 말씀이오. 이제 리순
　　　　신 장군께서 오시면 우리가 무슨 얼굴로 뵈옵겠소. 우리는 수군
　　　　을 도와서 나중엔 바닷물을 베고 죽는 한이 있을지라도 바다를
　　　　지킵시다.

공인二　합시다. 해서 안 되는 일 없으니.

농민二　자 그럼 우리는 저 백성들의 배들을 찾아가서 식량과 옷들을 구
　　　　해 봅시다.

농민三　그것 참 좋은 말씀이오.

옥　지　어서들 갑시다…

　　　△모두 퇴장.
　　　△언덕길로 거제 현령 안위와 소비포 만호 리영남과 미조항 첨사 김응함이 등장
　　　하여 정자에 오른다.

리영남　장군께서 오신다니 이제는 우리 수군이 살았단 말요.

첨　사　그래도 우리가 악전고투한 보람이 있소.

안　위　우리가 만일 바다를 버리고 뭍으로 피했더라면 무슨 면목으로 장
　　　　군님을 대할 수 있었겠소.

리영남　난 가슴이 울렁거립니다. 이제 장군께서 우리 수군의 형편을 보
　　　　신다면 얼마나 비분한 감을 가지시겠소. 이 회령포에 있는 전선
　　　　이란 모두 일곱 척이오.

안　위　이제 강진, 구미에서 다섯 척의 전선이 떠났다 하오.

리영남　그러면 모두 열 두 척!

안　위　장군께 우리의 형편을 세세히 말씀 드리는 수밖에 없소.

　　　△우후 리몽구 등장한다. 그는 풀이 없다.

리영남　아 우후께선 어델 가셨다 이제 오십니까?

리몽구　난 우수영 사도를 찾아 다녔소. 그런데 어찌들 하실려오? 장군께서 오시면 그래도 바다에서 싸울 것인가?

리영남　(칼날 같이) 무슨 말씀이요? 바다에서 싸우지 않으면 수군이 륙지에서 낮잠이나 자잔 말씀이요?

리몽구　(울컥 어성을 높이며) 아니 어떻게 하는 말이요? 시방 진주 남원이 적들의 수중에 있어 전라우도의 륙지가 위급한 이때 배도 없이 바다에서 공연한 희생이 될게 아니라 차라리 륙지에 올라 륙군과 합력하여 적을 치자는 것인데 그래 어느 편이 현명한 방략일 것인가?

리영남　그래서 우후경은 진작 한산도에 불을 지르고 뭍으로 도망을 쳤는가 말이요?

리몽구　그럼 거만 재산을 왜놈들에게 그냥 줘야 하겠소?

안　위　좋소외다. 그러면 어찌하여 전라 좌수영의 군기 군량은 왜놈들 수중에 들지 않도록 옮겨 놓지 않았느냐 말씀이요?

리몽구　(말이 막히는지라) 좌우간 두고 봅시다. 지금 바다에서 싸운다는 건 무모한 일이외다. 조정에서도 그런 교지가 나렸단 소식을 난 듣고 있소외다. 무모한 희생을 할 까닭이 없단 말씀이요. 이란격석(以卵擊石)이외다. (자기로 분연히 퇴장.)

리영남　닭알로 바위를 치는 격이라…

첨　사　만호의 말씀이 좀 지나치셨나보외다.

리영남　(딱 잘라서) 아니외다. 우후의 비겁한 행동을 조정이 아신다면 당장 금부도사를 보낼 것이외다.

　　△이 때 하수 편에서 사람들의 떠드는 소리 들린다.

　　ㅡ 야 전선이 들어 온다.

　　ㅡ 다섯 척이다.

　　ㅡ 장군님이 오신다.

　　ㅡ 리순신 장군께서 오신다.

△사람들이 상수에서 하수로, 몰려 지나간다.

△안위, 만호, 첨사도 급히 퇴장한다.

△봉녀와 중년 부인이 상수에서 정자 우로 들어 와 하수를 바라본다.

봉　녀　아주머니, 봐요. 저기 전선이 들어 와요. 정말 장군께서…

중년 부인　꿈 같소. 장군께서 잡혀가시던 날을 생각하면…

　　　△부인네들이 쌀자루며 곡식 바구니를 이고 들어와 상수 선창가에 놓고 정자로
올라와 바라본다.

부인ー　정말 장군께서 오시나요?

봉　녀　저것 보세요.

부인二　우리는 장군께서 오신다는 소문을 듣고 찾아 왔어요.

중년 부인　먼데서 오셨나요?

부인三　원근이 없지요. (상수를 가리키며) 저것 보시오. 수백 명이 저렇게
쌀을 이고 곡식 자루를 이고 몰려오고 있다오. 우리 수군과 장군
께 드리자고…

봉　녀　정말 고마워요. 고마운 일이예요.

　　　△박로인의 목소리 들린다.

　　　ー봉녀야, 봉녀야,

봉　녀　아 할아버지!

　　　△봉녀 박로인의 목소리 들리는 쪽으로 달려간다. 선창 언덕길로, 박로인 들어
온다. 봉녀는 박로인의 손을 잡는다.

봉　녀　할아버지!

박로인　봉녀야, 장군께서 오신다. 삼도 수군 통제사로 복직되여 오신다.
(선창 저편을 가리키며) 봐라, 저 장선에서 시방 내려오신다. 보
이느냐?

봉　녀　눈물이 자꾸 나서 잘 보이지 않아요.

박로인　자세 봐라 이리루 오신다.

봉　녀　보여요, 정말 장군님의 모습…

△저 쪽에서 호롱 취각의 소리 울린다. 사람들의 환호 소리 오른다.

△봉녀 할아버지의 손을 잡고 하수로 달려 나간다.

△사람들이 하수로 선창길로 몰려 나간다.

△환호의 소리 계속.

△사람들이 다시금 밀물처럼 밀려 들어 온다.

△수군들이 거북선 앞으로 들어 와 정렬한다.

수 군一 (소리쳐 말한다.) 장군께서 이리로 오신다. 여기서들 기다리라.

△옥지를 비롯한 공인들과 농군들, 선인들이 등장하고 룡길을 비롯한 장정들과 여러 사람들이 등장하여 장군을 기다린다.

모두 흥분해서 웅성거린다.

△장군 거북선 앞으로 등장한다. 그 뒤에 군관 장수들이 따랐다.

리순신 옥지, 옥지 있는가?

옥 지 여기 있소이다. 장군님!

리순신 거북선 수리가 얼마나 됐는가?

옥 지 다른 건 다 고쳤사오나, 류황 염초의 불바람개비가 떨어져 나간지라 쇠붙이를 구하는 중이오이다.

리순신 송 군관, 배에 싣고 온 쇠붙이들을 부리였는가?

송희립 아직 부리지 않았소이다.

리순신 지금 곧 수리에 쓸 만큼 거북선에 부리도록 하라.

송희립 네. (퇴장.)

리순신 옥지는 거북선 수리를 다그치되 오늘밤으로 바다를 달리도록 하라.

옥 지 예, 하겠소이다.

리순신 률포 만호!

리영남 예.

리순신 만호는 각 포구 어촌마다 방을 써 붙이게 하라. 삼도 수군 통제사의 명의로 하되 통제사는 바다를 지켜 백성들을 보호할지니 백

성들은 모두 안심하고 제 맡은 생업에 힘쓰되 만일 백성들의 재
물을 로략질하며 강기를 문란케 하는 자는 누구를 막론하고 목
을 벨 것이라고 크게 써 붙이도록 하라.

리영남 예. (퇴장)

리순신 거제.

안 위 예.

리순신 그대는 지금 곧 남은 열 두 척 전선의 장비와 군기의 정황을 낱
낱이 사실하여 바치게 하라.

안 위 예. (퇴장)

리순신 (분부를 마친 다음, 그제야 군중들을 돌아본다. 감개무량한 어조
로) 여러 분이 이처럼 나를 맞이해 주니 고맙노라, 진정 고맙노
라. 군사들, 공인들, 농자의 일꾼들, 낯익은 아낙네들…

봉 녀 장군님 먼길에 안녕하셨나이까? (목이 멘다.)

리순신 아, 반갑노라. 이렇게 또 만나게 되니… 그리고 저 장정은 룡길이
가 아닌가?

룡 길 거제 척후로 갔던 의병 척후 룡길이오이다. 장군님 문안… (그역
목이 멘다.)

리순신 반갑노라, 모두 싸움 속에서 사아 이긴 사람들, 고초인들 얼마나
많았겠는가?

박로인 소인들은 그저 장군님 오실 때를 자나깨나 기다렸소이다. 세월이
너무나 긴 듯 하고 야속도 하였사외다.

부인— 한 말씀 드리옵니다. 저희들은 장흥(長興) 고을에 사옵는데 장군
님 오신다는 소식을 듣고 여러 동네 사람들과 함께 이렇게 찾아
왔습니다.

봉 녀 이 분들은 모두 우리 수군과 장군님께 드리겠노라 쌀과 곡식 자
루를 이고 수백 명이 왔다 하오이다.

리순신 진정 고맙노라. 내가 보성에서 이곳에 오는 길에 수많은 어버이
       들, 아낙네들을 만났노라. 나의 손목을 잡고 말하기를 바다의 왜
       적을 하루바삐 물리쳐 달라 한결같이 부탁하였노라.
선인一 소인네들은 바닷가에 사는 백성들로서 왜적들에게 향토를 빼앗
       기고 남은 가산과 가솔을 배에 싣고 장군님과 수군을 찾아온 길
       이오이다.
리순신 그래 모두 몇 척이나 되는가?
선인二 모두 二〇〇여 척 되오이다.
리순신 二〇〇여 척! 고향과 집을 잃고 물우에 살게 되니 그 또한 얼마나
       고생인고? 우리 수군은 그대들을 보호할 것이니 우리 수군에 앞
       서 우수영으로 떠나도록 하라.
선인一 아니오이다. 저희들만 어찌 편한 자리를 찾으오리까, 지금 우리
       수군이 군량이 없고 겨울 의복이 없다는 사정을 알고 있사온 바,
       어찌 저희들이 가만 있소리까, 저희들 배 二〇〇 척에서 쌀과 보
       리를 걷고 솜옷을 걷어 바치기로 작정하였소이다.
리순신 (감격하여) 고맙노라.
선인一   저희들 소원은 오직 바다를 버리지 마시고 왜적을 무찔러 주시기
       만…
리순신 념려 말라.
선인二 허오나 수군의 형세가 외로운지라 바다를 버리고 물에 올라 싸우
       게 하라는 조정이 말씀이 있었다고도 하여 말들이 많사외다.
리순신 (거친 목소리로) 누가 그런 말을 하던가?
안 위 리몽구 우후경이 그런 말을 했나 보이다.
리순신 우후가?
리영남 우후는 방금까지도 바다의 항전을 그만 두자는 주장이였소외다.
리순신 우후의 비겁함은 내 이미 알고 왔노라. 그는 군사의 중책을 지고

군기 군량을 돌보지 않고 제 한 목숨만 위하여 도망을 친 그 죄 적지 않다. 당장 잡아 치죄할 것이다.

모　두　(엄숙해진다.)

리순신　(다시금 부드러운 말로) 우리 어찌 모든 어버이들과 아낙네들과 백성들의 간곡한 부탁을 저버릴 것인가? 이 순신은 몸이 가루가 될지라도 바다를 지키겠노라.

모　두　(기뻐한다.)

리순신　허나 어떻게 지킬 것인가? 이를 생각할지로다.

첨　사　방책을 세워 주시면 소장들은 목숨을 바치오리다.

공인―　어떠한 어려운 일이든 감당하오리다.

농군―　무삼 일이든 하오리다.

룡　길　어떠한 죽을 땅이라도 겁내지 않고 싸우겠소이다.

리순신　모두 훌륭한 결심이로다. 우리 군사와 백성들의 마음이 모두 이 같을진대 무엇이 두려울 것인가? 오늘 이 란리가 하루 이틀에 끝 날 배 아니므로 공인들은 배와 군기를 만들도록 차비할 것이며, 농군들 백성들은 농사 짓고 고기 잡고 소금 굽고 모든 생업을 그 치지 아니하여 우리 수군을 다시 부강케 하며 백성들을 안정케 할 것이로다. 잠시 물러가 쉬도록 하라.

　　△탐후장(探候將) 급히 등장.

탐후장　탐후장 아뢰오. 三〇 리 밖에 적선 五〇여 척이 올라오고 있소외 다.

리순신　알겠다.

　　△모두 퇴장한다. 비장 리완이 남아 근심스러이 섰다.

리　완　장군, 아무리 생각해도, 우리 수군의 형세 너무나 부실하외다.

리순신　(생각할 뿐.)

리　완　미구에 또 왜적은 큰 세력으로 달려들 것이오이다.

리순신　생각지 말라. 어려운 것만을 생각지 말라. 파도는 크고 바위는 적다. 허나 그 바위 뿌리 깊을 제 아무리 큰 파도라 해도 그 바위는 부실 수 없고 넘어뜨릴 수도 없는 법이다.

리　완　허오나 시방 우리의 전선은 도합 열 두 척 뿐이오이다.

리순신　그렇다. 열 두 척 뿐이다. 아, 이럴 때 억기공이 살아 계셨더라면… (문득 승산의 고리를 잡은 듯) 울돌목이다. 울돌목!

리　완　울돌목!?…

리순신　울돌목은 전라우도의 륙지와 전도 사이에 뚫린 좁고도 험한 여울목이다.

리　완　남해에서 서해로 빠지는 단 하나의 첩경, 여울진 바닷길이 아니오이까?

리순신　그렇다. 억기 사도와 함께 전술 방략을 상론하면서 지목한 곳이다.

송희립　분부대로 조처하였소이다.

안　위　전선 열 두 척은 모두 쓸 만하오며 열 두 척에 실은 군기도 엔간히 쓸 만하오이다.

리영남　장군! 어떻게 싸워야 이길 것인가? 지금 형편 저희들에겐 생각이 돌지 않소이다.

정녕 닭알을 가지고 바위를 치는 격이라 말할 수 있겠는가?

리순신　과시 어려운 형편이로다. 조정에서도 이 형편을 아시고 정녕 바다를 지킬 형세 어렵다면 륙지에 올라 싸우라고 나에게 선전관을 보내 오셨다. 허나 우리가 물을 지키는 수군으로서 물을 버릴 수 있겠는가. (격하고 과단성 있는 소리로) 생각해 보라. 우리에게 무엇이 없는가? 또 있는 것은 무엇인가?

리　완　굴할 줄 모르는 군사와 백성들의 힘이 있소이다.

리순신　그렇다. 비록 그 수효 적을망정 열 두 척의 전선이 있다. 약간의 군기도 있노라. 목숨 바쳐 싸우잔 백성들의 큰 기세가 있노라, 비장!

리　완　예.

리순신　민선이　二〇〇 척이라 하였지.

리　완　그렇소이다.

리순신　송 군관.

송희립　예.

리순신　민선 二〇〇 척을 전선 二〇〇 척으로 쓰세나.

모　두　(반색을 한다.)

리순신　二〇〇 척 민선에 각색 군령기들을 꽂아 휘날리게 하고 창검들을 세워 번쩍이게 하고, 배로 전선처럼 가장하여 우수영 앞바다에 죽 장사진을 치도록 하라. 알겠는가?

송희립　알겠소이다. 그럼 울돌목으로 가서 싸우잔 말씀이오니까?

리순신　울돌목이다.

모　두　(웅성거린다.)

리순신　우리가 왜적들을 울돌목으로 유인해 들인 다음 물때를 보아 칠 것이다. 이 때 우수영 앞바다에 장사진을 쳐 놓은 민선 二〇〇 척에서 산천이 떠나갈 듯 북을 울리며 함성을 울리며 화포 소리도 터뜨리며 금시 금시 달려 나와 왜적선들을 단숨에 집어삼킬 듯 크게 기세를 올린다면 왜놈들은 혼비백산할 것인즉 이러할 때에 우리는 왜적선들에 불벼락을 퍼불 것이다.

송희립　알겠소이다.

　　△탐후장(探候將) 급히 등장.

탐후장　탐후장 아뢰오. 五〇리 밖에 적선이 밀려 오고 있소이다.

리순신　그래 모두 몇 척이나 되는고?

탐후장　줄잡아도 三〇〇 척은 되오이다.

리순신　알겠다.

　　△탐후장 퇴장.

모 두 (위급한 심정으로 순신을 본다.)

리순신 (힘있게) 적선이 三〇〇척이건 五백 척이건 겁낼 것이 없노라. 싸
움의 승패는 수효의 많고 적음에 있는 게 아니라 방략 전술에 있
고, 나라와 백성을 위한 충성심과 적개심에 있노라. 이제부터 즉
시 진을 울돌목으로 옮긴다, 의병 룡길이.

룡 길 예.

리순신 창의별장 복수군들이 이 곳 해안 륙지를 지키기로 되였는바 그대
는 이 곳에 남아 한 놈의 왜적도 륙지에 오르지 못 하도록 하라.

룡 길 알겠소이다.

리순신 들거라. 二〇〇 척 민선은 즉시 우수영으로 떠날 것이며 조선소
와 농장에서 온 일꾼들도 우수영으로 떠날 것이며 수군 장병들
은 모두 전선과 거북선에 분승하여 나의 장선을 따르도록 하라.

장수들 분부대로 하오리다.

리순신 이제 우리 앞길에는 천하에 다시 없는 요충들이 있노라. 일기 당
천의 요충들이 있노라. 병법에 이르기를 한 지아비가 용맹스러우
면 일천 사람을 두렵게 한다 하였으니 과시 오늘 우리를 두고 한
말이로다. 모든 백성들은 충심으로 군사를 도와 힘 바치며 모든
장병들은 일호라도 군령을 어기지 말지니 이 말을 명심하여 바
다를 지킴에 목숨을 바칠지로다.

장수들 목숨을 바치오리다.

리순신 승산이 있다. 모두 배에 오르라.

　　△장수들 달려 나간다.
　　△호롱 취각의 소리 울린다.
　　△리순신 천천히 퇴장.

— 막 —

제 九 장

무대 밝아지면

리순신 장선의 뱃머리.

뱃머리에 리순신 장군 믿음직하게 서 있고 그 뒤에 장수들이 서

있고 배에는 장선기, 독전기, 령기들이 날린다. 장선은 전진한다.

△무대 일각에 랑송자 등장.

랑송자

아아 울돌목!

배 열두 척으로

적선 三○○여 척을 무찌른 곳

적군의 진격은 부서지고

적장 마다시 또한 그 목숨 물 우에 떨어지니

장하도다 놀랍도다.

어찌 청사에 빛나지 않으랴

이 승전을 일러

명량 대첩이라 하노라.

그 후 일 년이 지났노라

백성들의 불굴의 충성, 힘입어

위력한 장비 갖추며 련전련승!

왜적은 감히 서해를 엿볼 수 없었나니

대세는 기울어,

다시금, 남쪽 바다로 쫓긴 왜적들

패주의 길 찾아 발버둥치고 있을 때

장군은, 로량의 길목을 막고

왜장 소서 등 도적을

순천 예다리에 쳤노라.

△랑송자 퇴장.

리순신 배를 멈추라! 저게 무엇인고?

모 두 (바다를 굽어 본다.)

송희립 왜적선이 흰 깃발을 달고, 가까이 오고 있소외다.

리순신 가만 두라.

송희립 아마도 왜적의 화친사(和親使) 같소이다.

리순신 배에 오르도록 하라.

송희립 예. (퇴장)

리순신 지금 소서를 비롯한 왜장들은 저 순천 예다리에 몰켜 있으나 달
아 날 구멍이 없다.

류지에선 조 명 대부대와 의병들이 포위 공격을 하고 있고 바다
에선 조 명 대부대와 의병들이 포위 공격을 하고 있고 바다에선
우리 수군이 이 로량의 물길을 지키고 있으니…

리 완 과연 독 안에 든 쥐라 하겠소이다.

리순신 이제도 조선 四 도를 달라 하겠는가? 하…

모 두 (웃는다.)

리순신 허나 우리 조국과 백성들이 입은 환난과 희생과 고통과 슬픔을
생각하면 소서나 가등의 목을 천으로 버인대도 비길 수 없노라.
(다시금 분노의 빛이 그의 눈에 번뜩인다.)

△송희립이 소서의 아장과 두 왜병을 데리고 들어온다. 두 왜병은 각각 선물을
들고 들어온다.

소서의 아장 조선 수군 리순신 장군께 일본군 대장 소서행장도노의 화친
서와 총검(銃劍)과 보화(寶貨)의 선물을 드리오이다.

△아장은 화친서를 들고 절하고 두 왜병은 선물을 장군 앞에 놓고 절한다.

△송희립은 화친서를 받아 장군에게 준다.

리순신 (화친서를 받아 본다.) …일본 장병은 이제 싸움할 생각이 없으며
        화친코자 하니… 우리 일본 군사로 하여금 돌아갈 길을 열어 주
        기 간곡히 바라며… 소서의 뜻인 선물 총검과 보화 한 상자를 받
        아 주시기 바라노라…

소서의 아장 (무슨 반가운 말을 기다리는 듯 순신의 얼굴을 우러러본다.)

리순신 (엄한 소리로 크게 질책하여 말한다.) 이 무슨 어리석은 소린고?
        싸움을 하고 싶으면 하고, 말고 싶으면 말고, 그래 왜놈들 맘대로
        하잔 말이냐? 七 년 동안 우리 나라에 참혹한 전란을 일으킨 그
        무엇으로도 갚을 수 없는 죄악은 덮어 두잔 말인가?… 괘씸하도
        다. 방자하도다.… 돌아갈 길을 열어 달라?… 물어 보라 우리 나
        라 수천만 백성들이 그것을 허락할 것인가? 우리 나라 산천 초목
        이 그것을 허락할 것인가, 우리 나라 이 피어린 남쪽 바다가 그
        것을 허락할 것인가, 이러한 총검은 임진년 이후 너희들에게서
        빼앗은 것으로 쓰고도 남음이 있다. 이러한 보화는 우리에게 있
        어 한 푼의 소용이 없다. 우리가 얻고자 하는 것은 왜장 가등청
        정의 머리요, 왜장들의 머리요, 바로 소서행장의 머리라고 그렇
        게 전하여라.

소서의 아장 핫. (하고 전전긍긍하며 절한다.)

리순신 썩 물러가라.

    △소서의 아장은 혼비백산하여 나간다. 두 왜병도, 허둥지둥 총검과 보화 상자를
    다시 들고 도망치듯 나가 버린다.

리순신 (제장들에게) 모두 모이도록 하라.

리 완 예이. (퇴장)

    △나팔이 울린다.

    △탐후장 급히 등장.

탐후장 아뢰오. 고성(固城) 사천(泗川)의 왜적선 六〇〇여 척이 소서 등
        왜적을 구원코자 지금 로량을 향하여 진격하고 있소이다.

리순신 알았다. 보라, 원쑤들은 결코 순순히 물러가지 않고 항복코자 아니 한다.

　　　△리완을 비롯한 군관 제장들 등장. 룡길을 비롯한 의병 장정들 등장하여 배 우에 늘어선다.

리순신 듣거라. 마지막 원쑤를 몰아 내는 성스런 싸움으로 나아갈지로다.

　　　　우리 나라 강토를 유린하고,

　　　　우리 나라 창생의 피와 재보를 로략질하는 자들,

　　　　한 놈의 원쑤라도 남김 없이 몰아 낼지로다.

　　　　천만년으로 누릴 이 나라 복지를 위하여,

　　　　조상들의 슬기를 떨쳐 영웅답게 바다 밖으로

　　　　도적의 무리들을 물리치러 나아가자.

　　　　진고의 북을 울려라.

　　　△리완이 북을 울린다.

　　　△모두 창검을 높이 든다.

　　　△구름과 파도를 헤치며 장선은 전진한다.

— 막 —

샤만호

四막 七장

리동춘

나오는 사람

◇ 백성 편

박춘권 영하퇴졸 농민 청년 27세
조 씨 춘권의 어머니 55세
리천석
리음전 천석의 누이동생 19세
한길순 천석의 처 25세
리석돌 춘권의 친우 25세
당꼴 로인 (당꼴이라 칭함) 63세
남자 1
남자 2
로 인
로 파
부 인
녀자 1
녀자 2
기 타 남녀, 군중 다수

◇ 감영 편

박규수 평안 감사
리현익 평안 수영 중군
신태정 평안 서윤 중군
리 방
박승현 역관
류초환 평안 룡강 현령
사령 1
사령 2
군졸 1
군졸 2
기 타 겸인, 급창, 관군, 사령 다수

◇ 양인 편

쁘레스톤 미국인 샤만호의 선주
토마스   영국인, 스코트랜드 국립 전도 협회 리사(목사),
        현직 쁘레스톤의 통역
윌 슨 미국인 쁘레스톤의 비서
아 멜 영국인 토마스의 수하
찰스엠 미국인 샤만호 선장
마로인 중국인 60세
선원 1 미국인
선원 2
기 타 군중들, 미국 선원들, 기타 다수

제 1 막

제 1 장

때　1866년 (고종 3년) 8월 22일(음 7월 12일)
곳　평안 감영
무 대

　　　평안 감영 상수로부터 무대 절반을 차지한 감사청.

　　　정면으로부터 돌층계를 올라 란간을 거쳐 내통할 수 있다.

　　　오색 단장한 추녀 끝이며 둥근 기둥이 엄하고 웅장한 감을 준다.

　　　감사청 정면에 선화당(宣化堂)이란 현액이 붙었다.

　　　하수 쪽으로 정문을 거쳐 통할 수 있는 이중 문. 그리로 하여 창
　　　내를 둘러 싼 돌담 일부가 보인다.

막이 오르면

　　　평안 감사 박규수와 수영 중군 리현익과 리방이 불안에 잠겼다.

　　　한층 아래 겸인, 급창들이 갈라섰다.

　　　정원에는 장교 수 명과 사령 수 명이 읍하고 대기하였다.

장교　사또 분부대로 령하 장교 군졸 사령 대령으로 아뢰오.

급창　령하 장교 군졸 사령 대령으로 아뢰오.

박규수　먼저 장교들 듣거라! 지금 대동강에 뜻하지 아니한 양인의 배가
　　　　침입하야 허무한 행동을 거듭하고 있으니 백성들이 불안한 나머

지 소동을 일으키기 쉬운즉 너희들은 지금부터 대안 각군으로 흩어져 그들을 안정시키되 누구를 막론하고 양인의 배에다 불질을 한다든가 무모한 행동으로 하여 후에 불화가 일지 않도록 하여라.

군졸들 네에잇! (퇴장)

박규수 (사령들에게) 너희들은 백성들의 집을 방문하되 양인들이 들어왔다 하여 혹시 사교(邪敎)를 믿는 놈들이 머리를 들고 배 안에 드나들기 쉬운 일인즉 경계를 각별히 할 것이며 특히 강변에 사는 백성들에게 이르되 외양선과 내통하는 자가 보이면 즉시 관가에 알리게 하라.

사면들 네에잇! (퇴장)

박규수 음… (무거운 침묵)

    ─ 사이 ─

(각각 자기 생각에 잠긴다. 말발굽 소리)

(잠시 후 평안도 룡강 현령 류초환 급히 등장하여 읍한다.)

류초환 룡강 현령 류초환 현신이오.

박규수 음 외양선을 처음 발견한 것이 현령이라 하기에 불렀노라.

류초환 소인 룡강 현령의 직책을 다 못하여 죄송한 줄로 아뢰오.

박규수 듣건대 저 양인의 배가 주용포에서부터 난폭한 행동을 시작하였다는데 현령은 어찌하여 게서 막지 못하였을고?

류초환 7월 9일 주영포 부근에 외양선이 나타나 수심을 재고 고깃배들을 멈추고 어부들을 구타하며 고기를 약탈한다는 급보를 듣고 즉시 봉화를 울린 후 이어 달려갔으니 백성들의 말이 해질 무렵에 급수문 방면으로 뱃머리를 돌렸다 하기에 곧 뒤를 쫓아 둥진 근방에서 그 놈들을 발견하였습니다. 그러나 둥진은 황해도 땅이므로 황주 목사 정 태식 사또께 급보를 띄우고 이어서 추격하여 알아본즉 그 후 정 태식 사또께서는 몸소 그 놈들의 뒤를 따라 대동

강 하류에서 정지시키고 그 비행을 철문하였다 하옵는데 그 놈
들은 우리 나라와 교역을 목적하고 들어 왔다 하여 사또께서
는…

리현익 (울분을 참지 못 하여) 그 무슨 회괴한 말이요? 현령은 우리 나라
국시가 양이(洋夷)와의 거래를 막고 있는 것을 알진대 그 놈들을
보지 못 했으면 모를 것이어니와 뒤를 쫓았으면 끝장을 볼 것이
지 어찌 첩보로써 이에 대신하였소?

리 방 아 수영은 아무리 사태가 급한들 국법을 무시하고 남의 도에 뛰
여 들겠소?

리현익 무슨 말이요? 외양선이 국내에 들어 와 거침 없이 떠돌아다니거
늘 어찌 제 나라에서 도경의 여부를 찾을 것이요?

박규수 수영 중군은 좀 진정하라. (초환에게) 어서 말을 이으라.

류초환 네 황송하오이다… 그리하여 황주 목사께서는 원래 우리 나라는
청국 이외에는 어느 나라와도 교역을 금하고 있다는 것을 누누
이 타이른 후 그 이상 더 올라가지 못하게 정지하라 함즉 그 놈
들은 이에 응할 대신 공포를 쏘며 갖은 위협을 다 하였을 뿐 아
니오라 나중에는 강변에 사는 농가에까지 침입하여 가축들을 끌
어가며 종당 평양부 초리방까지 들어왔사온즉 실로 오만무례한
놈들로 아뢰오.

박규수 음…

리현익 이것은 그 놈들이 필연코 우리 나라를 업수이 여기는 까닭인가
합니다. 아무리 양인이 오랑캐라 하더라도 어찌 그만한 례법이야
없겠소이까?

리 방 (현익에게) 생각하면 괴씸한 일이오나 이제 그들의 간청대로 쌀과
신탄과 고기를 얼마간 보내 주었으니 수이 물러 갈 것으로 압니
다.

박규수 듣거라! 이미 조정에 장계를 올렸고 방금 서윤 중군하며 역관이
       탐군 차로 외양선에 들어갔은즉 일행이 돌아오면 자세한 사유를
       알아 사긴 후 조처할 터이니 현령은 물러가서 다음 령을 대기하
       라.
류초환 네, 분부대로 물러가겠소이다.
       (류초환 퇴장.)
       (말발굽 소리.)
리 방 불란서와 영국 놈들을 비롯하여 나중엔 저렇게 미국 놈들까지 극
       성을 부리니 음…
리현익 때문에 우리 조정에서도 국방을 강화하고저 군비를 축적하는 한
       편 백성들에게 상무(尙武)의 풍을 장려하라 하지 않았소?
박규수 그렇지 않아도 작금 량년에 거듭되는 수해로 인하여 백성들이 가
       위 도탄에 빠졌거늘…
       (잠시 동안 침묵이 흐른다.)
박규수 왜 이다지도 오랜고?
리 방 배로 간 일행이 어찌 되었는지 알아 사뢰라!
겸 인 네 (퇴장)
리 방 역관의 말을 듣건대 미국이란 나라는 근래 남북이 갈라져 큰 내
       란을 겪었으나 그 후 그 내란으로 하여 도리여 나라가 강대해졌
       다고 합니다. 그래서 지금은 그 무봉을 타국의 침략에 돌리게 되
       어 이제는 그 힘이 사납기가 영국과 불국의 류가 아니란 말씀입
       니다.
리현익 사자 어금니가 토끼 이보다 선참 상하는 법이라오.
겸 인 (등장) 양선으로 갔던 일행이 방금 성문으로 들어선 줄로 아뢰오.
리 방 결판을 짓고 오는지 모르겠소이다.
리현익 그 놈들에게 톡톡히 사죄를 시킨 후 당장 뱃머리를 돌리게 했을
       게요.

박규수 글쎄… 그럴 놈들 같으면 애당초 무례한 짓을 했겠는가?

    (수레 멎는 소리, 군중들 앞서 등장하여 읍한다. 뒤이어 신태정, 역관 등장.)

신태정 너무 지체하여 죄송하옵니다.

박규수 수고들 하였노라. (군졸들과 겸인에게) 너희들은 물러가라!

    (군졸, 겸인 읍하고 퇴장.)

신태정 상층에 오르고 역관은 하층에 오른다.)

박규수 그래 그네들이 공손히 맞아 주던가?

신태정 아니올시다. 그 놈들은 오히려 대감께서 몸소 영접하지 않았다고
　　　　불평을 하옵는데 교만함이 가히 비할 곳이 없는가 하옵니다.

박규수 그래?

리현익 그래서 그 놈들을 그냥 두었소? (몸을 떤다.)

리 방 (혼잣말로) 내 그럴 줄 알았지 음…

역 관 (나서며) 황송한 말씀 아뢰옵니다. 오늘 미국 사람들의 언행에는
　　　　다소 거만한 점도 없지 않았사오나 그들의 말소리가 거침은 그
　　　　겨레의 특성이옵니다.

리현익 듣기 싫다. 어찌 우리가 제 나라에 앉아 그 놈들의 특성이나 관습
　　　　을 알 것이야? 자고로 남의 나라에 오면 그 나라의 례법을 지킴
　　　　이 마땅한 례의이거늘 어디 그리 교만한 놈들이 있겠는가?

리 방 지니고 갔던 물품들은 어떻게 했소이까?

신태정 놈들의 거만한 행동을 봐서는 주고 싶은 생각은 없습디다만 대감
　　　　의 분부이시라 우리의 례의는 다하였소.

역 관 그네들은 소고기와 닭고기까지 보내 준 데 대하여 대단히 만족해
　　　　하며 (품에 간직하고 있던 물건을 꺼내 탁자 우에 놓으며) 우선
　　　　이 물품으로 대감께 처사를 대신한다는 말이었습니다. 만리경과
　　　　시계란 물건입니다.

박규수 ………

신태정 (화를 내며) 내 거절하라구 했거늘 어찌 제 분에 넘친 행위를,

음…

역 관 소인에게 주는 것도 아니요, 한 나라 선주가 안전마마께 전하라
       모처럼 주는 것을 마다할 수 있겠소이까? 그래서…

신태정 닥치라!

리현익 에잇 벨 빠진 백성들…

박규수 이 물건을 돌려 보내라.

역 관 (당황하여 집어든다.)

박규수 자 어서 담판의 결과를 고하라!

신태정 네, 전후의 경과를 아뢰오면 배는 분명 미국의 배로서 그 이름이
       샤만호라 하옵니다.

일 동 샤만호!

역 관 기지를 천진에 둔 미국의 상선으로 아룁니다.

박규수 음…

신태정 선주는 미국인 쁘레스톤이라 하는 자이며 우리 나라에 통상 교역
       의 목적으로 왔다는 말이었습니다.

박규수 역시 통상 교역의 구실인가?

신태정 네이, 청국과 일본은 이미 서양 각국과 통상과 수로의 약조를 맺
       었으니 조선도 세계에 뒤지지 않으려면 저희들과 통상을 맺어야
       한다는 것입니다. 그래서 우리 나라의 국시를 아로사겨 그 제의
       의 부당함을 말한즉 만일 완고히 저희들의 제의를 거부한다면
       좋지 않다고 하며 위협까지 하는데 그 방자하기 이루 비할 바 없
       는 것으로 아룁니다.

박규수 음 고약한 것들!

리현익 양인들의 통상이란 침략을 위한 구실에서 례외가 없었습니다.

신태정 그렇습니다. 그 놈들의 통상 수호란 말을 듣건대 우선 우리 땅에
       서 광산을 경영하겠다, 수심을 측정하겠다, 저희 배가 드나들 항

구의 시설을 만든다, 우리 나라의 강을 마음대로 통행케 하라는
등 처음부터 우리 나라의 종주권을 무시하는 말들이었습니다.

리현익 역사는 미국 사정을 잘 안다 하니 물어 보자. 미국 놈 그런 것을
두고 장사라고 하고 교역이라고 하는가?

역 관 글쎄올시다.

박규수 그래서?

신태정 그래서 기왕 그들이 우리 나라를 침노한 데 대하여서는 이 이상
허물로 삼지 않을 것이니 곧 뱃머리를 돌리라고 권고하였습니다.

박규수 그래서 물러가겠다고 하던가?

신태정 원 천만의 말씀입니다. 그랬더니 너와 같은 천직과는 이야기가
되지 않으니 너의 대감을 보내라는 말이었습니다.

리현익 저런 방자한 놈들이라니!

박규수 그래 배 안은 살펴보지 못했는가?

신태정 네, 배 안에 들어서자 첫 눈에 보이는 것이 엄청 나게 큰 두 문의
대포와 선주 놈을 비롯하여 선원에게 이르기까지 모두 단총 아
니면 장총을 지니고 있는 것으로 보아 어느 나라 병선에도 지지
않는 무장이였습니다.

박규수 그리고 탄 사람은?

신태정 네 선장 외에 영국인이라고 하는 사교의 선교사가 두 명, 그 중
한 자는 조선말이 능한 것으로 보아 우리 나라가 처음이 아닌 듯
하며 그 다음 미국인 선부들과 남방 사람들, 청국 로인 도합 삼
십여 명이 넘었습니다.

리 방 그 원… 배하구두 이만저만 큰 놈이 아니로군.

역 관 우리 나라 대맹선쯤은 스무 척을 비해도 모자란 것입니다.

박규수 억지로라도 통상을 시키겠다는 것은 무력도 사양치 않겠다는 말
이겠지.

신태정　그런 듯으로 압니다.

박규수　(일동을 돌아보며) 어떻게 하자는가? 저 놈들이 애당초 행패를 하
　　　　러 온 놈들이 분명한데.

리현익　당장 무력으로 쳐 물리침이 옳을가 합니다. 놈들이 우리 나라를
　　　　업수이 보는 것도 유만부득이지 아무러한 로문도 없이 남의 국
　　　　토를 침범하고 약탈과 살육을 임의로 하며 그나마 예를 갖추어
　　　　잘못을 책하고 간곡히 퇴거를 권하였음에도 불구하고 오히려 한
　　　　층 더 란폭한 행동으로 이를 유린하니 어찌 이 이상 그 굴욕을
　　　　참을 수 있겠습니까?

박규수　음… (흥분을 억제하고 돌아서 먼 산을 보며 생각에 잠긴다.)

리　방　그렇다고 교지도 내리기 전에 사단을 일으킬 수는 없지 않소이
　　　　까? (규수에게) 놈들의 행위는 괘씸하오나 우리 나라 국책을 모르
　　　　고 기여 든 듯 하오니 다시 한 번 통상의 불가한 점을 설명하여
　　　　물러 가는 것을 권고함이 옳을가 하옵니다.

리현익　리방은 무슨 말이요? 아무리 우리 나라 사람이 성인 군자이기로
　　　　어찌 이 이상 더 참을 수 있겠소?
　　　　(규수에게) 오직 쳐 물리치는 길밖에 딴 도리는 없을가 하옵니다.

역　관　황송하오나 눈앞에 있는 샤만호만 볼 것이 아니라 그 연줄을 고
　　　　려하심이 지당할가 하옵니다.

신태정　아까 그 놈들의 말이 방금 우리 나라 남쪽에 저 샤만호보다 못지
　　　　않는 병선이 수십 척 와 닿아 있다 하는데 그게 사실일지…

역　관　그 뿐이 아니오라 미국이나 영국은 문명국으로서 세력이 강대하
　　　　여 벌써 십사 년 전에 문명국이라고 자칭하는 일본을 압박하여
　　　　수호 통상을 맺게 하였을 뿐만 아니라 청국 같은 대국도 아편 전
　　　　쟁 이후 부득이 수많은 항구를 열었거늘 오늘 샤만호의 통상 요
　　　　구를 천하 대세와 떨어져서 생각함은 천만 부당한 일인 줄로 아
　　　　룁니다.

리현익　역사는 닥치라, 남의 나라는 어찌 하든 우선 우리 나라의 국시가
　　　　있다.

역　관　소인이 국시를 시비하는게 아니오라 적이 적이니 만큼 신중히 처
　　　　리함이…

리　방　물리치더라도 다시 장계를 올리여 교지에 따라 처리함이 지당할
　　　　가 합니다.

신태정　그 놈들의 이른바 통상이 정탐이나 약탈의 시도가 아니라 하더라
　　　　도 외국과의 교역은 국시에 금하는 바이라 교지가 내려도 마다
　　　　할 거는 뻔한 일이요. 그러니…

리　방　그렇다고 하여 섣불리 무력을 행사하여 후화가 있다면 조명을 기
　　　　다리지 않았다는 책을 못 면할 것인즉 소인은 후에 사또께 불행
　　　　이 미치지 않도록 하자는 겝니다.

역　관　지당한 말씀인 줄 아뢰옵니다. 지금부터 이십 칠년 전 청 나라 림
　　　　측서가 영국의 아편 강제 판매에 반대한다 하여 광동에서 영국
　　　　아편에 불을 놓은 것까지는 좋으나 그 일로 하여 일어 난 아편
　　　　전쟁 3년으로 하여 청국은 향항을 빼앗기고 상해를 비롯한 수많
　　　　은 항구를 빼앗겼으며 수억 량의 배상금을 지불하게 된 혹심한
　　　　참패를 우리는 남의 일로 생각해서는 안 될 줄로 아옵니다.

리　방　(혼잣말로) 양인 놈들의 극성이 이렇게도 심해서야 어디 음…

역　관　영국, 불국, 일본 등 세계에서 이렇다 할 나라들이 우리 나라를 엿
　　　　보지 않는 자가 없으며 영국은 벌써 불법하게 우리 나라 거문도
　　　　를 점령하고 있소이다. 얼마 전 불국 수군은 우리 나라에서 죽은
　　　　저희 선교사에 대한 책임 추궁을 하기 위하여 안남의 본거지에
　　　　서 수군을 발동시켰다는 설조차 있으니 반드시 가까운 장래에
　　　　무슨 변고가 날 것으로 아룁니다.

박규수　(돌아서 오며) 교지가 왜 이다지도 오랜고…

리 방 오늘 안으로 내밀 것으로 아룁니다.

역 관 황송하오나 조정의 교지가 늦어짐도 이 대세를 고려하여 론의 중
        인 듯 하오니 이 기회에 오히려 미국의 청을 들어 조정에다 통상
        을 권하느니만 같지 못 한 것으로 아룁니다.

리현익 (큰 소리로) 그럼 범의 위세를 빌리는 여우가 되잔 말인가?

        (이 때 말발굽 소리.

        먼 데서 백성들이 웅성대는 소리 요란스럽게 들려 온다.)

박규수 이게 무슨 소린고?

군졸1 (등장) 아뢰오.

리 방 무슨 말인고?

군졸1 초리방에 머물렀던 외양선 샤만호가 만경내 부근으로 더욱 거슬
        러 올라온다고 아뢰오.

일 동 뭣이?

박규수 음 저런 안하무인한 놈들…

        (백성들의 함성 더욱 높아진다.)

박규수 저건 무슨 소린고?

군졸1 성안 백성들이 강안으로 털어 나서 양인 놈들에게 던지는 함성인
        줄로 아뢰오.

리현익 대감, 소인이 적선으로 가 최후 담판을 하고저 하오니 윤허하시
        기 바랍니다.

박규수 중군! 내 수영 중군의 뜻을 헤알지 못 할 바 아니라…

        (이 때 샤만호에서 들리는 고동 소리와 함께 총 소리 더욱 높아진다.)

박규수 (놀래며) 총 소리가 아닌가?

리 방 (군졸 1에게) 강변에 나선 백성들을 훈계하고 총 소리가 어디서
        나는가 아뢰게 하라.

군졸1 네. (퇴장)

        (말발굽 소리)

군졸2 (급히 등장) 아뢰오.

리 방 어서 아뢰라.

군졸2 양인 놈들이 마상이를 내려 타고 돌아다니며 수심을 재는 등 강변
       에 사는 농가를 향해 총을 란발하는 줄로 아룁니다.

리현익 대감!

박규수 사정이 급하니 교지를 독촉하는 봉화를 올리게 하라.

리현익 진중에 선참후계의 법이 통할진대 당장 저 놈들을…

박규수 선참후계도 한도가 있는 것, 서윤은 관군을 풀어 물리칠 태세를
       갖추되 교지가 내리기 전에 불질을 한다든가 하여 후환을 미치
       게 하지 말 것이다.

신태정 네.

리현익 대감!

박규수 조금만 더 참고 기다리자.

리현익 ………

박규수 음, 장차 어떻게 하면 이 난국을 바로잡을 것인고?

   (총소리, 함성 소리 고조되면서)

― 암전 ―

제 2 장

때 전장에서 며칠 후
곳 평양 대동강반을 옆에 둔 춘권의 집과 천석의 집

   무대

       상수엔 춘권의 집, 하수엔 천석의 집인 바 춘권의 집은 토방을 거

처 방으로 통한다. 부엌은 상수 안쪽으로 있다.

천석의 집은 추녀 끝만 약간 보이고 집을 둘러싼 갈바자와 안으로 통한 일각문이 보일 뿐이다.

집 뒤로 나지막한 동둑 길이 가로 놓였는데 그 줄기를 타고 가면 대동강반과 련닿게 된다.

후면으로 대동강 물줄기 일부가 보이며 강 건너 모란봉 을밀대가 아름답게 보인다.

두 집 사이에 로목 한 그루, 천석네 집 쪽으로 뻗은 가지에 헌 그물이 널려 있다.

막이 오르면

해질 무렵.

음전이 사리문을 나서려다가 웅성대는 소리와 함께 소란스럽게 들려 오는 말발굽 소리에 그 자리에 선다.

약간의 군중들 동둑길로 뛰여 간다.

조 씨 부엌에서 등장.

여자1 (급히 등장.)

음 전 왜들 그러세요?

여자1 양고자 놈들이 저 앞산으로 기여 올라 무덤들을 파해친다는구나.

조 씨 무덤을?

여자1 댁에서는 저 산에 묘를 쓰시지 않았소?

조 씨 아니요.

여자1 우리는 아버지를 저 산에다 모셨는데 어떻게 되었는지 야단 났쉐다. (퇴장)

조 씨 그 놈들 이제는 로략질을 하다 하다 못 해 남의 무덤 발총까지 하니 나중엔 무슨 일을 할는지 원!

음 전 (춘권의 집 앞으로 오며) 우리 오라버니 여기 안 오셨나요?

조 씨 아니… 왜 그러느냐?

음 전 저… 계세요?

조 씨 춘권이 말이냐? 얼마 전에 수영 중군 나리를 뵙겠다고 나갔는데 아직 안 돌아 왔구나.

음 전 중군 나리는 왜요?

조 씨 저 놈들이 물에까지 기여 올라 화적 행위를 하는데도 감영에서 손을 안 쓰니 어찌 된 영문인지 알아보겠다고 나갔는데…

음 전 그래요.

조 씨 그 애가 화통수로 있을 때 그 나리가 몹시 사랑해 주신 모양이더라. 그래 어머니 병환이 어떠시냐?

음 전 그저 그래요.

조 씨 약을 좀 써야지.

음 전 전번에 오라버니가 두루섬 리진사 댁에 가서 장례를 내여 약 한 제를 지어다가 대접했는데 적어서 그런지 차도가 없어요.

조 씨 로인의 병이라 하루 이틀이 아니고 정말 딱하겠구나.

음 전 오라버니는 이 불란에 어디로 갔는지…

조 씨 글쎄, 양인 놈들 이제 하다 못 해 남의 무덤 발종까지 한다니 웬만 하면 집에들 꾹 좀 있어야 할 것을 젊은 사람들이라 어디 그러니.

(이 때 샤만호에서 고동이 운다.)

음 전 (그 쪽을 보며) 저 무슨 놈의 괴물이 가지도 않고 저러구만 있으니 참.

조 씨 (토방에 널렸던 조 이삭 한 줌을 방망이로 털면서)

그러기에 말이다. 이제 저 놈들이 며칠만 더 강을 틀어막고 있었단 우리 같은 사람은 굶어 죽는단 말 나겠다.

음 전 우리 오라버니는… (나가려 한다.)

조 씨   애 음전아, 해 저물어 가는데 어딜 가려고 그러니?

음 전   (그 자리에서 망설인다.)

조 씨   너의 오라버니는 오죽해야 나다니겠니? 저 양고자 놈들이 사람들
　　　　까지 들추어 갔다는 데 처녀애들이 함부로 나다니는 것은 좋지
　　　　않다. (내퇴)

　　　　(음전 불안하여 사방을 살핀다.
　　　　춘권 파쇠섭을 메고 등장하여 음전을 힐끔 본 후 무슨 말을 하려고 주춤 섰다가
　　　　그대로 간다.)

음 전   저…

춘 권   왜 나왔나?

음 전   우리 오라버니 못 봤어요?

춘 권   그 형님 근래에 와서는 만나기 힘들더군!

음 전   약을 구해 보겠다고 나갔는데…

춘 권   약? 내 보기엔 그런 것 같지도 않더군.

음 전   야단 났어요.

춘 권   효성두 좋지만 그렇다고 사교군으로 랑장난 집을 찾아다닐 게야
　　　　있나?

음 전   약 지어 올 돈두 없구 어머니 병환은 더하다 보니 기도를 드려서
　　　　낫 게 한다는 게지요.

춘 권   농사꾼 집안에 태어났으면 굶든 먹든 땅이나 파먹을 게지 무슨
　　　　바람으로 장사를 해 먹겠다고 돌아 가다가 그런 요굴에가 걸렸
　　　　댔는지 모르겠어.

음 전   한동안 그러지 않더니만… 저… 저 놈의 배에 천주교 목사가 있
　　　　대요.

춘 권   그래서 사교군들이 일어나지나 않나 해서 방까지 나붙고 사령들
　　　　이 눈에 불을 지피고 돌아다니는데 그것 참…

음 전   말 좀 해 줘요. 내 말이나 형님의 말은 귓등으루두 안 들으니…

춘　권　하늘 봐야 별을 따지. 어디 도무지 얼굴을 보겠다구. 남들은 저
　　　　놈의 배 때문에 죽는다 산다 하는데 음…

(천석의 집에서 어머니 기침 소리.)

춘　권　내 찾아 볼 테니까 들어가 보라구.

음　전　(불안에 잠겨 내퇴.)

조　씨　(나오며) 이제 오냐?

춘　권　네. 앞마을까지 들려 오느라고 늦었습니다.

조　씨　양고자 놈들이 이젠 산에 올라 무덤까지 발총을 한다고 아우성들
　　　　이로구나.

춘　권　민 진사 댁 무덤을 들춰냈다는 군요.

조　씨　아니 남의 무덤을 뭘 먹겠다고들 파헤치누?

춘　권　민 진사 네 묘지기에게 류혈포를 겨누고 왕릉이 어디 있느냐 대
　　　　라구 했다는데 놈들이 아마 그것들이 왕릉인 줄 알고 파헤치는
　　　　모양입니다.

조　씨　왕릉은 왜?

춘　권　왕릉에는 보물이 있다는 말을 들은 게지요.

조　씨　그 놈들이 말 못 할 도적의 때로구나. 그래 중군 나리는 만나 뵀
　　　　니?

춘　권　네.

조　씨　그래 저 놈들을 어떻게 한다든?

춘　권　물러 갈 것을 권고하러 이번엔 몸소 중군 나리께서 들어 간다나
　　　　봅디다.

조　씨　하는 행위로 보아 어디 그래 가지고 물러 갈 것 같으냐?

춘　권　그래서 중군 나리도 쳐 물리칠 것을 원하시는가본데 그것도 다
　　　　뜻대로 안 되시는가봅디다.

조　씨　그러나 저 놈들을 저 대로 두구서야 어디 살았다고 하겠니?

춘　권　그러기에 우리 마을을 우리가 지켜야겠쉬다. (강가를 바라보며)

저 개놈들만 아니면 요새는 장마에 물도 늘었겠다 짬짬이 잉어
잡이만 해도 조 추수 때까지는 단배를 안 긇을 텐데. (걸린 그물
을 만져 본다.)

조　씨　(조 이삭을 비비며) 고기도 고기지만 두루섬 조밭이 걱정일다. 장
　　　　마 물에 넘어졌으면 모두 싹이 날텐데…

춘　권　그야 어디 우리뿐이겠습니까? 강 건너 밭 가진 사람이야 다 그렇
　　　　지요. 싹도 싹이지만 우선 거두어야 입에 풀칠이나 하겠는데 저
　　　　놈들이 저러구 있으니…

조　씨　그러게 말이다. 어제 저녁에는 보통강 나루터에서 쌀 배가 오다가
　　　　저 놈들에게 사람, 배 할 것 없이 몽땅 잡혔다는구나.

춘　권　나라를 도적하러 온 놈들인데 무엇을 가리겠소.

조　씨　이래저래 성안 인심이 말이 아니더라… 참 당꼴 아저씨가 널 찾
　　　　아 왔댔는데 어떻게 강을 건널 수 없겠느냐고 하더라.

춘　권　저 놈들을 물리치기 전에야 어떻게 합니까? (동둑에 오르며) 그래
　　　　저 놈들을 한 번에 들어 내지 못 해?

조　씨　배 안에 큰 댕구가 있다더라.

춘　권　댕구두 댕구지만 법이 뭔지 원쑤를 눈앞에 두고 교지만 기다린다
　　　　니 음… (내려서며) 그저 마음대로 한다면 저 놈의 배에 들어가
　　　　한번…

조　씨　애야 헛말이라도 제발 그런 소리 말아.

춘　권　감영에서 하는 행동이 하도 답답해서 하는 말이웨다…

조　씨　그렇지만 제발 그런 생각 꿈에도 해서는 안 된다.
　　　　너의 아버지가 젊었을 때 남의 일에 앞장을 잘 서시더니만 끝
　　　　내 그 강서 민요 란리 판에 선참 나서 가지고 그 악형을 당하지
　　　　않았니.

춘　권　아버진 훌륭한 분이지요. 어디 나 같은 것을 아버지에게 비하겠나
　　　　요?

조 씨 네 성미도 그만 했으면 되겠다.

춘 권 (바가지를 들여다보며) 이삭 봐서야 조알이 몇 알 됩니까?

조 씨 장마에 이삭이 너무 물만 먹어서 그렇구나. 그래도 해줍살이니 마
      음이라도 끓여서 (천석의 집을 살피며) 좀 갖다 드려야지, 앞뒷집
      에 살면서 우리가 얼마나 신세를 진다구… 내 일 절반은 음전이
      가 돕는다.

춘 권 이웃 사촌이라지 않아요? (그물을 걷는다.)

조 씨 너도 이제는 영하에서 소임을 벗어났으니 장가를 들어야겠는데…

춘 권 차차 들지요.

조 씨 다 부모 잘 못 만난 탓일다. (내퇴)
      (춘권 강변 쪽을 바라본다. 천석 등장하여 춘권을 본 후 못 본 척 자기 집으로 들
      어가려 한다.)

춘 권 형님! 어머니 병환으루 얼마나 근심되시우?

천 석 타구난 내 팔자지…

춘 권 엎친 데 덮친다는 격으로 양인 놈들 때문에 형님네는 더하시겠다.

천 석 …… (들어가려 한다.)

춘 권 어떻게 약을 좀 구망하셨소?

천 석 약? 흥! 당장 마음 한 술 못 끓여 드리네.

춘 권 그럼 무슨 변통을 대야지 그러고만 다니면 어떻게 합니까?

천 석 내가 뭘 어쨌다고 그러냐?

춘 권 정신 차리시우. 믿을 걸 믿어야지 하느님이 사람 살린답디까?

천 석 이 사람이 롱담이라도 그런 말은 삼가게.

춘 권 형님은 저 양인의 배가 밉살스럽지 않습니까?

천 석 자네 나한테 무슨 트집인가?

춘 권 형님!

길 순 (급히 나오다가 천석이를 본 후) 여보 어딜 그렇게 나다니시우?

천 석 그래 어머님은 어떻소?

길 순 미음 한 술 안 잡수셨다우.

춘 권 형님 좀 있다 저와 같이 육모초라도 구하러 갑시다.

천 석 그것도 써 봤는데 안 듣데.

길 순 그래서 저 아래 마을로 가 볼가 합니다. 어머님이 침이라도 맞았
        으면 씨원하시겠다기에…

춘 권 (낫과 숫돌을 내놓고 부엌으로 내퇴.)

천 석 침은 맞아서 뭘하우? 그저 이 놈의 세상에 돈이 원쑤지, 약 한 첩
        대접 못 하니…

길 순 도당(궁땅지기) 나리 댁엔 가 보셨댔나요?

천 석 약 한 첩 값만 돌려 달라고 사정을 해 봤는데 도리여 결전미 바칠
        생각이나 하라고 내몹디다.

길 순 안 되면 곧 오실 게지 어델 그렇게…

천 석 (한숨)

길 순 여보 이젠 제발 딴 마음을 먹지 말라우요.

천 석 이 괴로운 세상에 누굴 믿고 살겠소.

길 순 당신은 정말… 어머님은 당신 때문에 더하신 것 같애요.

천 석 내가 죄 많은 놈이지. 당신도 나 같은 놈을 만나서 고생만 하고…

길 순 그런 말 말아요… 다녀올게요.

춘 권 (물을 떠 가지고 나와 낫을 갈며) 아주머니, 양고자 놈들이 싸다니
        는데 조심하십시오.

길 순 네. (나간다.)

춘 권 형님 정말 잘 생각해 보시우.

천 석 난 그저 어머님 병환 낫게 해 준다면 예수 믿는 것보다 더한 일이
        라두 하겠네. (내퇴)

춘 권 (낫을 들고 나가며) 어머니 석돌이랑 오면 기다리라고 하시우.

조 씨 (소리) 오냐.

춘　권　(퇴장)

　　　(음전 물동이를 이고 나와 집 뒤로 퇴장

　　　천석의 집에서 어머니의 신음 소리)

　　　(천석 괴로운 듯 다시 나와 먼 산을 바라본다.

　　　이 때 토마스 상립 상의로 몸을 가리고 동둑을 지나다가 아랫길로 내려선다.

천　석　그를 발견한다.

토마스　상립 천석을 유심히 살핀다.

천　석　당황하여 그 자리에서 망설인다.)

토마스　오 이게 누구요? 리서방 아니요?

천　석　네?

토마스　(상립을 약간 올려 얼굴을 보이며) 나 모르겠소? 나 토마스요.

천　석　(의외인 듯 놀라며) 아니 목사님 이게…

토마스　먼저 주께 감사를 드립시다. 이렇게 천석 씨를 다시 만나게 된 것
　　　　도 하느님의 거룩한 은총으로 압니다.

천　석　(눈을 감았다 뜨며) 목사님.

토마스　나 어제부터 최란헌이란 조선 이름 가지게 되었소.

천　석　아 미국 배 안에 영국 목사가 계신다고 하더니 바로 목사님이였
　　　　군요.

토마스　신의 인도였습니다. 나 하느님 묵시 받고 이 나라 다시 왔습니다.
　　　　그래 그 동안 전도 얼마나 했습니까?

천　석　웬걸요? 목사님이 계실 때도 그랬지만 목사님이 떠난 후에도 닥
　　　　치는 대로 교도들을 잡아 죽였는데 그 수는 수만 명이 넘습니다.
　　　　그 통에 제가 믿음이 약했던 탓으로 그만 성경책을 놨더랬지요.

토마스　고생 많았겠습니다.

천　석　그러문요. 하던 장사도 못 하게 되고 그래서 다시 농사라고 짓기
　　　　는 하지만 굶기를 밥 먹다 싶이 한답니다. 게다가 요즈음은 제
　　　　어머니까지 신병으로 누워서 고생이 말이 아닙니다.

토마스　하느님 섬기는 사람 마음 달리 먹으면 그런 법입니다.

천　석　그러나 전 괴로울 때마다 목사님을 생각했습니다.

토마스　충실한 신도에게 하느님은 반드시 복 내리실 것이요, 이번에 나
　　　　와 함께 전도 많이 합시다.

천　석　네… 이게 저의 집인데 누추한 대로 들어가시지요.

토마스　좋습니다. 예수는 가난한 사람들 더욱 사랑합니다.
　　　　(천석. 토마스 사방을 살핀 후 내퇴)
　　　　─ 사이 ─
　　　　(음전 물을 길어 가지고 집으로 들어가다 놀란 표정으로 급히 뛰여 나온다. 뒤이
　　　　어 천석 따라 나온다.)

천　석　애 음전아.

음　전　그게 누구예요?

천　석　놀랄 것 없다. 그 분이 내가 늘 말하던 목사님이시다. 들어가서
　　　　인사해라.

음　전　싫어요.

천　석　떠들지 말래두.

음　전　지금이 어떤 때라고 그런 사람을 집에까지 끌어 들여요? 어서 보
　　　　내세요.

천　석　철없는 소리 말고 어서 들어가자. 지금 어머니의 병환을 위해서
　　　　기도를 드리시는 중이야. 들어가자.

음　전　싫어요. 무서워요.

천　석　이런 애라구야… 그럼 누가 오나 예서 망이나 봐라. 누가 알았다
　　　　간 그만이다.

음　전　오라버니는 정말…

천　석　누가 오면 곧 알려라. (내퇴)
　　　　(음전 공포와 불안에 잠겨 당황해 한다.)
　　　　─ 사이 ─

(음전 나무에 기대여 운다.)

— 사이 —

(무슨 소리를 들은 듯 눈물을 닦고 사방을 감시한다. 잠시 후 토마스 앞서고 천석 뒤따라 나온다. 음전 몸을 피해 내퇴.)

토마스 (놀라며) 누구십니까?

천 석 네. 철부지 제 동생입니다.

토마스 오 그 용모 아름답습니다. 그럼 배 구경 할 겸 될 수 있는 대로 아는 사람 많이 데리고 오십시오.

천 석 힘 자라는 대루야 하겠지만 어디 갑자기 그럴 수야 있습니까?

토마스 믿지 않는 사람도 좋습니다. 배로 오면 곧 하느님의 은총 받을 수 있습니다.

천 석 고마운 말씀이십니다.

토마스 그리고 배로 오면 좋은 약 많이 드리겠습니다.

천 석 기도도 드려 주셨겠다 이제 약만 주신다면야…

토마스 그럼 기다리겠습니다.

　　　(토마스 퇴장

　　　천석 황홀한 기분에 잠긴다.

　　　춘권 긴 나무 한 짐을 지고 등장)

천 석 도리깨 감인가?

춘 권 아닌 게 아니라 저 놈들에게 도리깨질이라도 해야겠쉬다. 형님도 이걸 가져다가 창이나 만드시우.

천 석 창을 만들다니?

춘 권 (내려놓고 손질하며) 형님은 저 도적 배가 보이질 않소? 지금 모두들 저 서당에 모이는데 형님도 같이 갑시다.

천 석 공연히 허튼 소문만 듣고 그러지 말게. (내퇴)

춘 권 정말 취해도 단단히 취했군… (집 뒤로 내퇴)

　　　(천석 다시 나와 사방을 살핀 후 나무 밑을 파고 성경책을 꺼낸다. 그리고 옷을

단정히 한 후 토마스가 나간 쪽으로 쏜살 같이 퇴장. 음전이 등장하여 사방을 돌
아본다.)

음　전　(혼잣말로) 오라버니가 (찾으러 나서려 한다.)

길　순　(등장) 누이 어데 가?

음　전　저 오라버니가. (귓속말을 한다.)

길　순　뭐야. (놀란다.)

음　전　방금 나갔는데 빨리 찾아 보라요. 내 이 쪽으로 갈게 형님은 저
　　　　쪽으로 가 보세요.

　　　　(해가 지고 어둠이 깃든다.)

길　순　(퇴장)

춘　권　(나와서 지고 온 나무를 다듬는다.)

음　전　(나가다 춘권이를 본 후) 저 큰일 났어요.

춘　권　큰일이라니…

음　전　조금 전에 영국 목사 놈이 오라버니를 찾아왔댔는데 어머님이 지
　　　　금 겨우 정신을 차리시고 하시는 말씀이 오라버니가 그 놈을 따
　　　　라 갈 것을 언약하더래요.

춘　권　그럼 형님이 집에 없소?

음　전　네 이걸 어떡해요?

춘　권　가만 있어. 내 찾아 볼 테니. (퇴장)

　　　　(음전 따라 나간다.

　　　　뒤이어 당꼴 로인. 로파 등장)

로　파　여보게 춘권이 있나?

조　씨　(나오며) 방금 있었는데요.

로　파　이 일을 어쩌면 좋으냐?

조　씨　왜요? 무슨 일이 또 있었나요?

로　파　글쎄 우리 집 령감이 양고자 놈들한테 끌려 배로 들어갔어.

조　씨　배로 들어 가다니요?

로 파 강 건너 조밭 걱정을 하더니 글쎄 나도 모르는 새에 쪽배로 강을
       건느다가 붙들렸다누만.

조 씨 원 저런 죽일 놈들! 늙은 농군이 빈 몸으루 강을 건느는데 뭘 어
       쨌다구 잡아 가누?

로 인 물에 있는 사람들에게도 총질을 하며 끌어가는 놈들인데 애당초
       강을 건느는 게 불찰이지.

로 파 그럼 당장 먹을 것이 없는 걸 어떻거겠소?

당 꼴 제 배 타고 제 나라 강 건느는데 무슨 잘못이 있겠소? 그저 죽일
       놈들은 양고자 놈들이지요.

조 씨 그래 감영에다 알렸나요?

로 파 감영에선 강변에 나서는 것도 금하라 했는데 뭐라고 할지 몰라서
       춘권이와 의논해 볼려고 왔네.

로 인 이러고 있다가는 성안 백성은 다 굶어 죽을 판인데 감영에서는
       저 놈들을 물리칠 생각은 하지 않고 백성들에게 강가로 나서기
       만 하여도 고래고래 소리를 지르니 대체 어떻게 할 셈판인지?

당 꼴 벼슬아치들이야 결전미 받을 생각이나 했지 조 이삭이 썩는지 백
       성들이 굶어 죽는지 헤아릴 리 만무하지.

로 파 그러니 우리 령감은 속절없이 죽었지. 이 일을 어떻게 하면 좋소?
       (운다.)

조 씨 형님 진정하시우.
       (석돌, 남자 1, 2 등장)

석 돌 (강변 쪽을 바라보며) 원쑤 놈들을 저렇게 눈 앞에 두고 교지만
       기다린다니 무슨 놈의 판국인지 모르겠어.

남자1 그러게 말일세.

당 꼴 여보게들! 춘권이 못 봤나?

석 돌 우리들도 찾아오는 길인데요.

조 씨 글쎄 명길이 할아버지가 강을 건느다 또 잡혔다는구먼.

석 돌 우리도 들었습니다.

로 파 그러니 이 일을 감영에 알리자기두 딱하구 어떻게 하면 좋겠나?

석 돌 그렇지 않아도 감영으로 사람을 띄웠습니다. 댁으로 돌아가십시
        오. 애들이 몹시 웁디다.

당 꼴 춘권이와도 의논해 볼 테니까 젊은이들에게 맡기고 가 보시우.

로 파 고맙네. 그럼 난 가서 기다리겠네. 에이구. (퇴장)

조 씨 원 세상에 별일이 다 많구나. (내퇴)

당 꼴 춘권이는 어딜 갔을가?

석 돌 글쎄 말입니다. 우선 춘권이를 만나야겠습니다.

조 씨 먼 덴 안 갔을걸세.

        (춘권이 급히 등장하여 천석의 집으로 들어갔다 나온다. 일동 의아해 한다.)

당 꼴 왜 그러나?

춘 권 아닙니다.

석 돌 오리골까지 들려 오느라구 늦었네.

춘 권 다 알리긴 했나?

석 돌 음.

춘 권 자 여기들 앉게. (로인들에게) 앉으시지요.

석 돌 저 천석이 형님도 나오시라지.

춘 권 아마 어디로 간 모양일세.

        (일동 자리를 잡고 둘러앉는다.)

춘 권 우리들끼리는 대강 의논됐습니다만 아무튼 이제는 우리 젊은이들
        이 나서서 우선 저 놈들의 행패를 막아야겠습니다.

로 인 암 그래야지.

당 꼴 그 놈들의 행패를 막는 것도 좋지만 우선 강을 건너 조 가을이나
        마 해야지 이러고 앉았다간 그 전에 모두 굶어 죽을 판이 아닌
        가?

춘 권 글쎄 말입니다. 감영에서 끝내 모르겠다면 우리 백성들끼리라도

끝장을 봐야지요.

당 꼴 아니 그 전에 성안의 백성들이 감영으로 등장을 가서 저 놈의 배
를 물리치자고 소원을 하는 것이 어떨가?

석 돌 글쎄요. 백성들의 소원보다 교지에 목맨 감영이라 어디…

로 인 성안 사람이 다 죽어두 교지만 기다리겠군.

당 꼴 에잇 무슨 놈의 정사가 그리 돼 먹었는지.

　　　(이 때 샤만호에서 뱃고동 소리)

석 돌 (그 쪽을 보며) 우리에게 병기만 있다면 저 놈들을 그저 당장 로정
을 내겠는데.

춘 권 우리끼리 로정을 내자면 저 놈의 배의 내막을 알아야 하네.

석 돌 흥 점점 더 올라오는구나.

당 꼴 감영에서도 바라만 보겠다, 물은 뿔었겠다, 반월도까지는 못 올라
가리.

석 돌 개자식들! (손 풀매 끈을 꺼내 준비했던 돌을 끼워 힘있게 돌리다
가 던진다.)

춘 권 그만 두라구. (당꼴에게) 이렇게 합시다. 아저씨, 배에 잡힌 사람도
찾아 낼 겸 저 놈들에게 물러 갈 것을 권고하고저 이번엔 수영
중군 나리께서 들어 가신다는데 만일 놈들이 이번에도 응하지
않는다면 감영에서도 그대로 두지 않을 겝니다.

당 꼴 그래서

춘 권 그러나 쳐 물리치라는 교지가 내리기까지는 우리가 우리 마을을
지키자는 겝니다.

당 꼴 그래야겠네.

춘 권 그럼 우선 순방을 정해야겠는데 아저씨 댁이 높은 곳에 있으니
한 방 치워 줬으면 합니다.

당 꼴 그러게.

석 돌 빨리 서둘러야겠어.

춘 권 자 그럼 연장부터 장만합시다.

석 돌 자 야장간으로 갑시다.

춘 권 그리고 농악대를 모아 놔야겠습니다.

남자1 농악대는 왜?

춘 권 만약 놈들이 무리로 기여 들면 위험하니까 농악을 울리면서 싸우
    자는 겝니다.

당 꼴 좋은 생각일세. 석돌이가 석전에는 명수라지.

석 돌 (풀매 끈을 보이며) 바로 맞기만 하면 총알 못지 않지요.

춘 권 어두워 가는데 빨리 손을 써야겠습니다.

    (일동 나무와 파쇠 등을 가지고 퇴장)

조 씨 (미음 쑨 것을 가지고 나온다.)

춘 권 어머니 저 아랫마을 야장간으로 갑니다.

조 씨 조심해라.

춘 권 (퇴장)

    (조씨 천석의 집으로 들어간다.)

    (개 짖는 소리)

    (녀자 1 급히 등장)

조 씨 (나오며) 무슨 일이 또 났나?

녀자1 저게 양고자 놈들이 와요.

조 씨 누가 온다구?

녀자1 양고자 놈들이 떼를 지어 가지고 와요.

    (개 짖는 소리)

    (부인들 지나간다.)

녀자1 어서 남정들에게 알려야지, 춘권이는 어데 갔나요?

조 씨 저 아랫마을 대장간으로 갔는데 빨리 안 동네로 피하게.

녀자2 형님은 뭘 하시려우?

조 씨 저 집에 앓는 형님이 있는데.

녀자2 빨리 갑시다. 앓는 늙은이야 뭐라겠나요.

（조씨를 앞세우고 녀자 1, 2 퇴장）

（개 짖는 소리, 아우성 소리, 양인들의 소리 가까이 들려 온다.）

－ 사이 －

길 순 （소리） 사람 살리우! （등장하여 자기 집으로 들어간다.）

（뒤이어 찰스엠을 선두로 양인들 등장하는데 한 손에 총을 들고 한 손에는 로략질한 물건들을 들고 지고 오는가 하면 어떤 놈은 창 끝에 돼지 새끼를 찔러 멘 놈, 닭의 목을 비틀어 쥔 놈 다양하다. 한 놈은 수첩에 약도를 그러 넣는다.）

찰스엠 모엿!

（찰스엠의 지휘에 따라 양인들 천석의 집과 춘권의 집을 뒤진다. 천석의 집에서 닭 소리, 비명 소리, 총 소리）

（이윽고 길순이를 끌고 나오며 ≪색시, 색시≫ 떠들어 댄다.）

길 순 어머니! 어머니!

찰스엠 어서 끌고 갓!

길 순 （끌려가며） 이 죽일 놈들아! 어머니! 여보! 여보!

찰스엠 （공포 몇 방을 쏘고 양인들에게） 저리로 가자! 저기 큰 마을이 있다.

（찰스엠 지휘하에 양인들 안동네로 향하는데 새납 소리와 함께 농악 소리 ≪양고자 놈들아!≫ 하는 소리, 양인들 놀랜다.）

찰스엠 이게 무슨 괴상한 소리냐?

（돌이 날아든다. 그 중 한 놈 이마통을 맞는다.）

양인1 아이쿠!

찰스엠 아니 이게 뭐야?

양인들 조선 관군 놈들이 출동했나 봅니다.

찰스엠 쐇!

（양인들 그 쪽을 향해 총을 쏜다. ≪양고자 놈들아!≫ 하는 소리와 함께 농악 소리 커지며 돌이 날아온다.）

양인2 (가슴에 맞는다.) 아이구!

찰스엠 야 이러다간 안 되겠다, 어서 돌아가자!

　　　　(찰스엠을 선두로 야인들 빠른 걸음으로 퇴장

　　　　잠시 후 춘권이를 선두로 군중들 등장.)

춘　권 여러분! 그 놈들이 끝내 도망을 간 모양입니다.

　　　　우선 여기서 잠간 멈추시오.

당　꼴 이 사람아, 자네 생각을 정말 잘 했네.

로　인 그렇지 않았더라면 큰 봉변을 못 면할 뻔했지.

남자1 우리 나라에도 총이 있겠다. 이럴 때 관군들이 출동하면 힘을 합
　　　　쳐서 저 놈들을 다 잡지 않겠소.

　　　　(조씨, 부인들, 당꼴 등장)

음　전 (급히 뛰여 들어오며 조씨에게) 우리 형님이…

　　　　(자기 집으로 뛰여 들어 간다.)

　　　　(춘권 조씨와 같이 따라 들어 간다.)

로　인 천석인 어딜 갔누?

　　　　(천석의 집에서 음전의 소리,

　　　　≪어머니! 어머니!≫

　　　　뒤이어 통곡 소리)

일　동 ?

춘　권 (비분을 억제하고 나온다.)

조　씨 어떻게 되었니?

춘　권 아주머니는 놈들에게 끌려가고 어머니마저 놈들의 총에 맞아 쓰
　　　　러졌습니다. 에잇 저 놈들을! (동둑으로 오른다.)

　　　　(음전의 통곡 소리

　　　　일동 비분한 울분에 잠길 때)

－ 막 －

제 2 막

제 1 장

때   전장과 같은 날
곳   샤만호

무대 샤만호의 앞 갑판. 우수 쪽으로 선주실. 좌수로 통하면 마음대로 배
      안을 드나들 수 있다. 대포 두 문이 강변을 향하여 장비되여 있
      다.

막이 오르면

윌슨 토마스와 같이 탁자 우에 놓인 지구의를 돌리면서 천석에게 설명하고 있다.

윌슨   알겠소? 바로 이 초록색으로 그려진 이것이 모두가 미국 땅이며 바로 요
것이 당신의 나라 조선입니다.

천 석 (머리를 끼웃 한다.)

토마스 우리 영국으로 말하면 (지구의를 돌리며) 여기서부터 여기 이 분
        홍빛으로 그린 것이 우리 영국인데 이게 다 하느님의 은총을 받
        고 있는 우리 영국 땅입니다. 바로 이 선들은 우리 영국 배들이
        다니는 길들인데 우리 나라 국기가 꽂힌 땅에 해질 때가 없습니
        다.

천 석 그렇지만 세상에 아무리 좋은 나라가 있다 해도 우리 나라 같이
        산 좋고 물 좋은 땅은 없을 겝니다.

토마스 그러나 하느님 배척하는 것 그것이 나쁩니다.

천 석 ………

　　(선주실에서 웃음소리.

　　잠시 후 쁘레스톤, 역관 나온다.

　　토마스 천석을 데리고 피한다.)

역 관 이렇게 거듭 후대하여 주시니 고맙습니다.

쁘레스톤 천만에! 우리 서울이 아니라 평양 온 것은 당신을 믿었기 때문
　　　　입니다. 우리 북경 공사 로-제독께서는 당신에게 큰 기대를 가
　　　　지고 있습니다.

역 관 작년 가을 사신들의 통역으로 갔을 때 그 어른과 밀담이 있었습
　　　　니다.

쁘레스톤 오! 조선 정부 통상 조약에 싸인만 한다면 우리 대통령 당신을
　　　　위하여 축배 올릴 것입니다.

역 관 조정의 교지가 늦어짐은 반드시 무슨 좋은 소식이 있을 줄로 압
　　　　니다. 그러나 우리들의 뜻이 이루어질 때까지는 만사는 비밀을
　　　　요합니다. 따라서 저와 이렇게 내통이 있었음을…

쁘레스톤 오 알 만 합니다. 안심하십시오. 앞으로 연락은 어떤 방법으로
　　　　하시렵니까?

역 관 야심을 타서 소관이 직접 또 오든가 만약의 경우엔 믿을 만 한 사
　　　　람을 통해 서신으로 거래할 테니 그리 알아두시오.

쁘레스톤 믿겠습니다. (종이를 내놓으며) 여기다 수표해 주면 고맙겠습니
　　　　다.

역 관 네. (수표한다.)

　　(마로인 선주실에서 먹고 난 상을 치우며 역관을 본다.)

역 관 그럼 실례하겠습니다.

쁘레스톤 잠간만 윌슨!

윌 슨 (준비해 둔 물건을 준다.)

쁘레스톤 우선 그것으로써 당신에 대한 우리의 충심을 대신할 수 있다면

만족하겠습니다.

역　관　그만 두십시오. 어떻게 거듭 신세만 지겠습니까.

쁘레스톤　그 안에 든 물건이 당신의 만족이 되리라고 자신합니다.

역　관　그럼 당신의 호의에 감사를 드리면서 또 받겠습니다. (받는다.)

쁘레스톤　당신에게 성공이 있기를 축원합니다.

역　관　그러 안녕히…

쁘레스톤　안녕히.

　　　(역관 양인들에게 인사한 후 퇴장.)

쁘레스톤　우리에게 둘도 없는 충복입니다.

윌　슨　우리 무력에 완전히 굴복된 것 같습니다.

쁘레스톤　그건 역고나 뿐만 아니라 장차 조선의 운명이 그리될 것이요,
　　　　그러나 그물이 있다 해서 낚시가 필요 없다는 것은 아니요.

윌　슨　알 만 합니다. 그를 통해 새로운 정보라도 알아냈습니까?

쁘레스톤　그는 역관이라 해도 일게 정치가! 조선 정벌의 직접적인 발언
　　　　은 삼가야 하오.

윌　슨　조선 관군이 십만이라 하는 토마스 목사 놈의 말은 믿을 수가 없
　　　　습니다. 그리고 보니 우리가 해 놓은 일이란 수심 측량에 불과하
　　　　니 국무 장관 수오트 각하의 요구에 비추어…

쁘레스톤　노! 통상 맺으면 모든 것은 해결됩니다.

윌　슨　그러나 놈들이 끝내 통상을 거절한다면?

쁘레스톤　그 땐 직접적인 행동을 가해야 합니다. 어쨌든 미스터 윌순은
　　　　대동강 측량 각언을 계속하시오. 아새아 함대 살여관 로지스 각
　　　　하의 명령을 잊지 마시오.

윌　슨　알겠습니다. (나가려 한다.)

쁘레스톤　잠간만! 왕릉의 소재는 알아냈는가?

윌　슨　네, 지금 배 아래서 잡아 온 조선 놈들을 족치고 있는데 바로 대
　　　　지를 않습니다.

(배 밑에서 조선 사람들의 신음 소리.)

쁘레스톤 음, 미스터 윌슨! 다시 한번 말하겠소! 당신은 내가 왕릉을 발
굴하자는 목적을 잘 알겠지?

윌 슨 왕의 유골이 조선 정벌에 도움이 된단 말씀이지요?

쁘레스톤 그렇습니다. 와의 해골을 장악하면 그것을 조건부로 조선 국왕
을 굴복시킬 수 있다는 토마스 말에 일리가 있소. 뿐만 아니라
왕릉 속에 금은 보화도 있다니 우리들의 개인 수입에 충만될 것
이요.

윌 슨 알 만 합니다.

토마스 (등장)

쁘레스톤 계속 고문하시오.

윌 슨 네.

쁘레스톤 미스터 토마스, 당신이 데려온 신자는 어떻습니까?

토마스 그는 아는 데까지 말할 겝니다.

쁘레스톤 (윌슨에게) 그를 보내시오.

윌 슨 네. (퇴장)

쁘레스톤 (토마스의 어깨를 치며) 내가 워싱톤에 가져 갈 선물과 함께 또
한 목사님의 수고를 사례할 때 대한 관심이 무엇보다도 크다는
것을 아시는지, 하하하하

토마스 난 당신의 통역으로서 성공을 바랄 뿐입니다.

쁘레스톤 오 - 라잇. (악수한 후 술을 따르며) 워싱톤과 런던의 번영을 위
하여!

쁘레스톤, 토마스 술을 마신다.

(천석 조심스럽게 등장)

쁘레스톤 (천석에게) 당신 이름이 무엇입니까?

천 석 리천석입니다.

쁘레스톤 오 - 리천석! 그 아주 좋은 이름입니다. 당신 이 배에 와 보니

어떻습니까?

천　석　네 그저…

쁘레스톤　(대포를 가리키며) 저것이 무엇인지 아십니까?

천　석　그게 댕구가 아닙니까?

쁘레스톤　당신 나라에도 저런 것 있습니까?

천　석　그러문요. 있다 뿐인가요. 임진왜란 때부터 있었는걸요.

쁘레스톤　(의아하여 토마스를 본다.)

토마스　(태연히, 성경책만 뒤진다.)

쁘레스톤　(천석에게) 많습니까? 어데 있습니까?

천　석　그것 잘 모릅니다.

토마스　미스터 쁘레스톤! (눈짓한다.)

　　　　ー 사이 ー

쁘레스톤　당신한테 나 한 가지 묻겠습니다. 평양에 왕릉이 많다지요?

천　석　네.

쁘레스톤　왕릉 안에 금관이며 왕이 쓰던 유물이 있다는데 그게 사실입니
　　　　까?

천　석　그렇다나 봅디다.

쁘레스톤　왕릉 어디 있습니까?

천　석　왜 그러십니까?

쁘레스톤　왜냐구? 음…

토마스　천석 씨! 우린 왕릉 앞에 가서 기도를 드려야겠습니다. 그래야만
　　　　조선 사람들 하느님 섬기게 될 것입니다. 우린 그런 묵시 받았습
　　　　니다.

쁘레스톤　왕릉 어디 있는지 당신 우리 선원들에게 길 안내 해 줬으면 고
　　　　맙겠습니다.

천　석　제가요?

토마스　천석 씨, 그 일도 하느님의 묵시입니다. 당신의 어머니의 병을 위

해서라도 하느님의 아들로서 충직해야 합니다.

쁘레스톤 (배 밑을 향하여) 마서방! 마서방!

마로인 네! (등장)

쁘레스톤 이 분에게 음식을 잘 대접해!

마로인 네.

쁘레스톤 당신 내려가서 편안히 쉬시오.

천 석 네… 목사님 주신다는 약은…

토마스 오! 념려 마시오. 길 안내하고 오면 곧 드리겠습니다.

천 석 …(마로인을 유심히 본다.)

토마스 이 분은 청국 사람입니다. 우리는 모든 나라 사람들한테 존경을
         받습니다. 어서 내려가서 좋은 음식 많이 먹으시오.

　　　(천석 마로인을 따라서 퇴장)

쁘레스톤 하하하, 과연 우리들의 지도자들이 당신들 선교사를 선봉으로
         세우는 연유를 재삼 깨닫게 됩니다.

토마스 우리들의 경제학은 대상을 죽이기보담 그들을 리용해야 더 많은
         리윤을 가져온다는 것을 가르쳤습니다.

쁘레스톤 글쎄요. 때에 따라 이럴 수도 있고 저럴 수도 있겠지요. 미스터
         토마스, 조선에 포가 많다는데 당신의 말과는?

토마스 명색 뿐 그 위력이란 보잘 것 없습니다. 그래서…

쁘레스톤 모르겠소. 당신의 말은…

토마스 난 선주님이 조선에 대한 초보적인 리해는 하고 계시리라고 믿었
         기 때문에…

쁘레스톤 좋습니다… 미스터 윌슨!

윌 슨 (등장) 불렀습니까?

쁘레스톤 오늘 밤 왕릉 발굴을 차비하시오.

윌 슨 있는 곳을 알으셨습니까?

쁘레스톤 길잡이를 세울 테니까 이번엔 틀림없을 겝니다.

윌 슨 알았습니다.

쁘레스톤 (만족하여 오락가락하며) 만사가 성공돼야겠는데…

토마스 흥성 대원군의 쇄국 정책이 완고하기란 희교도의 살탄의 비교가
　　　　아니지요.

쁘레스톤 그러니 우리는 성공해야겠소.

토마스 지난날 조선에서 겪은 무서운 기억이 내 머리에서 사라지지 않았
　　　　습니다.

쁘레스톤 작년 6월의 사변?

토마스 흥성 대원군은 불란서 선교사 9명을 서슴지 않고 학살했으며 자
　　　　기 나라 교도인 십여만 명을 학살했습니다. 나도 그 때…

쁘레스톤 만일 그 때 희생되였던들 영국 스코틀랜드 국립 전도 협회 이
　　　　름 난 정치가, 아니 유명한 리사인 목사님과 이런 유쾌한 려행을
　　　　못 할 뻔했군요. 하하하.

토마스 (히죽 웃을 뿐)

쁘레스톤 그러니까 목사님은 우리 역시 성공 못 하리란 말씀입니까?

토마스 내 생각에는 통상은 다음 기회에 한강에서 직접 조정을 대상하여
　　　　하기로 하고 이번 항행은 실수임을 높이는 게 현책일가 합니다.

쁘레스톤 하하하, 약속한 금액이 념려되시는가 보군… 생각이 모자랍니
　　　　다. 미스터 토마스! 조선과 통상의 구실만 얻는다면 우리 워싱톤
　　　　은 당신에게 왕릉 발굴에서 얻은 수입 못지 않게 드릴 것입니다.
　　　　이것은 북경 공사 로의 말씀입니다.

토마스 (무엇을 생각한다.)

쁘레스톤 (심각하게) 지금 불국함대는 조선 해안을 넘나듭니다. 물론 당
　　　　신의 나라 영국도 조선에 대한 관심이 불란서 못지 않다는 것도
　　　　압니다. 그러나 오늘 대세로 보아 미 영 두 나라는 힘을 합쳐야
　　　　한다는 점에 대하여 당신의 주의를 환기시키고 싶습니다.

토마스 말씀하시오.

쁘레스톤 거문도 말다섬이 극동의 기지로 된다고 하여 우리 미국은 건드
리지 않습니다. 왜? – 당신의 나라 영국을 위해서! 그 대신 우리
는 아세아 대륙의 근거지인 부산과 남포, 원산, 강화도를 필요로
하는데 대하여 서로 리해 관계의 대립점을 발견하기보단 그 공
통점을 찾는 것이 호상 좋은 일이 아닐가 합니다.

토마스 (웃으며) 난 그런 데까지 생각해서 한 말은 아닙니다. 당신의 선
견지명은 지대 밝으신 것 같습니다.

쁘레스톤 (역시 웃으며) 그러지 맙시다. 당신은 선교사로서는 정치적 관
심이 지나친 것 같습니다.

토마스 천만에요.

쁘레스톤 아멜은 어디 갔습니까?

토마스 스케취 하러 나갔을 것입니다. 그는 훌륭한 화가입니다.
대동강과 대조되는 저 아름다운 광경이 화가로서 어찌 흥미가 없겠습니까? (모
란봉 쪽을 바라보며)
아 평양이란 과연 아름답습니다.

쁘레스톤 ………

토마스 선주님의 나라 레니아 산이 아름답다 해도 저 모란봉 아름다운
루각 부벽루를 못 따라 갈 것입니다.

쁘레스톤 저게다 별장을 지어 세계 대세에 분망한 당신들의 휴양소가 된
다면 더욱 좋겠지요?

토마스 오늘이 8월 29일 천진을 떠난 지도 한 달 – 조선에 온 지도 1주
일이 되었소. 기분이 어떻습니까?

쁘레스톤 좋습니다. 그러나 당신의 수하 아멜의 스케취가 너무 빈번한
데 대하여서는 그리 유쾌한 일로 생각지 않습니다.

토마스 그림이 완성되면 한 장 드리지요.

쁘레스톤 (대답 대신 술을 따라 마신다.)

아 멜 (회화 도구를 들고 등장)

토마스 (맞받아 가며) 어떻소? 좋은 그림이 되었소?

아 멜 뿐드 우에서 그리다 보니 잘 안 되었습니다.

토마스 이만하면 아름답게 그렸습니다.

쁘레스톤 (그림을 힐끔 보며) 대단히 훌륭합니다.

아 멜 천만의 말씀입니다.

쁘레스톤 미스터 아멜!

아 멜 네?

쁘레스톤 나는 당신의 그 그림 안에 정치적 시도가 잠재하지 않기 바랍
니다.

아 멜 그건 무슨 말씀이십니까.

쁘레스톤 좋습니다. 그러나 다음부터는 이 갑판 우에서 관경을 스케취
하실 것을 권고합니다.

　　(이 때 약탈하러 나갔던 선원들이 오는 소리.)

소 리 물건들을 모두 끌어올렷!

소 리 빨리 빨리!

윌 슨 (등장) 모두들 돌아옵니다.

찰스엠 (붕대로 손을 싸매고 등장) 돌아 왔습니다.

쁘레스톤 수고했다. 그런데 그 손은 웬 일인가?

찰스엠 오늘은 조선 놈들의 대항을 받았습니다.

쁘레스톤 대항?

찰스엠 놈들의 기세가 이만저만이 아닙니다.

쁘레스톤 총 앞에서 대항하던가?

찰스엠 들어보지 못 하던 괴상한 소리와 함께 탄알도 아니요 이상한 것
들이 날아오는데 돔은 이마가 상했습니다.

쁘레스톤 뭣이? 그래 관군이던가? 백성 놈들이던가?

찰스엠 보지는 못 했는데 그 수는 대단합니다.

쁘레스톤 바보 같은 자식들! 그래 소득은?

찰스엠 (도면을 주며) 마을 어구 일대입니다.

쁘레스톤 (펴 보고 나서) 이게 뭔가 밑두 끝두 없이.

양 인 놈들의 추격으로 중단됐습니다.

쁘레스톤 그래서 소득 없이 쫓겨왔단 말인가?

찰스엠 어제만은 못 해도 빈손으로야 왔겠나요? 소가 한 마리 도야지가
　　　　두 놈, 닭 그 외에 이러저러한 것들이 있습니다.

쁘레스톤 그리구?

찰스엠 하나 끌어왔습니다.

쁘레스톤 내 방으로 끌어가고 가축들은 도살하여 밑에 넣고 다른 것들이
　　　　있으면 이리로 가져와!

찰스엠 네. (퇴장)

쁘레스톤 응… 대항한다?… (토마스에게) 이상하다는 소리와 탄알 같은
　　　　게 무엇인지 모르겠습니까?

토마스 모르겠습니다.

윌 슨 아마 관군 놈들이 출동했는가 봅니다.

쁘레스톤 놈들이 그렇게 우매한 행동은 못 할 텐데 – 음… 대항했다면
　　　　좋은 찬스요. 한 번 대포의 위력을 뵈야겠소.

　　　(찰스엠 선원들과 같이 로략질한 물건들을 가지고 등장.)

찰스엠 모두 내려 놧! (그 중 비단 한 필을 펴 보이며) 선주님 어떻습니
　　　　가? 우리 나라에서 볼 수 없는 비단입니다. 황홀하지 않습니까?

쁘레스톤 미스터 찰스 좋은 선물 받아 왔습니다.

찰스엠 여부가 잇습니까, 자 보십시오.

쁘레스톤 (살펴본다.)

찰스엠 놈들의 대항만 없었더라면 큰 마을도 발견했겠다 톡톡이 벌어 올
　　　　것을 에이! 참…

쁘레스톤 (찰스엠이 무엇인가 든 것을 보고) 그건 뭔가?

찰스엠 네 이건 노리개 감인데 집을 떠나 올 때 국무성에 있는 제 친구
        가 부탁한 것입니다.

쁘레스톤 부질 없는 수작 말아. 또 없는가?

찰스엠 없습니다.

양 인 저 그 금은?

쁘레스톤 금이라니?

찰스엠 (양인을 힐끔 쏘아보며) 참 금 그릇이 있었지?

쁘레스톤 홍 찰스엠이 내 앞에서 대듬수를 놓는가?

찰스엠 아닙니다. (괴춤에서 놋그릇 하나를 꺼내며) 바로 이겝니다.

쁘레스톤 금, 금이 분명한가?

윌 슨 조선엔 금이 많다는데 과연 대단합니다.

쁘레스톤 금… (무게를 본 후 들여다본다.)

토마스 (웃으며) 그건 금이 아니요.

쁘레스톤 ?

토마스 그것은 진유입니다. 조선 사람들은 그렇게 놋으로 밥그릇을 만들
        어 씁니다.

쁘레스톤 (실망 끝에 놋그릇을 내동댕이치며) 찰스엠은 금도 분간 못 하
        는가? (이마에 부상당한 양인의 뺨을 치며) 보기 싫다. 물러들 갓!

     (양인들 퇴장)

쁘레스톤 (찰스엠에게) 오늘 밤 왕릉을 발굴하게 됐으니 나가서 준비해
        라.

찰스엠 네.

쁘레스톤 가축들을 보자.

     (쁘레스톤 앞서고 윌슨, 찰스엠 뒤따라 퇴장)

아 멜 (가슴에 간직했던 종이를 꺼내며) 목사님! 측량이 다 됐습니다.

토마스 쉿! 쁘레스톤이 감측하고 있으니 조심하시오.

아 멜 (측량도를 주며) 자 이것입니다.

토마스 (받아 펴 본다.)

아 멜 (손질하며) 여기가 처음 닿았던 룡암포, 이곳이 남포, 여기가 대동
       강인데 만조기에는 최심 수심은 20메터, 물이 내리면 약 13메터,
       이 선이 최심 하류를 표시한 것입니다.
       우리 나라 포스마스급 포함도 만조기면 임의로 왕래할 수 있습니
       다.

토마스 평양을 공격하자면 어느 때든 무방하단 말이지요?

아 멜 포스마스는 300톤이니까요…

토마스 좋습니다. 수고했소, 당신은 영국을 위해 훌륭한 일을 했소.

아 멜 나의 이 노력이 빅토리아 여왕을 위한 충성의 표시로 될 수 있다
       면 그 이상 더 큰 영광은 없을 것입니다.

토마스 거듭 말하지만 미국 놈들이 조선 침략의 시도를 본격적으로 할
       모양인데 우리는 이 황금의 땅을 빼앗겨서는 안 됩니다.

아 멜 이번 정탐에서 세밀한 데 이르기까지 놈들한테 지지 않겠습니다.
       그런데 배가 너무 지나치게 올라온 것 같습니다.

토마스 그런 것까지 참견할 필요는 없습니다. 각별히 주의하시오.

아 멜 압니다. 오늘 밤 왕릉을 발굴한다는데 왕의 유골로 통상 조건이
       성립된다는 건 무슨 말인가요.

토마스 평야에 잇는 왕릉들은 대원군에게 유적적인 가치는 있을지언정
       아무러한 혈연적 관계가 없습니다.

아 멜 그러면 놈들이 유골을 얻는다 해도 사용 가치가 없지 않습니까?

토마스 내버려 두시오. 문제는 왕릉 속에 있는 금 은 보화를 발굴해야만
       우리에게도 직접적인 리득이 있소.

아 멜 알 만 합니다.

토마스 우리는 놈들을 리용하여 정탐과 전도 사업에만 열중하면 됩니다.
       난 통역의 직책으로 이런 리득만 있다면 일평생 쁘레스톤의 뒤

　　　　　를 따라 다니겠습니다.

　　　　(두 사람 히죽 웃는다.

　　　　이 때 선주실에서 악랄한 쁘레스톤의 소리, 길순의 반항하는 소리 들린다.

아　멜　사람 나오는 기색을 알고 퇴장, 마로인 등장)

소　리　이 놈아 놔라.

소　리　에잇 야만!

소　리　아이구 이 도적놈아!

마로인　목사님 저 녀자를 구원해 주시오.

토마스　당신의 운명이나 생각하시오.

마로인　나야 이 배에서 벗어 날 재간이 있겠습니까만 불쌍한 저 녀자
　　　　야…

토마스　목사는 녀자 일에 관계치 않습니다.

　　　　(길순 뛰여 나온다. 윌슨 나와 길을 막는다. 쁘레스톤 따라 나온다.)

쁘레스톤　조선 년들이란… (잡는다.)

길　순　에잇 개야! (뺨을 치고 강물로 뛰여 든다.)

쁘레스톤　응 야만. (총을 빼여 배 밑을 향해 쏜다.)

토마스　(배 밑을 보며) 앗 살아 나가면 좋지 않습니다. (총을 쏜다.)

　　　　(마로인 떨어진 길순의 옷고름을 들고 퇴장)

쁘레스톤　(길순의 죽음이 확실한 듯 총을 넣는다.)

토마스　캡텐! 당신은 안으로 자물쇠를 채워야 했을 것을!

쁘레스톤　(탁상의 술을 따라 마신다.)

소　리　그 배 멈추어라 누구냐?

소　리　평안 중군 리현익 선주를 만나러 왔소.

토마스　조선 관리 또 오나 봅니다.

윌　슨　(등장) 평안 수영 중군이란 자가 캡텐을 만나 뵙겠다고 합니다.

쁘레스톤　중군이라면 어떤 직책을 가진 놈이요?

토마스　군사 문제에 관한 감사의 보좌관입니다.

쁘레스톤 고관이군.

월 슨 어떠한 벼슬이든 많이 찾아온다는 것은 그들이 좋은 징조입니다.
     만나 보시지요.

쁘레스톤 들이시오.

　　(윌슨 퇴장.

　　일동 몸을 단장한다. 자시 후 무장을 갖춘 선원들에게 안내되어 리현익, 관군 1,
　　2, 윌슨, 찰스엠 등장.)

토마스 (마주 나가며) 찾아 주시니 감사합니다.

관군1 중군은 목사가 아니라 선주를 만나러 행차하시였소.

토마스 (?) 선주를 소개하겠습니다.

쁘레스톤 (나서며) 나 선주 브레스톤이요. 오느라고 수고하였소.

리현익 평안 수영 중군 리현익이는 제공들에게 단호한 권고를 하러 왔
     소.

쁘레스톤 권고?

리현익 당장 물러 갈 것을 권고하오.

쁘레스톤 당신 그것 누구의 명령이요?

리현익 우리 나라 국시오.

쁘레스톤 조정에서 교지가 내렸습니까? 우리는 통상 조약을 론하고 싶습
     니다.

리현익 나는 병부의 책임자요, 통상의 시비를 가리러 오지 않았소.

쁘레스톤 우리는 통상으로써 당신네 나라를 도우러 왔습니다.

리현익 누가 제공들한테 도움을 청했소?

쁘레스톤 우리 미국은 자선 사업으로서…

리현익 자선 사업, 고양이 쥐 생각 하는 거요?

쁘레스톤 고양이?

리현익 우리는 제고들의 도움이 없어도 잘 살 수 있으니 화적 행위로 납
     치하여 온 우리 백성들과 물건들을 돌려 보내고 즉시 물러가는

것이 좋을 것이요.

쁘레스톤 화적?

리현익 친척의 집을 찾아도 문을 두드리고 들어서거늘 하물며 제공들은
아무 통지도 없이 남의 나라 내하에까지 침입하였을 뿐 아니라
또한 하는 행위로 보아 침략의 때가 분명하오. 허나 우리는 제공
들에게 례를 갖추어 대하였소. 만일 끝까지 우리의 권고를 듣지
않는다면 우리는 단연 실력을 행사할 것이요.

토마스 중군 당신 너무 흥분한 것 같습니다.

쁘레스톤 (대포 우에 걸터앉으며) 중군, 당신 재미없습니다.

월 슨 (대포를 두드리며) 이것이 안 보입니까?

리현익 하하하 과히 무섭소, 나는 제공들을 위해 우리 병부의 기밀에 대
한 일부를 공개하겠소. 평양 포대에는 일만 5천 근 화통포가 있
다는 것을 알아두시오.

야인들 (움찔한다.)

　　(양인들 둘러싸며 쁘레스톤의 눈치를 본다.)

쁘레스톤 당신에게 불행이 갑니다.

리현익 다시 한 번 권고하오! 만일 납치한 백성들과 재물들을 즉시 반환
하지 않고 계속 폭행과 정탐을 감행한다면 구경 당신들에게 불
행이 있을 테니 그 책임은 제공들에게 있다는 것을 알아두시오.

토마스 우리 서로 좋도록 화해합시다.

리현익 그것 뿐이요.

월 슨 에잇 (총을 빼 들고 다가선다.)

　　(양인들 동시에 총을 뺀다.)

리현익 허허… 어린애 장난은 그만 두시우. (관군들에게)
　　가자!
　　(리현익 앞으로 관군 1, 2 퇴장. 양인들 멍청해진다.)

월 슨 이건 우리 미국의 모욕입니다.

찰스엠 일만 오천 근의 중포가 있다니 사실인가요?

토마스 다소 과장이긴 하겠지만 어쨌든 경계할 일입니다.
　　　　유능한 지휘관에 틀림없습니다.

쁘레스톤 미스터 찰!

찰스엠 네.

쁘레스톤 그 놈들을 잡아라.

찰스엠 넷 (퇴장)

토마스 잡다니요?

쁘레스톤 저 놈들 돌려 보내면 안 되겠소.

토마스 잡아서는?

쁘레스톤 인질로서도 잡아 둠이 유리합니다.

토마스 음…

쁘레스톤 미스터 윌슨, 배 위치를 더 올려 대시오.

윌 슨 이 이상 더 올라가긴 곤란할 것 같습니다.

쁘레스톤 더 올려 댈 것.

윌 슨 네. (퇴장)

쁘레스톤 발사 준비!

토마스 포를 쏘겠습니까?

쁘레스톤 이렇게 된 이상 무력을 행사하는 수밖에 없습니다.
　　　　(선원들 등장하여 윌슨의 지휘에 따라 미포 발사 준비를 갖춘다.)

천 석 (등장) 목사님, 저는 그만 집으로 나가 봐야겠습니다.

토마스 당신 못 갑니다. 관가에 잡히면 죽습니다.

천 석 약만 주십시오. 내가 죽는 한이 있더라도 어머니를 살려야지요.

쁘레스톤 (큰 소리로) 당신 오늘 밤 길 안내 해야 합니다.

천 석 전 불안해서 더 못 있겠습니다.

찰스엠 (등장) 중군 이하 조선 관군 두 놈 배 밑에 잡아넣었습니다.

쁘레스톤 됐다!

찰스엠 그 놈들 잡다가 선원 두 명이 희생되여 물에 빠졌습니다.

쁘레스톤 뭐야?

소 리 누구냐? 그 배 멈추어라, 쏜다.

소 리 예수 믿으러 오는 사람이웨다.

쁘레스톤 이건 또 뭔가?

소 리 이 배에 온 리천석이한테 물으면 잘 압니다.

천 석 아니 저게 춘권이가 아닌가? 목사님 우리가 강에서 떠날 때 뒤에
        서 부르던 그 사람입니다.

토마스 그 사람이 틀림없습니까?

천 석 그러문요.

    (고동 소리
    토마스 쁘레스톤의 귀에 대고 무엇이라 중얼댄다.)

쁘레스톤 올려 보냇!

    ─ 사이 ─

천 석 (뛰여 나가 맞아들이며) 아니 춘권이 어떻게 된 일이냐?

춘 권 (등장) 형님도 너무하지 어제 그렇게 부르는데 들은 척두 않구 혼
        자 오니 그럴 수야 있소?

천 석 난 자네가…

춘 권 진정 이렇게 올 줄만 알았다면 같이 오겠는걸…

쁘레스톤 당신 여기 뭣 하러 왔습니까

춘 권 여기 목사님이 계시다기에…

토마스 당신 하느님 믿습니까?

춘 권 그러문요. 그렇지 않고 이렇게 죽음을 무릅쓰고 찾아 왔겠습니까?

천 석 우리 집에선 무사하던가?

춘 권 마상이를 구할라기 집에 들어 갈 짬이 있었나요?

쁘레스톤 당신들 같이 삽니까?

천 석 친형제나 다름없습니다. 춘권이! 선주님이야 인사하게.

춘 권 (절을 한 후) 난 이런 큰 배를 난생 본 일이 없습니다. 그렇지만
       나도 물 우에서 자란 놈이니 무슨 일이든 분부하시오, 성경만 읽
       어 주시면…

토마스 당신 세례 받았습니까?

춘 권 세례요?

천 석 원 목사님도 제가 아직 못 받았는데…

토마스 언제부터 하느님 믿습니까?

춘 권 마음은 오래 전서부터 있었는데 나라에서 금하라 하니…

토마스 당신 거짓말합니다.

천 석 목사님!

쁘레스톤 에잇! (춘권에게) 당신이 말하시오!

춘 권 전 거짓말 모릅니다.

쁘레스톤 닥쳐! (총을 빼 들며) 무슨 목적으로 우리 배 왔는가?

춘 권 목적이라니요? 난 하느님 믿으러 온 죄 밖에 없습니다.

천 석 목사님이 전도 사업 하라고 하지 않았나요. 그래서…

쁘레스톤 (월슨에게 눈짓한다.)

월 슨 (춘권의 몸을 수색한 후 아무 것도 없음을 알린다.)

춘 권 형님! 여기서도 예수를 믿으면 죽입니까?
       (고동 소리)

찰스엠 캡테인! 캡테인 큰 변이 났습니다.

쁘레스톤 무엇이요?

찰스엠 배가 좌토를 하였습니다. 배 밑창이 땅에 붙었습니다.

양인들 무엇이!

찰스엠 기관이 요지부동입니다. (퇴장)
       (양인들 배 밑을 굽어 본다.)

쁘레스톤 미스터 월슨, 당신 뭘 했소? 수심 측량을 한다는 것이 이렇게
       똑똑히 하였소?

월 슨 여기까지 오라 오게 된 것은 캡텐이…

쁘레스톤 변명 마시우, 당신 그러고도 항해사의 자격을 가졌다고 할 수
있소?

토마스 여보! 춘권 씨! 대동강에선 이런 일이 많소?

춘 권 그야 물이 줄어들면 배가 주저앉는 게 정한 리치지요.

찰스엠 (급히 등장) 뱃머리가 아주 모래 바닥에 파고들어 앉았습니다.

토마스 춘권 씨 강물 언제나 다시 불을까요?

춘 권 평양에서는 이 장마가 지나면 래년 이 때나 다시 장마가 오지요.

양인들 오! (당황한다.)

쁘레스톤 당신들 배 밑으로 내려가시오.

　　　(춘권, 천석 퇴장
　　　강변에 나선 백성들의 함성.)

아 멜 아 조선 놈들이 강가에 나왔습니다.

소 리 양고자 놈들아, 물러가라!

쁘레스톤 조선 놈들이 배가 걸렸다는 것을 알면 안 되우.

토마스 정말 딱한 일입니다.

쁘레스톤 발사 준비… 이럴 때일수록 자신을 가져야 합니다.

토마스 좀 고려하는 게 좋지 않을까요?

쁘레스톤 내 일에 간섭 마시오.

월 슨 발사 준비 됐습니다.

양 인 놈들이 강가로 나옵니다.

쁘레스톤 쐇!

　　　(양인들 쁘레스톤의 명령에 움직여 대포를 쏜다.
　　　폭음이 진동할 때)

— 암전 —

제 2 장

때   제 1장의 다음 날 밤
곳   전장과 같음

무대   전장과 같은 샤만호
　갑판에 매달린 등불들이 졸고 있다. 후면 강변 쪽으로 포탄에 의하여 불에 타는
　농가들이 보인다.

막이 오르면
　(춘권, 마로인 사면을 경계하면서 조용조용 이야기하고 있다.
　천석 머리를 파묻고 고민한다.)
마로인   지금 말씀을 들으니 그 부인 틀림없군요… 참
　(몸에 간직하고 있던 옷고름을 꺼내 주면서) 이걸 보면 혹 알는지. 이게 그 부인
　의 옷에서 떨어진 겁니다.
춘 권   이게 아주머니의 옷고름이요?
천 석   (받아 본 후 얼굴 색이 변해진다.)
마로인   그 놈이 달겨 들 때 반항을 하는 도중에 떨어진 게랍니다.
춘 권   죽일 놈들!
천 석   ………
마로인   정말 가엾은 일입니다. 그러나 그 부인은 깨끗이 돌아 가셨습니
　　　다.
춘 권   토마스 목사 놈도 그 자리에 있었다지요?
마로인   있다 마다요.
천 석   그래 목사 놈은 뭐랍디까?

마로인 그 놈이 그 놈이지요. 나도 천진에서 이 놈한테 붙잡혀 가지고 죽
        지 못해 이 고생을 하지만 미국 놈이나 영국 놈들은 인피를 쓴
        승냥입니다.

천 석 (다시 옷고름을 보며) 내가 미친 놈이지… 어머님의 병이 기도만
        드리면 나을 줄로 알고 그저 천치 노릇을 했으니…

춘 권 놈들이 부르짖는 하느님이라는 게 무엇인지 알았소?

천 석 나 같이 못난 놈은… (강물로 뛰여 들려 한다.)

춘 권 (잡으며) 왜 이러시우?

천 석 놔주게, 나 같이 못난 놈이 살아서 뭘 하겠나?

춘 권 원쑤를 갚아야지요. 못난 놈이라고 자탄할 때가 아닙니다.

천 석 (벌떡 일어나며) 목사 놈! 이 놈! 내 이 양고자 놈들을… (선실로
        달려가려 한다.)

춘 권 (붙잡으며) 형님 진정하시우. 여기는 원쑤의 소굴이요.

천 석 그러니 나는 이 원쑤를…

마로인 조용히들 말씀하십시오. 놈들이 듣겠습니다.

천 석 (다시 주저앉는다.)

춘 권 로인님, 우리 중군 나리와 잡혀 온 사람들이 배 밑에 갇혀 있습니
        까?

마로인 네 모두 철창 속에 갇혔습니다.

춘 권 어디로 들어가는지 가 볼 수 없을까요?

마로인 저 쪽 경비 선 그 아래로 들어가야 하는데 위험합니다.

춘 권 (그 쪽을 바라본다.)

마로인 당신들도 하루 바삐 이 곳에서 빠져 나가야지 이대로 계시다가
        잘못하면…

춘 권 네 우리도 생각하고 있습니다.

마로인 놈들이 교활하기에도 짝이 없습니다. 지금 당신들을 이렇게 갑판

우에 내놓은 것도 달아나지 않나 속심을 떠보자는 심사인지도 모릅니다.

춘 권　그 놈들 꾀임에 넘어 가서야 되겠나요? 참 그 역관이론 놈은 뇌물을 받아 가지고 그냥 나갑디까?

마로인　네, 그 사람은 이전부터 이 놈들과 내통이 있은 사람 같습디다.

춘 권　네… 한 가지만 더 물읍시다. 저 대포 곁에 쌓아둔 것이 저게 다 포알인가요?

마로인　네.

춘 권　저게 단가요?

마로인　글쎄요. 아까 배 밑 창고에서 끌어내다 쌓았는데 그건 잘 모르겠습니다.

춘 권　자세히 들려 주어서 고맙습니다.

마로인　본 대로 말한 걸요. (감시하며 나간다.)

천 석　(혼잣말로) 이 못난 놈은 그리고도 이 놈들에게 왕릉의 길 안내까지 하려고 했으니…

춘 권　형님! 자기의 설움에만 울고 있을 때가 아닙니다.
　　　　봐요! 이 놈들 쏜 포알이 마을을 태웁니다.

천 석　춘권이! 난 대체 어떻게 하면 좋겠나?

춘 권　어떻게 하든 이 놈들을 통채로 잡아서 원쑤를 갚고 배 안에 있는 우리 동포들을 구원해야지요.

천 석　그러니 우리야 독 안에 든 쥐지 어떻게…

춘 권　내 자진해 들어 온 것은 형님도 깨우칠 겸 이 배 안의 무력 장비를 알아 가지고 나가 우리끼리라도 쳐 물리치기 위해서랍니다. 그런데 가만 보니 이 놈들이 저 대포를 믿고 큰 소리를 치는데 저 놈의 포알만 없애 치우고 나가면 배도 걸렸겠다 관군이 아니래도 능히 물리칠 수 있을 것 같습니다.

천 석 그근 그런데 저걸 무슨 수로 없애나?

춘 권 물 속에 처넣읍시다.

천 석 한 알을 던져도 소리가 나겠는데.

춘 권 저 밧줄로 묶어서 내리면 됩니다.

천 석 그렇게 하세, 내가 하지.

　　　(춘권, 천석 사방을 감시하고 나서 포탄 상자에로 접근하여 손을 대려 할 때 마
　　　로인 나온다.)

마로인 쉿! 누가 옵니다. (재빨리 숨는다.)

선 원 마 서방! 마 서방! (찾으며 등장) 뭣들 하고 있는 거야?

춘 권 달도 밝고 덥더라니 바람 좀 쐬러 나왔습니다.

선 원 뭍에 나갈 생각들 하는가?

춘 권 원 롱담 마십시오, 우린 이젠 죽든 살든 이 배 귀신이 돼야겠습니
　　　　다.

선 원 우리와 같이 있자면 말 잘 들어야 해.

춘 권 아 그러문요.

　　　(선원 사면을 살피고 ≪마서방≫ 하며 나간다.

　　　춘권, 천석 다시 접근하여 방수포를 재낀다.

　　　이 때 휘파람 소리 나더니 ≪누구얏≫ 하는 찰스엠 소리.

　　　춘권, 천석 제자리로 간다. 찰스엠 등을 들고 등장하여 두 사람을 비쳐 보고 포
　　　있는 곳으로 가 살피고 놀란다.)

찰스엠 이게 웬 일인가? 누가 손을 댔는가 응… 네 놈들이지?

춘 권 손을 대다니요. 저희들은 무서워서 그 곁에 가지도 못 합니다.

찰스엠 거짓말 말아! (호각을 분다.)

　　　(선원 1, 2 등장.)

찰스엠 저 방수포에 손댔는가?

선원들 (아니라고 손을 벌린다.)

찰스엠 (총을 빼들고 춘권 곁으로 가며) 바로 말해! 무슨 목적으로 손을

댔는가?

춘 권 가만 좀 알기나 합시다. 뭐가 어떻게 됐다고 그럽니까?

찰스엠 우리가 해 둔 대로 있지 않단 말이다.

춘 권 아 그야.

찰스엠 돌아 섯! (총을 재약한다.)

춘 권 (대항할 기회를 노리며) 이것 보시우, 하느님께 맹세합니다. 그래 하느님의 아들도 거짓말합니까?

찰스엠 닥쳐! 하느님의 할아버지인 토마스 목사도 거짓말을 했다.

춘 권 죽일 테면 죽이시오. 예수가 죄가 있어서 십자가에 못 박혔겠나요. 우리에겐 천당이 있으니 무섭지 않쉬다. 그러나 죽기 전 세례나 받게 목사님이나 불러 주시오.

찰스엠 (어깨를 으쓱하고 총을 내리며) 이 놈들을 끌어다 넣어라!

선원들 가자!

　　(이 때 무엇이 깨지는 소리, 양인들 놀란다.
　　마로인 방수포를 들고 등장.)

찰스엠 이게 무슨 소리야?

마로인 네, 이걸 내오다가 빈자를 깨쳤습니다.

찰스엠 그건 뭐야?

마로인 방수포입니다. 저 밤이슬로 해서 저 포탄 상자에 누기가 찰 것 같애서…

찰스엠 그럼 네가 저게 손을 댔는가?

마로인 네 한 겹 더 덮는 게 좋을 것 같습니다.

찰스엠 누가 너보고 그런 걱정 하라든가? (방수포를 빼앗으며) 이런 일에 간섭 말아!

마로인 네.

찰스엠 (선원들에게 눈짓한다.)

선원들 (총을 내리고 퇴장.)

찰스엠 너희들도 여기서 어물거리지 말고 들어 가 있어!

춘 권 네.

찰스엠 (퇴장)

천 석 로인님 고맙습니다.

마로인 조심하시오. (퇴장)

춘 권 고마운 분이시군.

천 석 어떻게 하면 좋은가?

춘 권 이 배가 밑바닥이 걸린 것을 알았으니 내 들어 온 것이 헛고생은
         아니지요. 일이 이렇게 됐으니 이제는 이 곳을 바삐 벗어 나가야
         겠습니다.

천 석 그렇지만 놈들이 순순히 내보내지 않을 걸세. 꼭 나가야 한다면
         자네는 헤염을 잘 치니 있다 틈을 봐서 빠져나가도록 하게. 나는
         기왕 바친 목숨이니 이 배에 남아서 끝내 원쑤를 갚고야 말 테
         니.

춘 권 그렇지 않소. 형님도 나가야 합니다. 지금 석돌이며 동네 사람들
         은 우리를 기다리고 있을 겝니다. (하늘을 쳐다보며) 장마 끝이라
         오늘이래도 비만 내리면 이 놈의 배가 뜰 수도 있습니다. 그렇게
         되면 큰 일입니다.

천 석 도망을 치기 전에는 이 놈들이 내보내지 않을 텐데, 그보담 성사
         를 하자면 자네 한 사람이라도 나가야지.

         (양인들 오는 소리)

춘 권 놈들이 오는가 봅니다. 저리 내려가서 잘 의논합시다.

         (춘권, 천석 퇴장
         윌슨, 찰스엠 손등을 들고 쁘레스톤에게 밝혀 주며 등장
         쁘레스톤 의자에 주저앉는다.)

         쁘레스톤 미스터 윌슨! 이런 일이 있을가 봐 이 가의 수심에 대해서 몇 번이나
주의를 하지 않았던가?

월 슨 물이 빠져도 누가 이렇게 빠질 줄이야 알았습니까?

쁘레스톤 듣기 싫소! 그래 조선 서해안을 끼구 돌면서 해놓은 일이 모두
       가 이렇소?

월 슨 아닙니다 그건…

쁘레스톤 우리 아세아 함대가 이번의 당신의 수심 측정에 근거하여 움직
       이게 되었다는 것을 월슨도 알지 않는가?

월 슨 압니다.

찰스엠 아멜도 측량기를 가지고 다니는 모양이던데 그자 역시 이런 불행
       이 있으리라는 것 몰랐는지 알고도 말을 안 했는지 모르겠습니
       다.

쁘레스톤 틀림없이 그 자도 측량기를 가지고 다녔지?

찰스엠 그러문요.

월 슨 그 놈들의 내막을 알고도 묵과한 것은 천진항에 닿기 전 놈들의
       정탐 자료를 인계 받자는 생각이였습니다.

찰스엠 귀로에 처단한단 말씀이지요. 그건 모안인데 그 후과가…

월 슨 오 조선에선 선교사를 용서치 않는 것을 영국이 더 잘 아오.

찰스엠 그러니까 그 책임을 조선에다… 그럴 듯 합니다.

쁘레스톤 어쨌든 그 놈들이 여우야!

찰스엠 명령만 하시면 여기서…

쁘레스톤 지금 우리의 적은 조선이다. 배가 뜰 때까지는 동맹자라는 걸
       알아두는 게 좋아.

찰스엠 알았습니다.

쁘레스톤 영국도 그렇지만 지금 불국이 조선 정벌의 시각을 다투고 있는
       이 시각에 우리는 배가 걸렸다, 배가.

     (토마스, 아멜 무심코 등장하다가 일동을 보고 주춤해 선다.)

쁘레스톤 미스터 아멜! 당신이 한 지형 정찰은 어떻게 되었소?

아 멜 무슨 말씀이신지?

쁘레스톤 지형 정찰을 한 것은 한 것이라치고 수심 측량을 했으면 어찌
        이런 일이 있도록 비밀을 지키는가 말이요?

토마스 그건 그런 것이 아닙니다.

쁘레스톤 이렇게 된 것은 당신들의 운명엔 관계되지 않습니까?

토마스 목적에만 급급하여 진항에만 정신이 팔려 장마에 의한 종수를 고
        려치 않았던 까닭입니다.

쁘레스톤 바로 당신들이 그랬단 말이지요?

토마스 나는 당신의 통역입니다.

쁘레스톤 통역? 홍! 당신들은 런던을 위해 너무도 충실합니다.

토마스 시각마다 물은 쭐어 듭니다. 배 띄울 의논합시다.

    (쁘레스톤 오락가락하고 양인들 생각에 잠겨 있다.
    천석 등장.)

천 석 저 목사님! 여쭐 말씀이 있습니다.

토마스 무슨 말이요?

천 석 아니 저희들 보기에 배가 걸려서 몹시 걱정들 하시는 것 같으신
        데…

토마스 그래서?

천 석 지금 나를 찾아 온 춘권이란 사람 있지 않습니까?
        그 사람 말이 배가 뜨게 할 수도 있다고 합니다.

쁘레스톤 정말인가?

천 석 여부가 있겠습니까? 그 사람이 그래도 대동강 사공으로 자라서
        이 강 밑바닥이라면 손금 보듯이 잘 알고 있답니다.

쁘레스톤 오! 박춘권! 그 사람 불러오시오.

천 석 지금 선창 아래서 자고 있습니다.

쁘레스톤 빨리 깨워 오시오.

천 석 네. 여보게 춘권이! (찾으며 퇴장)

쁘레스톤 무슨 말을 하나 들어봅시다.

(양인들 춘권이를 기다린다. 잠시 후 천석 금시 잠에서 깬 듯 한 춘권을 데리고
등장)

토마스　춘권 씨 이 배 움직이게 할 수 있습니까?

춘　권　글쎄올시다. 어떻게 하든 움직이게 해야지요.

토마스　그런 재간이 없겠는가 말이요.

춘　권　아니 저는 목사님들에게 무슨 방도가 있으리라고만 생각하고 있
　　　　었지요. 만일 없으시다면 제 힘으로라도 한번 어떻게 해 보지요.
　　　　아무튼 나도 이 배가 뜨지 않으면 죽는 목숨이니까요.

쁘레스톤　오 ─ 라잇, 당신에게 그런 자신 있소? 우리 상금 많이 주겠소.

춘　권　선주님! 그러자면 한 40명 가량 부역할 사람이 있어야겠습니다.

쁘레스톤　사십 명? 그야 우리 배만 해도 40명은 되오.

춘　권　이 곳 사람들을 꼽아 가지고 하는 말입니다.

쁘레스톤　그러면 어떻게 한단 말인가?

춘　권　잘 아시겠지만 대동강은 조수가 심합니다. 밤물에 때를 맞춰 물이
　　　　바싹 밀 때까지 배 뒤편의 모래를 한 스무 자 가량 파기만 하면
　　　　조수가 밀어 오는 기운이 있는지라 자연 그 물 기운에 밀려 날
　　　　것입니다.

찰스엠　선주님! 그럴 상 싶습니다.

춘　권　우리도 배가 올라앉을 때에는 그 밖에 다른 도리가 없었습니다.

쁘레스톤　응!!

춘　권　그런데 모래 바닥이라 80명이 일시에 어울러 파기 전에는 곤란합
　　　　니다.

쁘레스톤　사십 명! 사십 명을 어떻게 구망한다?

월　슨　그러게 말입니다.

춘　권　선주님 이 배에 역관 나리가 오셨드랬지요?

쁘레스톤　그래서?

춘　권　그러니까 그 분에게만 잘 통할 수 있다면 어렵지 않을 것입니다.

쁘레스톤 응?!

천 석 그 분이 생각만 계시면 사람 한 사십 명 구해 보내기야 여반장입지요.

쁘레스톤 좋소. 당신들 잠간 물러 가 있소!

　　(춘권, 천석 퇴장)

쁘레스톤 잠간 의논합시다.

　　(양인들 쁘레스톤의 주위에 둘러서서 잠시 동안 무엇을 의논한 끝에 각기 찬성
　　의 뜻을 표한다.)

쁘레스톤 미스터 윌슨! 그럼 역관에게 편지를 쓰시오.

윌 슨 네! (의자에 앉아 필기 도구를 갖추고 대기한다.)

쁘레스톤 우선 통상 문제에 대하여 다시 한 번 독촉을 하시오! 그리고 배
　　가 걸렸다는 이야기는 할 필요가 없어. 배에서 급한 소용이 있어
　　서 그러니 인부 사십 명만 징발해 보내 주었으면 좋겠다고 말하
　　시오. 다음 끝으로 만일 우리 청을 들으면 후일 훌륭한 일이 당
　　신을 기다리고 있을 것이나 그렇지 않다면 어느 때나 우리는 그
　　것을 기억하고 있으리라 꽝 한 번 울러 놓으시오.

윌 슨 좋습니다. (편지 쓴다.)

쁘레스톤 편지를 누구를 시켜 전한다?

토마스 그거야 저 박춘권, 리천석 두 사람밖에 없지 않습니까.

쁘레스톤 그러면 당신은 저 두 사람을 철두철미 믿는단 말이지요?

토마스 천석이 그는 왕릉 발굴의 앞을 세우려 했으며 박춘권이도 이제는
　　저의 집으로는 돌아가지 못할 사람입니다. 감영에 잡히면 죽습니
　　다.

쁘레스톤 이런 때일수록 신중해야 합니다. 만일 그들이 저 편에서 보낸
　　스파이! 나는 무슨 일에나 만전을 기하는 사람입니다.

윌 슨 놈들을 신중히 대할 필요가 있습니다.

토마스 그러나 그것은 지나친 생각입니다.

쁘레스톤 그럼 이렇게 하는 것이 어떨가? 편지를 가져가는 데는 두 놈씩

필요 없으니 한 놈만 보내고 한 놈은 잡아 두자는 것이요. 두 놈
은 친형제 같은 사이니 인질의 의미에서 얼마간 효과적이 아닐
가? 어떻습니까?

토마스 그도 무방하겠지요.

쁘레스톤 누구를 보내는 게 좋겠습니까?

토마스 리천석이가 좋습니다.

쁘레스톤 동감입니다. 찰스! 이제 그 두 놈을 다시 부르시오.

찰스엠 넷! (퇴장)

윌 슨 편지 다 썼습니다.

쁘레스톤 오-라잇! (받아 읽어 본 후 몇 군데 손질하고 싸인하여 접어들
　　　　며) 됐소!

　　(춘권, 천석 등장.)

춘 권 불렀습니까?

쁘레스톤 당신들 중에 누가 한 사람 역관에게 이 편지를 전하고 와야겠
　　　　소.

　　(양인들 두 사람의 동정을 살핀다.)

춘 권 (놀라며) 우리가요?

쁘레스톤 천석 씨 당신이 갔다 오시오.

천 석 원 선주님두! 그게 무슨 말씀이십니까? 전 나가기만 하면 죽는 사
　　　　람입니다. 어떻게 제가…

쁘레스톤 당신 이 일 성공하면 우리 미국에 데려 갑니다.

천 석 하느님 믿는 죄만 하더라도 목숨이 갔다 왔다 하는 판인데 이 배
　　　　에서 나왔다는 걸 알면 당장 목이 달아납니다. 다른 사람들을 보
　　　　내십시오.

　　(양인들 춘권과 천석의 심리 상태를 주시한다.)

쁘레스톤 (춘권에게) 그럼 당신이 가십시오.

춘 권 그게 무슨 말씀입니까? 저도 제 형님과 같습니다.

쁘레스톤 (믿어진다는 듯이 너그러운 말로) 그러나 두 사람 중 한 사람은
　　　　꼭 가야 하겠습니다.

춘 권 전 역관 나리께서 통상을 주장하신다는 말씀만 들었지 안면은 있
　　　　다 해도 집은 모릅니다. 참 형님은 안다고 했지요?

천 석 집은 안다 해도 내야 평양 성중에 예수 믿는 줄 모르는 사람이 없
　　　　는데 남의 눈에 띄웠다간 그 자리에서 료정이 날 사람이 아닌가?
　　　　간다면야 자네가 낫지.

춘 권 예수 믿으러 이 배에 왔다는 거야 마찬가지지요.

천 석 그래도 내 형편과는 다르지.

춘 권 그렇지만 형님은 역관네 집을 아니까 곧 찾아들 수 있지 않소?

천 석 그것도 확실하지 않거든…

춘 권 그것 참 딱하군!

쁘레스톤 좋습니다. 그럼 이렇게 하면 어떻소? 당신은 집을 알고 당신은
　　　　안면이 있다 하니 두 사람이 같이 가면 어떻소?

춘 권 글쎄요…

천 석 글쎄…

윌 슨 그게 좋을 것 같습니다.

쁘레스톤 좋소. 그렇게 하시오. 갔다 오기만 하면 많은 상금 주고 우리
　　　　나라로 데려 가겠습니다.

토마스 하느님 묵시입니다. 어서 갔다 오시오.

천 석 어떻게 하겠나, 하느님의 뜻이라는데 같이 갔다 오세꾸먼.

춘 권 정 그렇다면 가야지요.

쁘레스톤 결심이 되었소?

천 석 네.

쁘레스톤 갔다 오는 사이에 배고프면 안 됩니다. 윌슨!

윌 슨 네이.

쁘레스톤　떠날 준비하는 동안 마 서방에게 일러 나의 친우들에게 좋은
　　　　음식 많이 대접하시오.

윌　슨　네, 갑시다.

　　(춘권, 천석, 윌슨을 따라 나간다.)

토마스　(따라 가며) 오! 하느님이시여! 이 불쌍한 조선 아들에게 은총을
　　　　끼치소서.

쁘레스톤　어떻습니까? 미스터 토마스.

토마스　나는 믿습니다. 그들은 조선 사람이기 전에 나는 그들이 기독교
　　　　신도란 것을 믿기 까닭입니다.

쁘레스톤　오! 과연 하느님이란 없어선 안 될 물건입니다.

　　(양인들 만족해 한다.)

― 막 ―

제 3 막

때 2막 2장과 같은 날 오전
곳 평양 대동강반

무대 모란봉 줄기를 타고 뻗어 내린 대동강 제방 하수로 치우쳐 평양 련
     광정이 웅장하게 서 있다.
     상수 쪽 제방 우에 림시 돌로 쌓아 세운 감시막이 있는데 여기에
     서 샤만호를 바라 볼 수 있다.
     제방에서 내려서면 잔디가 깔린 아늑한 곳인바 아래 웃마을로 통
     할 수 있는 소로길이 뻗어 나갔다.
     후면으로 아름다움을 자랑하는 모란봉 을밀대가 자랑스럽게 서
     있다.

막이 오르면
     마을 집들을 태우는 연기가 무대를 스치고 나간다. 불에 집과 부
     모 자식을 잃은 마을 사람들이 울분에 싸여 오락가락한다. 군졸들
     이 강변 주위를 경계하고 있다.
남자2 감시막에 올라 서 샤만호를 노려 본다.
군 졸 누구요. 내려서시오.
부 인 ………
남자2 (부인에게) 아주머니 내려서십시오. 그 놈들 보이는 데서 그렇게
     서 계시면 위험합니다.
로 인 (제방으로 뛰여 올라가며) 저 놈들을 그저…
남자2 할아버지, 내려섭시다. 헛되이 상하실 필요는 없지 않아요?

부　인　(샤만호 쪽을 향해) 이 놈들아, 내 딸을 살려 내라. 이 양고자 놈들
　　　아!

군　졸　(끌어내리며) 진정하시우.

부　인　남편과 자식이 죽고 집마저 태웠는데 내 살면 무엇하겠소.

녀　자　(부축하며) 아주머니 같은 분이 한두 사람인가요. 참아야죠.

부　인　누가 이 원쑤를 갚아 주겠소 응. 이 원쑤를.

당　꼴　(군졸에게) 그래 아직도 교지가 안 내려 왔소?

군　졸　오늘 중으로야 결판이 내리겠지요.

당　꼴　무슨 놈의 정사가 그 모양인지?

군　졸　우리도 애가 탑니다.

남자1　중군 나리는 어떻게 됐나요?

군　졸　무소식이요. 이젠 놈들이 담판도 거절할 셈인지 우리 배를 접근시
　　　키지도 않습니다.

남자1　개새끼들 얼마나 그렇게 버티고 있나 보자.

군　졸　자 이렇게 모여들 있지 말고 어서 흩어지시오.

로　파　아이구, (주저앉으며) 원쑤의 배를 눈앞에 두고 이러고 있어야 하
　　　나.

남자1　가만 계십시오. 춘권이가 나오기만 하면 우리끼리라도 해낼 수 있
　　　습니다.

당　꼴　어느 뿔이 부러지든 결판을 내야지.

로　인　여보게 아직 아무 기색도 없지?

남자2　없습니다.

당　꼴　나오는 눈치도 보이지 않나?

남자2　보이지 않습니다.

남자3　허춘권이 이 사람도 잘못 된 게군…

로　인　수영 중군도 들어가서 못 나오는데 더구나 맨손으로 간 사람 아

닌가?
로 파 아까운 사람 죽은가 봐.
남자1 춘권이만은 쉽사리 잘못 될 사람이 아닙니다.
남자3 나도 믿어지긴… 하도 소식이 없으니 하는 말이웨다.
당 꼴 지금 배 안에서 무슨 궁리를 하고 있는지 모르지.
일 동 정 그랬으면 좋겠소.
당 꼴 애당초 쳐물리쳤으면 이런 불안들이 없지 응…
남자1 저렇게 영하 군졸하며 룡강 주군까지 풀어놓고서도 그 의 교지가
        뭔지 음…
당 꼴 임진왜란 대도 그랬지만 그저 큰 일을 치울려면 벼슬아치들만 가
        지곤 된 일이 없지. 언제나 백성들이 들구 일이 나 뒤를 밀어야
        하네.
남자1 춘권이가 들어 간 것도 그 때문이지요.
로 인 감영으로 동장 간 석돌이는 어떻게 됐나?
남자1 떼를 써 가지고라도 결판을 짓겠다고 숱한 사람들이 갔으니까 무
        슨 소식이 있겠지요.
로 인 아직 안 오는 걸 보니 또 욕을 당하는 게 아닌가?
당 꼴 당장 끝장을 봐야지 이 대로 더 있다간 평양 사람 다 죽네.
일 동 (호응한다.)
남자1 성안으로 들어가 눈을 좀 붙이시우.
로 파 이 사람들! 잠 못 잤다고 죽겠나? 저 놈들과 끝장이 나기 전엔 난
        이 강반에서 못 떠나겠네.
부 인 저게 춘권이 어머니가 오시는군요.
녀 자 저 어머니의 처지도 말이 아니지요.
녀자1 아들이 배로 들어 가 무소식인데다가 감영에 잡혀가 문초까지 받
        고 나왔으니 오죽하겠나요.

녀자2 문초는 왜?

녀자1 춘권이가 배로 갔다고 사교군이 아닌가고 그랬다오.

로 파 원 춘권이가 사교군이라니? 그래 마을 사람들은 모두가 벙어리가
　　　　되어서 문초를 당케 했나?

남자2 감영에서 백성들의 말을 믿어 주어야 말이지요.

녀자2 음전인 옥에 갇히였답니다.

로 인 그야 천석이 놈 때문이지.

당 골 천석이가 미친놈이지 어머니와 제 집안 식구가 어떻게 된지도 모
　　　　르구 하느님을 믿으러 찾아 들어갔다니 그게 사람 놈인가?

조 씨 (힘없는 걸음으로 등장.)

남자1 아주머니 얼만 불안하시우…

조 씨 나보다도 동리 분들에게 걱정을 끼쳐서 안 됐시다.

남자1 이제 빠져 나올 겝니다. 찾아 들어 간 사람이 나오지 못하겠나요.

조 씨 지성이면 감천이라구 이렇게 모두 기다리니 나오겠지요.

녀인들 아주머니 들어가서 좀 쉬세요.

조 씨 아니 괜찮으이 (강변 쪽을 바라보며) 이 자식이 값 없는 죽음이나
　　　　안 할려는지…

로 파 동리 일을 생각해서 들어 간 사람인데 무슨 말인가.

남자2 아 저게 석돌이가 옵니다.

남자1 어떻게 하고 오는 모양인가?
　　　　(일동 그 쪽을 주시한다. 석돌 군중들과 같이 등장.)

당 꼴 어떻게 됐나?

석 돌 사또님 행차이시라오.

일 동 사또님이?

석 돌 우리가 영문 앞까지 가서 성중 사정을 거듭 아뢰면서 인제 양고
　　　　자 놈들을 이 이상 버려 둘 수 없으니 우리들에게라도 맡겨 두면
　　　　료정을 내겠다고 했더니 사또께서 친히 행차하겠으니 물러 가

기다리라는 분부였소.

당　꼴　친히 인정을 살피실 모양이시군…

남자1　이리로 행차하면 우리 백성들끼리 해 보겠다고 목을 내놓고 들이
　　　　댑시다.

　　　　(일동 호응한다.)

석　돌　우리끼리 해내자면 어떻게 손을 써야 할지 여러분들 가운데 좋은
　　　　생각을 가지신 분이 있으면 말씀해 주십시오.

일　동　글쎄…

로　파　사람은 많지만 어디…

당　꼴　춘권이와는 의논이 어떻게 되었는가?

석　돌　늦어도 오늘 새벽까지 기별이 없으면 자기 생각은 하지 말고 감
　　　　영에 청을 넣고 그냥 때려 부시라는 말이였소.

당　꼴　그러니 딱하지 않나?

석　돌　우리 한 번 농쟁기를 들고라도 쳐들어 가 보잡니까?

부　인　그렇게라도 합시다.

로　인　그건 안 되네.

당　꼴　분한 생각 같아서는 그렇게라도 해야겠지만 물과 달라 저렇게 강
　　　　한가운데 떠 가지구 댕구를 쏘아대는데 그건 안 되네.

석　돌　춘권이가 그러는데 댕구라는 건 가깝게 달라붙으면 맥을 추지 못
　　　　한답니다.

남자1　저 놈들에겐 댕구 뿐만 아니라 류혈포와 총이 있지 않나?

당　꼴　어서 춘권이가 나와야지.

소　리　쉬 - 평안 감사 박규수 대감의 행차이시다.

　　　　(군중들 약간 움찔한 후 대기한다.)

　　　　(잠시 후 관부용리들 해석을 들고 등장하여 련광정에 들어가 자리 잡는다.
　　　　뒤이어 겸인 급창, 무장한 관군들 등장하여 뒤를 엄하게 한다. 군중들 긴장된다.)

소　리　평안 감사 납시오.

박규수, 신태정, 리방 등장한다. 박규수 정자로 오른다.
뒤이어 역관 등장하여 란간 아래 선다.)

박규수 (샤만호를 바라 보며) 응…

신태정 저 놈이 바로 이른바 제네랄 샤만호로 아룁니다.

박규수 저 놈들의 포탄이 떨어졌다는 곳은 남대문 근방이라지?

신태정 예이.

박규수 대포가 두 문이라고 했겠다?

신태정 네 저 앞으로 한 문 뒤로 한 문, 두 문으로 아룁니다.

박규수 (샤만호 쪽을 바라보며 혼잣말로) 그래 대포 두문의 힘을 믿고 끝
     내 수영을 안 내놓을 셈인가?…

신태정 이젠 배에 접근도 못 하게 총을 란발하여 문초도 거절하는 것으
     로 아룁니다.

박규수 (읍하고 선 백성들에게 시선을 돌린다.) 음…

리 방 (군중에게) 너희들은 어쩌자고 적선을 눈앞에 둔 위험한 곳에 모
     였느냐? 외양선을 구실로 또 민요를 일으킬 셈이냐?

석 돌 이 놈은 문 밖에서 농사살이를 하는 놈이온데 사또 전 분수를 가
     리지 않고 혁신으로 아룁니다.

신태정 무슨 일인가?

당 꼴 이 놈은 당꼴 사는 역시 땅을 파먹고 사는 놈이온데 사또님 행차
     를 다행으로 알고 혁신으로 아룁니다.

리 방 너 이놈들 뉘 앞이라고 함부로 나서는 거냐? 썩 물러가라.

박규수 고이치 않다, 내 이곳에 온 것은 한갓 백성의 동향을 살피기 위해
     서이다. 서슴지 말고 말하라.

     (군중들 황송하여 웅성댄다.)

당 꼴 말씀은 다름이 아니오라 저 양고자 배로 인하여 백성들의 고초가
     이로 아뢸 바가 없사오니 사또께서 하루 바삐 우리 영하 장병을
     풀어 저 양선을 물리치게 주십사 하는 소원입니다. 그러면 우리

백성들도 영문을 도와 한 목숨 바칠 것으로 아룁니다.

박규수 응 —

석 돌 저 놈들로 인해 백성들의 피해는 헤아릴 수 없사오며 강 건너 곡
       식을 거두지 못 하여 당장 곤경에 빠졌사오니 하루 속히 쳐 물려
       주실 것을 바라옵니다.

군중들 (호응한다.)

급 창 쉿

군중들 (조용해진다.)

박규수 진정하라! 백성들 듣거라, 내 너희들의 분함과 고초를 헤아리지
       못 하는 바 아니다. 허나 나라의 대사를 나 혼자 처리하기 어려
       운 일, 조정의 교지가 내리는 대로 조치할 테니 분한 마음 참고
       조금만 더 기다리라!

부 인 (나서며) 저 놈들 댕구에 애들이 죽고 딸은 잡혀가고 집은 불탔습
       니다. 어서 이 원수를 갚아 주시오.

로 파 우리 집 령감도 잡혀 간 지 사흘이 되었습니다. 죽었는지 살았는
       지 알지도 못 하고 이 대로 있어야 한단 말입니까?

석 돌 우리 백성들이 저 양고자 놈한테 무슨 죄가 있어 참혹한 봉변을
       당하면서도 교지만 기다려야 할 법이 있소이까. 죽든 살든 백성
       들의 살길은 싸워 물리치는 길밖에 없는 줄 아룁니다.

       (박규수 돌아서서 먼 산을 바라본다. 군중들 호응한다.)

리 방 이게 무슨 무례한 짓들인고.

당 꼴 하루라도 더 지체함은 뭍의 사람들도 그러하거니와 배 안에 갇힌
       우리 사람들도 살아 날 길이 막연한 줄로 아룁니다.

신태정 배 안에 갇힌 사람! …수영 중군을 말함인고?

당 꼴 중군 나리뿐만 아니오라 강변에 사는 박춘권하며…

역 관 박춘권 그 놈은 사교로 인해 목사 놈을 따라 배로 들어 간 놈이
       아닌가.

조　씨　아니오이다. 나는 그 자식을 나라에 충성하라 길렀거든 사교군이
　　　　라 함은 당치 않소이다.

석　돌　박춘권은 영하 퇴졸로서 양인 놈들에 대한 분노에 못 이겨 원수
　　　　를 갚고저 들어갔거늘 사교라 함은 천만 부당한 말씀인 줄 아뢰
　　　　오.

역　관　아니 그 놈 뉘 명을 받고 그런 당돌한 짓을 했는가? 음… 그 죄
　　　　사교 놈 못지 않다.

석　돌　뭐요?

군중들　(분개하여) 적을 치자 함이 무슨 죄요.

　　　(이 때 사령 1 급히 등장)

사령1　아뢰오.

신태정　무슨 말이냐?

사령1　지금 강변을 순찰하는 중 미국 배에서 나온다는 두 백성 놈을 잡
　　　　아 문초한즉 그 이름 박춘권, 리천석이라 하옵는데 그 놈들이 기
　　　　어이 대감을 뵈옵자 하는 줄로 아뢰오.

　　　(일동 놀란다.)

신태정　박춘권, 리천석?

사령1　예이.

박규수　이리 곧 대령하라.

사령1　네잇 (퇴장)

　　　(일동 웅성거린다.)

당　꼴　응 나오긴 나왔군!

석　돌　그러게 내가 뭐라고 합디까? 가만 계십시오.

　　　(잠시 후 사령들 감시 하에 박춘권, 리천석 등장 일동 긴장해진다.)

박규수　음 네가 박춘권이냐?

춘　권　네, 소인 영하 퇴졸 박춘권으로 아룁니다.

천　석　(말 없이 머리를 숙인다.)

박규수 서윤 미국 배에 들어 간 사유를 자세히 고하게 하라.

신태정 네, 너희들이 어찌하여 미국 배에 들어갔으며 어떻게 나왔는가?
         자세히 고하랍신다.

춘 권 네! 소인 양고자의 배로 들어갔다 나오게 된 자초지종을 아뢰오면
         뜻하지 아니 한 미국 배가 침입하여 성안 백성들에게 혹심한 피
         해를 줌에도 불구하고 관가에선 교지만 기다린다 하옵기에 울분
         한 마음 금할 바 없어 마을 사람들끼리라도 쳐부실 생각으로 불
         시에 뛰여 들었소이다.

신태정 홀몸으로 뛰여 들었다.

춘 권 네 우선 놈들의 내막을 알아 볼 생각으로 그랬소이다. 사또님, 지
         금 저 놈들의 배가 강바닥에 걸렸습니다.

박규수 뭣이?

신태정 강바닥에 걸렸다?

춘 권 네, 그래서 그 사실 급시 고하고 그 놈들에게 료정을 내기 위하여
         바삐 뛰여 나왔습니다.

         (신태정 박규수를 본다.)

         (군중들 ≪응 그래서 저 놈들이 한 자리에 백여 있었구먼≫
         ≪대동강인들 무심하겠나≫ 등등 웅성대며 기뻐들 한다.)

사령들 쉿.

박규수 배 안에 수많은 사람이 잡혀 있거늘 어찌 너희들만이 빠져 나올
         수 있었을고?

춘 권 네 이제 와서 무엇을 숨기겠소이까? 그것은 비형(鄙兄)이 예수를
         믿었기 까닭입니다. 그래서 놈들은 우리들을 믿고 배를 띄우기
         위해서 놓아 보낸 것입니다.

신태정 (천석에게) 너는 사교군이 분명한가?

천 석 네, 한때 눈이 어두워 외람한 짓을 했습니다.

리 방 흥 죽일 놈 같으니!

신태정 그래서?

춘 권 (괴춤에서 편지를 꺼내며) 자초지종은 이 양고자의 편지를 보면
      잘 아실 것으로 아뢥니다.

신태정 그게 무엇인고?

      (겸인 춘권에게서 편지를 받아 규수에게 권한다.
      박규수 받아서 사연을 읽고 몹시 놀란다.)

신태정 수영 중군의 소식은 모르겠는가?

춘 권 놈들은 중군 나리와 백성들을 철창 속에 가두었는데 우리가 쳐들
      어가면 그들을 총알 반이로 내다 세울 계략으로 아뢰옵니다.

박규수 음 가위 승냥이로 비할 놈들이로구나!

군중들 (흥분하여) 저런 죽일 놈들!

신태정 그래 수영 중군 이하 배 안 사람들이 아직 살아 있단 말이렸다?

춘 권 네 그 놈들이 먹을 것을 주지 않아 모두가 사경에 있사옵니다. 그
      러나 원쑤 놈들에게 항거하여 그 기개 하늘을 찌를 듯 하오며 자
      기들은 죽어도 좋으니 한시 바삐 이 놈의 배를 쳐들어 오라고 소
      리 높여 웨치고 있소이다.

박규수 응…

춘 권 그리고 놈들한테 끌려와 종노릇을 하는 청국인 로인의 말에 의하
      면 놈들은 우리 나라에 들어서면서부터 대동강 일대의 수심 척
      도하며 우리 나라 내정을 정탐했다 하옵는데 소인 보기에도 일
      개 화적의 배가 아니오라 정탐일새 틀림없은 줄로 아뢰옵니다.

박규수 응…

신태정 그 놈들 그러고도 허울 좋게 통상을 론하니 음…

춘 권 그 뿐만 아니라 우리의 왕릉까지 도굴하고저 길 안내를 하라고
      수 많은 우리 사람들을 족쳐서 사경에 이른 사람들이 많소이다.

박규수 박춘권 진정 소구했다.

춘 권 황송하오이다.

리 방 리천석 이 놈은 잡아서 하옥하라.

박규수 리방은 기다리라! 하옥시킬 놈은 따로 있을 것이다.

   (리방은 의아해한다.

   역관 움찔한다.

   규수 신태정에게 편지를 준다. 신태정 편지를 읽는다.)

   (샤만호에서 고동 소리, 일동 그 쪽을 본다.)

박규수 모두들 듣거라. 지금부터 저 침략선을 쳐부시기로 결심하였다.

일 동 (환호)

박규수 내 한갖 후환을 생각하여 교지를 기다려 처리하려 하였으나 놈들
   의 행위를 보아 어찌 교지의 여부를 기다리겠는가?

신태정 지당한 줄로 아뢰옵니다.

박규수 서윤은 관군을 모아 곧 출전케 한 후 대령하라!

신태정 예잇.

박규수 그러나 배에 갇힌 우리 사람들을 그 대로 두고 교전하기엔 어려
   운 일인즉 여기에는 능란한 책략이 있어야겠노라.

신태정 네 그게 또한 심히 난감한 일로 아뢰옵니다.

춘 권 아뢰옵기 황송하오나 소인 우리 사람들을 건져내면서 쳐부실 계
   략으로 생각한 바 있사온데…

박규수 서슴치 말고 말해 보라.

춘 권 그것은 소인들이 40명의 인부를 데리고 다시 들어가는 한편 놈들
   을 불배로 태워 버리자는 것입니다.

신태정 다시 들어간다?

박규수 음…

신태정 불배란 무엇인고.

춘 권 그것은…

박규수 자세한 것은 영예들이 론함이 좋겠노라.

신태정 네.

박규수 리천석 들어라! 내 국금을 범하여 사교를 따른 그 죄는 룽지 처참
       에 가하되 그 후 자기 잘못을 깨달아 박춘권을 도와 자시 저의
       도리를 지켰으니 특히 그 공적에 따라 견비를 묻지 않을 것이니
       다시 그런 일이 없게 하라.
천 석 황송하옵니다.
박규수 리천석의 누이동생을 석방하라.
사령들 네-잇
박규수 백서들 들어라, 그대들의 소원에 따라 적을 물리침에 있어서 그
       대들이 관군을 도와 나라에 충성 있을 것을 내 각별히 기대하노
       라.
군중드 네 황송하오이다.
박규수 역관 박승원은 곧 대죄하라!
겸 인 사령들! 역관 박승원은 대죄하랍신다.
사령들 네잇.
역 관 아니 대감 이게…
신태정 (편지를 던져 주며) 옛다. 이놈 네 죄를 모르겠느냐.
       (역관 편지를 들여다본다. 차차 손이 떨린다. 얼굴빛이 변한다.)
박규수 이 놈! 이 나라의 국록을 먹는 놈으로서 원쑤들의 반간 노릇을 하
       였으니 그 죄를 면할 것인가?
역 관 대감! 이것은 잘못입니다.
겸 인 곧 포박케 하랍신다.
       (사령들 역관을 포박해 가지고 퇴장.)
박규수 박춘권! 어서 영으로 들어오게 하라.
춘 권 네이.
       (박규수 감영 편으로 퇴장.)
춘 권 여러 분들 얼마나 근심들 하셨나요.
일 동 우리야 뭘…

조 씨 이 애야!

춘 권 어머니.

조 씨 네가 살아 왔구나!

석 돌 춘권이 수고했네!

당 꼴 큰 일 했네!

춘 권 여러 분! 사또님의 령도 내렸으니 관군을 도와 오늘밤 우리들의
        원쑤를 갚읍시다.

       (일동 호응한다.)

- 막 -

제 4 막

제 1 장

때 전막과 같은 날 밤
곳 전막과 같음

무대

　전막과 같음
　막이 오르면
　상수 쪽 강변에서 마차 소리, 군중들 쪽배와 신탄을 나르기에 분방하다.
　당꼴 로인은 쇠갈구리를 만들고 있다.
　석돌 (등장) 경상 골 사람들이 청류벽 놀잇배 세척을 또 가져 왔어요
　당꼴 그래? 춘권이 말대로 하려면 아직도 모자라네.
　(로파, 부인 나무를 이고 등장.)
로 파 아이구 허리야. (내려놓는다.)
당 꼴 에이구 늙은이가 기운도 세웨다.
로 파 허리가 좀 아파서 탈이지 기운이 부쩍부쩍 납니다.
당 꼴 (나무를 만져 보며) 장마 끝에 마른 나무들 용히 구망했군요.
부 인 갑자기 마른 나무는 없구 해서 집 대문을 마스어 옵니다.
당 꼴 용하웨다.
부 인 우리 사람들을 구해 내며 원쑤들을 쳐 없앤다는데 무엇이 아깝겠
　　　소?
　(로인 남녀 군중들과 같이 등장.)

로 인 석돌아 만경대에서도 알고 나무 열 바리를 가져 왔다.

석 돌 그래요, 고맙습니다.

남 자 고마울 게 있나요. 불배로 미국 배를 친다는 소문을 듣고 단숨에
       실어 왔쉐다.

녀 자 모두 관솔 나무라 불이 잘 당길 겁니다. 어데다 부릴까요.

석 돌 저 쪽으로 내려가십시오.

남 자 알았쉐다. (퇴장)

       (소방울 소리)

남 자 그건 뭔가요?

당 꼴 배마다 이 갈구리를 달아야 저 놈들의 배에 걸릴 게 아닌가.

로 인 임진왜란 때 리순신 장군이 울돌목 쌍교에서 굴강쇠로 적을 잡았
       다는데 제법 그 솜씨로군.

당 골 왜 아니겠나, 춘권이가 불배로 적을 잡자는 것도 우리 선조들의
       본을 받은 탓이지.

녀 자 장작이 필요하다기에 가져오긴 했습니다만 불배로 뭘 어떻게 하
       는지 똑똑히 압시다.

당 꼴 내 말할 테니 자넨 어서 가서 일 보게.

석 돌 네, (나가면서) 야 어느 마을에서 오는지 서게 미상이와 나무 바리
       가 또 오는군. 이 쪽으로 오십시오.

       (퇴장)

당 꼴 이렇게 하자는 겝니다. 배 밑에다 화약을 싣고 그 우에다 나무를
       실은 다음 기름을 치고 불을 말아 쓸물에 일시에 띄우면 쏜살같
       이 내려 가 미국 놈의 배에 부딪칠 게 아닙니까 그렇게 되면 화
       약이 터지면서 종당은 도적의 배에 불이 당긴단 말입니다.

부 인 그 배가 딴 대로 흐르면 어쩌나요?

당 꼴 그야 그 놈의 배에 가 부닥치게 물살을 봐가며 띄워야지요. 그 놈
       들의 배는 땅에 붙었으니까요.

로 인 이제 수십 척의 불배가 일시에 내려가면 굉장할 거요.

남 자 그럼 관군들은 뭘하나요.

당 꼴 그야 불배를 띄우자 출동하지요.

로 인 그 놈들이 불배를 보고 갈팡질팡할 때 들이친단 말이외다.
당꼴 불배가 아니라도 때려 부실 수는 있겠지만, 저 놈들이 맞불질 할 틈을 주지
말자는 겁니다.

녀 자 그런 묘안을 성안에 사는 어느 총각이 해냈다면서요.

당 꼴 박춘권이란 젊은인데 그 사람의 책략을 듣고 평안 감사가 무릎을
       쳤답니다.

남 자 그건 그런데 배 안에 갇힌 우리 사람들은 어떻게 하지요?

당 꼴 배 안 사람들을 빼내기 위해 불길을 하기 전에 춘권이를 선두로
       관군들과 우리 젊은 사람들이 저 놈의 배로 들어 간다오.

일 동 아니 그럼…

녀 자 구사 일생으로 빠져 나온 사람들이 범의 굴로 또 들어가다니.

로 인 그래서 우리두 극력 말렸건만 그 사람의 결심이라 꺾을 수가 없
       구먼요.

일 동 그러니 원…

부 인 성안 사람들을 위해 목숨을 내놓는 게지요.

로 파 춘권이 그 사람이 담이 큰 사람이지.

일 동 (감격한다.)

남 자 자 빨리 가서 일손을 도웁시다.
       (군중들 나간다.)
       (춘권 등장)

춘 권 (군중들에게) 수고들 하십니다.

군중들 괜찮습니다.

당 꼴 이렇게 만들면 되겠나?

춘 권 네, 아주 잘 만들었습니다.

당 꼴 나무와 배는 자라겠든가?

춘 권 화약과 나무는 충분한데 배가 좀 부족됩니다.

당 꼴 갑자기 만들 수도 없구 거 큰일 났군! 좀 늦어 들어 가면 안 되나?

천 석 (등장)

춘 권 안 됩니다. (갈구리를 모아 가지고 일어 서며) 우선 다 된 건 달아
　　　놔야겠쉬다.

당 꼴 놔두게, 내가 할 테니.

춘 권 빨리 서둘러 주십시오. (나가면서 천석에게) 형님, 들어갈 차비를
　　　해야겠쉬다.

천 석 난 다 됐네.

춘 권 (퇴장)

당 꼴 지난 일은 생각지 말구 기운을 내게.

천 석 네.
　　　(당꼴 퇴장. 천석 새각에 잠긴다. 음전 큰 함지를 이고 등장하여 천석이를 발견한
　　　다.)

음 전 오라버니.

천 석 (함지를 받아 내린다.)

음 전 뭘 그렇게 생각해요?

천 석 여게 일만 끝나면 들어간다.

음 전 ………

천 석 음전아, 이 놈은 어머니 묘지에도 못 가는데… 네가 날 대신해서
　　　자주 가 봐라. 추석 날도 멀지 않았다.

음 전 오라버니 왜 그런 말을 해요.

천 석 춘권이는 좋은 사람이다. 그 사람은 널…

음 전 난 오라버니가 무사히 살아 나오리라고 믿어요.

천 석 원쑤를 갚는데 난 앞장 서련다. 그 놈들을 내 손으로…

춘 권 (등장) 감영에서도 차비가 다 됐다나 봅니다.

천　석　그래, 그럼 어서 떠나야겠군.

춘　권　저 놈들도 기다릴 겝니다. 그런데…

천　석　춘권이.

춘　권　(돌아선다.)

천　석　자넨 여게 남는 게 어떤가?

춘　권　남다니요?

천　석　여게서 할 일이 더 중하지 않나? 배로 가는 거야 자네가 아니래
　　　　도…

춘　권　처음 언약한 대로 합시다.

천　석　가서 어떻게 하라는지 말만 하면 나 혼자라도…

춘　권　어서 떠날 차비나 갖춥시다.

천　석　(퇴장)

조　씨　(바구니를 들고 등장) 여게들 있구나.

춘　권　어머나.

조　씨　(춘권에게) 이걸 좀 먹어라.

춘　권　뭔데요?

조　씨　이쁜이 어머니가 널 먹이겠다고 없는 쌀을 털어서 밥을 지어 왔구
　　　　나.

춘　권　고맙군요.

조　씨　좀 먹어라, 얼마나 시장하겠니?

춘　권　천천히 먹지요.

조　씨　밤으로 들어간다면서 좀 먹고 떠나야 할 게 아니냐? (눈물이 어린
　　　　다.)

춘　권　어머니! (밥을 받으며) 먹겠습니다. (손을 잡으며) 어머니!

조　씨　내 널 보내고 싶지 않은 마음은 조금도 없다. 나라를 위해 한다는
　　　　일을 내 왜 마다하겠니? 난 네가 돌아가신 네 아버지 못지 않게

싸우리라는 걸 믿는다.

춘 권 어머니 저도 아버지를 따르렵니다.

조 씨 너의 아버지는 억울하게 죽었지만 훌륭한 분이시였다.

춘 권 어머니!

조 씨 지금 성안 사람들은 모두 너를 믿는다. 어떻게 하든 우리 사람들을 건져 내고 너두…

춘 권 어머니, 근심 마십시오. 저도 살아 나옵니다.

조 씨 (옷고름을 고쳐 매 주며) 에미도 너를 믿는다.

춘 권 (손을 잡으며) 저 놈들을 물리치고 어머니 고생되시지 않게 편안히 모시겠습니다.

조 씨 (음전에게로 가며) 얘야, 우린 여게 남아서 네 오라버니와 춘권이가 이기고 나오기를 기다리자.

음 전 네.

조 씨 (퇴장)

춘 권 음전이!

음 전 네.

춘 권 울었어?

음 전 몸 조심해요.

춘 권 우리 어머니는 음전일 좋아하지.

음 전 ………

춘 권 우리가 앞뒷 집에 살면서… 난 음전일… 친동생처럼 생각해…

음 전 고마워요. (머리를 숙인다.)

춘 권 ………

음 전 어두워지면 떠난다지요?

춘 권 불배 차비만 되면 이제라도 들어가야지… 그런데 지금 배가 좀 모자라서.

음 전 배 대신 큰 함지박은 안 되나요? 이런 거요?

춘 권 어디? 응 그렇지, 이런 함지면 되겠군. 되구 말구!

음 전 그럼 됐어요! (급히 퇴장)

　　　(이 때 천석, 석돌 출전 차비를 하고 등장. 뒤이어 당꼴 로인, 로파, 남녀 군중들
　　　웅성대며 등장)

석 돌 춘권 형, 방금 조정에서 쳐물리치라는 교지가 내렸다오.

춘 권 그래?

당 꼴 행차 후에 나발 불었구먼.

일 동 (웃는다.)

녀 인 아무튼 씨원한 소식이웨다.

천 석 우리는 차비가 다 됐네.

로 인 음전이 말을 듣고 아낙네들이 배 대신 큰 함지를 가져온다네. 뒷
　　　일은 우리가 할 테니 어서 차비를 하라구.

석 돌 감영에서도 다 됐다는데 어서 갑시다.

당 꼴 석돌이 양고자 놈들은 키가 구척이라는데 해낼 만한가?

석 돌 이래 뵈두 고추에 당추장 발라 먹고 자란 놈이외다.
　　　그깐 놈들 (받는 형용을 하며) 뒷짐 지고도 세 놈은 문제 없쉬다.

일 동 (웃는다.)

　　　(말발굽 소리.)

소 리 서윤 중군 납시오.

　　　(신태정 관군을 거느리고 등장
　　　박춘권 읍한다.)

신태정 박춘권!

춘 권 네.

신태정 감영에서 보낸 화약과 놀잇배 일곱 척을 받았는가?

춘 권 네 받았소이다.

신태정 그래 화습선 출발 차비 다 되었는가?

춘　권　네, 화약과 신탄은 충분하온데 배가 좀 부족해서 근심되오나 백성
　　　　들의 지성으로 보아 곧 갖추어질 것으로 아뢰옵니다.
신태정　음 장하도다. 그대가 말한 대로 관군 사십 명에게 인부 차림을 시
　　　　켜 배 안에 대령케 하였고 흰 기까지 달아 놨으니 그리 알어라.
춘　권　알겠소이다.
신태정　(편지 한 장을 꺼내 주며) 자 이건 역관 놈의 친필로서 그대가 불
　　　　러 준 대로 씌워졌으니 간직하라.
춘　권　네. (받는다.)
신태정　그러면 우리 관군 작전에 대한 것을 일러주겠으니 알아둠이 좋겠
　　　　노라 -
춘　권　네!
신태정　적선을 가운데 두고 아래우로 우리 병선 수척을 대기시켰고 강변
　　　　에 복병하였을 뿐만 아니라 보통 문 앞쪽에다는 화룡포를 대기
　　　　하였노라.
춘　권　알겠소이다.
신태정　그러나 우리들은 그대들의 화습 작전이 뜻대로 돌아 갈 적에 화
　　　　문을 열겠으니 아무쪼록 성공하여 수영 중군과 백성들을 구해
　　　　내기를 바로노라.
일　동　목숨 걸어 싸우겠소이다.
신태정　믿노라… 그럼 우리는 배에서 오르는 봉화에 따라 움직이겠노라.
춘　권　네.
소　리　불배 차비 다 되었소.
신태정　출동하라.
춘　권　네, 자 그럼…
　　　　(춘권, 천석, 석돌 일동을 돌아보고 기세 드높이 나간다.
일　동　그들을 배웅한다. 초새달이 오른다.)

- 암전 -

제 2 장

때   전장과 같음
곳   대동강상 샤만호의 갑판

무대   제2막과 같다.

막이 오르면

밤. 윌슨 등불 아래 앉아서 쁘레스톤이 불러 주는 대로 무엇인가 열심히 받아쓰고 있다.

쁘레스톤   (시계를 꺼내 보며) 돌아 올 시간이 됐는데 이 놈들이 약속을 뱁반한 것이 아닌가?

윌 슨   글쎄올시다.…

쁘레스톤   (뒷짐을 지고 오락가락하며) 아무튼 계속해 쓰시오. 다음 아홉째, 조선은 국왕이 열네 살이며 정사는 그 아버지 홍선 대원군이란 사람의 섭정으로 실시되고 있는 바 이 로인이 완고한 쇄국주의의 장본인으로서 우선 조선과 통상 조약을 체결하기 위하여서는 대원군을 없앰이 가함.

윌 슨   (받아 쓰면서) 대원군을 없앰이 가함.

쁘레스톤   열째! 우리가 평양에 이르기까지의 정찰에 의하면 압록강 하구 룡암포와 대동강 하구 남포는 다소의 간만의 차가 심한 결함이 있으나 약간의 측간을 하면 해군 기지로 적합하며 조선의 총 병력은 약 3만! 그것도 모두가 구식 장비에 의한 것으로 크게 경계할 바가 아니며 로저스 제독의 아세아 함대로서는 능히 정복할 수 있다고 모임!

월 슨 정복할 수 있다고 보임.

쁘레스톤 줄을 바꾸어서 크게 쓰시오! 조선은 지금 렬국의 관심으로 초
         점으로 되고 있는 바 특히 불, 영 이들을 제거하기 위해서는 시
         각을 다룸이 필요하다고 인정함.

월 슨 네.

쁘레스톤 청국 천진 미국 기지 사령관 로저스 제독 앞. 조선 평양 대동강
         에서. 샤만호 로버드 쁘레스톤! (망원경으로 강변을 살핀다.)

월 슨 (다 쓰고 나서 붓을 놓으며) 다 섰습니다. 캪테인!
         싸인하십시오.

쁘레스톤 (편지에 싸인하며) 잘 보관하시오! 만일의 경우에는 이것부터
         보내야 합니다.

월 슨 보낸다면 누구를 통해서?

쁘레스톤 만일 이 조선 놈들이 성공 못하고 온다면 그 놈들을 통해서 보낼
         가 하오! 청국 안동 우리 령사관 사처까지만 련락이 되면 되니까…

월 슨 그 놈들이 국경을 어떻게 돌파하겠습니까?

쁘레스톤 문제는 배를 떼야 하오. 배를!

월 슨 (시계를 보며) 이 조선 놈들이 아무리 해도 시간이 다 됐는데 안
         온다는 것은 심항한 일이 아닙니다.

쁘레스톤 응…

월 슨 무슨 대책을 강구해야겠습니다.

쁘레스톤 대책이래야 무력으로 해결해 보는 수밖에 없는데 포알은 충
         분하지?

월 슨 평양성을 불바다로 만들기엔 되고도 남습니다.

쁘레스톤 놈들이 끝내 안 돌아오면 본격적인 행동을 가해야겠소. 우리는
         아무렇게 해서든 대통령 각하가 준 과업을 수행해야 하오!

    (선실에서 토마스, 아멜 등장)

쁘레스톤 미스터 토마스! 어떻습니까? 당신의 신도는 우리들과의 약속을

지키지 않는 것 아닙니까?

월 슨   벌써 돌아올 시간이 됐습니다.

토마스   그들은 반드시 돌아올 것입니다. 그들은 우리들 보담 자기의 생
         명을 위하여서라도 맡은 일에 충실할 것입니다.

쁘레스톤   만약 놈들이 배반을 했다면?!

토마스   글쎄 그야 난들.

쁘레스톤   아니 지금 와서 그게 무슨 말이요?

토마스   그렇지 않습니까? 물론 나는 지금 이 순간까지 그들을 믿습니다.
         그러나 캪테인이 그렇게 추궁한다면 그들도 의사의 자유를 가진
         동물이니 그 밖에 나로서는 대답할 여지가 없다고 생각합니다.

쁘레스톤   당신은 교활합니다.

토마스   당신들은 너무 조급합니다. 나는 통역으로서 내가 할 일은 다 했
         습니다.

쁘레스톤   뭣이? 음… 그래서 당신과 아멜은 이 시각에도 딴 장을 벌리고
          있소?

토마스   딴 장이라니요?

쁘레스톤   당신들은 딸라를 위해 내 통역으로 이 배에 탔소.
          아멜은 어째서 임의로 수심 측량을 했는가 말이요?

토마스   만일 그렇게 말씀하신다면 조선에서 수심 측량을 금할 권한을 가
         진 사람은 조선 정부밖에 없다고 생각합니다.

쁘레스톤   그러면 왜 아멜은 그것을 나에게 비밀로 하였소?

토마스   글쎄 그야 당신의 지나친 간섭에 대한 우리의 겸손에 지나지 않
         았지요.

쁘레스톤   겸손? 당신들 재미없습니다.

토마스   캪테인! 여기는 쌘프랜씨쓰코나 씨카고 아니요.
         낯설은 조선 땅입니다.

쁘레스톤 그 말의 뜻은?

토마스 당신 말의 뜻과 같습니다.

쁘레스톤 결투! (륙혈포를 빼든다.)

　　　(윌슨 아멜 동시에 총을 빼든다.

　　　찰스엠 등장하여 사태를 본 후 총을 빼서 토마스를 겨눈다.)

　　　ㅡ 사이 ㅡ

토마스 캪테인! 이 추태는 앵그로 색쓴 민족이 가지는 신사로서의 례의
　　　가 아닙니다.

　　　(계속 침묵이 흐른다.)

쁘레스톤 (총에서 손을 떼며) 음…

　　　(일동 총을 넣는다.)

쁘레스톤 포격 준비를 하시오!

윌 슨 예이!

쁘레스톤 찰! 선창에 가둔 조선 놈을 끌어 냇!

찰스엠 오라잇. (퇴장)

토마스 캪테인! 아직 서두르는 것이 빠릅니다. 나는 아직 나의 신도에 대
　　　한 희망을 포기하고 있지 않습니다.

쁘레스톤 듣기 싫소!

토마스 캪테인! 당신과 나는 공등한 운명에 처하고 있습니다.

쁘레스톤 나 하고저 하는 일에 참견하지 마시오! 윌슨! 발사 준비!!

윌 슨 오ㅡ라잇.

토마스 조급은 모든 일을 망칩니다. 한 번 더 고려하십시오.

쁘레스톤 이번 포의 묘준은 평양성 감사청에다 두시오. 이제는 이 놈의
　　　지방 장관 놈들한테는 아무 고려도 할 필요가 없소.

윌 슨 알겠습니다.

토마스 조금만 더 기다려 봅시다. 나의 교도들은 반드시 돌아옵니다. 이
　　　렇게 늦어짐은 사십 명의 인부를 구망해 오기 까닭일 겝니다.

쁘레스톤 응…

아 멜 지금 포문을 열면 오던 사람 달아납니다.

토마스 옳습니다. 들어오는 복을 차내는 격이 됩니다.

쁘레스톤 음… 윌슨 준비해 놓고 기다려 봅시다.

윌 슨 네!

   (챨스엠, 선원들 포박한, 리현익 이하 관군 및 남녀 백성들을 끌고 나온다.)

챨스엠 이 놈들을 어떻게 할까요?

쁘레스톤 저 뱃머리에 일렬로 세워 둬라!

챨스엠 오라잇! 빨리 갓. (때리려 한다)

관군1 이 놈! 어디다 손질이냐?

챨스엠 뭐야?

백성들 에잇 화적의 떼들!

녀자들 이 놈들아 양고자 놈들아! 차라리 우리를 죽여라!

쁘레스톤 우리 당신들 총알받이로 써야겠습니다.

백성들 뭣이? 이 놈!

쁘레스톤 마지막으로 평양성 불 붙는 구경이나 하시오.

리현익 (쁘레스톤에게) 이 오만무례한 놈들! 한시 바삐 이 포승을 풀어라!

쁘레스톤 당신 나라 아직 우리말 듣지 않소. 당신 우리를 모욕했소. 우리
      그런 사람 용서할 수 없소.

리현익 우리 나라는 자기의 국시를 가진 종주국이다. 아무리 너희들이
      폭력을 가한다 해도 우리에게는 우리 국시다 있다.

쁘레스톤 국시? 우리 그런 것 인정하지 않소!

리현익 (웃으며) 미친 놈들! 천하가 너희 놈들 해 같으냐! 하하하!

쁘레스톤 챨! 끌어 갓!

챨스엠 가자!

   (양인들 밀고 간다.)

리현익 물러서라. 이 놈들! (쁘레스톤에게) 너희 놈들에게 철추가 내릴

것이다. (천천히 걸어 나간다.)

관군1　(끌려가며 강변 쪽을 향하여) 이 놈들을 쳐부시라.

　　　(찰스엠 선원들 포박된 사람들을 끌고 퇴장)

윌　슨　조선 놈들 모두가 저렇다면 곤란합니다.

쁘레스톤　죽음을 무서워할 줄 모르는 야만들이요!

소　리　(총 소리와 함께) 누구얏? 그 배 멈추엇!

윌　슨　배가 오는가 봅니다. 캪테인!

찰스엠　(등장) 캪텐 흰 기 꽂은 배가 옵니다.

윌　슨　분명 흰 기가 보입니다.

　　　(일동 기쁨의 화색이 돈다. 쁘레스톤 그 쪽을 뚫어지게 본다.)

소　리　선주님! 목사님! 저희가 옵니다.

쁘레스톤　박춘권, 리천석 확실한가?

찰스엠　확실합니다.

토마스　배가 세 척! 많은 사람이 오는 걸 보니 인부들을 데리고 오는가
　　　봅니다.

아　멜　옳습니다. 인부들이 옵니다.

찰스엠　모두 받아들일까요. 캪텐?

쁘레스톤　노- 떠들지 마시오. (아래를 유심히 살피며) 우선 박춘권 리천
　　　석 몇 사람만 들이시오!

찰스엠　인부가 확실한가 모두 올라오게 합시다.

쁘레스톤　(큰 소리로) 챨!

찰스엠　오-라잇 (퇴장)

소　리　선주님 빨리 사다릴 내려 보내슈, 저희가 왔습니다.

쁘레스톤　미스터 윌슨! 저 배 경계하고 수색하기 전 한 놈도 더 올리지
　　　마시오.

윌　슨　알았습니다.

토마스　너무 지나친 생각이 아닐까요?

쁘레스톤 매사에 신중함이 좋습니다… 갑판 우에 끌어 낸 놈들 빨리 집
        어 널 것.
선 원 네. (퇴장)
소 리 그럼 여러분 여기들 좀 계시우.
소 리 미스터 춘권 수고했습니다.
소 리 기다리게 해서 죄송합니다.
     (춘권, 석돌, 천석, 남자1, 2 등장)
토마스 수고들 하였습니다.
춘 권 필요… 선주님 오래 기다리게 해서 죄송하웨다. 실은 사람들을 구
        망하느라구…
쁘레스톤 몹시 기다렸습니다. 어떻게 되었소? 역관을 만났소?
춘 권 네 마침 가니까 역관 나리께서 이 배로 오실 차비를 하고 계셨습
        니다.
쁘레스톤 역관이?
춘 권 네 뭐 조정에서 교지라 내린가 봅니다.
양인들 교지가?
쁘레스톤 말 계속하시오!
춘 권 네, 그래 가지고 간 편지를 전하니까 보시고 기뻐하시면서 우선
        인부를 줄 테니가 편지를 가지고 먼저 들어가라 하시더군요.
쁘레스톤 편지?
춘 권 네! 형님!
천 석 네, 편지 여기 있습니다. (괴춤에서 편지를 꺼내 준다.)
쁘레스톤 (편지를 받아 펼친 후 먼저 주머니에서 종이를 꺼내 필적을 대
        조한다.)
토마스 역관의 친필이 틀림없나 봅니다.
쁘레스톤 (편지를 읽는다.)
윌 슨 역관은 왜 오지 않습니까?

춘 권 네, 모르긴 하겠지만 아마 통상 조약을 론하고저 감영에서 부르나
　　　봅니다.
찰스엠 틀림없겠지?
춘 권 그러문요.
쁘레스톤 (편지를 읽은 후) 음…
윌 슨 뭐라고 썼습니까?
쁘레스톤 조정에서 교지가 내린 것이 틀림없나 보오…
윌 슨 통상 조약 허락한단 말씀입니까?
쁘레스톤 어느 나라 제의라고 거절하겠소? 지금 감영에서 우리들을 맞이
　　　할 데 대하여 의논들을 하는가 보우.
　　(양인들 기뻐한다.
　　토마스 아멜 어딘가 못마땅해 한다.)
찰스엠 오- 이제는 만사 오-케이군요.
쁘레스톤 조선 사람들 우둔하다 했는데 조정에 약바른 고관들이 있군 그
　　　래, 하하하.
윌 슨 역관의 보람이 있었습니다.
쁘레스톤 노- 강대한 우리 비국의 위력… 하하하… (춘권과 천석에게)
　　　당신들 수고 많이 했습니다.
춘 권 뭘요. 우린 마음 놓고 하느님 믿을 게 제일 좋습니다.
토마스 (억지로 웃으며) 성공을 축하합니다. 미스터 쁘레스톤.
쁘레스톤 미스터 토마스! 아까는 내 좀 경솔했습니다.
토마스 리해할 수 있습니다.
쁘레스톤 우리의 성공을 위하여 축배를 듭시다. 미스터 찰스엠! 준비하
　　　시오.
찰스엠 오-라잇! 마 서방 마 서방!
마로인 (등장) 네! (춘권이 일행을 보고 놀란다.)
찰스엠 축배 들게 음식 차려 와, 발리.

마로인 네. (퇴장)

월 슨 래일 감영으로 나갈 차비도 해야 할 게 아닙니까?

쁘레스톤 노, 우리가 나갈 게 아니라 조선 대표들을 이리로 초청해야 합
　　　　니다. 모든 것을 우리 배 안에서 진행해야 합니다.

춘 권 선주님, 인부들이 기다리는데 무엇보다도 어서 배를 떼 놔야 할
　　　게 아닙니까?

쁘레스톤 옳습니다. 옳습니다. 당신 내 마음에 듭니다. 먼저 배를 띄워야
　　　　합니다.

춘 권 사십 명이 와도 장정들만 데리고 왔습니다. 참 여보게들 인사 드
　　　리라구, 선주님이야.

석 돌 (인사를 하며) 저희들은 역관 나리 령을 받고 왔습니다.

쁘레스톤 좋습니다. 이제 곧 일을 시작해야겠소.
　　　(마로인 음식을 차려 가지고 나온다.)

월 슨 안으로 들여 가!

마로인 네 (선주실로 들여 간다.)

춘 권 모두 올라오게 하지요.

쁘레스톤 시간이 없습니다. 곧 일을 합시다. 챨스엠! 이 분들과 같이 곧
　　　　일을 착수할 것.

챨스엠 오 - 라잇!

쁘레스톤 (한편으로 챨스엠을 불러 놓고) 먼저 선원들을 풀어 배 안들을
　　　　수색해 보고 일 착수할 것.

챨스엠 알았습니다. (선원들을 데리고 퇴장)

쁘레스톤 우리 당신들의 행복 위해 축배 들겠소.

춘 권 고맙습니다.

마로인 (선주실에서 나와 퇴장)

쁘레스톤 그럼… (토마스에게) 들어갑시다.
　　　(쁘레스톤을 따라 토마스, 윌슨, 아멜 선주실로 들어간다.)

챨스엠 (등장하여 따라 들어가려 한다.)

쁘레스톤 (문을 닫는다.)

챨스엠 (약간 불쾌감을 느낀다.)

춘 권 어서 일을 시작합시다.

챨스엠 응!

마로인 (음식을 나른다.)

챨스엠 잠간만 나 먼저 한 잔 마시구. (주머니에서 큰 고뿌를 꺼내 든다.)

마로인 이건…

챨스엠 잔말 말고 어서…

마로인 (술을 따라 준다.)

챨스엠 이 술은 당신들의 행복을 위해서 먼저 한 잔 마시고 일합시다.

춘 권 네!

   (챨스엠 목을 제끼고 술을 마신다. 기회를 보던 춘권 날쌔게 달려들어 목을 틀어
   쥔다.)

   (석돌 괴줌에서 칼을 꺼내 챨스엠을 찔러 강으로 던지고 포알 상자를 내던진다.)

마로인 (나오다 놀래며) 아니…?

춘 권 로인님!

마로인 그럼 당신들이…?

춘 권 그렇소, 걱정 말고 어서 들어갔다 곧 나오시우!

마로인 네. (선주실로 퇴장.)

남 자 (등장) 배를 탐색하러 내려 온 놈들을 감쪽같이 잡아 치웠소.

천 석 잘 했습니다. 쉿!

   (춘권 단도를 빼 들고 선주실 앞에 다가선다. 남자 1, 2 사면을 감시한다.
   선실에서 양인들의 웃음소리.)

춘 권 형님! 어서 우리 사람들을 빼내시오.

   (천석, 남자 1, 2 날쌔게 퇴장)

마로인 (나온다.) 놈들이 나오려는 것 같습니다.

춘 권 됐습니다. 석돌아! 이 로인님을 모시고 배에 내려 타게.

석 돌 로인님! 저 아래 배가 있으니 어서 내립시다!
　　　절 따라 오십시오!

마로인 내가 할 일은 없습니까?

춘 권 없습니다. 어서 내려가십시오.

석 돌 로인님 발리!

마로인 과연 장하외다.

소 리 (선주실에서) 챨스엠! 챨!

춘 권 (더욱 다가선다.)

천 석 (등장) 다들 배 내렸네.

춘 권 됐쉬다. 형님도 어서 내려 타고 배를 떼시오!

천 석 내가 마저 할 테니 자네가 먼저 내리게!

춘 권 어서요!

천 석 (퇴장)

윌 슨 챨스-챨! (부르며 나온다.)

춘 권 이 놈! 네 놈이 화통수라지 (달려들어 목을 틀어 쥔 후 끌어다 강
　　　물에 던진다.)

윌 슨 (떨어지며) 앗!
　　　(춘권 배 안에 있는 등잔불을 빗기여 준비했던 솜방망이에 기름을 묻힌 후 불을
　　　붙여 들고 강변 쪽을 향해 휘두른다.
　　　이 때 윌슨의 비명 소리에 놀래여 쁘레스톤, 토마스, 아멜 양인들 뛰쳐나온다. 춘
　　　권 불방망이를 던지고 강물에 뛰어든다.)

쁘레스톤 앗. (급히 달려 가 총을 쏜다.)

양인들 선주님! 선주님! 조선 놈들이 달아납니다. 앗 그 배 멈추어라!

쁘레스톤 뭣들 했는가?
　　　(양인들 당황하여 총을 쏜다.)

선 원 놈들이 문을 막아서 배 밑으로 통하는 문을 밀고 나와 보니.

쁘레스톤 응… 이게 웬 말이냐?

토마스 우리가 그 놈들한테 속았습니다.

쁘레스톤 속았어? 응… 불을 켜라! 챨스엠은 뭘 하고 있느냐?

양인들 챨스엠 보이지 않습니다.

쁘레스톤 이 놈들이 도망친댔자 금시 내렸을 것이다.

　　　　　대포를 강 밑으로 돌려라!

　　(양인들 당황하여 오락가락한다.)

아 멜 난 정말 이렇게 될 줄은 몰랐습니다.

쁘레스톤 포를 쏘라 포를! 윌슨 윌슨!

양인들 윌슨 보이지 않습니다.

선 원 앗 포알이 없습니다.

쁘레스톤 뭣이, 음 우리가 조선 놈들한테 감쪽같이 속았구나 응…

아 멜 엇 저 불!

쁘레스톤 불배!

양인들 사람이 타지 않고 불이 탔습니다. 앗 불이 이리로 달려 옵니다.

　　(이 때 강변 쪽에서 ≪양고자 놈들아 - 불 받아라!≫ 하는 백성들의 함성이 천지
　　를 진동한다.

　　사면에서 총소리!)

토마스 앗 저기 조선 놈들이 쳐들어 옵니다.

쁘레스톤 음…

　　(양인들 총을 방향 없이 쏘아 댄다. 잠시 동안 교전이 벌어진다. 불배가 부딪치기
　　시작한다. 폭발 소리 함성 소리 양인들의 아우성 소리 -
　　샤만호에 불이 당겨 화광이 오른다. 한편으로 관군 백성들이 쳐오른다. 양인들
　　총을 쏘며 뒤로 밀려간다. 어떤 자는 강으로 뛰어 든다.
　　북 소리와 함께 함성이 높아지며 리현익, 신태정 칼을 높이 들고 등장)

신태정 양고자 놈들을 모조리 잡아라!

춘 권 (등장) 나리님!

신태정　수고들 했노라.

　　(이 때 살아 남은 양인들 화광에 못 이겨 손을 들고 등장)

리현익　이 흉악 무도한 미국놈들아! 너희 놈들이 제 아무리 우리 강토를
　　　　침범하고 싶어도 나라가 있고 백성이 있을진대 너희들의 야망은
　　　　언제든지 이 샤만호와 같이 불타 버리고 말 것이다.

　　(양인들 무릎을 꿇고 애걸한다.

　　대동강반에 나선 백성들의 만세 소리 드높다.)

춘　권　(강변 쪽을 향해 크게 웨친다.) 여러분! 룡상이란 허울 좋은 탈을
　　　　쓰고 하느님을 내세우며 우리 나라를 짓밟으려는 양고자 놈들을
　　　　배와 함께 우리 대동강 우에서 태워 버리고 맙시다.

　　(군중들의 만세 소리가 들린다.)

춘　권　사또님 불길이 높아집니다.

신태정　모두들 배에서 내리라!

　　(일동 승전의 개가 높이 부르며 나간다.

　　노래

　　을지문덕 리순신 애국 지성 받들어

　　침략의 떼 물리쳐 백성들은 싸우리

　　우리 나라 삼천리 대대손손 지키리

　　…………

　　(쁘레스톤 토마스 오도 가도 못해 그 자리에 주저앉는다.

　　화광은 배를 덮는다.

　　백성들의 만세 소리 ─ 승전의 북 소리 천지를 진동한다.)

─ 막 ─

1956년

서희장군

六장

리동춘

나오는 사람

서 희   중군사
상군사   45세
하군사   50세
리지백   어사   50세
국 왕
량 조   내사령, 국왕의 고문   55세
비 장   서희의 비장   28세
어머니   서희의 어머니   60세
대신들
군 졸   1, 2, 3, 4
전령병   1, 2
궁지기   1, 2, 3
송로인   62세
송 랑   그의 손녀   12~16세
길 성   농군   25세
아낙네   1, 2
남 자   1, 2, 3, 4
부 인
총 각   부인의 아들
하 녀   서희의 하녀
백발로인
로 인
소손녕   거란군 적장   40세
초 리   일진장   45세
장 교   1, 2, 3
병 졸   1, 2
라졸들
기타
     고려 군졸들, 남녀 백성들, 궁녀들, 부녀들, 관원들, 적병들, 다수 등장.

제 1 장

때   10세기 말엽 어느 해 봄

곳   개경과 서경 사이에 있는 례성과 나루터 근방.

무대   산굽이에 자리 잡은 송랑의 집 초가삼간이 산등 새를 의지하여 아
　　　담하게 들이 앉았다.

　　　　집 뒤로 꽃이 활짝 핀 살구나무 및 그루, 산에는 진달래가 한창
　　　이다. 집 뒤로 례성강이 산을 끼고 흐른다. 송랑의 집 옆으로 나
　　　루터로 행로가 뻗어 나갔는데 행로에서 좀 떨어진 곳에 조그마
　　　한 정자가 서 있다. 길섶에 서 있는 살구나무 아래에는 오가는
　　　길손들을 위해 조그마한 물 항아리를 놓고 그 우에 바가지를 띄
　　　워 놓았는데 보기에도 아름답다.

막이 오르면

　　　한낮. 송로인과 농군들이 쟁기와 혹은 삼치들을 들고 라졸1의 지휘 하에 나루터
　　　로 뻗은 길을 닦는다.

　　　송랑은 집 주위를 청결한다. 어데선가 사공의 배노래가 한가로이 들려온다.

라졸 1   자 빨리 빨리들 하시오. (항아리에서 물을 떠 마신다.)

농　군   (걸레로 정자의 기둥을 닦고 나서) 이만했으면 됐소이까?

라졸 1   (올라 가 살피고 나서) 됐쉬다. 저 아래 가서 도와주시오.

농　군   (비를 들고 나루터 쪽으로 내려간다.)

송　랑   (청소를 끝내고 물 길러 나간다.)

소　리   쉬, 어사 대감 행차시다.

(일동 그 자리에서 읍한다. 수레 멎는 소리, 리지백, 상군사 등장. 그의 수원들 뒤
　　를 따른다.)
상군사 (정자에 올라 나루터 쪽을 살피며) 조수가 오르기 시작했소이다.
지　백　어서 내려갑시다.
　　(지백, 상군사, 수원들 나루터 쪽으로 퇴장. 일동 다시 일을 시작한다.)
송로인　이만했으면 된 것 같습니다.
라졸 1　저 아래 길에다 황토를 좀 더 깔고 끝냅시다.
　　(일동 나루터 쪽으로 내려간다. 송랑 들을 길어 가지고 등장하여 항아리에 채우
　　고 나머지 물을 가지고 내퇴. 부역을 끝낸 농군들 올라오며 ≪수고들 했습니다.
　　≫≪편안히 가시오.≫ 등등 인사를 나누며 퇴장. 무대 빈다. 송랑 활을 가지고 나
　　와 집 뒤 어느 곳을 향해 활 쏘는 훈련에 열중한다. 송로인 등장하여 활줄을 늘
　　이는 송랑을 보고 놀란다.)
송로인　랑아, 관가의 행차가 심한데 어쩌자고 그러냐.
송　랑　(활 쏘는데 열중할 뿐이다.)
송로인　(만류하다가) 활줄을 당기면서 겨누어야지 당겨 놓고 겨누자면
　　　　팔이 떨려 빗나가느니라.
송　랑　줄이 되요.
송로인　된 게 아니라 네가 힘이 모자란다. 어디 보자. (줄을 튀겨 보며)
　　　　이만도 안 하고야 투구를 뀈 수 있니.
　　　　봐라 이렇게 당기면서 (활을 쏜다) 맞았니?
송　랑　아래 맞았어요.
송로인　아리숭해서 보이질 않는구나 이젠 늙었다. 자 쏴 봐라.
송　랑　(로인처럼 해 본다.)
송로인　(뒤에 서서) 그렇지 몸을 바로잡고 봐라.
송　랑　(줄을 놓고 바라보며) 맞았어요.
송로인　됐다. 그만하고 밭으로 나가자. 빨리 서둘러야 개골밭 부침을 끝
　　　　낼 것 같다.

송 랑   한 번만 더 쏴 보고 나갈 테니 할아버지 먼저 나가세요.

송로인   어서!

송 랑   (나머지 화살을 걸고 겨누다가) 아이 저게 수돌이 아버지 오시나
         봐요.

송로인   수돌의 아버지라니 길성이 아저씨 말이냐?

송 랑   네, 아저씨!

소 리   오냐.

송로인   (둔덕에 올라 그쪽을 보며) 아니 저 사람이…

길 성   (조그마한 보짐을 진 채 송랑이가 쏜 활촉을 들고 등장하며) 랑아,
         잘 있었니?

송로인   아니 자네가 어떻게 된 일인가?

길 성   (인사하며) 그간 편안하셨나요?

소 랑   아저씨! (큰절한다.)

길 성   오냐 랑이가 그 새 활재주가 늘었구나. 그렇게 나가다간 종당 우
         리 고려의 녀장군 난다는 말 나겠다. 형님 랑이가 병력살이를 한
         저보다 궁술이 난 편이외다. (랑이에게 활촉을 준다.)

송로인   자네 군장을 벗었으니 웬 일인가? 벌써 병력살이를 면했나?

길 성   네. 실은 래년 가을이 만긴데 어떻게 된 셈인지 앞당겨 보내는구
         먼요.

송로인   그래… 자 여게 좀 앉게.

송 랑   아저씨 그간 활과 창 쓰는 법을 많이 배웠겠구먼요?

길 성   야 말두 말아 그간 절간 짓는데 끌려 다닐라기에 활 한 번 제대로
         못 쏴 보고 퇴역됐다.

송로인   상비군이 절간을 짓다니?

길 성   나라가 어떻게 되가려는지 늘어가는 건 중대가리 뿐입니다. … 그
         런데 어느 대감의 행차시기에 저렇게 나루터가 떠들썩한가요?

송로인 응 작년 가을에 이 곳을 거쳐 송나라로 가셨던 서희 대감께옵서
　　　오늘 밀물을 타고 오신다나 보네.

길　성 그래요. (일어 나 그 쪽을 보며) 서희 장군께옵서는 북방의 거란족
　　　들이 압록강 류역에다 진을 치고 우리 나라를 넘겨다보고 있으
　　　니 상비군은 물론 백성들까지도 병력의 풍을 장려해야 한다고
　　　하셨는데 어떻게 된 셈판인지 모르겠쉬다.

송로인 여기서도 농쟁기를 만들기 위해 백성들이 지니고 있는 쇠붙이는
　　　물론 병기까지 바치라는 관명이 내리웠다네.

길　성 병기까지요? 홍 농쟁기 없어 농사가 안 되나요 그게 다 국방을 소
　　　홀히 하는 데서 취해진 처사일세 틀림없쉬다.

송로인 항간에서는 병기를 걷는 것을 반란이 무서워서라고들 하지만 자
　　　네 생각이 옳은 것 같으이.

송　랑 아저씨 그 거란 놈들이 여길 오긴 온다나요?

길　성 오긴 어델 와 애당초 발을 못 들여 놓게 해야지.
　　　(이 때 ≪쉬 현령 행차시다≫ 하는 소리 들린다.)

송로인 병기를 거두러 현령이 몸소 출도하셨다더니 랑아 어서 활을 치우
　　　라.

길　성 활이야 뭐라겠나요.

송로인 그래두 어서!
　　　(송랑 활을 감춘다. 그리고 세 사람 읍한다. 라졸 1 나루터에서 올라와 읍한다.
　　　잠시 후 현령 라졸 2를 거느리고 등장.)

라졸 1 길은 깨끗이 치워진 줄로 아뢰오.

현　령 음. (나루터 쪽을 살피다 놀라며) 아니 거란 사신들이 벌써 당도한
　　　게 아니야. 이거 내가 한 발 늦었구나…

라졸 1 아니오이다 저 분들은 서희 대감을 영접하러 행차하신 궁중 대감
　　　들인 줄로 아뢰오.

현　령 그래 음 어쨌든 오늘 우리 고을에 경사로다.

(현령, 라졸들, 나루터로 퇴장.)

송로인　(머리를 들며) 거란 사신들이라니?

길　성　근래에 와서 거란 사신 놈들이 우리 나라와 국교를 맺고 화친하
　　　　자고 풀방구리에 쥐새끼 드나들 듯 한다더니 그 놈들이…

송로인　아니 그래 우리 조정에서 그 놈들과 화친을 맺었단 말인가?

길　성　우리 발해를 집어삼킨 원쑤들과 화친을 맺을 리야 있겠나요.

송로인　아무렴… 우리 발해 조정에서 바로 그 놈들과 화친을 맺고 태평
　　　　세월을 보내다가 망했느니.

길　성　하긴 형님은 그 놈들의 폭행을 몹시 당했겠으니.

송로인　저 애 아비가 놈들에게 잡혀 참혹한 죽음을 당한 생각을 하면…
　　　　그 놈들은 인피로 전북을 만들어 치는 놈들일세.

송　랑　(흥분하여) 그러니까 거란 놈들이 이리로 온단 말인가요?

송로인　글쎄다…

소　리　쉬 내사 대감 행차시다.

길　성　형님 전 그만 가 보겠쉬다.

송로인　어서 가 보게 아무튼 집에선 반갑겠네.

송　랑　(생각에 잠겨 있다)

송로인　애 넌 인사도 안 하니.

송　랑　아저씨 안녕히 가세요.

길　성　오냐… 또 오겠습니다.

길　성　(퇴장)

소　리　쉬 길 물러라. 내사 대감 행차시다.

　　　　(송로인, 송랑 내퇴, 군졸들 등장하여 갈라선다. 현령 나루터에서 올라와 읍한다.)

소　리　가마 내려라.

소　리　예이.

　　　　(량조 앞서고 초리와 그의 수원 등장.)

량　조　(나루터 쪽을 보며) 음… (초리에게) 저 정자에 올라 좀 쉬여서 내

려 가시지요.

초　리　좋도록 하십시다.

　　　(초리와 그의 수원 정자로 오른다.)

량　조　(군졸에게) 내 바삐 나루터에 내려 가 배 대령하라.

군　졸　예. (퇴장)

현　령　(나서며) 본관 현령 대감께 문안 드리나이다.

량　조　내 타국의 사신이 귀국한다 통고했거늘 현령은 어찌하여 나룻배
　　　를 띄웠는고?

현　령　예 황송하오나 어사 대감께옵서 배를 내라 하시기에… 곧 대령하
　　　겠소이다.

　　　(현령 허리를 못 펴고 군졸들과 함께 나루터 쪽으로 퇴장.)

초　리　(사방을 보며) 과연 이 나라는 가는 곳마다 절경이로소이다.

량　조　하… (웃으며) 송나라 사신은 우리 나라 산수에 홍취되여 가던 가
　　　마를 멈추고 해 지는 줄을 몰랐다 하였소이다.

초　리　기름진 저 옥토, 강물 또한 옥수로 흐르니 음…

량　조　거란에서는 우리가 국교를 단절하는 것이 거란을 침범하고저 하
　　　는 징조라 하지만 자고로 우리 나라는 남의 나라에 예봉을 돌린
　　　전례가 없소이다.

초　리　그런데 어찌하여 서북방에다 수많은 산성들을 축성하였는지 우리
　　　대왕께옵서는 심히 불안을 금치 못 하는 바입니다.

량　조　무슨 말씀을… 그야 먼저 거란에서 압록강 북안인 위구(威寇), 진
　　　화(振化)에다 장성을 구축하지 않았소이까?

초　리　그러니까 서로 반목하고 경계할 것이 아니라 국교를 맺고 영원토
　　　록 화친을 도모하자는 게 아니오이까…

량　조　발해만 정복하지 않았던들… 어쨌든 이번 행로에 뜻을 다 이루지
　　　못 했다 해도 상감 마마께옵서 거란에 대하여 환심하기 시작한
　　　지 오래니 과히 상심할 것까지는 없을가 합니다.

초 리 본관도 그것으로 위안을 삼고 귀로에 들었소이다만 앞으로 대륙
        의 강국인 두 나라 간에 화친이 맺어지기를 바라 마지 않소이다.
량 조 그야 이를 말씀이오이까…
        (현령 등장)
현 령 배 대령하였소이다.
량 조 내려가십시다.
초 리 자 이젠 그만 돌아가시지요.
량 조 어서 내려가십시다.
초 리 예까지 환송해 준 데 대하여 사례를 드립니다. (읍한다.)
량 조 천만에 말씀을…
초 리 (정자에서 내려오다 물 항아리를 연다.)
현 령 저 나루터에 정한수가 있소이다.
초 리 좋소이다. (물을 떠 마시고) 물맛 좋소이다. (물 딴지를 보며) 이게
        고려 자기지요?
량 조 그렇소이다.
초 리 (탐이 나는 듯 바라보며) 색조며 형태와 모양이 조화되고 음… 고
        려 자기란 참 볼수록 희한 찬란합니다. 그래 이런 귀중한 것을
        이렇게 길섶에 둬도 없어지지 않는가요?
량 조 없어지다니요. 우리 나라에서는 이렇게 길섶에 사는 백성들은 오
        가는 길손을 위해 물을 채워 두는 것을 례의로 압니다.
초 리 네. (리해가 안 되는 듯) 그것 참 모를 일이외다. 그런즉은 이런
        귀중한 것이 백성들에게까지 차례진단 말씀이시군요.
량 조 그렇소이다. 자 (나루터로 내려간다.)
        (현령 퇴장. 초리의 수원이 초리에게 다가서며 말한다.)
수 원 병기를 거두어 들인다는데 그 사연을 자세히 내탐함이 좋을가 하
        옵니다.
초 리 이미 내탐했노라.

(초리, 수원 내려간다. 무대 잠시 빈다. 송랑이 급히 등장하여 언덕으로 올라 가 나루터 쪽을 향해 활을 겨눈다. 송로인 따라 나오며 송랑이를 보고 질겁하여 소리치며 달려간다.)

송로인 애야.

송 랑 (못 들은 척 줄을 놓으려 한다.)

송로인 (급히 달려가며) 이 애야.

송 랑 ………

송로인 (막으며) 너 어쩌자고 이러냐?

송 랑 할아버지 비키세요.

송로인 활을 내려라.

송 랑 저기 거란 놈이 가요.

송로인 그 옆에 내사령 대감께서 동행하신다.

송 랑 분별할 수 있으니 어서 비키세요. 빨리요 저것 봐요. 그 놈이 배에
        올라서요.

송로인 그러나 그 놈은 우리 나라에 온 사신이다.

송 랑 (기회를 놓쳐 안타까운 듯) 아이 할아버지두 참 (애타고 분한 마음
        을 억제하지 못 하여 허공으로 화살을 날린 후) 할아버진 원쑤를
        갚아야 한다고 자나깨나 활 쏘는 법을 가르쳤지요? 그런데 할아
        버진…

송로인 (분을 금치 못해 흐느끼는 송랑을 달랜다.) 애야. 원쑤를 보람있게
        갚아야지. 사신이라고 온 놈의 등을 쏘는 것은 비겁한 짓이다. 일
        후에 기회가 있을 테니 진정해라.

송 랑 기회가 있으면 뭘 하나요. 병기를 바치라는데…

송로인 마음만 굳게 다지면 된다.

        (송랑 흥분을 금치 못 해 내퇴. 잠시 후 현령 화살에 박힌 수리개를 들고 급히 등
        장. 라졸들 그의 뒤를 따른다. 송로인 들고 만져 보던 활을 감추고 읍한다.)

현 령 화살은 분명 이 근방에서 올랐겠다.

라졸들　예…

현　령　(사방을 돌아보다가 송로인을 발견한다.)

송로인　늙은 놈 문안 드리오.

현　령　(송로인의 손에 들린 활을 발견하고) 응 네 놈이 활을 놨구나.

송로인　황송하오나…

현　령　네 이 놈 일찍이 병기를 바치라 했거늘 어찌하여 관명을 거역하
　　　　고 이런 망동한 행위를 하는고?

송로인　황송하오나 활은 농쟁기 만드는 데 소용되지 않을가 하여…

송　랑　(등장)

현　령　닥쳐라. 이 놈 화살 끝에도 쇠붙이가 있거늘 무슨 당치않은 수작
　　　　이냐! 너희 놈들이 반란을 일으킬 심사지?

송로인　반란이라니요. 천만 부당한 말씀이오이다.

현　령　반란이 아니면 어찌하여 태평 세월에 관명을 거역하고 발칙한 행
　　　　위를 했는고?

송로인　황송하오나 실인즉은…

현　령　여봐라 이 놈을 당장 묶어라.

라　졸　예이! (송로인에게 줄을 던지며) 줄 받아라!

송　랑　할아버지. (송로인을 막아 앉으며) 황송하오나 활은 소녀가 놓았
　　　　으니 그게 죄라면 소녀를 잡아가옵소서…

송로인　랑아… 황송하오나…

송　랑　할아버지.

현　령　뭣들 하느냐 어서 묶어라.

　　　(라졸들 달려들려 할 때 비장 등장.)

비　장　쉬 서희 장군 귀국 행차시오.

　　　(현령 라졸 그 자리에 읍한다. 비장 퇴장)

　　　(잠시 후 지백이 앞서고 흥분된 서희 등장, 뒤이어 상군사 등장.)

지　백　자 정자에 올라 좀 쉬시다가 내사 대감을 모시고 들어갑시다.

서　희　(흥분을 억제하고 생각에 잠겨 정자로 오른다.)

지　백　(현령을 보고) 무슨 일인고?

현　령　예 방금 날아가는 새에다 활질을 한 놈이 바로 저 늙은 놈의 소행
　　　　인 줄로 아뢰옵니다.

송　랑　할아버지가 아니오라 소녀의 소행이옵니다.

서　희　(돌아서 송랑을 내려다보며) 그래 날아가는 새를 네가 떨구었단
　　　　말이렸다?

송　랑　그러하오이다.

서　희　천재로군…

송　랑　………

현　령　(의아하여 서희를 본다.)

서　희　뉘 손인고?

송로인　예 한갓 노비의 자식이로소이다.

서　희　음 그네들은 수렵을 하는가?

송로인　아니오이다. 아뢰옵기 황송하오나 소인은 본래 발해 사람으로서
　　　　거란 놈들의 노예가 안 되고저 오랫동안 피해 다니며 항거하다
　　　　가 끝내 제 아들 놈은 거란 놈한테 잡혀 무참한 죽음을 당하였소
　　　　이다.

서　희　그래서?

송로인　그래 그 자식의 혈육인 이 애를 안고 십여 년 전에 구사 일생으
　　　　로 그 옛날 조상의 뼈가 묻힌 이 곳으로 환고향하였사온데 비록
　　　　계집애긴 하옵지요만 자식된 도리로서 제 애비의 원쑤를 갚겠다
　　　　하기에 이 놈이 짬짬이 궁술을 장려하여 주고 있었소이다.

현　령　네 이 놈 그런 사사로운 변명으로 관명을 거역한 죄 모면할 줄
　　　　아느냐?

서　희　관명이라니?

현 령 예 백성들이 지닌 병기를 바치라 관명이 내린 줄로 아뢰오.

서 희 병기를 바치다니? (몹시 놀래여 지백이를 본다.)

지 백 대감… 현령은 그 대로 물러감이 좋겠노라.

현 령 예.

　　　　(현령, 라졸들 읍하고 퇴장.)

지 백 (송로인에게) 그대들도 물러가라.

송로인 황공하오이다.

　　　　(송로인, 송랑 내퇴.)

서 희 병기를 바치다니 이게 어찌 된 일이오이까 어사 대감.

상군사 장군이 없는 사이에 변화가 많소이다.

지 백 주현군 내 백성들이 지닌 쇠붙이와 병기를 거둬들이라는 어명이
　　　　내렸소이다.

서 희 무엇이라구요?

상군사 백성들의 반란을 방지하고 농사를 장려하기 위한 조치라고 하옵
　　　　지오만 모름지기 그것도 다 국방을 소홀히 하는 데서 취해진 처
　　　　사가 아닌가 하옵니다.

서 희 (지백에게) 그러니 대감이 있고서야…

지 백 도병마사에서 론의는 되였지만 거란에서 거듭 화친을 애걸해 오
　　　　니 병력의 풍을 장려하지 않아도 무방하다고 주장하시는 내사
　　　　대감의 말을 간직하시고 령을 니리시였소.

서 희 무방하다고요?

지 백 거란 사신 놈들의 래왕이 잦아지자 조정 궁중의 안목이 흐려지기
　　　　시작했소이다.

서 희 그 놈들이 사신이란 탈을 쓰고 래왕함은 우리의 정사를 내탐하자
　　　　는 야심일세 틀림없소.

상군사 그래 송나라와의 고나계는 어떠하옵디까?

서 희 놈들이 호시탐탐 침범을 꾀하고저 하니 약불여의하면 원병을 바

란다고 송나라 제왕이 신신 당부하였소이다.

상군사　그래요?

서　희　놈들이 우리를 뒤에 두고 송나라를 침입할 수는 없는지라 두 나
　　　　라를 반목케 하고저 작년에 사신 놈이 와서 고려와 국교를 단절
　　　　하고 자기네와 맺자고 수작질하는 것을 대번에 일축해 버렸다고
　　　　하더이다.

지　백　우리에게 와서도 같은 수작을 늘어놓았소.

서　희　본래가 타국을 침범해 먹구 사는 오랑캐 종족인지라 무슨 말을
　　　　못 하였겠소이까.

상군사　그런 걸 궁중에선 그 놈들을 환대하여 보냈으니.

서　희　환대라니 (더욱 흥분하여) 우리 조정에서 언제부터 그런 덕성이
　　　　생겼단 말이요.

지　백　진정하시고 대감의 소감을 전하께 아뢰옵는 게 급선무가 아닌가
　　　　하오.

상군사　태평 성가에 잠긴 전하께옵서 어이 귀담아 들으실려는지…
　　　　(서희 물 항아리를 보고 목이 타는 듯 정자에서 내려 와 바가지를 든다. 이 때 송
　　　　랑이 나오다가 서희를 보고 질겁한다. 비장 등장.)

송　랑　저…

서　희　(바가지를 든 채 의아하여 송랑이를 본다.)

비　장　무슨 일인고?

송　랑　황송하오나 천하에 악독한 거란 놈이 이 곳을 지나다 그 물에 손
　　　　을 댔사오이다.

서　희　손을 대다니?

송　랑　이 물을 마셨사와요. (급히 부엌으로 들어 가 사발에 물을 떠 가지
　　　　고 나와 고이 권한다.)

서　희　(받으며) 음 고려 사람은 거란 놈과 한 물을 마실 수 없단 말이로
　　　　구나.

송 랑 (대답 대신 머리를 숙인다.)

서 희 갸륵한 생각이다. (물을 마시고 사발을 주며) 네 사내로 태어났던
          들…

송 랑 (황송한 듯 사발을 받으며) 소녀 물러가겠나이다.
          (내퇴)

서 희 이 나라 어린이들의 마음이 저럴진대 어찌하여…
          ― 사이 ―

비 장 가마 대령하였소이다.

서 희 내게 말을 달라. (급히 퇴장)

지 백 대감…
          (대답 대신 말 달리는 소리. 지백, 상군사 그 쪽을 볼 때)

                                                      ― 막 ―

제 2 장

때 1장에서 수년 후 가을

곳 개경에 자리 잡은 궁중

무 대 궁중 내에 있는 정원. 한쪽으로 별궁으로 통하는 간문과 그 좌우로
         돌담이 보이고 맞은편 석축 우에 누각이 우뚝 서 풍채를 자랑하
         는 듯 하다. 후편으로 련못이 보이고 련못 가운데 누각이 섰다.
         련못 주위에 로목들…

막이 오르면

밤이다. 초생달이 기울었다.

간문 좌우편과 누각 기둥마다에 청사 초롱이 걸려 있다.

별궁에서 들려 오는 악공들이 울리는 풍악 소리. 그 소리에 흥취된 듯 련못에 비친 달빛과 불빛들이 한가로이 춤을 춘다.

그러나 궁녀들은 발꿈치에 불이 당긴 듯 흰 보를 씌운 주안상을 나르기에 여념이 없다. 가을 바람에 락엽이 진다. 풍악 소리 낮아질 때마다 누각 추녀 끝에 달린 풍경 소리가 또한 서정적이다.

이윽고 무대는 빈다.

풍악 소리 멎고 내실에서 호탕한 웃음소리 들려 온다.

뒤이어 어느 악공이 부는 애소적인 피리 소리가 고요한 궁중의 적막을 누르는 듯 하다가 차차 작은 가락으로 넘어 가면서 그 어덴가 불길한 예감을 자아낸다.

잠시 후 술 취한 대감 1, 2가 무슨 말 끝에 웃으며 나온다.

대신 2 (발을 가누지 못해 넘어지려 한다.)

대신 1 (부축하며) 하하 취하셨군…

대신 2 태평 놀이에 취하지 않는 놈은 인사불성이지요.

대신 1 대감네는 올 가을에 팔천 석을 거두어 들였다면서요?

대신 2 내사 대감께서는 삼만 석을 거두었답니다.

대신 1 하긴 우리가 이렇게 부귀 영화를 누리고 있는 게 다 내사 대감의 힘이 아니오이까.

대신 2 다시 이를 말이요 이전엔 풍작을 거두어도 그 백성 놈들의 반란으로 해서 안정된 생활을 못 누리였지만 작금 량년에는 내란이 없어졌으니 이게 다 병기를 거두어 들인 보람이 아니고 무엇이겠소.

대신 1 어디 그것 뿐이요. 상비군을 풀어 농사를 장려하니 호호호… 난 이젠 천하에 부러울 게 없소이다.

대신 2 참 경주에다 내사 대감의 별가를 또 지으신다면서요?

대신 1 그렇다나 봅디다. 그 대감께서는 열두 소첩을 두셨으니.

대신 2 열 둘이라 …하하하…
　　　(두 대감 웃으며 퇴장, 잠시 후 어느 궁녀가 누구를 피해 뛰쳐 나온다. 뒤이어 량
　　　조가 궁녀를 쫓아 나온다.)

량　조 (찾으며) 내 널 못 잡을 상 싶으냐. (끌어안으려 한다.)

궁　녀 아이 (몸을 피해 달아난다.)

지　백 (등장하여 량조의 거동을 본다.)

량　조 조런 발칙한 년 같으니 요년 날 괄세하고 견뎌 내나 보자 음…
　　　(지백이를 발견하고 어색한 듯) 허공 중천에 높이 뜬 달 너하고나
　　　놀아 볼거나…

지　백 (나서며) 대감 어인 일로 외로이 홀로 나와 계시오니까?

량　조 아 난 또 누구시라구 (시치미를 따고) 이 좋은 밤에 어찌 술만 먹
　　　겠소. 그래 시나 한 수 지어 볼가 해서 한적한 곳을 찾아 나왔소.

지　백 한 수 지으셨소이까?

량　조 떠오르던 령감이 달아났소. 참새 새끼 모양 빠져 났단 말이요.

지　백 대감의 령감을 어찌 참새 새끼에다 비하겠소이까? 하하…

량　조 아니 령감이라기보다 이를테면… 아 이거 내가 취했군 하하…

지　백 (어이가 없어 따라 웃는다.)

량　조 그래 전하께옵서 지금도 즐겨 노십디까?

지　백 예 지금 삼사 대감께서 전하를 위해 시조를 읊으며 즐기시나이다.

량　조 좋은 일이요 그런데 이 무관 놈들은 전하의 흥취를 돋구어 드릴
　　　생각은 없이 다 수긋하고 술만 덥석덥석 받아먹으니…

지　백 참 서희 장군이 보이질 않으니… 청하지 않으셨나요?

량　조 그 잘난 사람을 빼놀 리 있소.

지　백 그럼…

량　조 참여하라 사람까지 보냈는데 뭐 몸이 편치 않다나 봅디다.

지　백 그래요?

량　조 실은 몸이 아니라 전하께옵서 자기의 뜻을 받아들이지 않는 데

대한 반감에서 오는 행위일세 틀림없소. 그렇지 않은 다음에야 어제까지 궁중 출입을 한 사람이… 그 사람은 태평 세월을 바랄 대신에 국란을 원하는 사람이니까…

지 백 (정색하여 돌아서며) 국란을 원하다니 그게 무슨 말씀이시오이까.

량 조 어사 대감도 아시겠지만 전하께옵서는 서희 공의 청을 받아 동서 북방에 전례 없던 병마사까지 봉해 했음에도 불구하고 조신들이 국방을 소홀히 한다고 시비를 건다니.

지 백 시비가 아니오라… 그건…

량 조 시비가 아니면 뭐란 말이요. 그래 국방을 소홀해서 잘못된 게 뭐요 무관들의 소망대로 천리장성이나 축성해 가지고 우리가 이렇게 부귀 영화를 누릴 수 있을 상 싶소?

지 백 대감…

량 조 서희 공의 심사야 뻔하지요. 태평 세월이 길어지면 자기를 다르는 무고나들이 더욱 보잘 것 없이 되겠으니 국란을 바랄 밖에 더 있느냐 말이요. 그렇지 않아도 거란에선 우리를 경계한다는데 만약 전하께옵서 서희 공의 뜻을 통째로 받아 들여 상무의 풍을 장려한다 치면 필경 저쪽에서도 태세를 높이겠으니 이게 태평세월을 망치자는 심사가 아니고 무엇이겠소.

지 백 (격분을 금치 못하며) 대감 지나친 말씀인가 하오.

량 조 내가 지나치다고?

지 백 (격분을 누르며) 대감 진정 취하셨나 보외다.

량 조 난 안 취했소. (위협조로) 흥 대감도 오염됐나보오. 그래 대감도 백성들의 병기를 거둔 것이 애통한가? 국란을 바라는가? 백성들의 반란을 원하는가? 도대체 무엇을 바라는 게요?

지 백 대감…

　　　(이 때 상군사, 하군사 등장)

량 조 흠. (내실로 퇴장)

지 백   ………

상군사 (지백에게) 대감 무슨 일이 있었소이까?

지 백   아무 것도 아니요. 왜들 나오셨소.

상군사 소풍을 좀 하려고요.

하군사 달도 기울었는데 이젠 그만하고 필했으면 좋으련만…

지 백   태평 놀이에 세월 가는 줄 모르나보오…

상군사 가만 보면 조신들이 점점 주연에 빠져서 풍월만 하니 심히 걱정
        이외다.

지 백   서희 장군 말마따나 궁중에서 썩은 냄새가 풍기우. 참 서희 장군
        이 어데가 편치 않으시다는데 주연이 끝나는 길로 문안들 가지
        않으려우?

상군사 가보긴 합시다만 몸은 일 없을 겝니다.

지 백   아니 그럼.

상군사 같이 참여하고저 제가 장군 댁에 들렀소만 애당초 장군은 태평
        놀이를 달갑게 여기지 않으시는 터이라…

지 백   그럼 어떻게 하든 모시고 올 게지, 말씀은 안 하셔도 전하께옵서
        서운해 하시는 것 같습디다.

상군사 우리와 달라 성품이 엄한 분이라 한 번 결심하면 굽힐 줄 모르니
        모름지기 지금 북방 일대에 천리장성을 축성할 도안을 그리고
        있을 거외다.

하군사 말이 났으니 말이지 북방에 천리장성이나 쌓아 놓고 태평 놀이를
        하면 이 아니 좋겠소이까?

지 백   다시 이를 말이요.

하군사 그런데 듣자니 전하께옵서 송악산 밑에다 전례 없는 큰 절간을
        짓자는 내사 대감의 제의를 수락하셨다는 말이 있는데 심히 딱
        한 일이오이다.

        (소리 ≪쉬 상감 마마 납시오≫)

(세 사람 읍한다. 잠시 후 국왕 좌우에 불을 밝히고 서서히 등장. 뒤이어 량조 대
신들 궁녀들 등장. 국왕 궁녀들 대동하고 누각으로 올라 란간 앞으로 다가선다.
각 조신들 누각 밑에 갈라서서 연신 국왕의 동태를 올려 살핀다.)

국 왕 (딸을 쳐다보며) 달이 바로 누운 걸 보니 래년 농사도 풍년일세
        틀림없으렸다.

량 조 (한 발 나서며) 일월인들 어찌 전하의 높은 뜻을 헤아리지 않겠소
        이까.

국 왕 좋은 밤이로다.

대신들 예 좋은 밤인 줄 아뢰오.

국 왕 언제 이 나라에 이처럼 승평한 적이 있었는고.

대신들 전하의 은덕인 줄 아뢰오.

국 왕 궁중이 화락하면 백성들도 편할진대 어서 풍악을 울리고 마음껏
        즐기라.

        (풍악 소리 울린다. 국왕과 대신들 감상에 잠기여 콧소리로 시를 읊으며 흥에 겨
        운 듯 서성댄다. 궁녀들 긴 참대상에 주안상을 받치여 국왕 앞에 대령하고 술을
        붓는다. 대신들도 선 자리에서 궁녀들이 권하는 술을 받아 마신다. 잠시 후 풍악
        이 멎고 궁예장이 나와 국왕 앞에 읍한다.)

궁예장 아뢰오.

량 조 무엇인고.

궁예장 무녀들의 군무를 옥외에서 즐길가 하옵는데 어떠하오신지 분부
        를 듣고저 아뢰오.

어느 대신 무슨 춤인고?

궁예장 태평 세월을 축원하는 승평무로 아뢰오.

국 왕 음 옥외에서 보는 맛도 별 맛이렸다.

        (궁예장이 퇴장하자 다시 풍악 소리 들린다. 모두 한편으로 피해 서며 간문을 주
        시한다. 화려하게 옷차림을 한 무녀들이 줄을 지어 간문을 나서 원을 그리며 춤
        을 춘다. 국왕 이하 조신들 넋을 잃고 바라보며 무슨 말인가 주고 받으며 호탕하

게 웃는다. 이 때 다급히 울리는 종소리가 궁중을 울린다. 일동 움칠 놀란다.)

국　왕　가만 (손으로 제재한다)

　　　(풍악 소리 멎고 무녀들이 그 자리에 선다.)

국　왕　이게 무슨 일인고.

지　백　앗 저기 봉화대에서 오르는 불이 아니오이까.

상군사　경보일세 틀림없소이다.

국　왕　무슨 불길한 일인지 빨리 아뢰오라.

　　　(이 때 달려오는 말발굽 소리)

장교 1　(급히 등장하여) 아뢰오.

상군사　어서 말해라.

장교 1　거란군이 압록강을 도하하는 줄로 아뢰오.

일　동　무엇이?

　　　(련락 장교의 웨침 소리로 하여 풍악을 즐기던 국왕 이하 문무 조신들의 흥취는
　　　깨지고 온 궁중이 물을 끼얹은 듯 전율과 공포에 휩싸여 그 자리에 서서 움직일
　　　줄 모른다. 바람이 일면서 락엽이 몸부림치며 떨어진다. 검은 구름이 달을 삼킨다.)

량　조　거란이 침범하다니? 네 이 놈 잘못 아뢰는 게 아닌고.

장교 1　태백산 봉화대에서 오른 경보를 받았사온데 틀림없는 줄로 아뢰
　　　오.

　　　(말발굽 소리, 련락 장교 2 급히 등장.)

련락장교 2　아뢰오. 거란군이 우리 경계를 침입하여 납하하는 바 그 병
　　　력수가 팔십만을 헤아리는 줄로 아뢰오.

일　동　무엇이 팔십만…

　　　(일동 다시 한 번 놀란다. 궁중 내외에서 들려 오는 군중들의 웅성대는 소리.)

국　왕　(기둥에 의지하여 정신을 가다듬고 돌아서며) 문무 조신들만 남고
　　　모두들 물러가라.

　　　(조신들만 남고 모두 물러간다.)

국　왕　거란 놈들이 침범하다니 이게… 이게 무슨 청천 벼락인고 (흥분하

여 두 손을 쳐들고 부르짖는다.)

량 조 상감 마마 이건 필경 무엇이 잘못 전달된 것 같사오니 진정하사
     이다.

어느 대신 봉화는 꼬리를 물고 일어나거늘 대감은 어떻게 하는 말씀이시
     오?

량 조 그러니 원… 아무렴 그럴 수야 있겠소.

상군사 상감 마마 황송하오나 이러고 있을 때가 아닌 줄로 아뢰옵니다.

국 왕 도성 기병 모으라!

어느 대신 예. (상군사에게) 바삐 도성 기병 모으시오.

상군사 옛. (퇴장)

국 왕 아 천하에 오만 무례한 놈들이지 무슨 구실로 통고도 없이 승평
     한 이 나라를 침입한단 말인가.

량 조 구실이 있다면 저희 놈들과 국교를 단절한 것밖에 없사온데…

지 백 국교를 맺고 안 맺는 것은 우리의 자위거늘 어찌 그것이 침범의
     구실로 되겠소이까?

량 조 그건 그렇지만…

국 왕 속았다, 속았어 간교한 거란 놈들한테 내가 속았어.
     (소리 ≪중군사 서희 장군 듭시오.≫ 잠시 후 서희 갑옷과 투구를 쓰고 전투 태
     세를 갖춘 채 등장하여 국왕 앞에 읍한다.)

서 희 중군사 서희 현신하였소이다.

국 왕 음… 경의 그 름름한 태서를 대하니 힘이 솟노라.

서 희 황송하오이다.

국 왕 모두 듣거라. 거란의 팔십만 대군이 곡절 없이 불의에 침범하여
     국란을 면치 못 하게 되였은즉 장차 이 일을 어이 하면 좋을지
     과인은 경들의 의향을 듣고저 하노라.

대신들 ………

서 희 황송하오나 바삐 군정을 몰아 출전함이 지당할가 하옵니다.

무관들 지당할가 하옵니다.

국 왕 출전을 하되 어이 대처했으면 좋을지 과인은 그 방략을 듣고저
      하노라.

량 조 상감 마마 이렇게 옥외서 론의하니보다 바삐 도병마사에 들어 레
      의를 갖추고 론의함이 지당할가 하옵니다.

서 희 (한 발 나서며) 황송하오나 대사를 앞두고 취중에 공론함은 옳고
      그름을 분별하기 어려운즉 조정 공론은…

량 조 취중이라니 당치않은 말이요. 난 술이 깬 지 오래오.

서 희 적들은 기마병인지라 시각을 다투어 남침할진대 조정 공론은 서
      경에 내려 가 해도 늦지 않을 터인즉 청컨대 우선 도성의 기병을
      몰아 남하하는 적들을 좌절시킴이 지당할가 하옵니다.

무관들 지당한 방략인 줄로 아뢰오.
      (이 때 궁중 내외에서 무질서하게 들려 오는 말발굽 소리)

상군사 (등장) 도성의 령수들을 불러 기병을 모으라 령을 내렸소이다.

량 조 도성 군정이나 풀어 가지고 팔십만 대군을 어이 막는단 말이요?

지 백 그렇다고 수수 방관할 수 없지 않소이까.

량 조 상감 마마 놈들이 무슨 곡절로 침입했는지 먼저 사자를 파해 알
      아 옴이 지당하지 않을가 하옵니다.

어느 대신 침입자들의 곡절을 알아 오자 함은 무모한 일인가 하옵니다.

량 조 그러니…

비 장 (전복 입고 등장하여 서희에게) 도성 기병 출전 차비 갖춘 것으로
      아뢰오.

서 희 알았노라. (국왕에게) 상감 마마…

지 백 상감 마마 바삐 방비군을 편성하여 출전시켜 남진하는 적군을 좌
      절시킴이 지당할가 하옵니다.

서희, 무관들 지당한 방략으로 아뢰오.

국 왕 모-두 듣거라. 조정 공론은 서경 장락궁에서 할 것인즉 문무 조

신들과 병부 요인들은 무슨 일이 있든 래일 5경까지 서경에 닿을
      것이다.
일 동 예.
국 왕 우선 방비군을 세 방면으로 편성하되 안북성을 중심으로 안융진
      을 상부로 연주성은 하부로 지정하고 서희 공을 중군사로 봉하
      노라.
서 희 황공하오이다.
국 왕 방량우 공은 상군사로.
상군사 예.
국 왕 최 량 공은 하군사로 각각 봉하노라.
      상군사, 하군사 황공하오이다.
국 왕 중군사 서희 공은 전 방비군을 통솔하여 중부의 요새인 안북을
      지킬 것이며 상군사 하군사는 중군사를 받들어 큰 공을 세워 주
      기 바라노라.
세군사 목숨 걸어 싸우겠소이다.
국 왕 도성 기병 출전 차비 갖추었다니 중군사는 곧 출전함이 좋겠노라.
서 희 예. 분부대로 출동하겠소이다. (무신들에게) 내 한발 앞서 안북 도
      호부에 당도하는 길로 그 곳 병마사와 합세하여 진을 치고 적의
      동향을 살피고저 하니 장군들도 안북으로 향해 주기 바라오.
상군사 안북에서 만납시다.
서 희 기다리겠소. (비장에게) 전고를 울려라.
비 장 들었소이다. (소리친다) 전고를 울리랍신다.
서 희 (국왕에게) 중군사 서희 어명하에 출전하겠소이다.
국 왕 어서 빨리 출전하라.
서 희 (읍하고 비장에게) 가자!
      (서희, 비장 퇴장. 상군사, 하군사 읍하고 퇴장.)
국 왕 병무 상서 듣거라.

대　신　예 분부하옵소서…

국　왕　각 도주에 시급히 징병사를 파해 상비군을 조발하여 안북 도호부
　　　　로 파하게 하라.

대　신　분부대로 하겠소이다. (나가려 한다.)

국　왕　가만 적의 병력이 팔십만을 헤아린다 하니 여기에 대처할 우리의
　　　　상비군이 도합 얼마나 되는고?

대　신　예 관하 상비군은 도합 십만을 넘지 못 하는 줄로 아뢰오.

량　조　십만…?

국　왕　십만으로 어찌 대군을 막아 낼 수 있겠는고.

대　신　황송하오이다.…

국　왕　누구를 막론하고 병역을 지닌 백성들에게 있는 병기를 갖추고 출
　　　　도케 하라.

대　신　아뢰옵기 황송하오나 상비군 이외는 병기를 지닌 사람이 없는 줄
　　　　로 아뢰오.

국　왕　뭣이?

대　신　전하의 령을 받들어 작금 량년에 백성들로부터 병기를 거두어 농
　　　　쟁기로 개편한 후환인 줄로 아뢰오.

국　왕　그랬든가 아ー (절망과 비분으로 하여 몸둘 바를 모른다.)

량　조　상감 마마.

　　　(이 때 밖에서 전고 소리 멎고 서희의 우람찬 웨침 소리가 울려온다.)

서희의 소리　도성 기병들 듣거라. 일찍 우리의 종족인 발해를 삼킨 대천
　　　　지 원쑤인 거란 침략군이 끝내 우리 강토를 침범하였다. 이 나라
　　　　백성들의 원한을 풀 때는 왔다. 분발하자!

기병들 소리　분발하자!

서희의 소리　출전!

　　　(출전을 알리는 군악 소리에 맞추어 움직이는 말발굽 소리가 천지를 진동한다.)

국　왕　(그 쪽을 보며 한탄조로 부르짖는다.)

아 내 어이 하여 국방을 소홀히 하였든고…
량 조 상감 마마.

- 막 -

<h1 align="center">제 3 장</h1>

때 전장에서 며칠 후
곳 안북 (지금의 안주)

무대 청천강 안북 계선에 축성한 성안이다. 한쪽으로 치우쳐 돌로 믿음직
     하게 축성한 성 일부가 웅장하게 서 있다. 성 밑에 넓고 높은 바
     위가 깔려 있는데 여기에 올라서면 청천강을 한 눈에 살필 수 있
     다. 바위 밑에 고송 몇 그루, 성 바른편에 장군이 거처하는 지휘처
     (정자)가 자리잡았다. 적당한 곳에 ≪분충≫이라고 쓴 깃발이 서
     있다.

막이 오르면
     한낮이다. 성 주위에는 오색 기폭들이 바람에 나붓긴다. 멀고 가
     까운 곳에서 말발굽 소리와 함께 군마의 울음소리가 들려 온다.
     지휘처는 비여 있고 원탁에 놓인 주전자(토기)에서 더운 김이 솟
     아오른다.
     (활을 메고 창을 든 군졸 1, 2, 3 바위 우에서 적개심에 찬 눈으로 성 밖을 주시하
     고 있다.)
     (성안 주위에서 관민들이 웅성대는 소리.)
     (잠시 후 군졸 4가 등장한다.)
군졸 4 수고들 하시오.

군졸 1 (성을 보며) 뭘요.

군졸 4 (바위로 오르며) 여게선 적들을 한눈에 볼 수 있다지요.

군졸 2 어데 계시우.

군졸 4 안융진에서 왔수다.

군졸 3 안융진에서요?

군졸 4 그곳 중랑장께서 이 곳 서희 장군께 전할 게 있어서 왔댔는데 이 오아 왔던 김에 거란병들을 좀 볼가하고 왔쉬다.

군졸 1 수고하셨소. 자 이 쪽으로 오르슈.

군졸 4 (성 밖을 보고 놀라며) 아니 저 들썩거리는 게 다 적병 놈들이요?

군졸 1 그렇소.

군졸 4 음… 만산평야라더니 산과 들을 뒤덮었군…

군졸 1 놈들의 병력이 팔십만을 헤아린다니 말할 게 있소.

군졸 3 게다가 한 놈이 세 필의 군마를 거느린다니 보기만 해도 숨이 막힐 지경이요.

군졸 4 저 희끔희끔한 것들은 다 뭐요?

군졸 1 그 놈들의 천막이요.

군졸 4 그러니까 저 놈들이 저게다 자리를 잡는 모양이군.

군졸 2 여게까진 단숨에 왔으니까 숨을 돌리자는 거겠지요.

군졸 3 아마 저 청천강만 아니면 벌써 덤벼들었을 겝니다.

군졸 1 강도 강이지만 저 놈들의 주력이 이 쪽으로 쏠리는 걸 보면 놈들도 이 안북성이 철벽이라는 걸 아는 모양 같네.

군졸 2 서희 장군이 서둘렀기 망정이지 도성 기병이 하루만 늦게 닿았어도 이 안북성마저 위태로울 뻔했지.

군졸 1 그래 안융진은 어떻소?

군졸 4 아직은 적들이 보이지 않소.

군졸 2 안융진은 토성이지요?

군졸 4 보잘 것 없는 작은 성이지요. 그렇지만 그 성이 중요하오. 서해로
       통하는 류로를 막고 있으니까…
군졸 1 그렇게 중한 성을 돌로 갈아대지 못 하고 왜 여직 토성대로 내처
       뒀누.
군졸 4 성은 둘째 처 놓고 안융진에선 병기란이요. 사처에서 백성들이
       떼를 지어 모여들어 관군을 도와 성을 지키겠으니 병기를 내라
       고 아우성치는데 여유라군 녹쓴 창 한대가 없으니.
    (웅성대는 소리)
군졸 1 여기도 매한가지요. 보시오 저 많은 사람들에게 창 한 대씩이라
       도 돌려주면 다 한 몫 할 게 아니요.
군졸 4 참 안융진에서 들었는데 상감 마마께옵서 몸소 여기까지 행차하
       셨댔다는데 그게 사실이요?
군졸 3 구름 타고 오셨다가 바람 타고 가셨소.
군졸 4 그게 무슨 말이요?
군졸 3 행차하셨다가 눈앞에 적을 보자 질겁하여 선 자리에서 되돌아 가
       셨단 말이요.
군졸 4 네 난 또…
군졸 2 참 그 날 그 내사 대감인지 소감인지 정말 장관이더군.
군졸 1 왜?
군졸 2 처음 당도할 때는 바로 위풍을 세우더니 성 밖을 내다 보구는 갑
       자기 꼽추가 되더군.
군졸 4 꼽추가 되다니요?
군졸 2 성 높이가 갑자기 자기 키보다 얕아 보였던지 목을 잔뜩 움츠리
       고도 마음이 안 놓여서 허리까지 굽히고 돌아가는 꼴이란 그거
       야 어디…
군졸 4 화살이 날아올가 봐 겁이 났던 모양이군요.
군졸 3 그 꼴을 하고도 그래두 대신이라고 연신 팔자걸음을 하며 거드름

을 피우는 꼴이란 삶은 소대가리가 웃을 노릇이더군.

군졸 1 죄 없는 백성을 잡아다 볼기를 치며 호령하던 그 기세는 어델 갔
    는지…

    (이 때 아낙네들 동이에 더운 물을 끓여 가지고 등장.)

아낙네 1 수고들 하시오.

군졸들 정말 수고들 하십니다.

아낙네 2 자 더운 물을 자시오.

군졸 1 고맙습니다.

    (아낙네들 사발에 물을 떠 돌린다. 군졸들 받아 마신다.)

군졸 4 자 그럼 잘들 싸우시오.

군졸 2 왜? 더운 물이나 좀 자시고 가시지요.

군졸 4 가야지요.

군졸 1 참 여게서는 백성들이 성안에다 야장간을 차리고 자진하여 쇠를
    모아다가 병기들을 만들고 있는데 게서도 그렇게 하는 게 좋을
    겝니다.

군졸 4 네 그렇지 않아도 서희 장군께서 그렇게 하라 분부하셨소이다.
    (퇴장)

군졸 1 (물을 마시며) 아주민네들은 성 안에들 사시우?

아낙네 1 우린 성 밖에서 왔쉬다.

군졸 2 그럼 피난 오셨군요.

아낙네 1 네.

군졸 1 집안 식구들도 다 오셨나요?

아낙네 1 웬 걸요. 애 아버지는 저 놈들한테…

일 동 저런…

군졸 3 그러니까 가장집물도 저 놈들한테 다 탕진 당했구먼요.

아낙네 1 사람들은 나가 싸우다 죽었소만 곡식 한 알 뺏길 리 있나요.

군졸 2 다 가져 오셨나요?

아낙네 1 가져올 건 가져오고 나머지는 땅에 파묻고 미처 못 묻은 건 다
        태워 버렸지요.
군졸 2 그래요.
아낙네 2 놈들이 우리 고을에 들어서긴 했지만 곡식 한 알 못 찾아 낼
        겁니다. 우리 고을에선 곡초는 물론 놈들의 말먹이가 될 만 한
        것가지 모조리 태워 버리고 왔으니까요.
아낙네 1 물 한 모금도 안 주자고 우물까지 메우고 왔쉬다.
군졸 1 잘 하셨습니다. 그게 청야 전술이라는 건데 옛날 당나라가 침략
        해 왔을 때도 백성들의 그 청야 전술에 걸리여 쫄딱 녹아 났답니
        다.
아낙네 1 힘 자라는 데까지 도울 테니 어서 저 원쑤를 갚아주.
군졸 1 자고로 우리 나라를 침범해 왔던 놈들 치고 살아 간 놈이 별루
        없으니 념려 마시우.
     (이 때 송로인 남복 차림을 한 랑이를 데리고 등장.)
송로인 여보슈 말씀 좀 물읍시다.
군졸 3 무슨 말씀이시오?
송로인 상비군을 뽑는다는 말이 있는데 어데로 가야 합니까?
군졸 2 가야 로인장은 안 될 겁니다. 지금 병기가 부족해 꿋꿋한 장정들
        도 튀기는 판인데요.
송로인 나도 나지만 하여간 좀 대 주시오.
군졸 1 저 쪽으로 가 보시오.
송로인 (랑에게) 가자!
     (송로인과 랑이 퇴장.)
     (군졸 1 성 밖을 다시 감시한다. 군졸 2, 3 성 주위를 순찰하며 퇴장.)
     (아낙네들 물동이를 이려고 하는데 길성이를 선두로 남자 1, 2, 3과 군중들 등장.)
길 성 (군졸 1에게) 저 서희 장군을 뵈올려면 어데로 가야 합니까?
군졸 1 가끔 여게 들리시는데 지금 적정을 살피고저 행차하셨소.

길 성 이러다간 온 성안을 헤매다 말겠소.

남자 1 여기서 좀 기다려 봅시다.

길 성 (군졸 1에게) 저 좀 올라 가 봐도 일 없을가요?

군졸 1 위험합니다.

길 성 청천강을 건너오는 화살이 맥을 추나요 좀 봅시다.

아낙네 1 (다시 동이를 내려 놓고) 자 몸들이나 녹이시오.

남자 3 고맙습니다.

　　　(그들 물을 마신다.)

길 성 (바위에 올라 가 성 밖을 보며) 야 저게 다 말이 아니요.

군졸 1 적병 놈들은 안 보이고 말들만 보입니까?

길 성 그 놈들은 이제 우리 손에 죽을 놈들이구 저 말들이야 탐나지 않
　　　소.

남자 1 미친 놈들 그 말 가지고 제 땅에서 명년 농사 차비나 할 게지 이
　　　추운 동절에 뭘 찾아 먹겠다구 기여 들어 저 고생들인가.

길 성 명년에 밭갈이 할 일이 걱정이였는데 우리 이 통에 저 말이나 뒤
　　　필씩 장만합시다.

일 동 (크게 웃는다.)

아낙네 1 원쑤 놈들을 눈앞에 두고 바라보고만 있자니. 그래 저 놈들을
　　　료정 내지 못 해.

길 성 고양이가 쥐를 잡을 때도 노리고 잡는답디다.

아낙네 2 어데서 오신 분인지 마음이 편해 좋겠쉬다.

길 성 (가슴을 치며) 실은 나도 답답해서 그럽니다. 멀쩡한 놈이 적을 보
　　　고 맨주먹으로 성안을 서성대고 있자니…

남자 1 정말 통탄할 일이외다.

남자 2 백성들이 이런 데 쓰자고 창 한 대쯤은 모두 지니고 있었건만 무
　　　슨 망령이 들어서 샅샅이 거둬들였는지…

길 성 우리 골에서는 그 쇠로 보습을 만들어 가지고 부호 놈들이 세를

내먹고 있소.

아낙네 2 부호 놈들도 나라가 있고야 부호 노릇을 해 먹을 게 아니요.

길 성 그런 일만 없었던들 지 놈들이 감히 기여 들 넘도 못 냈을 게고
　　　 설혹 기여 들었다 해도 문턱에서 녹아났지 저렇게 여게까지 단
　　　 숨에 기여 들진 못 했을 게요.

남자 1 봉산성이 무너진 것도 그 탓이지요. 말을 들으니 그 곳에서도 병
　　　 역살이에 솜씨가 있는 수 많은 백성들이 성으로 모여 들어 관군
　　　 과 합세하여 싸우자 했는데 병기가 없어 석전을 했다니 에잇 참
　　　 기가 막혀서…

남자 3 봉산성이 비록 무너지긴 했어도 잘 싸웠다나 봅디다.

아낙네 2 여기서도 그렇지. 저 많은 사람들이 다 병기를 들었으면 저 놈
　　　 들을 여기서 넘겨다 보고만 있겠소.

남자 1 별 수 없소. 이젠 돌아 가서 쇠스랑이라도 들고 나와야지.

길 성 거 댁이 어덴지 나와 같이 갑시다.

남자 1 우리 집도 여기서 이백여 리는 착실하오.

　　　 (이 때 남자 4 솥을 메고 등장.)

아낙네 1 (솥을 보고) 가만 물 끓인 솥인가요? 이리 주세요.

남자 4 아니외다. 야장간으로 가져 가는 기요.

아낙네 1 깨졌나요?

남자 4 아니요. 병기를 만들렵니다.

길 성 가만 두 사람 몫은 되겠군. 여보시우. 나와 맞들고 갑시다.

남자 4 우리는 삼형제요. (퇴장)

길 성 (따라 가며) 여보시우. (퇴장)

　　　 (아낙네들 동이 이고 퇴장.)

　　　 (이 때 한 쪽에서 웅성대는 소리. 웃음 소리 들린다.)

남자 1 (그 쪽을 보며) 저게선 무슨 일들인가?

남자 2 가봅시다.

(남자 1, 2, 3 퇴장)

― 사이 ―

(잠시 후 서희, 상군사, 비장 등장. 군졸들 읍한다.

서 희 성 밖을 살피며 생각에 잠긴다.)

(웃음 소리 더욱 크게 들린다.)

상군사 (그 쪽을 보며) 이르는 곳마다 병기요, 출진이요 하니…

서 희 그들의 부르짖음은 백 번 지당한 일이요. 국록을 먹는 우리로서
　　　　백성들 앞에 사죄할 일이 많소이다.

(한 쪽에서 웅성대는 소리, 웃음 소리.)

서 희 (그 쪽을 보며 비장에게) 뭇느 일인지 아뢰여라.

비 장 네. (급히 퇴장)

소 리 하군사 듭시오.

(하군사 등장)

상군사 (하군사를 보고) 어서 오시오. 그래 연주성에는 별일 없소이까?

하군사 예 그저 관민들의 기세가 충천할 뿐이외다.

서 희 옥체 만강하시오?

하군사 예…

서 희 바삐 오시라 한 것은 다름이 아니라 적들의 동향을 론의해 보자
　　　　는 겝니다.

하군사 좋소이다.

비 장 (등장) 아뢰오.

서 희 무슨 일이였든고?

비 장 예. 한 총각이 랑장을 찾아 상비군으로 받아 달라 청을 대는데 그
　　　　외모가 나약해 보이는지라 혹자는 여자인지 남자인지 분별할 수
　　　　없어 시비한 끝에 나은 웃음인 줄로 아뢰오.

서 희 나약해 보인다 해서 백성들의 애국지성을 웃음으로 대하다니 그
　　　　총각을 이리 곧 대령케 하라.

비 장 예 들었소이다. (급히 퇴장)

상군사 외적을 치고 나라를 건져 내자는 백성들의 충성심이야말로 실로
        감탄할 일이옵니다.

하군사 오늘 양광도 백성들이 또 떼를 지어 연주성으로 들어 섰는데 이
        천 리길을 단숨에 왔는지라 온통 발이 부르트고 몸은 극도로 지
        쳐 보이건만 싸우자는 그 기세는 한결 같으니…

서 희 본관은 그들 속에서 힘을 기르오. 찾아 드는 백성들을 따뜻이 대
        해 줘야겠소. 자! 듭시다.

        (세 군사 지휘처에 들어 가 자리를 찾아 앉는다.)

        (잠시 후 남복 차림을 한 랑이 비장을 따라 등장하여 읍한다.)

비 장 분부대로 대령하였소이다.

상군사 (송랑이를 보며) 과연 대장부다운 데는 없구나…

서 희 이리 가까이 들라.

송 랑 (머리를 숙인 채 한 발 나선다.)

서 희 (랑이를 유심히 살피며) 어데선가 본 듯 하구나. 날 모르겠는고?

송 랑 (더욱 머리를 숙인다.)

상군사 (생각을 더듬다가) 아 음… (서희에게 귀속말로)

송나라 가셨던 해 나루터가 기억 나시오니까?

서 희 아 알겠소. 음…

하군사 보아하니 그늘에서 자란 선비 같은데…

송 랑 소인 농군이로소이다.

하군사 농군이라 믿기 어렵구나… 듣거라. 네 마음 갸륵하나 반드시 상
        비군이 되여야만 적과 싸우는 것은 아니니 물러 가서 관군을 도
        와 무엇이든 한 몫 하라.

송 랑 황송하오나 상비군으로서 저 원쑤를 칠가 하오니 제 소원을 풀어
        주사이다.

하군사 상비군이란 생각과는 다르니라. 첫재 무술에 능해야 하며 둘째…

송 랑 무술은 남한테 뒤지지 않겠사오이다.

하군사 그 기세는 좋다마는 네 몸을 보아 상비군으로서의 직책을 감당해
        낼 것 같지 못 해 그러니 달리 생각 말고 물러 가라.

송 랑 황송하오나 고추는 적을수록 매웁거늘 어찌 외모를 보고 단정하
        시나이까?

하군사 ·········

서 희 (웃으며) 보아하니 장군의 힘으로 퇴놓지 못 할 것 같소이다.

하군사 거 정말 보통내기가 아니오이다.

서 희 (더운 물을 따라 주며) 자 몸을 녹이라.

송 랑 소인 춥지 않사오니 바라건대 제 소원대로 상비군에 받아 주사이
        다.

서 희 이 나라의 맑은 물을 더럽히고 저 거란 놈들이 눈앞에 왔으니 나
        와 함께 이 물을 마시고 같이 싸우자.

송 랑 (부지중 고개를 들어 서희를 보자 놀래여 뒤로 한발 물러 선다.)

서 희 (바라 보며 빙그레 웃는다.)

송 랑 (정체를 숨길 것 없어 얼굴을 붉히며 어쩔 바를 보른다.)

서 희 (부러 큰 소리로) 사내 대장부가 부끄러움을 타서야 되겠느냐. 자
        어서 받아라.

송 랑 (용기를 내여 물잔을 받는다.)

     (이 때 어데선가 ≪적이다≫ 하고 웨치는 소리 들린다.
     군졸 1, 2, 3 등장하여 바위로 오른다. 세 군사 나간다.)

     (뒤이어 성 밖에서 한 필의 말이 내달리는 듯한 말발굽 소리가 들려 온다. 하군
     사와 비장 바위에 올라 성 밖을 살핀다. 말발굽 소리.)

하군사 거란족들은 말 타기 명수라더니. 그 놈 과연 비호같군 그래…

비 장 저 놈이 단독으로 강을 끼고 달리는데 무슨 연유인지 모르겠소이
        다.

하군사 우리를 조롱하는 행위일세 틀림없소.

상군사 놈들이 성안 내막을 몰라 몹시 궁금한 모양이군…

비 장 말머리를 돌렸소이다.

    (말발굽 소리 멀어졌다가 다시 가까워 오기 시작한다.)

하군사 당돌한 놈… 저 놈을 떨굽시다.

상군사 떨구어야 망정이지 저대로 내버려 두면 아군의 사기도 그렇구 저
        놈들이 우리를 얕잡아 볼 수 있소이다. (군졸에게) 활 이리 가져
        오라.

군 졸 예. (활을 갖다 준다.)

하군사 장군이 나설 것까지야 있소? (군졸들을 보며) 듣거라 너희들 중에
        서 저 놈을 단 한 대 화살로 떨굴자 없는고?

    (군졸들 잠시 주저한다.)

하군사 있으면 나서라.

군졸 1, 2 (동시에 나서며) 황송하오나 소인이 쏴 볼가 하옵니다.

하군사 (군졸 1에게) 네가 쏴라.

군졸 1 예. (성 밖을 노리며 화살을 떼여 활줄에 건다.)

서 희 가만…

군졸 1 (멈춘다.)

서 희 (랑에게) 네 병술로서도 남한테 뒤지지 않겠다니 물어 보자. 네 저
        놈을 한 대의 화살로 떨굴 수 있을가?

송 랑 황송하오나 분부하시면 한 번 쏴 보겠소이다.

서 희 그래 그럼 어서 쏴 봐라.

    (송랑 활을 비껴 들고 바위에 올라간다. 군졸 1 자리를 피해 준다. 송랑 군졸 1이
    잡은 활촉을 달라고 손을 내민다. 군졸1 믿어지지 않는 듯 머리를 기웃거리며 마
    지 못해 화살을 준다. 송랑 활줄을 당겨 보고 화살을 걸며 적을 노린다.)

    (말발굽 소리)

하군사 잠간… (송랑을 제지시키고 급히 서희에게로 가며) 여기서 우리
        가 적을 향해 처음 쏘는 화살인데 힘이 모자라 못 맞힌다든가 빗

나가면 여러 모로 좋지 아니 한즉 저 총각의 활 재주는 후에 과
녁으로 정하는 게 좋지 않을가 합니다.

서　희　저 총각의 말을 믿읍시다.

하군사　………

서　희　어서 줄을 늘이라.

　　　(송랑이 활을 겨눈다.)

　　　(송로인 등장하여 한편에 서서 숨을 죽이고 송랑이를 주시한다.)

　　　(말발굽 소리 점점 멀어진다.

　　　줄을 늘이고 적을 노리는 송랑의 눈은 빛난다.

　　　일동 긴장하여 송랑을 주시한다.

　　　송랑 소리 나는 쪽으로 몸을 꼬다가 줄을 놓는다.

　　　뒤이어 어데선가 ≪맞았다≫ 하는 환성이 오르자 교만하게 들려 오던 말발굽 소
　　　리가 멎는다.)

비　장　맞았습니다.

하군사　그것 참 (감탄한 나머지 말을 못 하고 연신 고개만 끄덕인다.)

송　랑　(내려 온다.)

서　희　장하도다. 고려의 무사답다. (상군사, 하군사에게)
　　　　어떻소? 그만하면 저 총각의 소원대로 받아 들일 수 있지 않소.

상군사　하하… (웃음으로 응한다.)

하군사　정말 감탄할 일이외다.

송로인　(감격의 눈물을 훔친다.)

서　희　(군졸들에게) 듣거라. 저놈들이 시체를 날라 가지 못하게 백 놈이
　　　　든 천 놈이든 접근하면 그 자리에 눕혀라.

군졸들　예 들었소이다.

서　희　(비장에게) 비장은 곧 도호부 병마사에게 일러 이 총각을 상비군
　　　　으로 봉하되 다른 장정들과 같이 다루게 하지 말고 각별히 보살
　　　　피게 하라.

비 장 들었소이다. (송랑에게) 가자.
　　　(송랑이 장군들에게 읍하고 일어 선다.)
송로인 랑아!
송 랑 할아버지!
송로인 네 아버지의 원쑤를 갚아야 한다. 자 어서 가라. 군장을 갖춘 네
　　　　모습이 보고 싶다.
송 랑 할아버지 몸 조심하사이다.
　　　(비장을 따라 송랑 퇴장.)
서 희 (송로인에게) 로인장도 먼 길을 왔구만.
송로인 장군님의 은덕으로 우리 랑이 소원 성취하였소이다.
서 희 아니로다. 그대의 힘이노라.
송로인 황송하오이다. (퇴장)
서 희 자 어서 건략을 론의해 봅시다.
　　　(세군사 다시 지휘처로 들어 간다. 서희 약도를 펴며 말한다.)
서 희 우리가 살핀 데 의하면 봉산성을 함락한 적 주력군과 압록강 중
　　　　류를 도하하여 녀진을 거쳐 구주를 치며 남진한 제 2 주력군이
　　　　모두 이 청천강 계선에서 합세한 것은 바로 우리 안북성을 일제
　　　　히 쳐 보자는 야심일세 분명한데 놈들이 강을 도하할 대신 저렇
　　　　게 천막을 치고 주저 않는 원인이 어데 있는가 하는 거요.
　　　(상군사, 하군사 생각에 잠긴다.)
하군사 본관의 생각엔 첫째 놈들이 안북에 우리의 주력군이 만반의 태세
　　　　를 갖추고 있음을 간파했기 때문이요, 둘째 우리의 성을 코 앞에
　　　　두고 용이하게 강을 건널 수 없다는 사정과 관련되며 셋째 대전
　　　　을 앞에 두고 숨을 돌리자는 데 있지 않은가 생각되옵니다.
상군사 옳게 보셨소. 본관도 그렇게 생각되옵니다.
서 희 만약 강이 얼어 붙었다면…
하군사 강이 얼었다면 사정이 좀 다르긴 하겠지오만 그렇다고 함부로 달

려 들진 못 하리라고 생각하옵니다.

서 희 일찍이 적장 소손녕은 승전을 위해서는 자기의 병졸을 아낄 줄
모르는 ≪위인≫이요, 만약 강이 얼었다든가 팔십만 대군을 일시
에 도하시킬 수 있는 배나 떼목이 있다면 적장은 병력의 우세를
믿고 숨돌릴 사이 없이 내몰았을 것이요.

상군사 그러니까 놈들이 일시에 도하할 차비를 갖추기 위해서란 말씀이
시군요.

서 희 그렇소 놈들이 아군의 눈앞에 와서 저렇게 천막을 치고 조저 앉
는 것은 무엇보다도 강이 얼기를 기다리자는 배심일세 틀림없소.

하군사 음… 그리고 보니 강이 얼지 않기가 다행이군요.

상군사 우리는 지금 필경 놈들이 병력을 꺾어 강을 건널 것이니 그 때
료정을 내자 했는데. 만약 강이 얼어 팔십만이 일시에 달려 들면
이 대로 성을 방비한다는 건… 좀 생각할 바가 있소이다.

서 희 그렇소. 때문에 본관은 강이 얼기 전에 적 진지를 좀 자세히 내탐
한 후 이 쪽에서 선손을 쓰는데 어떨가 하오.

상군사 가부간 무슨 방략을 생각해내야 하겠소이다.

서 희 좀들 생각해 봅시다.

하군사 날씨로 보아 불원간 강이 얼지 않을가 념려되옵니다.

　　(비장 급히 등장.)

비 장 아뢰오.

서 희 일러라.

비 장 적 사자 놈들이 적장의 서신을 가지고 와 장군님을 뵈옵자 하는
줄로 아뢰오.

하군사 방자한 놈들… 서신이나 전달했으면 됐지. 9서희에게) 장군이 직
접 대할 것까지는 없을가 하옵니다.

서 희 (잠시 무엇을 생각하다가) 찾아 온 놈이니 만납시다. 이리 대령하
라.

비　장　예. (퇴장)

　　　(하군사 못마땅한 듯 일어 나 한편에 가 선다. 잠시 후 비장 앞서고 거란 사신 거
　　　란병 두명을 거느리고 등장. 뒤이어 군졸들 등장하여 그들을 경계한다.)

거란사신　(서신을 높이 들어 올리며) 우리 거란의 귀인이시며 대장군께
　　　　옵서 이 곳 장군께 전하는 서신이요.

비　장　(서신을 받아 서희에게 전한다.)

서　희　이 사신들에게 음식을 권하도록 하라.

거란병　황공하오이다.

사　신　(팔꿈치로 거란병을 툭 친다.)

군　졸　(거란병들에게) 날 따라 오우.

　　　(거란 사신과 병졸들 거만하게 군졸을 따라 퇴장.)

하군사　(의아한 감정으로 서희를 바라 본다.)

서　희　(비장에게) 놈들이 먹는 대로 좋은 음식을 많이 권하되 눈 떼지
　　　　말고 자세히 살피여 아뢰여라.

비　장　예 들었소이다. (퇴장)

서　희　(상군사에게 주며) 자 무슨 수작을 했는지 개봉해 봅시다.

　　　(상군사 편지를 개봉한다.)

상군사　(편지를 읽는다.) ≪우리 거란은 만천하를 통일코저 하는바 만약
　　　　이에 순순히 복종하지 않는다면 무력을 행사하여 기어이 소탕하
　　　　고야 말 것인즉 고려의 명색을 유지하려면 조속히 항복하여 화
　　　　친함으로써 오래 지체함이 없도록 하라. 소손녕.≫

하군사　(흥분을 억제 못 하여 칼 잡은 손이 떨린다.) 저런 오만 무례한 놈
　　　　이 있나!

상군사　(편지를 꾸겨 쥐며) 가히 승냥이로 비할 놈이요.

서　희　진정들 하시우… 어디 봅시다. (편지를 받아 보며 생각에 잠긴다.)

상군사　어떻게 하잡니까?

하군사　이 글발을 가져 온 사자 놈의 머리를 베여 보내는 것으로써 우리

의사를 대신합시다.

서　희　들어 온 놈 목 베이는 거야 바쁠 게 있소? (편지를 보며) 지체함이
　　　　없도록 하라. 음… (생각에 잠겨 되뇌인다.) 지체함이 없도록 하
　　　　라…

하군사　본관은 치가 떨리여 못 참겠소이다.

서　희　좌중하고 이 글의 뜻을 새겨 봅시다. 나 보기엔 적장 놈이 제딴엔
　　　　위협적인 문장을 골랐으나 보고 나니 허풍선이요. 위협을 주는
　　　　듯 하지만 실은 제 놈들이 위협을 느끼고 있지 않는가 하오.

하군사　무엇을 보고 그리 생각하시나이까?

서　희　보시오. 이 글줄에다 ≪오래 지체함이 없도록 하라≫한 것은 자체
　　　　의 조급한 사정을 드러내는 것이라고 봐야 할 것이요. 오래 지체
　　　　하면 과연 어느 쪽이 불리한가? 그토록 싸움을 즐겨 살육과 약탈
　　　　을 일삼는 놈들이 이번 따라 싸움으로써 결판하려 하지 않고 이
　　　　런 글월을 보낸 자체가 침략자들의 본색과는 거리가 멀다는 것
　　　　이요.

상군사　실은 그렇소이다.

하군사　하긴 그 놈들이 위협을 느끼지 않은 다음에야 우리가 화친하자
　　　　해도 응하지 않고 쳐들어 올 것만은 뻔한 일이지요.

서　희　내 말이 바로 그 말이요 첫째로 놈들이 불의에 대군을 몰아 여기
　　　　까지 남하할 수는 있었지만 봉산성과 여러 지역에서 우리 고려
　　　　사람들의 항거의 맛을 봤을 것이며, 둘째로 놈들이 필경 우리 백
　　　　성들의 청야 전술에 걸려 군량미난에 봉착하지 않았는가 하오.

상군사　피난민들의 말에 의하면 곡식은 물론 곡초에다도 불을 지르고.
　　　　우물까지 메우고 왔으니 고통을 느낄겝니다.

서　희　본래가 거란족은 약탈로써 연명해 가는 족속인지라 개국 이래 타
　　　　국을 수 없이 침략하면서도 군량미를 지참할 대신 그 나라의 촌

락들을 침습하여 군량미를 대는 것이 예사라, 우리 청야 건술에 빠졌으면 헤여 나기가 힘들 것이요.

하군사 군량미도 그러하거니와 한 놈이 세 필 이상의 군마를 거느린다니 이미 얼어 붙은 풀을 먹일 수도 없구. 마초를 대기에는 더욱 힘 들 겝니다.

비 장 (등장) 아뢰오.

서 희 그래 사자 놈들에게 음식을 권했는고?

비 장 분부대로 후히 대접하고 거동을 살폈사온데 놈들이 얼마나 시장 했는지 세 놈에서 열명 분의 음식을 체면도 없이 게눈 감추듯 하 였소이다.

서 희 그래… 됐다.

비 장 먹고 나서 하는 말이 자기네는 매끼마다 이밥에 통닭 한 마리씩 먹는다고 하면서 한 놈이 또 두 사발의 물을 들이켰소이다.

서 희 하하… 그 놈들도 병사라고 전술을 쓰나보구나.

하군사 음, 그래서 놈들에게…

상군사 그리고 보면 우리의 추측이 들어 맞았소이다.

서 희 놈들을 돌려 보내고 우리 책략을 론의해 봅시다.

하군사 그게 좋겠소이다.

서 희 (비장에게) 그 놈들을 고이 돌려 보내되 례의를 갖추어 답장으로 백지나 한 장 접어 보내도록 하라.

비 장 들었소이다. (퇴장)

서 희 우리의 추측이 들어 맞았은즉 여게 대처해서 일후에 어떻게 했으 면 좋겠는지…

상군사 먼저 의향을 말씀하시지요.

서 희 내 생각엔 관민들의 념원 대로 방어가 아니라 곧 진격전으로 넘 어 가자는 겝니다.

상군사　진격으로요!

서　희　천기를 보아 오래지 않아 청천강은 얼어 붙을 것이요. 강만 얼어
　　　　붙으면 놈들이 평지와 같이 일격에 강을 건너 쳐들어 올 것은 뻔
　　　　한 일일진대 그 때까지 기다리고 있다가 쳐들어 오는 적을 막아
　　　　서 싸우느니보다는 이 편에서 먼저 성문을 열고 진격하자는 겝
　　　　니다.

상군사　음…

하군사　그러나 지금 안북성 일대의 상비군을 다 모은대야 불과 사만이
　　　　좀 넘는데… 본관의 의향 같아서는 우리가 적의 약점을 안 이상
　　　　우리는 군량도 충분하겠다 이 대로 견지하면 놈들이 제물에 기
　　　　진하여 흩어질 것인즉 그 때 성문을 열고 쳐 나감녀 어떨가 합니
　　　　다.

서　희　굶주린 승냥이가 배부른 범보다 무서운 것이요.

상군사　강만 얼면 우리 쪽이 불리하오.

서　희　그러니까 강이 얼기 전에 밤을 타서 기습하자는 겝니다.

하군사　기습이요?

서　희　배는 이 편이 많은지라 결사대를 추리여 밤을 타서 은밀히 강을
　　　　건너 먼저 적장이 군막을 기습하여 두목 놈들을 잡아 치울 때 나
　　　　머지 관민들은 강 기슭에 복병했다가 일시에 들이치면 적장을
　　　　잃은 병졸 놈들은 까마귀 떼 흩어지듯 할 것인즉 이 때를 같이하
　　　　여 안융진과 련주의 병력을 풀어 좌우로 진격케 하면 많은 적을
　　　　잡을 수 있지 않을가 하오.

하군사　음.

서　희　을지문덕 장군이 바로 이 청천강에서 적은 병력으로 침략군을 전
　　　　멸시켜 살수대첩을 이룩한 그 능숙하고 용맹한 솜씨를 본받읍시
　　　　다.

상군사　(생각 끝에) 좋은 계략이오이다. 해 봅시다.

서　희　(하군사에게) 장군은 어떠시우?

상군사　듣고 보니 장군의 계략을 누를 만 한 방략이 서질 않소이다.

서　희　론의해 봅시다. 무엇보다도 우리 령수들의 뜻이 일치해야 하오.

하군사　내 바로 전에 한 총각을 못 믿어 실수했거늘 승산이 보이는 계략
　　　　을 놓고 무엇을 주저하겠소이까? 내 앞장 거겠소이다.

　　　(세 장군 호탕하게 웃는다.)

상군사　실은 그 애가 총각이 아니라 처녀요.

하군사　뭐요?

상군사　활 재주도 재주려니와 우린 이미 오래 전에 그 처녀에게서 거란
　　　　에 대한 적개심을 보았던 것이요.

하군사　그래요… 음…

서　희　자 그럼 안북 도호부에 들어 좀 더 자세한 게략을 짜 전하게 아뢰
　　　　는 한편 관민들에게 이 사실을 전하여 사기들을 돋구어 줍시다.
　　　　상군사, 하군사　그게 좋겠소이다.

비　장　(등장) 거란 사자 놈들을 돌려 보냈소이다.

서　희　알았노라. 비장 들으라. 우리는 성문을 열고 진격하기로 결심했으
　　　　니 그리 알고 각 랑장들을 모으라.

비　장　예잇. (퇴장)

　　　(세 군사 약도를 꺼내 놓고 들여다 보며 무엇이라 전략을 론한다.)

　　　　ー 사이 ー

　　　(이 곳 저 곳에서 관민들의 환성이 오른다.)

군졸 1　(등장) 아뢰오.

서　희　일러라.

군졸 1　농군 한 사람이 장군님을 뵈옵자 하는 줄로 아뢰오.

서　희　들여라.

군졸 1　예잇. (퇴장)

길　성　(등장하여 읍하며) 장군님 소인 문안 드리오.

서　희　네 길성이 아니냐.

길　성　병역살이를 하던 놈이 적병을 눈 앞에 두고 이 꼴이 되였소이다.

서　희　음… 너와 같은 퇴역된 장정들이 많으렸다?

길　성　예, 부지기수로소이다.

서　희　퇴역 장정들은 따로 할 일이 있도다.

길　성　무슨 일이든 분부만 하시오면 목숨 걸고 해내겠소이다.

서　희　들거라. 적군이 청야 전술에 빠졌는지라 놈들이 필시 본국에서 군
　　　　량미를 끌어 올 것이 뻔한즉 퇴역 장정들을 모아 은밀히 적중을
　　　　뚫고 나가 압록강 유역에 복병했다가 들어오는 군량미를 좌절시
　　　　켰으면 하는데 해낼 수 있겠느냐?

길　성　예, 해내겠소이다.

서　희　좋다, 나가 장정을 모으라.

길　성　예잇.

　　　　(길성이 나가려는데 밀려 드는 군중의 소리 들린다. ≪장군님께 청을 들면 될 거
　　　　야≫, ≪난 병기가 없으면 맨 주먹으로 싸우지.≫ 이윽고 군중들 등장하여 읍한
　　　　다.)

상군사　어인 일인고?

농　군　황송하오나 성문을 열고 적을 친다 하옵기에 소인들은 병기 대신
　　　　농장기를 들고라도 관군들과 함께 출전하고저 하여 장군님을 뵈
　　　　우러 왔사오니 청컨대 소인들의 소망을 풀어 주십사 하는 청이오
　　　　이다.

일　동　윤허하여 주시기 바라옵니다.

상군사　(감격하여) 음 …그런가…

부　인　(나서며) 장군님께 아뢰오.

서　희　(의아하여) 그래 그대도 출전하자 하는고?

부　인　소인 비천한 계집으로 백성의 본분을 다 못 하오나 제 대신 제

자식 놈을 받아 주십사 하는 청이오이다. (군중 속에 있는 총각을
끌어 내며) 이 녀석아, 어려워 말고 어서 나와 장군님께 청을 드
려라.

총 각 (나와서 읍한다.)

서 희 그대의 아들인고?

부 인 예, 이 애 애비는 봉산성 싸움에서… 변변치는 못하오나 저 애가
다룰 병기는 마련하였소이다.

서 희 병기를?

부 인 예, 애 장군님 앞에 계신다. 어서 내보여라.
(총각 옆에 끼고 있던 창을 불쑥 내미는데 작시미대에다 식칼을 꽂은 것이다. 서
희 그에게로 다가가 창을 받아 보며)

서 희 이게 식칼이 아닌고?

총 각 예.

서 희 음… (창을 돌려준다.)

부 인 받아라.

총 각 (손을 내민다.)

서 희 (총각을 살피며) 아니 그대는 장님이 아닌가?

총 각 (창을 덥석 끌어안으며) 장군님, 장님은 이 나라의 백성이 아니
오이까?!

서 희 (감격하여 총각을 와락 끌어안는다.) 장하다. 장하도다.

총 각 장군님 소인 비록 앞을 보지 못 하오나 적과 우리 사람은 분별할
수 있사오니 출전시켜 주옵소서.

서 희 그대는 이미 출전하였도다. 출전하여 수백 아니 수천의 적들의 심
장에다 칼을 꽂았도다. (일동을 돌아보며) 백성들 듣거라. 내 그
대들의 높은 애국지성으로 하여 출전하자 결심했거늘 어찌 그대
들을 방임하겠는가? 병기는 관군들의 것을 나누어 줄 것이니 과
히 상심 말고 대기함이 좋겠노라.

일 동 황송하오이다.

비 장 (등장) 랑장들 듭시오.

랑 장 (등장) 제 일 랑장 대령하였소이다.

　　　　(십여 명 랑장들이 등장하여 대령을 고한다.)

서 희 (랑장들을 돌아보며) 몸은 무강들 한가?

랑장들 황송하오이다.

서 희 병졸들의 기세는 어떠한가?

랑장들 충천한 기세로 아뢰오.

서 희 (일동을 돌아보며) 자 우리 그런 기세로 관민 합세하여 적병 놈들
　　　　을 일격에 소탕할 것이다.

농 군 아뢰옵기 황공하오나 한 놈쯤 살려 보냄이 좋지 않을가 하옵니다.

서 희 그건 왜?

농 군 그래야 그 놈이 제 나라로 돌아가서 어떻게 소탕되였는지 전달할
　　　　게 아니오이까.

서 희 (롱조로) 그러자면 어느 누가 앞서 나가 한 놈을 보호해야겠는데
　　　　그 직책을 그대가 맡는 게 어떤고?

농 군 예… 가만 그 놈이 돌아가서 거짓말을 해도 그렇구 그 뭐 살려
　　　　보낼 필요가 없을가 하옵니다.

일 동 (웃는다.)

소 리 중군사 서희 장군 어데 계시오.

　　　　(일동 그 쪽을 본다.)

소 리 어사도 출도요.

　　　　(전령사 군졸들의 호위 하에 등장.)

전령사 어명이요.

　　　　(서희 이하 관군들 무릎을 꿇고 백성들 읍한다.)

전령사 적장 소손녕 타협안을 보내여 왔으니 중군사 서희 공은 정전하고
　　　　바삐 상경하라는 어명이요.

(서희 이하 관군들 놀래여 일시에 머리를 든다. 전령사 퇴장)

서 희 (일어서며) 타협이라니?

하군사 우리의 계략은 시각을 다루거늘…

상군사 상경하라 함은 타협은알 내걸고 강화하자함이 아닐가요?

서 희 침략자와 강화란 있을 수 없는 일 타협이란 죽음이요.

송로인 (나서며) 그렇소이다. 장군님, 싸워 물리쳐야 하옵니다.

농 군 (나서며) 장군님 상경하시면 안 되옵니다.

군중들 원쑤는 쳐야 하옵니다. 우리는 싸워 이길 수 있소이다.

랑장들 (다가서며) 장군님…

서 희 백성들… (일동을 돌아보며) 내 상경하여 전하께 성안 사정을 아
        뢰우고 곧 말머리를 돌리겠으니 그 기세 늦추지 말고 대기함이
        좋겠노라.

일 동 ………

상군사 강물이 얼기 전에 희소식을 가지고 돌아 오셔야겠소이다.

서 희 (대답 대신 바위에 올라 청천강과 적진을 살핀다. 바람이 불기 시
        작한다.) 비장 게 있느냐?

비 장 예.

서 희 (여전히 적진을 살피면서) 바삐 말안장 지으라.

비 장 예.

    (날이 흐려지기 시작하면서 더욱 세찬 바람이 인다. 일동 비분에 잠긴 채 서희를
    본다.)

— 막 —

제 4 장

때   전장과 같은 날.
곳   서경 모란봉에 자리잡은 장락궁.

무대   한 쪽으로 치우쳐 장락궁 일부가 보인다.
　　　돌 층대를 올라 안 쪽으로 들어서면 내실이 된다. 무대 주위엔 장
　　　락궁 안채를 둘러 선 나지막한 석담과 거리를 두고 역시 장락궁
　　　전체를 둘러 싼 높은 석담이 보인다. 담 너머로 로송들이 서로 키
　　　다툼을 하고 섰다.

막이 오르면
　　　해질 무렵이다.
　　　이를 그대로 호화롭고 웅장한 장락궁이건만 어덴가 스산하고 불길한 감을 준다.
　　　궁지기 1, 2, 3이 불안한 감정으로 조심스럽게 오락가락 궁중의 재물들을 정원으로
　　　끌어내다가 묶으며 이따금씩 내실에서 들려오는 말소리에 귀를 기울이곤 한다.
　　　노기에 찬 량조의 소리 ≪그만두시오. 신은 심중히 처사하자는거요.≫
궁지기 2 (귀를 기울이며 궁지기 1에게) 여보게 저 내사 대감의 말을 들
　　　　었지?
궁지기 1 들으나마나 이렇게 궁중의 재물을 묶으라 할 때는 알 많 한 일
　　　　이지 뭘 그래.
궁지기 2 안북성이 무너진 게 아니야.
궁지기 1 안북성이 무너졌으면 벌써 빵소닐 쳤지 거렇게 여게서 공론들
　　　　을 하겠나.
궁지기 2 아니 그럼.
궁지기 3 거란 사자 놈들이 왔다 가자 강화요 뭐요 하면서 궁중 재물을

개정으로 옮기라 해놓고 저렇게 조정 공론이 구구한 것으로 보
아 꼬락서니가 거란 놈들에게 이 서경을 내줄 심사 같네.

궁지기 1 사자 놈들이 오기 전부터 성안 벼슬아치 놈들은 저마다 재물을
거두어 가지고 슬금슬금 성문을 빠져 달아나기 시작합디다. 지금
성안은 온통 수라장인걸요.

궁지기 1 상감 마마와 조신들이 안북에서 겁을 먹고 환궁하셨다는 걸 약
바른 벼슬아치 놈들이 모를 리 있나.

궁지기 2 적을 잡자는 계략 밑에 서경을 내주는 게 아닐가요.

궁지기 1 적을 잡아. 흥 말은 좋네.

궁지기 2 아니 그럼 싸워 보지도 않고 서경을 내준단 말인가.

궁지기 1 조정에서 하는 일을 낸들 알겠나.

궁지기 2 (손댁이 풀리는 듯 일손을 놓고 일어서며 혼잣말로) 자 이거라
고야 원…

궁지기 1 나라와 백성들은 어찌 됐든 국왕과 조신들은 항복을 해도 부귀
영화를 누릴 수 있는데 구태여 위험을 무릅쓰고 싸울게 있느냐
는 심사겠지.

    (궁지기들 흥분한다.)

궁지기 3 (누구를 발견한 듯 궁지기 2를 툭 치며) 자 어서 마자 끌어내세.

궁지기 2 난 못 하겠쉬다.

궁지기 3 이 사람아 (눈짓한다)

궁지기 2 내 비록 궁지기 노릇은 해 먹지만 나라를 내여 주고 도망가자
는 놈들의 재물을 묶어 줄 수는 없단 말이외다.

궁지기 1 옳네. 우리도 백성들의 뒤를 따라 안북으로 나가자구.

궁지기 3 쉿.

    (궁지기들 읍한다.)

지 백 (비분에 잠겨 등장하여 누구를 기다리는 듯 밖을 살피다가 안을
향해) 게 아무도 없느냐?

관　원　(등장) 부르셨소이까?

지　백　곧 말을 내여 성문에 나가 대기하고 있다가 서희 장군이 당도하
　　　시면 지체 말고 이리 드시게 하라.

관　원　들었소이다.
　　　(지백이 다시 내실을 향해 무거운 발을 옮긴다. 이때 밖에서 들려 오는 말발굽
　　　소리, 말 멎는 소리, 관원 나가려다가 그 자리에 선다. 뒤이어 ≪서희 장군 듭시
　　　오≫하는 소리와 함께 격분한 서희 등장. 투구 사이로 땀이 흐른다.)

서　희　(묶어 놓은 재물들과 궁지기들을 보며) 여기서는 뭣들 하는고?

궁지기 3　예 소인들은 내사 대감의 분부를 받들어 짐을 묶는 줄 아뢰오.

서　희　성중에 웬 가재새끼들이 이리 많은고? 짐을 묶을 힘이 있으면 적
　　　을 묶으라.

궁지기 1　(용기를 내며 궁지기 2에게) 가자. (궁지기들 짐을 내동댕이치
　　　고 퇴장 관원 퇴장)

지　백　(뛰쳐나오며) 장군! 왜 이리 늦었소?

서　희　단숨에 온다는 게 그리 되었소이다. 그래 국록을 먹는 벼슬아치들
　　　이 성문을 빠져나가며 소동을 일으키니 대체 어찌 된 일이오니
　　　까.

지　백　추춧돌이 흔들리니 서까래인들 좌중하겠소?

서　희　상감 마마는 어디 계시오?

지　백　지금 내실에 드셔서 공론 중이요.

서　희　어찌된 일인지 전후 사연이나 좀 압시다.

지　백　오늘 적장 소손녕으로부터 전하께 화친해 오라는 서신을 보내 왔
　　　소.

서　희　그런 서신은 안북성에도 보내 왔소.

지　백　그 놈이 량다리를 걸었군.

서　희　그래 전하께옵서 어이 처사하시였소?

지　백　조정 공론 끝에 화친하여 국란을 면하고저 리 몽진 공을 사신으

　　로 파하였는데…

서　희　그래 화친을 맺었단 말이시오?

지　백　끝말을 들으시오, 리몽진 공의 말에 의하면 적장 소손녕은 화친에
　　　　앞서 오만 무례하게도 두 가지 조건부를 내걸었다는데 첫째는
　　　　우리가 차지하고 있는 그 옛날 고구려 땅을 내놓으라는 것과 둘
　　　　째로는 송나라와 국교를 단절하고 자기네를 사대하라는거요.

서　희　(흥분을 누르며) 뒷말을 이으시오.

지　백　만약 그것을 거부하면 국왕 이하 고려족을 전멸시키겠다고 공갈
　　　　을 한 모양인데.

서　희　그래서요?

지　백　그래 지금 그 일을 둘러싸고 또다시 공론이 벌어졌소.

서　희　(기가 찬 듯) 그래 그런 공론에 참여하라 날 불렀구려.

지　백　전선은 어떠하오? 안북성은 든든하오?

서　희　거게선 성문을 열고 출진할 차비를 갖추고 있소이다.

지　백　음 어서 들어 가 전하께 성안 사정을 아뢰우고 기울어져 가는 공
　　　　론을 바로잡아야겠소.

서　희　대감 난 들어가지 않겠소이다.

지　백　당치 않은 말 장군은 상감 마마가 부르셨소.

서　희　………

지　백　죽기로써 싸우자는 대감들도 있으니 어서 들어 가 힘을 모아 전
　　　　하의 마음을 부축해 드립시다.

　　　(서희, 지백 들어가려 하는데 량조 등장.)

량　조　언제 왔소?

서　희　방금 당도하였소이다.

지　백　자 어서 듭시다.

량　조　조회는 끝이 났소.

지　백　(의외인 듯 돌아서며) 전하께옵서 결심을 다지시였나이까?

량　조　다시 한 번 사신을 피하여 전하의 의향을 전하고 될수록 강화하
　　　　기로 하였소.

서　희　뭣이?

량　조　(안을 향해) 게 아무도 없느냐?

관　원　(등장) 예. 불렀소이까?

량　조　어명이다.

　　　　(지백, 서희 흥분하여 들어가려다가 어명이란 그 말에 그 자리에 선다.)

관　원　(허리를 굽히고 대기한다.)

량　조　서경 안찰사에게 이르되 이제 곧 성안 곡창들을 열어 있는 곡식
　　　　들을 래일까지 개경으로 옮기되 만약 손이 모자라 미처 옮기지
　　　　못하여 남은 것은 강물에 처넣든가 어쨌든 서경에는 한 알의 곡
　　　　식도 남기지 말게 하라고 일러라.

관　원　예 들었소이다. (물러가려 한다.)

서　희　잠간 (량조에게) 곡식이라 하면 군량미가 아니오이까?

량　조　군량미든 구제미든 적군이 서경을 내놓으라는데 곡식까지 내맡길
　　　　거야 없지 않소.

서　희　서경은 영생할 것이온데 어찌 군량미까지 손을 대려 하시나이까
　　　　못 하옵니다.

량　조　어명이요. (관원에게) 바삐 일러라.

관　원　예. (퇴장)

　　　　(서희, 지백 무슨 말을 하려다가 단념하고 내실로 들어가려 할 때 불안에 잠긴
　　　　문무 조신들 나오며 서희와 말없이 인사를 나눈다.)

량　조　(묶다 내던진 짐짝들을 보고 두리번거리며 혼잣말로) 이 놈들은
　　　　벌써 뺑소니를 쳤나 비겁한 놈들…

소　리　쉬 상감 마마 납시오.

　　　　(일동 읍한다. 잠시 후 불안에 싸인 국왕 등장. 뒤이어 대신들 따른다.)

서　희　(읍하며) 중군사 서희 헌신하였소이다.

국 왕 음. 기다렸노라.

서 희 황송하오이다.

국 왕 그 새 안북성은 별일 없었는고?

서 희 금일 적장 소손녕의 오만 무례한 서신을 접하였소이다. (편지를
       준다.)

국 왕 (받아 본 후) 음 역시 같은 말이로군.

서 희 소신들은 그 글월을 새긴 후 뒤이어 적을 잡을 책략을 세웠소이
       다.

국 왕 책략을 세웠다?

서 희 예, 적이 안북성을 앞에 두고 주저앉아 화친하자 함은 필연 곡절
       이 있는바 그것은 아군의 주력군을 맞받아 그대로 도강하긴 어
       려운 일, 그렇다고 강이 얼기를 기다리자니 군량난이라 적은 진
       퇴 량난에 처했은즉 이에 대처하여 아군은 강이 얼기 전에 성문
       을 열고 출진하여 적을 일격에 소탕할 책략이로소이다.

국 왕 군량난이란 무슨 말이요?

서 희 소신들이 탐지한 데 의하면 적들은 지금 우리의 청야 전술에 빠
       진 것으로 아뢰옵니다.

국 왕 음 (먼 산을 바라본다.)

량 조 적군이 래침한 지 불과 한 달 내거늘 군량난을 만나다니 모를 말
       이요.

지 백 궁중에서 어찌 적중의 내막을 헤아릴 수 있겠소이까.

량 조 군사 가는 데 군량미 따르라 병서에 써 있거늘 적장 소손녕이가
       그 만 한 것쯤 헤아리지 못할 자는 아닐게요.

서 희 우리가 출전하자 결심한 것은 결코 군량난을 기회로 한 것이 아
       니오라 크게는 적을 치자는 백성들의 충천한 기세에 발을 맞춘
       것이오이다.

량 조　백성들의 기세에 발을 맞춘다. 음 (국왕의 동향을 살핀다)

서 희　적을 몰아 내자는 관민들의 그 기세 하늘을 찌를 듯 하며 그 중에
　　　는 나 어린 계집애가 남복을 하고 출도 했는가 하면 저어 앞 못
　　　보는 총각애가 식도를 들고 나섰으니 이 아니 장하오이까.

량 조　사실이 그럴진대 탐복할 만 한 일이요. 허나 나라의 흥망을 좌우
　　　하는 이 때 한낱 백성들의 기세에 끌리여 감은 정중치 못 한 처
　　　사가 아닌가 하오.

서 희　무엇이라고요?

　　　ㅡ 사이 ㅡ

국 왕　중군사 듣거라.

서 희　예.

국 왕　경의 책략은 용맹하고도 남음이 있노라. 허나 대적을 항거하였다
　　　가 대사를 그르치기보다는 적장의 야망이 다소 무례한 바 없지
　　　않으나 불의지변을 면할 길은 화친의 길이 아닌가 하노라.
　　　량조, 일부대신들　지당한 말씀인 줄 아뢰오.

서 희　황송하오나 그 옛날 수 나라 침략군이 을지문덕 장군의 계략에
　　　빠져 패전을 면치 못 하게 되었을 때 적장 우 문술이 도리여 투
　　　항하고 화친하라 허장성세했거늘 오늘 소손녕이 하는 행위 우문
　　　술을 방불케 하오니 청컨대 화친을 단절하고 죽기로써 대전함이
　　　지당할가 하옵니다.

국 왕　한갓 울분으로 하여 적은 병력으로 승산 없이 대전함은 모험의
　　　길이 아닌가 하노라.

량 조　지당한 말씀인 줄 아뢰오.

서 희　황공하오나 어찌 군사가 많고 적은 것으로써 승패를 헤아릴 수
　　　있겠소이까. 적은 비록 팔십만이라 하나 놈들은 모두 산 설고 물
　　　설은 타국 땅에서 싸운다면 비록 수는 적으나 아군은 그들이 나
　　　서 자란 익숙한 제 나라의 산과 강을 의지하여 싸울 것이며 적군

들에겐 물 한 그릇 후원해 주는 사람이 없는 반면에 아군의 뒤에
는 그들을 돕는 이 나라 백성이 있사옵고 적군은 단지 약탈과 살
육을 위해 사운다면 아군은 나라를 지켜 부모 형제 처자들을 보
호하기 위해 싸울진대 한 사람이 능히 백 놈의 적을 당할 수 있
지 않을가 하오니 거듭 청컨대 소신들의 책략에 심사 숙려하여
주시면 죽기로써 싸우겠소이다.

국 왕 음…

량 조 천하 만사가 장군의 뜻대로 된다면 그 아니 좋겠소.

지 백 황송하오나 중군사의 소청이 그럴진대 사신을 단절하고 곡창을
닫은 후 내실에 들어 조회를 속개함이 지당할가 하옵니다.

량 조 대감은 어찌 싸움으로만 결단하려 하시오. (국왕에게) 황송하오나
그 대로 사신을 파하여 전하의 의향을 전하고 적장의 심사를 알
아 옴이 지당할가 하옵니다.

지 백 상감 마마, 침략자와의 화친이란 패전을 말함이니 마지막 한 사람
까지 싸움으로 결단함이 지당할가 하옵니다.

량 조 이 나라 민족이 멸족한 다음에야 나라는 어데 있으며 있단들 무
슨 소용이 있단 말이요. 안 될 말이요… 상감 마마 적장을 노엽
히고 강화하느니보다 어서 바비 사신을 파함이 지당할가 하옵니
다.

서 희 ……

국 왕 듣거라. 곡창은 닫게 하되 사신은 그대로 파하게 할 것이다.

량 조 예 분부대로 하겠소이다.

서 희 (국왕 앞에 다가가서 무릎을 꿇으며) 상감 마마.

국 왕 짐은 경의 심정을 헤아릴 수 있노라, 허나 사신이 환궁할 때까지
진정하고 이 서경에서 기다림이 좋겠노라.

서 희 ………

국 왕 아 어지럽도다.
　　　(국왕 퇴장, 대신들 뒤따라 퇴장.)

량 조 (따라 나가다가 못 참겠다는 듯) 중군사는 망령이 들었소?

서 희 (대답 대신 눈을 감고 돌아선다.)

량 조 이 나라의 충신으로서 전하의 울적한 심정을 위로해 드리지는 못
　　　　할망정 옥외에서 당치 않는 말로 괴롭히니 그게 왈 충신이 할 일
　　　　이요?

서 희 충신을 그만두기 전에는 본관의 의향 굽힐 수 없소이다.

량 조 그래 중군사는 어쩌자는 거요?

서 희 본관은 죽기로써 싸우자는 거웨다.

량 조 중군사는 말 끝마다 죽기로써 죽기로써 하지만 종묘사직을 위태
　　　　롭게 해 놓은 다음에야 중군사 한 사람이 죽기로써 망사지죄를
　　　　면할 것 같소?

서 희 본관은 진정 망사지죄를 면하고저 이러는 거외다.

지 백 그렇소. 싸워 보지도 않고 투항함은 천추에 씻지 못 할 대죄가 아
　　　　닌가 하오.

량 조 닥치시오… 전하께옵서 앞뒤를 가리여 그러하자 다짐했거늘 이
　　　　무슨 당치 않은 망발들이요.

서 희 ………

지 백 ………

량 조 음. (황급히 퇴장.)

서 희 아 왜 이리 어두워만 지는가… (그 자리에 서서 움직일 줄 모른
　　　　다.)

지 백 장군 진정하시오.

서 희 부끄럽고 통탄할 일이요.

지 백 자 어서 갑시다.

서 희 가다니? 어데로 가잔 말씀이요?

지 백 강군의 모친께서 이 곳 별장으로 내려 와 계시오.

서 희 대감 날 안북으로 보내 주.

지 백 무슨 일이 있든 지조를 지켜 끝까지 싸워야 하오.

서 희 내 무슨 힘으로 이미 기울어진 전하의 마음을 바로 잡을 수 있겠
        소이까.

지 백 어찌 장군마저 이리 약한 소리를 하시오.

서 희 충천했던 내 기세 궁중에 들어서니 떨어지는구려. 난 돌아가겠소.
        내게 힘을 주는 백성들… 백성들 품으로 들겠소.

지 백 장군…

        (바람이 분다.)

서 희 (돌변하여 하늘을 쳐다보며) 북서풍이 불면 강이 얼텐데…

        (해가 지고 땅거미가 돌기 시작한다.)

- 막 -

제 5 장

때 전장에서 3 일 후.

곳 서경 모란봉 기슭에 자리잡은 서희의 별장.

무대 로송이 우거진 산허리를 따고 들어앉은 서희의 별장 맞은 편에 하
        인들이 거처하는 행랑방이 보이고 그 옆에 대문이 섰다. 집 두리
        엔 성벽처럼 산 문턱을 그 대로 리용하여 쌓아 올린 나지막한 돌
        담 너머로 서경 일부가 아득히 내려다보인다. 정원엔 우산처럼
        가지를 편 노가지나무가 눈에 덮여 있고 나무 밑엔 묘하게 생긴
        바위가 깔려 있다.

막이 오르면

밤이다. 바람이 일 때마다 나뭇가지에 쌓인 눈들이 소리 없이 떨어진다.
어머니 수심에 잠겨 방에서 나와 밖을 살핀 후 툇돌 우에 놓인 물 담긴 세숫대야
에 손을 담가 보고 불안해 한다.
이 때 하녀 대문 열고 들어선다.

하 녀 (어머니를 보고) 마나님, 날씨가 찬데 어인 일로 나오셨나이까?

어머니 속이 답답해서 나왔다. 그래 강물이 얼었드냐?

하 녀 (대야의 물을 보며) 아직은 푸르게 흐르옵니다.

어머니 그래… 대야의 물은 벌써 살얼음이 잡혔는데… (수심에 잠긴다.)

하 녀 장군님은?…

어머니 오늘 조회는 류달리 늦어지누나.

하 녀 소녀 관풍전에 좀 가 볼가 하나이다.

어머니 이 밤에 관풍전엔 왜?

하 녀 듣자니 어제는 장락궁에서 나오시자 곧바로 관풍전 돈대 우로 오
        르셨다는데 또 그리로 오르시지 않았는가 해서요.

어머니 오겠지 그만둬라.

하 녀 실은 어젯밤에도 마나님을 뵈옵고는 방에 잠간 드셨다가 말을 내
        여 보통강 쪽으로 행차하시나 본데 오늘 새벽에야 드셨사와요.

어머니 나도 안다.

하 녀 이 엄동설한에 소풍도 아니실 게고 어인 일로 그러시는지 소녀
        진정 근심이 되오이다.

어머니 과히 근심 말아.

하 녀 여게 드신 지 사 일이 되시는데 침식까지 멀리하시니…

어머니 국란을 당한 이 때 한 나라 장군이 어찌 자기 방만 지키고 있겠
        느냐.

하 녀 황송하오나 무슨 불길한 일이라도…

어머니 너 알 일이 아니다.

하 녀 ………

어머니 날씨가 차지는구나.

하 녀 방은 덥혔사온데 불을 좀 더 지필가 하옵니다.
       (대야를 든다.)

어머니 그 물에 손대지 말아. (내퇴)
       (하녀 안으로 들어 가 장작단을 들고 나오다가 대야의 물을 바라보며 깊은 생각
       에 잠겼다가 무엇을 결심한 듯 소금을 풀고 집 뒤로 내퇴.)
       (대문 밖에서 말 멎는 소리. 어머니 나온다.)
       (비장 등장하여 어머니를 보고 읍한다.)

어머니 어서 들게.

비 장 장군님 드셨나이까?

어머니 기다리는 참일세.

비 장 음…

어머니 조회는 필하였는가?

비 장 성내 곡창들을 돌아보고 장락궁에 드니 방금 조회를 필했다 하여
       이리로 왔소이다.

어머니 그래…

비 장 대동강으로 행차하셨나… 소인 알아보고 오겠소이다.

어머니 저 나를 보게.

비 장 (돌아선다.)

어머니 일이 어찌되여 가는가?

비 장 글쎄올시다.

어머니 장군도 말씀을 안 하니 통 알 길이 없어 궁금하네그려.

비 장 조정에서 하는 처사를 소인이 어찌 알겠소이까?

어머니 그래두 비장은 들은 말이라두 있겠지.

비 장 (망설이다가) 실인즉은 장군님이 안북에서 궐내에 드신 다음 날

화친하고저 래빈성에 장영이란 관원을 또 적중에 파하였는데 장
영은 어제 적장을 만나 보지도 못 하고 되돌아 왔소이다.

어머니　왜 그 놈들이 이젠 화친마저 싫다는가?

비 장　싫다느니보다 적장 소손녕이가 전하를 대신할 수 있는 고관이 오
　　　기 전에는 만나지 않겠다 하여 되돌아섰나 보이다.

어머니　저런 천하에 무례한 놈이 있나.

비 장　우리 조정이 굴복해 드니 적장 놈이야 점점 더 오만해질 수밖에
　　　없습지요.

어머니　그래서들…

비 장　그래 어제부터는 또 그 일을 놓고 조회를 연 모양인데 모르긴 하
　　　겠지오만 오늘까지 밀려 나가는 걸 보아 일이 바로 되는 것 같지
　　　않소이다.

어머니　나라의 운명을 한 몸에 지닌 조정에서 무슨 처사를…

비 장　지금 처지로 보아 거란군이 당장 쳐들어 온 것보다도 기울어지는
　　　조정 공론 때문에 더 위태롭게 되지 않는가 하옵니다.

어머니　음…

비 장　그러나 너무 상심하지 마사이다. 장군이 계시는 한…

어머니　내 한 발이라도 장군 곁에 가까이 들자 예까지 따라오긴 했지만
　　　이렇다 할 도움을 못 주니… 이런 때 제 부친만 살아 계셔도…

비 장　…곧 다녀오겠소이다.

　　(비장 나가려는데 뚜벅뚜벅 말발굽 소리 들린다.)

어머니　(귀를 기울이며) 오시나 보군.

　　(비장 퇴장. 잠시 후 말 멎는 소리. ≪말안장 내리지 말아.≫ 하는 서희의 소리.
　　하녀 나온다. 서희 역시 불안에 잠겨 비장과 같이 등장.)

어머니　(서희의 안면을 살피며) 늦어졌고나.

서 희　어머니 감기 드시면 어쩌자고 나오셨나이까.

어머니　내 걱정까지 하는 걸 보니 마음의 여유가 있나보구나.

서　희　날씨가 찬데 어서 들어가사이다.

어머니　난 별루 추운 줄 모르겠다.…그래 정사가 뜻대로 됐느냐?

서　희　어머니…

어머니　알 만 하다… 사람들이란 각이하거늘 마음을 같이하기가 어디 그
　　　　리 쉽겠느냐만 지성이면 감천이라구 전하께옵서 옳이 조처하시
　　　　겠지. 자 어서 들어 가 몸 녹이구 저녁상 받아라.

서　희　별루 저녁 생각이 없소이다.

어머니　그래두…

하　녀　(나서며) 방 덥히고 진지상 차렸으니 어서 방으로 드시기 바라나
　　　　이다.

서　희　(하녀를 돌아보며) 오냐 고맙다. 때 아닌 때 와 가지고 너까지 괴
　　　　롭히는구나.

하　녀　소녀 아무것도 하는 것이 없소이다.

서　희　그래 들어가자… 비장은 알아보았는가?

비　장　예 곡창문은 별일 없이 닫혀 있는 것으로 아뢰옵니다.

서　희　음…

하　녀　(내퇴)

비　장　황송하오나 래일은 행차하시게 되는지 소인 알고저 하옵니다.

서　희　음 대답하기 괴롭구나…

비　장　그러하오면?

서　희　오늘 하루도 중 넘불 외우듯 같은 말만 되풀이하다 해를 넘겼구
　　　　나. 안북에선 어찌 되였는지… 이럴 줄 알았으면 비장이라도 갔
　　　　어야 하겠는 걸 차일 피일하다가 이 모양이 되였고나 이제라도
　　　　비장은 가는 게 좋지 않을가 한다.

비　장　소인 홀로 가서 무슨 일을 치르겠나이까. 하루 바삐 장군님이…

서　희　갈 수도 없거니와 이 대로 간들 내 무슨 일을 치르겠느냐?

비　장　………

서　희　몸은 이곳에 있으나 내 마음은 그곳에 가 있거늘 모름지기 성사
　　　　를 이루지 못 함도 그 탓이 아닌가한다.

비　장　아니오이다. 조정의 문신들의 비겁한 탓이로소이다.

서　희　말을 삼가라.

비　장　………

서　희　오늘 추위에 청천강이 얼지나 않았는지…

어머니　(대야의 물을 손으로 저어보며 서희에게) 대야물이 그 대로 있는
　　　　걸 보니 날새가 풀리지 않았는가 한다.

하　녀　(나오다가 그 자리에 선다.)

서　희　(마음이 끌리는 듯 어머니 곁으로 가 대야의 물을 보며) 이게 오늘
　　　　아침 물이오니까?

어머니　(눈으로 대답한다.)

서　희　그러나 안북은 북쪽이라 여기와는 다를 겝니다.

비　장　물이 걸어지긴 하였사오나 아직은 대동강 물도…

서　희　아니다. 내 방금 오는 길에 들려 보니 대동강 여울에 살얼음이 잡
　　　　혀들기 시작하더라.

비　장　………

서　희　보통강은 어떤지…

비　장　분부하시오면 소인이 살펴보고 오겠소이다.

서　희　그래라 강기슭을 따라 가며 살피되 강물이란 먼 눈으로 분간하기
　　　　어려우니 가까이 들어 살핀 후 지체 말고 아뢰여라.

비　장　예 분부대로 하겠소이다.

　　　(비장 퇴장. 말 달리는 소리.)

서　희　어머니 어서 들어가사이다.

　　　(서희 어머니를 부축하고 내퇴. 하녀 불안한 생각에 잠긴다. 사이, 바람이 인다.
　　　잠시 후 대문 밖에서 웅성대는 소리 들린다. 하녀 그 소리를 듣고 대문가로 간

다.)

소　리　계시오니까?

하　녀　뉘시오니까?

소　리　이 댁이 서희 장군님의 댁이오이까?

하　녀　그렇소이다.

(하녀 대문을 연다. 대문 밖에서 지팽이를 짚은 백발 로인과 또 한 사람의 로인
이 서 있다.)

백발로인　저 이 댁이 서희 장군님의 댁이오이까?

하　녀　어떻게들 오셨나요?

백발로인　어떻게 왔느냐구요?

하　녀　네.

백발로인　우린 장군님의 병 문안 왔소이다.

하　녀　네? 병문안이라니요?!

백발로인　천한 늙은 놈들이 장군님의 병 문안이라는 게 방자한 일이오만
성안 백성들의 지성을 전하고저 왔사오니 다르게 생각 마시고
받아 주시오. (한지에 싼 약봉지를 내민다.)

하　녀　(의외인 듯) 아니…

어머니　(나오며) 누가 오셨느냐?

하　녀　성안 로인들이 장군님의 병 문안 오셨다는데 어찌된 곡절인지 모
르겠사와요.

어머니　병문안이란 무슨 말이냐. 그네들이 길을 잘못 들었나보구나.

하　녀　아니오이다 분명…

어머니　모를 일이다. 그네들을 들게 해라.

하　녀　네 (로인들에게로 가며) 마나님이 안으로 들어오시랍니다.

백발로인　황공하오나 이것만 받아 주시면 소인들은 즐겨 물러가겠소이
다.

하　녀　(약을 물리며) 이러시지 마시고 어서 들어오시지요.

로 인 성안 사람들의 문안도 전해 드릴겸 들어가십시다.

백발로인 그럴가?…

　　　(두 로인 하녀의 안내로 조심스럽게 들어서며 어머니를 보고 읍한다.)

어머니 (가벼이 답례한 후) 무슨 일로 왔다구요?

백발로인 예 변변치는 않사오나 장군님께 이 약제를 전하려 왔소이다.

어머니 약제라니?

로 인 (나서며) 서희 장군님이 중환에 드러누우셨다 하여 가져 온 약제
　　　　로서이다.

어머니 (놀라며) 중환에 들다니?…

서 희 (투구를 벗은 채 나오며) 서희 중환에 누웠다 누가 그러던고?

백발로인 누구랄 게 있소이까 온 성안에 소문이 자자하옵니다.

서 희 잘못 들었겠지. 그럴 리가 있겠는가?

백발로인 중환이 아닌 다음에야 국란을 당한 이 때에 어찌 장군님이 싸
　　　　움터에서 물러 오실 수 있겠소이까?

서 희 (아픈 상처를 찔린 듯 대답을 못 한다.)

백발로인 장군님이 누워 계시지 않소이까?

어머니 회괴한 말도 다 있지. 오륙이 성한 사람을 두고…

서 희 어머니… (어머니의 말을 중단시키고 괴로운 듯 눈을 감는다.)

로 인 (백발 로인에게) 가만 이거 아무래두 우리가 길을 잘못 들은 것
　　　　같쉬다.

백발로인 죄송하오나 이 댁이 서희 장군님 댁이 아니오이까?

어머니 장군 댁이요.

백발로인 그럼 우리 장군님이 중환에 드셨다는 백성들의 말이 뜬소문이
　　　　온지?

서 희 뜬소문이 아니로다. 서희는 중환으로 고심하노라.

백발로인 장군님이 어데 계시온지 이건 성안 백성들이 지성으로 구망한
　　　　산삼이온데 받아 주시기 바라옵니다.

(약 꾸러미를 내민다.)

서 희 (눈을 떠 백발 로인이 내민 약 꾸러미를 보며 흥분을 금치 못한다.)

로 인 (나서며) 그저 우리 백성들은 하루 바삐 장군님이 완쾌하시여 출
전해 거란군 놈들을 쳐 물리쳐 주시기를 바라나이다.

서 희 백성들의 그 지성 고맙노라 허나 산삼으로 고칠 병이 아니니 괴
롭히지 말고 그대로 물러감이 좋겠노라.

백발로인 황송하오나 이대로 물러가면 모두 서운한 맘 금치 못 할 것이
오니 받아 주시기 바라옵니다.

서 희 (자신을 수습하며) 백성들에게 전하라. 서희는 곧 완쾌하여 적진
을 향해 출전할 것이라고.

백발로인 (의아하여 머리를 들어 서희를 바라본다.)

서 희 (약 꾸러미를 받았다가 다시 백발 로인에게 돌려주며) 받지 않아
도 먹으나 다름 없으니 어서 가지고 돌아가 몸 약한 사람에게 봉
약하도록 하시오.

(두 로인 모든 것을 짐작한 듯 서희를 쳐다본 후)

백발로인, 로인 (동시에) 장군님!

서 희 자 밤이 깊었으니 어서 돌아 가 쉬시오… (하녀에게)
이 로인들을 문 밖까지 모셔다 드리도록 하라.

하 녀 예.

(하녀 앞선다. 두 로인 서희에게 읍하고 하녀를 따라 대문을 나선다. 서희 번민에
잠긴다.)

어머니 조정의 처사를 헤아리지 못 하는 백성들이라 널 중환으로 보는
것도 무리가 아닌가 한다.

서 희 (주먹으로 대문을 치며) 병이 들었소이다. 고려 조정에 몹쓸 병이
들었소이다.

어머니 그 병이 언제 완쾌되겠는지 실로 걱정일다.

서 희 그러나 백성들은 기어이 약 방문을 낼 것이외다. 아 - 이 나라 백

성들이여…

어머니   진정하여라.

서 희   그 옛날 수 나라 침략군을 쳐 물리친 것도 이 나라 백성들이며
       당나라 침략군을 물리친 것도 이 나라 백성들이며 당나라 침략
       군을 물리친 것도 이 나라 백성들이련만 백성들의 충성과 그 힘
       을 믿지 않고 강토를 내여 주면서까지 욕되게 항복하자니 내 어
       찌 진정할 수 있겠소이까?

어머니   ………

       (말 발굽소리, 비장 등장)

비 장   아뢰오.

서 희   어서 일러라.

비 장   보통강 상류가 얼기는 하였사오나 아직은 사람들이 들어 설 수는
       없는 줄로 아뢰오.

서 희   네 날 속이는 게 아니냐?

비 장   틀림 없은 줄로 아뢰오.

서 희   내 손발이 얼어 온다. 대동강엘 가 보아라.

비 장   예 들었소이다.

       (비장 퇴장. 하녀 등장.)

서 희   (대야의 물을 보며) 어머니 이 대야의 물은 어찌 얼지 않소이까.
       진정 날씨가 풀린 탓이오니까.

어머니   글쎄다 이 물은 날씨를 알고저 떠놓은 물인데…

하 녀   (괴로와 어쩔 바를 모른다.)

서 희   청천강도 이랬으면 이 아니 좋겠소이까?

하 녀   마나님…

어머니   (의아하여 돌아보며) 어째 그러느냐?

하 녀   그 물이 그 물이… 얼지 않는 것은 날씨의 탓이 아니오이다. (급히
       집 뒤로 들어가 다른 대야를 들고 나와 서희 앞에 내놓으며) 대

야의 물은 이렇게 얼었소이다.

(어머니, 서희 놀란다.)

어머니 아―니 그럼…

하 녀 소녀가 저 물에 소금을 풀었소이다.

어머니 (더욱 놀라며) 뭣이 소금을…

하 녀 장군님과 마나님의 고심을 덜어 주자는 옹졸한 생각으로 해서…
　　　　이 년을 죽여 주옵소서.

어머니 (엄하게) 네 왜 청천강에 소금을 풀 생각은 못 했느냐.

하 녀 (운다.)

어머니 계집의 하찮은 일로 나라를 망치기 쉬운 일, 네 어쩌자고…

서 희 어머니 전 결코 대야의 물로 방심하지 않았사오니 그만 하사이다.

어머니 네 일 후엔 다시 그런 망종한 일이 없도록 해라.

하 녀 (흐느껴 운다.)

서 희 (정원을 거닐며 혼잣말로) 청천강이 얼었겠구나. 청천강이 (멈춰
　　　　서며) 그런데 난 어데 와 있는가… 아 통탄할 일이로다.

어머니 이 에미가 널 대신할 수 없는 것이 한이로다.

서 희 ………

　　　　(눈이 내린다.)

하 녀 마나님 (어머니를 부축한다.)

　　　　(이 때 수레바퀴 소리, 말 멎는 소리.)

소 리 여봐라.

하 녀 (대문을 연다.)

지 백 (흥분하여 등장. 어머니에게 읍한 후 서희에게) 장군.

서 희 이 밤에 웬 일이오이까?

지 백 이 일을 어찌하면 좋겠소?

서 희 무슨 일이오이까?

　　　　(지백 사방을 살핀다. 어머니, 하녀 자리를 피해 내퇴.)

지 백 전하께옵서 끝내 강화사를 파하여 래일 적과 강화하기로 결심을
다지시였소.

서 희 (놀라며) 무슨 말씀이시오. 래일 조회에서 다시 론하자 했거늘 강
화사란 무슨 말이오니까?

지 백 장군이 궁중을 나서자 적장 소손녕으로부터 또 한 장의 서신을
보내 왔다는데 그 서신의 내막인즉슨 죽겠는가 살겠는가 지체
말고 조속히 결심을 다지라는 사연이였나보우.

서 희 소손녕이 날이 갈수록 오만해지는군…

지 백 나도 방금 례부 판사를 통해 들었소만 전하께옵서 그 서신을 접
하신 후 그 자리에서 삼성 대감을 부르시여 그리 결심하였다니
이 일을 어찌 했으면 좋소. 그래 이 망국의 지사를 보고만 있어
야 옳겠소.

서 희 그럴 수는 없소. 결단코 그럴 수는 없소.

지 백 그럼 이 일을 어떻게 하면 좋겠소.

서 희 …그래 누구를 강화사로 봉하였소?

지 백 망국 대부라도 족하다는 겁 많은 대감들이라 적진으로 가겠다 자
진하여 나서는 사람이 없어 전하께옵서 그 일로 또 울적해 하시
나보우.

서 희 아- 끝내 이 나라를 망치는구나.

지 백 우리와 뜻을 같이 하는 대감들의 힘을 모아 전하께 상소를 드리
는 게 어떠하오?

서 희 (부질없는 소리라는 듯 대답 대신 정원을 거닐며 고심한다.)

지 백 내 우선 병부상서를 만나 상론할 터이니 너무 상심 마시오. (급히
퇴장)

서 희 (여전히 정원을 거닐다가 무엇을 결심했는지 대청으로 올라 칼을
빼여 높이 들고, 독백) 네 날 벨 것이냐. 적을 벨 것이냐?…
    (칼이 대답하는 듯 빛을 뿜는다. 어머니 소리 없이 나온다.)

서　희　그렇다 적을 쳐야 한다… (밖을 향해) 말안장 지으라. (소리 치며
　　　　내달린다.)

어머니　안된다.

서　희　(그 자리에 선다.)

어머니　네 한 나라 장군으로 어명을 거역하고 출전할 수는 없지 않느냐.

서　희　이 몸이 역적이 될지언정 결코 한 치의 땅도 적들에게 내맡길 수
　　　　는 없소이다.

어머니　서희야! 참아라.

서　희　(돌아서며) 어머니 이 자식 나라에 충성하라 키웠거늘 참으라 함
　　　　은 어이 하시는 말씀이오니까?

어머니　높은 령을 어찌 단숨에 넘으려 하느냐 싸움은 한 길 뿐이 아니다.
　　　　넌 문무를 겸한 대신이 아니냐… (내퇴)

서　희　(혼잣말로) 높은 령을 단숨에 넘으려 하느냐. 싸움은 한 길 뿐이
　　　　아니다… (생각에 잠겨 정원을 거닌다.)
　　　　(이 때 다급히 들려 오는 말발굽 소리. 뒤이어 대문 앞에서 말 멎는 소리와 함께
　　　　상군사 대문을 벌컥 열고 말채찍을 든 채 들어선다. 그의 갑옷과 투구에 성에가
　　　　내돋았는가 하면 투구 사이로는 땀이 흐른다. 서희 상군사임을 알자 또 한 번 놀
　　　　란다.)

상군사　(서희를 보자 기가 막히는 듯 부르짖는다.) 장군…
　　　　(두 장군 서로 한참 동안 말을 못 하고 선 자리에서 바라본다.)
　　　　－긴 사이－

서　희　어찌 되였소, (더욱 다급히) 어찌 되였소?

상군사　기다리다 못 해 달려 왔소이다.

서　희　볼 낯이 없소, (머리를 떨군다.)

상군사　그래 대체 어찌 된 일이오니까?

서　희　나 먼저 물읍시다. 청천강이 얼었소?

상군사　얼었소이다.

서　희　성중은? 적들은?

상군사　적병은 오늘 해지자부터 움직이기 시작하였소이다.

서　희　움직인다?

상군사　적은 도강할 차비를 갖추는 한편 병력을 나누어 더러는 안융진 쪽으로 움직이기 시작하는 것을 보고 성중을 떠나 왔소이다.

서　희　안융진으로? 음 놈들이 화친을 꾀하는 한편 무력을 행사하자 호시 탐탐 빈틈을 노리고 있는 게 틀림없소.

상군사　강이 얼기는 했소이다만 아직은 그 깊이가 오 푼을 넘지 못하는지라 짐작컨대 놈들 이 병력을 나누어 안북과 안융진을 일시에 처 보자는 계략이 아닌가 하옵니다.

서　희　음… 놈들이 안북성을 뒤에 두고 안융진을 먼저 치자는 것인가… 그래 안융진에다 적의 움직임을 알렸소이까?

상군사　하군사께서 그리로 출동하였소이다.

서　희　그래 어쩌자고 장군마저 성중을 떠나 오셨소?

상군사　성중 관민이 장군을 고대하오니 물으실 게 없이 바삐 출동하십시다.

서　희　궁중에 들렸댔소이까?

상군사　적과 강화한다니 그게 진정이오니까?

서　희　진정인가 보우.

상군사　(놀라며) 아니 그럼?

서　희　본관을 강화사로 봉해 달라 전하께 청을 드릴 결심이요.

상군사　(홍분을 금치 못해) 장군이… 장군이 강화사로요? 이게 대체 어찌 되는 일이오니까?…

서　희　장군 진정하오. 내 비록 강화사를 대신하자 하나 결코 강화는 하지 않을 것이오.

상군사　모를 말이오이다.

서　희　고려의 지조를 지키자면 그 길밖에 없소이다… 자 이렇게 합시다.
　　　적의 움직임으로 보아 놈들은 안융진을 무너뜨린 후 안북의 우
　　　리 주력군을 뒤로 비켜놓고 곧바로 서경으로 달려들 계략일세.
　　　틀림없으니 장군은 돌아가는 즉시로 안북의 주력군중에서 솜씨
　　　있는 장병들을 뽑아 야밤을 타서 은밀히 안융진으로 출동시켜
　　　그 곳 병졸들과 합세하도록 함이 좋겠소. 난 늦어도 내일 한낮이
　　　면 적진으로 들어가게 될 것이오.

상군사　본관은 장군이 적진으로 들어간다는 게 심히 불안 하오이다.

서　희　난 나대로 고려의 지조를 지켜 싸울 것이니 상심 말고 대기하고
　　　있다가 약불여의 하면 내 생각하지 말고 우리의 본래의 계략대
　　　로 출전해 주기를 바라오.

상군사　출전에 앞서 어떻게 하든 몸을 빠져 나오셔야 합니다.

서　희　자 래일 안북을 걸쳐 갈 터이니 자세한 말은 그 때 나누기로 하고
　　　어서 출동하시오.

상군사　그럼… (읍한다.)

서　희　선 자리에서 돌아서는구려.

상군사　관계치 않으오이다. (나가려 한다.)

　　　(눈이 내린다.)

서　희　(무엇이 생각 난 듯) 잠간…

상군사　(돌아선다.)

서　희　가는 길에 먼저 안융진을 들러 가는 게 좋을가 하오.

상군사　알겠소이다.

서　희　이 나라의 흥망이 안융진 싸움에 달렸으니 부디 명심하여 주기
　　　바라오. 그것 뿐이요.

　　　(상군사 퇴장. 말발굽 소리, 서희 담 너머로 그를 바랜다.)

서　희　(독백) 안융진 싸움만 이겨라.

　　　(사이 - 어머니 투구를 들고 조용히 나온다.)

(이 때 달려오는 말발굽 소리. 비장 등장.)

비 장 아뢰오. 대동강은…

서 희 (그의 말을 막으며) 비장은 곧 출전 차비를 갖추라!

비 장 예? 예 들었소이다. (퇴장)

　　　(눈은 더욱 세차게 내린다. 어머니 서희 앞으로 간다.)

서 희 (어머니 손에 들린 자기의 투구를 보고) 어머니!

　　　(서희 무릎을 꿇는다. 어머니 말 없이 서희의 머리에 투구를 씌워 줄 때)

― 막 ―

제 6 장

때 전장에서 2, 3일 후

곳 청천강 이북

무대 산등성이에 자리잡은 적진.

　　　양피로 둘러친 천막 안 높은 곳에 순 호피로 꾸린 또 하나의 천막
이 있는데 이것은 적장 소손녕이가 거처하는 막장이다. 꼬리를 늘
이고 매달린 두 개의 호피 사이로 막장 출입을 한다. 막장 안에
역시 호피로 씌운 의자와 탁상이 놓여 있는데 그 탁상 우에 술병
과 술잔이 놓여 있다. 막장 앞에 ≪거란≫이라고 쓴 군기가 긴 창
끝에 매달려 있고 천막 기둥마다에는 오색기가 역시 창끝에 달려
있다.
　　　막장을 중심으로 천막 안에 숯불이 피는 화로들이 놓여 있다. 후면
으로 역시 군사들의 수많은 천막들이 산을 덮었는데 가지들을 벗기
운 로송들이 가로 세로 늘어져 산중 일대가 란장판이 된 듯…
　　　무대 전체는 어딘가 스산하고 삼엄한 분위기를 자아낸다.

막이 오르면

한낮이다. 막장은 담겨 있는데 활과 창칼 등 고슴도치처럼 무장한 병졸 1, 2가 화로 옆에 쪼그리고 앉아 졸고 있다. 말 울음소리.
까마귀떼 울부짖는 소리. 천막 밖에서 초리의 고함 소리 들린다.

초리의 소리 야야 이 바보 같은 놈들아, 허리들이 부러졌느냐. 왜 등신처럼 우물거리느냐. 용기를 내라. 용기를 엉?
(잠시 후 전복을 입은 초리 긴 말채찍을 들고 장교 2와 같이 등장하여 졸고 있는 병졸 1, 2를 보고 채찍으로 내려친다.)
(병졸 1, 2 질겁하여 그 자리에 엎딘다.)

초　리 이 자식들아 안북성에선 우리를 치고저 기세 충천한데 너희 놈들은 잠을 자 응?
병졸 2 죽을 죄를 졌소이다.
초　리 너희 놈들도 배가 고픈가?
병졸 1, 2 예… 아닙니다. 배가 부릅니다.
초　리 됐다. 그래야 한다. 이제 안융진만 전복하면 밥도 계집도 있을 터이니 기운을 내란 말이야, 기운을…
병졸 1 예 기운을 내겠소이다.
장교 2 본국으로부터 군량미가 와 닿을 것이니 조금만 더 참아라.
병졸들 예…
초　리 (의자에 앉으며 장고 2에게) 그런데 대장군님께서 급보를 띄운지 오랜데 어찌 함구 무소식인가?
장교 2 아마 안융진에서 재진격전이 벌어지지 않았는가 합니다.
초　리 한 번 패전했으면 됐지 고려의 주력군은 저 안북성에 있는데 힘 있는 군사들을 다 빼 가지고 슬쩍 그리로 가서 안 오니 나 혼자 여기 일을 어떻게 감당하란 말인가?

장교 2 여게 일이 급하다 재차 급보를 띄웠으니 곧 당도하실 것으로 아뢰옵니다. 그런데 저 놈들이 강화를 그만 두자는 게 아닐가요?

초 리 아무개든 강화사가 왔을 때 대면하실 게지 쓸데 없이 호통을 쳐 돌려보내 가지구…

(이 때 안북성에서 희미하나마 ≪목숨 걸고 싸우자≫ 하며 웨치는 소리가 들려온다.)

초 리 (놀라 일어나며) 저 놈들의 기세로 보아 아무래도… (장교 2에게) 다시 급보를 띄워라! 이러다간 나 혼자 바가지를 쓰겠다.

장교 2 알았소이다. (퇴장)

초 리 (술을 따라 마시고 나간다.)

병졸 1 (한숨을 쉬며) 암만 생각해도 못 올 델 온 것 같애.

병졸 2 이제라도 안융진만 무너뜨리면 고려 조정을 굴복시킬 수 있다니까 그렇게 락심할 건 없어.

병졸 1 첫 싸움에 녹아 났는데 두 번째 싸움이라고 이기겠나.

병졸 2 그래두 한다하는 십만 대군을 골라 출동시켰으니까 가부간 오늘 중으로 결판이 나겠지.

병졸 1 십만이든 백만이든 먹어야 싸울 게 아닌가.

병졸 2 먹기 위해서라도 싸워 이겨야지. 어떻게 하겠나.

병졸 1 정말 없다 없다 해야 요렇게 메마를 때가 어데 있겠나. 내 병력살이 십여 년에 수많은 나라들을 정복했지만 군마 잡아먹으면서 배 곯긴 이번이 처음일세.

병졸 2 쌀자루를 이고 피하는 계집년들을 따르니까 자루를 인 채 모두 강물에 뛰여 들었다니 말할 게 뭐야.

병졸 1 우리가 일사천리로 여기까지 들어오긴 했지만 난 도무지 함정에 빠진 것 같은 게 불안해 못 견디겠네.

병졸 2 적을 눈앞에 두고 왜 그리 재수 없는 말만 하나. 고려 사신들이 꼬리를 물고 찾아 드는데 아무렴 죽기야 하겠나.

병졸 1 흥, 수 나라 백만 대군이 바로 이 청천강에서 골적도를 이루었다
는 말 못 들었나.

병졸 2 골적도라니?

병졸 1 죽은 뼈로 성을 이루었단 말이야.

병졸 2 뭐라구?

병졸 1 저리로 조금 더 내려가면 판군소라는 데가 있는데 바로 거기서
을지문덕이란 명장이 거느린 고구려 군사들한테 쫄딱 녹아 그
신세가 되였다네.

병졸 2 그래…

병졸 1 난 요새 왜 그런지 눈만 감으면 집안 식솔들이 보이는데 아무래
두…

병졸 2 그만해 두게 기분 나쁘이.

（머리 우에서 까마귀 운다.）

병졸 2 （돌을 던지고 침을 뱉으며） 후여! 저런 빌어먹을 까마귀새기들,
왜 궁상맞게 저러누! …

병졸 1 그러나 저러나 안북성에 들어 가 밥이나 한 번 실컷 먹어 보게.
또 서신이나 써 줬으면 좋겠네.

병졸 2 야 정말 그 날을 생각하면…

（말발굽 소리.）

병졸 2 쉬 대장군님이 오시나보네.

（병졸들 일어서서 막장을 지킨다. 잠시 후 소손녕 등장. 뒤이어 초리와 장교 1, 2
따른다. 병졸들 무릎을 꿇는다.）

손 녕 （앉으며 초리에게） 그래 대체 뭣이 위급해 날 놀래이는가?

초 리 예 대장군님께옵서 본진에서 출동하신 것을 이곳 안북성 놈들이
정탐했는지 성을 넘어 출전해 올 기백이 엿보이게…

손 녕 출전해 오다니 그럴 수야 있겠는가?

초 리 놈들이 본진에서 또 십만 대군을 떼 낸 것을 안다면 이제 안융진
       싸움에서 이긴 기세로 성문을 열고 달려 들 수도 있지 않을가 해
       서…
손 녕 그런 그대의 추측이지 감히 그럴 수는 없다. 출진해 올 놈들이면
       강화하고저 사신들을 파하겠는가.
초 리 그런 그렇소이다만…
손 녕 겁먹지 말고 놈들에게 진격할 태세만 보이고 있으라 하지 않았는
       가?
초 리 예 이미 분부대로 강변에서 태세를 갖추고 있소이다만…
장교 1 군량미는 어찌되었는가?
장교 2 예 아직은…
손 녕 음… (탁상 우에 지도를 펼쳐 놓고 들여다 본다.)
장교 1 여게서 조금이라도 태세를 늦추면 놈들은 안융진으로 응원군을
       보낼 것이요. 그렇게 되면 오늘 싸움도 또 위태롭소.
초 리 그래 그 쪽에서 어떻게 되었소.
장교 1 재진공을 차비 하던 중 이곳 일이 근심되여 돌아오긴 했지만 대
       장군님께옵서 그곳 일진장에게 틈을 보아 출전하라 령을 내리시
       였으니 곧 격전이 벌어질 것이요.
손 녕 그래 고려 조정에선?
초 리 두 번째 온 놈을 돌려보낸 후로는 무소식이옵니다.
손 녕 음… 이 놈들이 강화사를 단절할 셈인가.
초 리 암만 생각해도 또 한 번 통첩을 보내는 게 좋을가 하옵니다.
손 녕 놈들에게 우리의 속을 뒤집어 보이잔 말인가?
초 리 소인의 말은…
손 녕 통첩을 자주 보낸다는 것은 우리의 조급성을 드러내 놓는 것으로
       된다. 참고 기다리면 반드시 고려의 고관이 찾아 올 것이다.

장교 1 우리가 강화하길 원한다는 것을 놈들이 감촉하면 강화사가 온다
       해도 우리에게 순종하지 않을 것이요.

　　　(이 때 가까운 곳에서 ≪모른다≫ 하며 반항하는 소리 들려온다.)

초 리 저건 어떻게 된 놈이요?

장교 1 어제 안융진 싸움에서 생포한 고려의 상비군이요.

초 리 상비군치고 작은 놈을 잡았소.

장교 1 그래 뵈도 고 놈의 손에 수십 명이 죽었소. 어떻게 되먹은 놈인지
       단독으로 성을 넘어 나와 활을 쏘며 따라 오는데 하마터면… (손
       녕을 힐끔 본다.)

손 녕 (지도를 치며) 그래 이 천오백 척도 못 되는 조그마한 요 놈의 토
       성을 못 무너뜨리고 오만의 군사를 잃다니 음…

장교 1 어제는 그 놈의 눈무지를 넘다가 말이 빠져 헤여 나지 못 해 패
       전하였지오만 오늘 싸움엔 반드시 승전할 것으로 아뢰옵니다.

손 녕 아니다. 눈도 눈이지만 놈들의 병력을 타산하지 못한 탓이로다.

장교 2 놈들의 병력을 헤아릴 길 없으니 심히 답답한 일인 줄 아뢰옵니
       다.

손 녕 문제는 이제라도 놈들의 병력이 얼마나 되는지 그것을 탐지해 내
       는 것이 급선무로다.

초 리 참 저 생포해 온 놈이 상비군이라면 그 놈을 통해서…

손 녕 음… 그 놈을 잡아 들여라.

초 리 예 (밖을 향하여) 야 그 고려 군사 놈을 이리로 대령케 하라.

손 녕 (장교 1에게) 안융진이 어찌 되였는지 수시로 알게 하라.

장교 1 예. (퇴장)

　　　(병졸들 손을 결박한 송랑을 앞세우고 등장하여 초리 앞에 앉힌다. 장교 1 등장.)

초 리 (병졸들에게) 손을 풀어 주라!

병졸들 예. (손을 풀어 준다.)

초 리 네 요 놈 여게가 어데인지 알겠는가?

송 랑 안다. 여기는 고려의 땅이다.

초 리 누가 그걸 몰라서 묻는가?

송 랑 (돌아앉는다.)

초 리 그래 네가 고려의 상비군이냐? 도대체 나이는 몇이냐?

송 랑 모른다.

초 리 뭣이 (말 채찍을 든다.)

손 녕 가만… (초리를 제지하고) 용맹한 군사 부질없이 항거하다가 죽지
        말고 살려거든 내 묻는 말에 대답해라.

송 랑 오냐 대답할테니 물으라.

손 녕 안융진의 병력이 얼마나 되는가?

송 랑 난 고려 군사다.

손 녕 네 감히 날 조롱할 셈인가?

송 랑 난 널 죽일 것이다.

손 녕 뭣이? 야 요 놈을 이 자리에서 목을 베라.

초 리 조꼬만 놈이…
        (초리 채찍으로 송랑의 면상을 친다. 송랑 쓰러진다. 그 바람에 그의 머리에서 투
        구가 벗겨지며 삼단 같은 머리채가 풀어진다. 적병들 달려 들려다가 의아하여
        선다.)

초 리 (다가가서 살핀 후 놀래며) 계집애가 아닌가?

손 녕 계집애라고?

초 리 그런 것 같소이다.

손 녕 그럴 리가 있겠는가.

초 리 (와락 달려 가 끌어당기며) 네가 사내냐? 계집애냐?

송 랑 (초리를 노려보며) 내가 만약 사내였던들 네 놈은 례성강 나루터
        에서 내 화살에 죽고 남지 못 했을 것이다.

초 리 (질겁하여 송랑을 놓고 일어서며) 뭣이?

송 랑 그러나 이번만은 살아가지 못 할 것이다.

초 리 (병졸들에게) 뭣 하고 있느냐 요 년의 목을 짜르라.

병졸들 (달려 들려 한다.)

손 녕 죽이지 말고 끌어내다 가둬라.

병졸들 예 (송랑을 끌어낸다.)

초 리 저 계집애를 살려 두면…

손 녕 고이 살려 후에 임금께 보이고저 한다.

초 리 저 계집애를 임금께요?

손 녕 과연 우리가 어떤 종족과 싸워 승전했는가를 말로써가 아니라 실
         물로 보이자는 것이다.

초 리 예 그리고 보니 다시 없는 귀물인가 하옵니다.

장교 1 명철한 처사인가 하옵니다.

손 녕 어쨌든 고려 백성들이 모두 그 계집애 같다면 음…
         (안북성을 바라보며 생각에 잠긴다.)

초 리 그러나 계집애에게까지 투구를 씌워 준 것으로 보아 놈들의 병력
         이 대단치 않다는 것은 짐작하고 남음이 있지 않은가 하옵니다.

손 녕 아무튼 투구 쓴 계집애한테 녹아 나지 않았는가?

초 리 ………
         (손녕 천막 안을 거닌다.)
         ― 사이 ―

련락병 (급히 등장) 아뢰오. 련주성에서 성문을 열고 출전해 올 기백이
         엿보이는 줄로 아뢰오.

일 동 뭣이?… (놀랜다.)
         (련락병 퇴장.)

손 녕 응. 이 놈들이…

장교 2 련주에서 출전해 오면 이 안북성에서도…

장교 1 놈들이 강화가 아니라 싸움으로 결단하자는 게 아닐가요.

장교 2 만약 싸움으로 결단한다면…

손 녕 (발악적으로) 닥쳐라. 내 전군을 몰아 기어이 고려를 전복할 것이
          다.
초 리 (당황하여 다가서며) 대장군님 이대로 결전하였다가는 패전을 면
          치 못 하니 진정하시기 바라옵니다.
손 녕 (신경질적으로) 그렇게 무서워하는 놈이 무엇을 맡고 임금 앞에서
          호언장담 했는가?
초 리 ………
손 녕 우리가 여기까지 들어 와서 얻은 게 뭔가? 십만의 군사를 잃은 것
          밖에 더 있느냐 말이다.
초 리 그건…
손 녕 닥쳐라. 하나에서 끝까지 네 놈의 말과 맞아 떨어진 게 없단 말이
          다. 그래 고려 백성들의 병기는 모두 농쟁기로 됐고 상비군은 도
          합 십만이 넘지 못 하니 고려를 멸망시키기엔 하루 아침의 일거
          리도 안 된다고 호언장담한 놈이 어느 놈이냐. 네 놈이였지?
초 리 백성들의 병기를 거두어 들이는 것은 소인의 눈으로 목격하였소
          이다.
손 녕 듣기 싫다.
장교 1 그건 장군이 고려 놈들의 술책에 빠졌을세 틀림없소, 그렇지 않
          고서야.
손 녕 뭐라구 했지 고려엔 가는 곳마다 곡식이요 은금 보화가 산야를
          덮었다고 했지?
초 리 그것도 사실이온데 이 곳 백성 놈들의 청야 전술로 하여…
손 녕 청야 전술이든 밤야 전술이든 마초마저 구할 길 없어 허덕이니
          그럴 수가 있느냐 말이다. 그래 집집마다 호화찬란한 도자기가
          넘쳐나 길가에까지 내놓았다면서 어째 내 손엔 귀 떨어진 술잔
          하나 안 들어오는가? 응?

초 리 (고개를 떨구고 대답을 못 한다.)

손 녕 (사발에 술을 따라 마신다.)

　　　　― 사이 ―

련락병 (등장) 아뢰오.

장교 1 뭐야?

련락병 고려 사신들이 당도하였소이다.

손 녕 강화사가 왔단 말이지?

련락병 예.

　　　(일동 안도의 숨을 쉰다.)

손 녕 음… (기분을 돌리며) 역시 굽혀 드는군.

장교 1 저희 놈들이 감히 대장군님 앞에 굴복하지 않을 수 있겠소이까.

손 녕 그래 어떤 놈인가 고관이던가?

장교 2 그 이름 서희 장군이라 하옵는데 두 놈의 부하를 대동한 줄 아뢰
　　　　오.

손 녕 서희 장군… 들여라.

장교 2 예 (퇴장)

손 녕 (초리에게) 서희 장군이란 어떤 자인고?

초 리 예 서희라면 문무를 겸한 명장인 줄로 아뢰옵니다.

손 녕 그러니까 고려의 조정을 대신할 수 있는 놈일나 말이지?

초 리 그렇소이다.

손 녕 그래… 듣거라 우리의 승패가 이번 담판에 좌우되니 그리 알고
　　　　모두 기세를 부쩍 올리여 거란의 위풍을 세우되 처음부터 고려
　　　　사신 놈들의 기세를 꺾어야 한다.

초리, 장교 1 들었소이다.

　　　(손녕 초리에게 뭐라고 지시한 후 막장으로 들어간다. 장교 1 문을 내리우고 그
　　　옆에 선다. 초리 들어 온 병졸들을 한 줄로 세워 태세를 갖추게 한다. 잠시 후 서
　　　희 비장과 군졸 1을 대동하고 장교 2의 안내를 받아 침착히 들어선다. 뒤이어 거

란 병졸 약간 명 등장하여 일행이 들어 온 길을 막아선다. 장교 2 장교 1 옆에
　　　　선다. 서희 막장 앞에 와 선다. 비장, 군졸 1 서희를 보위해 갈라선다. 잠시 삼엄
　　　　한 침묵이 흐른다.)
초　리　(서희의 거동을 살핀 후 거만하게 입을 연다) 그대는 누구인고?
서　희　(대답 대신 외면한다.)
비　장　(한 발 나서며) 본관은 장군의 비장이로다.
초　리　본관은 한갓 비장을 대상함이 아니노라.
비　장　아- 그런가… (의미 있게 뒤로 물러선다.)
군졸 1　(한 발 나서며) 비장을 대하기 뿐에 넘치면 고려의 군졸 여게 있
　　　　으니 어려워 말고 대상하라.
초　리　(모욕을 느낀 듯) 뭣이?
서　희　(비장에게) 대상할 자 없으니 돌아감이 좋겠노라.
　　　　(서희 일행 서서히 돌아서 나가려 한다. 초리 당황망조하여 어쩔 바를 모른다. 이
　　　　때 막장에서 소손녕 소리 들린다.)
손　녕　대상할 자 예 있으니 멈춰라.
　　　　(서희 일행 돌아선다. 장교 1, 2 위엄을 보이며 호피를 잡아 제낀다. 소손녕 거만
　　　　하게 앉아서 서희를 노려본다.)
초　리　(서희에게) 우리 거란의 귀인이시며 대장군님이시니 고려 사신들
　　　　은 허리를 굽혀 례의를 갖추라.
서　희　하늘이 높아 머리 상하지 않을 것이니 과히 상심 말지어라.
손　녕　(탁상을 치고 일어나며) 네 감히 내 앞에서 머리를 들 것인고?
거란병졸들　(일제히 검과 창을 추켜들며) 머리를 숙이라.
서　희　(태연히 웃음 지으며) 빈 수레 가는 소리 짐 실은 수레보다 소란하
　　　　다더니 누가 지은 말인지 과시 명담이로다.
추손　녕　뭣이?
서　희　몸에 해로울가 하노라.
손　녕　그대는 진정 굽히지 않을텐고.

서　희　그대는 진정 어리석도다.

손　녕　좋다. 본관은 강화를 단절하노라.

　　(손녕 자리에 앉자 장교들 호피를 내린다.)

서　희　(수원들에게) 가자.

　　(서희 일행 도도히 나간다. 초리 눈짓을 하자 거란 병졸들 창으로 십자형을 하여 길을 막는다. 비장 손으로 밀어낸다. 거란 병졸들 그들의 행동에 위압을 느낀 듯 길을 비끼여 선다. 서희 일행 서서히 퇴장. 소손녕 문을 헤치고 뛰쳐나온다.)

손　녕　(발광하듯) 응 내 이 날 이때껏 대륙을 주름 잡아 동양 천하를 굴복시켰지만 이처럼 모욕을 당해 보긴 처음이로다. 이건 이건 우리 거란의 수치로다.

초　리　어떻게 하잡니까?

손　녕　그 놈을 잡아라.

초　리　(병졸들에게) 고려 사신 놈들을 잡으랍신다.

병졸들　예잇. (달려나가려 한다.)

손　녕　(무엇을 생각한 듯) 가만.

병졸들　(그 자리에 선다.)

손　녕　(장교 1에게) 안융진 싸움은 어찌 되였는가?

장교 1　련락병을 띄운 지 오래온데 모름지기 지금쯤 대격전이 벌어지지 않았을가 하옵니다.

손　녕　내 안융진만 점령하면 곧 저 안북성을 공격하고저 하노라.

초　리　예.

　　(장교 1 나가려 할 때 련락병 급히 등장.)

련락병　아뢰오.

초　리　뭐냐.

랸락병　안융진에서 급보가 오는 줄 아뢰오.

　　(달려오는 말발굽 소리, 일동 그 쪽을 바라본다.)

초　리　(그쪽을 살피며) 저게 일진자으이 비장이 아니오니까?

손 녕 비장이 웬 일인가?

장교 1 달려오는 폼이 안융진을 정복했다는 희소식이 아닌가 하옵니다.

손 녕 음.

　　　(사이. 말 멎는 소리, 장교3 투구는 담아 나고 전복이 찢기운 채 그 무엇인가 흰
　　　보에 싼 것을 목에 걸고 급히 등장하여 쓰러지는 듯 손녕 앞에 엎디며 부르짖는
　　　다.)

장교 3 아뢰오.

손 녕 말하라.

장교 3 아뢰옵기 황송하오나…

손 녕 또 패전했단 말인가.

장교 3 황송하오나 그렇게 된 줄로 아뢰오.

손 녕 뭣이?

　　　(일동 놀랜다.)

장교 3 죽기로썻 싸웠으나 끝내…

손 녕 일진장은 뭘 하고 있는가.

장교 3 예 (흰 보에 싼 꾸러미를 내밀며) 구사 일생으로 여기 머리를 베
　　　　여 왔소이다.

손 녕 (장교 3을 발로 차며) 이 개자식아 적장의 머리를 베여 오라 했지
　　　　누가 일진장의 머리를 베여 오라 했는가.

장교 3 대장군님…

손 녕 야 이 놈을 끌어내다 목을 베라.

　　　(병졸들 장교 3을 잡아낸다.)

장교 3 (끌려나가며) 대장군님.

　　　(장교 3 대장군님 대장군님 부르짖으며 병졸들에게 끌려 퇴장.)

련락병 (급히 등장) 아뢰오. 안융진에서 출전하여 저 앞산에다 진을 친
　　　　것으로 아뢰오.

　　　(일동 당황한다.)

손 녕 (발광하듯 칼을 빼 높이 들며) 전군 출전 차비 갖추라…

초 리 대장군님… 출전을 하더라도 군량미가 닿은 후에 힘을 추세워 가
         지고 행동함이 지당할가 하옵니다.

손 녕 (당에 칼을 꽂으며) 아 내 임금을 무슨 면목으로 대한단 말인가.

초 리 그러나 실망하기엔 아직 이르오니 진정하옵소서.

손 녕 어쩌면 좋겠는가 초리는 말하라.

초 리 고려의 강화사가 우리 진영을 벗어나지 못하였겠사오니 바삐 불
         러 담판으로 만회함이 지당할가 하옵니다.

손 녕 그 방자하고 오만 무례한 그 놈을 다시 대해야 한단 말인가.

초 리 그러나 어찌 하겠소이까.

손 녕 왜 그런지 싫도다. 그 놈의 눈이…

초 리 이번엔 례의를 갖추어 대하되 강국의 기백만 잃지 않고 접하시면
         종당은 굴복할 것으로 아뢰옵니다

손 녕 불러라!

초 리 (장교 1, 2에게) 당신들이 친히 모셔 들임이 좋을 것 같소.
         (장교 1, 2 급히 퇴장.)

손 녕 담판장을 꾸려라.

초 리 예잇.

손 녕 (괴로운 듯 발을 끌며 막장으로 들어간다.)

초 리 (병졸들에게) 애들아 담판장을 꾸려라.
         (병졸들 초리의 지시에 따라 무대 중앙에 탁상을 갖다 놓고 좌우에 의자를 놓는
         다. 그리고 더운 물과 약간의 음식을 갖추어 놓는다. 손녕 다시 나와 좌석을 살
         피며 생각에 잠겨 오락가락 한다.)

손 녕 군량미는 왜 이리 늦어지는가?

초 리 글쎄올시다.
         (잠시 후 장교 1 등장)

장교 1 고리 사신들을 모셔 오는 것으로 아뢰오.

손 녕 뭐라 하지 않던가?

장교 1 예 별다른 말이 없이 돌아섰소이다.

손 녕 그래…

초 리 그 자들이야 어디까지나 강화하는 것이 목적이라 만나자는 걸 천
만 다행으로 생각할 겝니다.

손 녕 (대기하고 잇는 병졸들에게) 너희들은 물러들 가라.
(병졸들 퇴장, 소손녕. 초리, 장교 1 대기한다.)
(잠시 후 서희, 비장, 군졸1, 장교 2의 안내로 등장.)

초 리 (나서며) 어서 오십시오. 먼저는 실례했소이다. 우리 거란 사람들
은 원래 성품이 좀 과격해서…

서 희 ………

손 녕 (앉으며) 자 앉읍시다.

서 희 (마주 앉는다.)

장교 1 (손녕과 서희에게 더운 물을 따라 놓는다.)
― 사이 ―

손 녕 본관의 서신을 통해 알고 왔겠지만 고려는 신라의 뒤를 이어 이
룩한 나라인데 어찌하여 우리 거란이 차지해야 할 고구려의 땅
을 침범했는가. 우리는 빼앗긴 땅을 찾고저 군사를 일으킨 것이
니 묻건대 고려는 고구려 땅을 내놓을 용의가 있소?

서 희 우리 고려가 개국된 지 18년 후에까지 신라는 자기의 국토를 가
지고 있었거늘 어찌하여 고려가 신라의 뒤를 이었다 하오?

손 녕 그래 고려가 신라의 후손이 아니란 말이요?

서 희 고려는 고구려의 후손이며 동시에 신라와 백제의 후손이기도 하
오. 그런데 고려가 고구려 땅을 빼앗았다는 것은 무슨 억설이며
또한 내놓으라는 건 무슨 잠꼬대요.

손 녕 잠꼬대라고? 그래 발해는 어느 나라의 후손이였소.

서 희 고구려 후손이며 우리의 동족이였소.

손 녕 하… (웃으며) 그대가 인정하다 싶이 고구려의 후손인 발해는 우
          리 거란과 통합한 지 오래니 마땅히…
서 희 통합이 아니라 배신하에 강탈했소.
손 녕 어쨌든 발해가 우리 손에 들었으니 압록강 남쪽의 고구려 땅을
          내놓아야 하오.
서 희 하… (웃으며) 그러니까 이를테면 남의 물건을 빼앗은 도적이 그
          주인더러 남의 물품을 마자 내놓으라는 격이군.
손 녕 도적?
서 희 그렇소 그네들은 좀도적도 아니요 타국을 침략하는 나라 도적이요
손 녕 (물사발로 탁상을 치고 일어서며) 뭣이?
서 희 (앉은 자리에서 태연히) 고려 사람들은 그 과격한 성품에 놀라지
          않을 것이니 좌중하는 게 좋을가 하오.
손 녕 음 그건 그렇다 치고 고려는 국경을 맞대고 잇는 우리와는 국교
          를 단절하고 어째서 송나라와만 화친을 도모하오.
서 희 그건 우리의 의사이며 자위거늘 간섭은 말지어다.
손 녕 그대는 강화하러 왔는가 싸우자 왔는가.
서 희 (일어서며) 본관은 강화하고저 온 것이 아니라 그대에게 단호히
          경고하러 왔노라.
손 녕 (의외인 듯 놀래여 한 발 물러서며) 경고?
서 희 그렇노라. 본관은 결전에 앞서 경고하건대 그대들이 헛된 죽음을
          면할려거든 이 자리에서 대죄하고 물러감이 좋을가 하노라.
손 녕 그게 이 나라 임금의 말인가 그렇지 않으면 그대의 말인가.
서 희 본관은 고려 백성들의 이름으로 경고하노라.
손 녕 백성들의 이름으로…
초 리 강화사는 지나친 망발인가 하오.
비 장 장군께옵선 강화사가 아니라고 말씀한 바 있노라.

손 녕 그대는 지금 내 막장에 들어 있음을 모르는가?

서 희 (웃으며) 아노라. 허나 그대의 막장은 이 나라 강토 안에 들어 있
          음을 알아두는 게 좋겠노라.

손 녕 (위압을 느낀 듯 말끝을 못 찾고 주저한다.)

    (이 때 안북성에서 출전을 알리는 전고 소리가 우람차게 들려 온다.)

서 희 저 소리를 듣는가? 대답하라! 만약 싸움으로 결단하자면 아군은
          방어가 아니라 정의의 칼을 높이 들어 성문을 열고 출전할 것이
          다.

    (이 때 어데선가 ≪이 놈들은 허수아비다. 성문을 열고 출전하여 이 놈들을 잡으
    라≫ 하는 송랑의 웨침 소리가 들린다. 북소리 더욱 기세 있게 들려온다.)

손녕, 초리 (공포에 질리여 어쩔 바를 모른다.)

서 희 (더욱 기세 있게) 어쩌겠는고 끝내 팔십만의 거란병들의 백골을
          이 나라에 묻겠는가? 사죄하고 물러가겠는가 지체 말고 아뢰여
          라.

비장, 군졸 1 (동시에 복창) 아뢰여라.

    (초리 소손녕을 본다. 손녕은 결심을 짓지 못한 채 그 자리에 서서 움직이지를
    못 한다. 이 때 거란병 급히 뛰여 들어 손녕 앞에 엎디여 부르짖는다.)

병졸 1 아뢰오 본국에서 보내 오는 군량미 이만 석이 압록강을 건너서자
          때 아닌 고려 백성 놈들을 만나 모두 빼앗긴 것으로 아뢰오.

손 녕 뭣이.

초 리 (당황하여) 야 이 놈아 군량미가 와 닿은 지 오랜데 무슨 허튼 수
          작인가. 저 놈이 실신하지 않았는가.

병졸 1 예? (머리를 들고 서희 일행을 발견한 후) 예 이 놈이 실신하였소
          이다. (급히 퇴장.)

    (서희 일행 어이없어 웃음 짓는다. 손녕 머리를 떨군다.)

서 희 (손녕에게) 본관은 물러가노니 부디 배불리 먹고 태세를 갖추어
          대기하라. (비장에게) 가자!

(서희 일행 돌아서 나가려 한다.)

손 녕 잠간…

서 희 (돌아선다)

손 녕 (투구를 벗고 머리를 숙인다.)

서 희 음…

손 녕 (초리에게) 깃발을 거두라.

　　　(초리, 장교들 천막 주위에 꽂은 깃발을 힘없이 내린다.)

서 희 (비장에게) 승전하였다. 성중에 알려라!

비 장 예.

　　　(비장 군졸 1에게 눈짓하자 군졸 1 화살 끝에 붉은 수건을 매여 하늘 높이 쏴 올린
　　　다. 잠시 후 북소리 멎고 대신 만세 소리 들린다. 그 소리에 호응하는 송랑의 소
　　　리.)

서 희 (송랑의 소리를 듣고 손녕에게) 우리 사람을 내 놓아라!

초 리 예… (퇴장)

서 희 (손녕에게) 듣거라. 래일 해질 무렵까지 여유를 줄테니 그리 알고
　　　　남은 군사를 거두어 우리 나라 경계를 벗어나야 하되 만약 백성
　　　　들에게 해를 준다든가 산천초목들에 손을 댄다든가 어쨌든 일후
　　　　에 사소한 일이라도 이 나라에 해를 주면 용서치 않을 것이니 명
　　　　심하여 처사할 것이다.

손 녕 죄송하오나 우리의 장병들은 지쳤사오니 하루만 더 여유를 주기
　　　　바라옵니다.

서 희 모름지기 싸움엔 지쳤으나 환고향한다면 미물에 군마도 걸음발이
　　　　잴 것이니 과히 상심 말고 그들의 뒤를 따르라.

손 녕 아 거란의 수치로다. 임금의 수치로다.

　　　(손녕 투구를 벗어 든 채 다리를 끌고 천막 밖으로 나가며 실신한 듯 부르짖는
　　　다. 달려오는 말발굽 소리.)

　　　(송랑 등장)

송 랑 장군님!

서 희 네 송랑이가 아닌고?

송 랑 (감격하여 달려 와 무릎을 꿇며) 장군님!

서 희 (송랑을 일으키며) 잘 싸웠노라.

송 랑 장군님 성중에 보이지 않아 소녀 마음 괴로웠나이다.

서 희 원쑤들과 타협하라 한 자 있었으니 내 또한 괴로웠노라. 그러나
       우리는 타협이 아니라 싸워 이겼도다. 이 나라 금수강산을 지켜
       냈노라.

송 랑 장군님…

       (이 때 상군사, 하군사 등장)

상군사, 하군사 (동시에) 장군!

상군사 용맹하외다. 장하오이다.

서 희 승전은 이 나라 백성들의 힘에 의해 이룩했거늘 어찌 날 환대하
       시오. 갑시다. 성중으로 가 백성들을 환대합시다.

       (성중에서 들려 오는 승전의 북소리. 만세 소리 천지를 진동한다. 서희 송랑을 앞
       세우고 두 장군과 같이 안북성을 향해 무대 앞으로 나온다. 승전을 축원하는 듯
       함박눈이 내린다.)

- 막 -

북한희곡선집 1

2004년 6월 25일 1판 1쇄 인쇄
2004년 6월 30일 1판 1쇄 발행

엮은이 • 남전극작포럼
펴낸이 • 한 봉 숙
펴낸곳 • 푸른사상사

등록 제2-2876호
서울시 중구 을지로3가 296-10 장양B/D 202호
대표전화 02) 2268-8706(7) 팩시밀리 02) 2268-8708
메일 prun21c@yahoo.co.kr / prun21c@hanmail.net
홈페이지 //www.prun21c.com

값 17,000원

*2004년 한국문예진흥원 예술보존·조사연구지원을 받아 출판하였음.